Honoré de Balzac

Les Chouans

Préface de Pierre Gascar
Notice de Roger Pierrot

Gallimard

PRÉFACE

Il est intéressant de noter qu'en la personne de Balzac c'est un des plus fervents admirateurs de Walter Scott qui, au début du XIXe siècle, rompt avec la tradition du roman historique en pourpoint. A cette époque et depuis un certain temps déjà, le médiévisme est le grand refuge des esprits mal remis des bouleversements que vient de connaître l'Europe. Le roman historique d'alors relève d'une conception mythique du passé, d'une théâtralisation et d'abord d'un choix prudent des événements qui le composent. Les époques lointaines représentent l'âge béni où les conflits du bien et du mal, aussi violents, aussi sanglants qu'ils fussent, ne comportaient guère d'équivoques. A la veille de 1830, le roman historique n'a encore d'autre fonction que d'alimenter la nostalgie du lecteur.

Balzac, le premier, prend pour sujet d'une reconstitution romanesque des faits encore proches et encore brûlants dans la mémoire de beaucoup de ses contemporains. Il ne s'agit plus de leur fournir un agréable dépaysement dans le temps, mais, au contraire, de les ramener à une des sources de leurs préoccupations présentes et de les replacer devant un choix moral et politique fondamental. Tout en appliquant les recettes du roman historique : tableaux brossés avec une ampleur épique, personnages fortement typés, abondance de détails anachroniques, Balzac introduit dans sa narration le réalisme dont il fera preuve dans ses romans de mœurs.

Ce réalisme s'exerce surtout dans la peinture des personnages secondaires, les autres continuant de relever d'une certaine convention romanesque, et ce livre constitue ainsi un des meilleurs exemples de la dualité sur laquelle l'art de Balzac, à la fois romantique et naturaliste avant la lettre, se fonde. Dans *Les Chouans*, des personnages qui, à la date près, pourraient venir de chez Walter Scott, du drame romantique et parfois même des romans d'Alexandre Dumas côtoient des types humains qui annoncent Eugène Sue, le Hugo des *Misérables* et même Zola. Mais aucun hiatus n'en résulte. Des mutations s'opèrent sans cesse, au cours du roman. Le réalisme finit par tourner au fantastique, et l'exaltation des sentiments par déboucher sur leur tableau clinique.

Les types humains décrits avec une rigueur, une brutalité déjà naturalistes, ce sont ici les Chouans, entendons la piétaille paysanne qui s'est enrôlée sous les bannières de l'Église et le drapeau du roi. Elle surgit, dès les premières pages du livre, sous les traits de Marche-à-terre, en qui le fanatisme, la cruauté et la ruse des insurgés bretons ont trouvé leur plus saisissante expression. Balzac ne s'applique qu'à faire ressortir ce qui, dans l'aspect et le comportement de

Marche-à-terre, trahit une certaine animalité, rappelle l'étroite appartenance de ces paysans au sol dont ils tirent leur subsistance. Mais, tout en restant dans une perspective sociologique, le romancier dégage la force secrète que ces hommes en sont venus à représenter.

Marche-à-terre et ses acolytes, dont Galope-Chopine et Pille-Miche (archétypes des gueux maléfiques qui vont apparaître dans la littérature du xixe siècle, avec le Chourineur d'Eugène Sue, les Thénardier de Hugo, etc.) sont partie intégrante du paysage, ce bocage fougérois dont ils connaissent chaque haie, dans lequel littéralement ils se fondent et où ils se répondent en imitant les cris des oiseaux de nuit. Doué d'une sorte d'ubiquité, ils apparaissent sans cesse là où l'on ne pouvait les attendre et s'évanouissent, leur coup accompli. Ils finissent ainsi par acquérir une existence surnaturelle et apportent dans ce livre, qui se veut non seulement roman, mais aussi document, une note de fantastique.

Le fantastique, il est vrai, est dans l'époque même qui se trouve ici recréée. La France, au lendemain de la Révolution et encore même à l'aube du Consulat, période au cours de laquelle se situe l'action du livre, est un pays hanté. Elle compte, depuis sept ou huit ans, trop de grands morts. Ils l'obsèdent. On ne tue pas, coup sur coup, des Danton, des Desmoulins, des Marat, des Robespierre, ni même un roi et une reine, sans que leurs ombres viennent ensuite provoquer plus ou moins les vivants. Toutes ces exécutions, tous ces meurtres ont créé un vertige. La mort violente est devenue la seule authentification du destin.

Il y a là un retour à certaine théâtralité romaine,
sans doute, le ton des discours de l'époque en témoigne, mais aussi apparaît déjà la conception romantique
de la vie vécue comme une passion et seulement viva-
ble de la sorte. La masse des Chouans et celle des Bleus,
les soldats de la République, meurt aveuglément pour
une cause, un drapeau, comme on est toujours mort
dans les guerres, comme on continue d'y mourir. Les
autres, les acteurs personnalisés de l'histoire, bien
qu'attachés à un idéal politique, cherchent dans le
sacrifice un accomplissement. Ils cèdent à cette sorte
d'énervement du destin sans lequel les révolutions et
les contre-révolutions ne seraient sans doute pas possibles. Il détermine une flambée des sentiments amoureux. La menace de la mort ouvre les cœurs à la tendresse et devient l'aiguillon du plaisir. Michelet, à qui
il faut toujours se référer lorsqu'il s'agit de l'arrière-
plan moral de la Révolution, décrit très bien la frénésie
sensuelle de Danton, au moment où il perd pied, cet
érotisme qui se fortifie de la proximité de l'abîme.
Dans *Les Chouans*, l'histoire d'amour ne se superpose
pas aux événements politiques ou militaires qui constituent la trame du roman. Par sa nature, cet amour
a une valeur historique : dès le début, il porte en lui la
mort, et les deux amants, qui en sont conscients, s'en
exaltent.

Balzac, chacun en conviendra, a donné à l'héroïne
de son roman, Marie de Verneuil, plus de relief qu'au
Marquis de Montauran, son amant royaliste. Le Gars
(c'est le nom que les Chouans donnent à leur jeune
chef, le marquis) semble annoncer, dans l'œuvre balza-

cienne, les aristocrates efféminés qui y défileront et
dans lesquels l'auteur de *La Comédie humaine* assouvissait littérairement sa soif de dandysme. Cependant,
en donnant de son héros une image un peu artificielle
qui répondait à son idéal secret, Balzac renforçait par
contraste la personnalité de son héroïne et forgeait
ainsi un des symboles de l'époque qu'il évoquait.

Jamais les femmes n'ont été plus présentes, plus
actives, plus ardentes qu'au cours de la Révolution et
des années qui la séparent de l'Empire. De Lucile
Desmoulins à Mme Tallien, de Mme Roland à Charlotte
Corday, de Théroigne de Méricourt à Mme de Montcorbier, une des maîtresses de Charette (je crois la
reconnaître, dans *Les Chouans*, sous les traits de la
cruelle Mme du Gua, la rivale de Marie) que de visages
féminins éclairés par la passion! Passion politique
certes, mais d'abord passion tout court, besoin de
brûler la vie, de jouir des libertés que, seule, l'acceptation de la mort autorise.

« La mort était une puissante et rapide entremetteuse », écrit Michelet. Que cet impatient désir de
donner à la vie, si fragile en ce temps, toute sa plénitude, de profiter des droits qu'on reconnaît aux condamnés se manifestât à l'intérieur de chacun des deux
camps et favorisât des unions dictées par la communauté d'idées, la fraternité d'armes, rien de plus naturel. Mais on pourrait reprocher à Balzac d'avoir cédé
au goût du romanesque en choisissant le thème de
l'amour greffé sur un antagonisme, en faisant naître
une passion aveugle entre le marquis de Montauran,
chef des Chouans, et Marie de Verneuil dont les sym-

pathies vont à la République et qui, en tout cas, a
accepté de la servir.

En fait, pendant toute la période révolutionnaire
(qui, en tant que mouvement moral, s'étend jusqu'au
18 Brumaire), on a souvent observé des liaisons de
cette nature, qui semblaient tirer leur force de l'opposition des idées et des origines sociales de ceux qu'elles
réunissaient. Le vertige de la mort y tenait encore
plus de place que dans les amours entre personnes
du même camp, car les amants ennemis savaient qu'ils
attiraient sur eux le châtiment réservé aux traîtres.
Le général Hoche lui-même s'éprit d'une Vendéenne ;
un autre général, de moindre renom, mais d'un grand
courage, et qui devait proclamer sa foi républicaine
jusqu'au pied de l'échafaud, Lamberty, arracha à la
prison une jeune aristocrate, ancienne suivante de
Marie-Antoinette, l'hébergea, en fit publiquement sa
compagne, en sachant parfaitement à quoi il s'exposait. Les deux amants moururent dans la même
semaine, elle d'émotion, lui sous le couperet.

Mais il ne faut pas s'arrêter à l'aspect banalement
romantique de ces amours où la mort est en tiers. La
haine s'y conjuguait souvent avec le désir. Beaucoup
de femmes de l'aristocratie livrèrent à la justice révolutionnaire leurs amants républicains, et la réciproque
ne fut pas rare. En l'absence de perfidie véritable, le
soupçon, la méfiance mutuelle rendaient la volupté plus
aiguë. Au plus fort de leurs effusions, Marie et le marquis de Montauran ne cessent de se croire trahis l'un
par l'autre. Comment pourrait-il en être autrement ?
Les républicains, et Marie, la première, savent que

les Chouans mènent une guerre sournoise, ne reculent
devant aucune fourberie, se parjurent pour leur cause.
De leur côté, les Chouans n'ignorent pas que les Bleus,
pour loyaux et parfois magnanimes qu'ils soient, sur
le terrain des combats, comptent dans leurs rangs des
agents de Fouché (Marie de Verneuil, au départ, en
est un). Enfin, le double-jeu, jusque dans les états-
majors des deux camps, est de pratique courante. Pris
dans cet imbroglio, comme dans une toile d'araignée
qu'ils ont, en partie, tissée eux-mêmes, les deux amants
se déchirent et s'étreignent jusqu'au moment où la
mort fond sur eux.

A travers l'action impétueuse du roman, les scènes
pleines de mouvement qui arrachent le lecteur au
sentiment de soi, en un mot derrière tout ce qui pourrait faire rivaliser *Les Chouans* avec les meilleurs ouvrages d'Alexandre Dumas, se développe une analyse
historique qui, sans jamais se faire didactique, nous
éclaire sur quelques-unes des années les plus décisives
de l'histoire de notre pays. La pensée politique de
Balzac, telle qu'on la découvre dans ses ouvrages pos-
térieurs, était un curieux mélange de légitimisme et
de progressisme, ce mot étant pris dans l'acception
qu'il avait au début du siècle dernier. Balzac croyait
à l'économie politique, science encore nouvelle alors,
à la réforme rationnelle du système de production et
de distribution, à l'industrie, idées peu compatibles
avec les conceptions quasi-féodales qui continuaient
d'être les siennes dans le domaine social. Mais sans
doute ne faut-il voir dans ces dernières qu'un reflet
de son fétichisme enfantin des titres, des grands noms.

Ce livre nous y autorise. Balzac qui, pourtant, « passera à côté » de la révolution de 1830 et de celle de 1848 y montre une lucidité étonnante. Plus la moindre trace de préjugés. L'état d'esprit qui régnait dans l'armée républicaine, où tous, du haut en bas de la hiérarchie, étaient unis dans la même foi, où la fraternité s'exerçait au mépris des grades, a rarement été aussi bien décrit. En montrant le courage tranquille des Bleus, leur gaieté, leur franchise, c'est le véritable peuple de France que Balzac a dépeint, à travers eux

En dépit de ses sentiments royalistes, il savait bien que l'aristocratie, aveuglée par son esprit de caste et férocement attachée à ses privilèges, attitude dont les nobles des provinces de l'ouest, particulièrement attardés, offraient le meilleur exemple, ne représentait pas le pays. Les chefs de la chouannerie n'étaient-ils pas prêts à l'ouvrir à ses ennemis, sur leur simple promesse qu'ils y rétabliraient le trône ? Mais les Chouans du bocage, car il faut bien revenir à eux qui, dans ce livre, restent au centre du tableau, ces paysans bretons qui, souvent, enterraient vivants ou crucifiaient leurs prisonniers, au nom de Dieu et de ses saints, ne faisaient-ils pas partie du peuple ? Si, sans doute, et, en les décrivant avec une vigueur admirable, Balzac dresse l'acte d'accusation le plus accablant pour l'aristocratie et le clergé de l'ouest.

Les Chouans, c'est le peuple défiguré, dénaturé par des siècles de superstition, habilement conduit par ses maîtres au mépris de soi, à l'ivresse de la servitude. Dans les figures désormais légendaires de Marche-à-terre, de Galope-Chopine ou de Pille-Miche, ces véri-

tables loups-garous de la contre-révolution, Balzac
fait magistralement ressortir les effets du monstrueux
dressage auquel les aristocrates et les prêtres de l'Ouest
avaient soumis leurs sujets. Ainsi, conduit par son
génie de romancier, Balzac, le légitimiste, nous a
donné ici non seulement un des plus beaux romans
de l'amour fou, mais aussi, et comme malgré lui, un
livre d'où la Révolution française sort grandie.

Pierre Gascar.

Les Chouans,

ou
la Bretagne en 1799

CHAPITRE PREMIER

L'EMBUSCADE

Dans les premiers jours de l'an VIII, au commencement de vendémiaire, ou, pour se conformer au calendrier actuel, vers la fin du mois de septembre 1799, une centaine de paysans et un assez grand nombre de bourgeois, partis le matin de Fougères pour se rendre à Mayenne, gravissaient la montagne de la Pèlerine, située à mi-chemin environ de Fougères à Ernée, petite ville où les voyageurs ont coutume de se reposer. Ce détachement, divisé en groupes plus ou moins nombreux, offrait une collection de costumes si bizarres et une réunion d'individus appartenant à des localités ou à des professions si diverses, qu'il ne sera pas inutile de décrire leurs différences caractéristiques pour donner à cette histoire les couleurs vives auxquelles on met tant de prix aujourd'hui ; quoique, selon certains critiques, elle nuisent à la peinture des sentiments.

Quelques-uns des paysans, et c'était le plus grand nombre, allaient pieds nus, ayant pour tout vêtement une grande peau de chèvre qui les couvrait depuis le col jusqu'aux genoux, et un pantalon de toile blanche

très grossière, dont le fil mal tondu accusait l'incurie
industrielle du pays. Les mèches plates de leurs longs
cheveux s'unissaient si habituellement aux poils de la
peau de chèvre et cachaient si complètement leurs
visages baissés vers la terre, qu'on pouvait facilement
prendre cette peau pour la leur, et confondre, à la première vue, ces malheureux avec les animaux dont les
dépouilles leur servaient de vêtement. Mais à travers
ces cheveux l'on voyait bientôt briller leurs yeux
comme des gouttes de rosée dans une épaisse verdure ;
et leurs regards, tout en annonçant l'intelligence humaine, causaient certainement plus de terreur que de
plaisir. Leurs têtes étaient surmontées d'une sale toque
en laine rouge, semblable à ce bonnet phrygien que la
République adoptait alors comme emblème de la
liberté. Tous avaient sur l'épaule un gros bâton de
chêne noueux, au bout duquel pendait un long bissac
de toile, peu garni. D'autres portaient, par-dessus
leur bonnet, un grossier chapeau de feutre à larges
bords et orné d'une espèce de chenille en laine de
diverses couleurs qui en entourait la forme. Ceux-ci,
entièrement vêtus de la même toile dont étaient faits
les pantalons et les bissacs des premiers, n'offraient
presque rien dans leur costume qui appartînt à la
civilisation nouvelle. Leurs longs cheveux retombaient
sur le collet d'une veste ronde à petites poches latérales
et carrées qui n'allait que jusqu'aux hanches, vêtement
particulier aux paysans de l'Ouest. Sous cette veste
ouverte on distinguait un gilet de même toile, à gros
boutons. Quelques-uns d'entre eux marchaient avec
des sabots ; tandis que, par économie, d'autres tenaient

leurs souliers à la main. Ce costume, sali par un long
usage, noirci par la sueur ou par la poussière, et moins
original que le précédent, avait pour mérite historique
de servir de transition à l'habillement presque somp-
tueux de quelques hommes qui, dispersés çà et là, au
milieu de la troupe, y brillaient comme des fleurs. En
effet, leurs pantalons de toile bleue, leurs gilets rouges
ou jaunes ornés de deux rangées de boutons de cuivre
parallèles, et semblables à des cuirasses carrées, tran-
chaient aussi vivement sur les vêtements blancs et les
peaux de leurs compagnons, que des bluets et des
coquelicots dans un champ de blé. Quelques-uns
étaient chaussés avec ces sabots que les paysans de la
Bretagne savent faire eux-mêmes ; mais presque tous
avaient de gros souliers ferrés et des habits de drap fort
grossier, taillés comme les anciens habits français, dont
la forme est encore religieusement gardée par nos
paysans. Le col de leur chemise était attaché par des
boutons d'argent qui figuraient ou des cœurs ou des
ancres. Enfin, leurs bissacs paraissaient mieux fournis
que ne l'étaient ceux de leurs compagnons ; puis,
plusieurs d'entre eux joignaient à leur équipage de
route une gourde sans doute pleine d'eau-de-vie, et
suspendue par une ficelle à leur cou. Quelques citadins
apparaissaient au milieu de ces hommes à demi
sauvages, comme pour marquer le dernier terme de la
civilisation de ces contrées. Coiffés de chapeaux ronds,
de claques ou de casquettes, ayant des bottes à revers
ou des souliers maintenus par des guêtres, ils présentaient comme les paysans des différences remarquables
dans leurs costumes. Une dizaine d'entre eux portaient

cette veste républicaine connue sous le nom de carma-
gnole. D'autres, de riches artisans sans doute, étaient
vêtus de la tête aux pieds en drap de la même couleur.
Les plus recherchés dans leur mise se distinguaient
par des fracs et des redingotes de drap bleu ou vert
plus ou moins râpé. Ceux-là, véritables personnages,
portaient des bottes de diverses formes, et badinaient
avec de grosses cannes en gens qui font contre fortune
bon cœur. Quelques têtes soigneusement poudrées, des
queues assez bien tressées annonçaient cette espèce de
recherche que nous inspire un commencement de
fortune ou d'éducation. En considérant ces hommes
étonnés de se voir ensemble, et ramassés comme au
hasard, on eût dit la population d'un bourg chassée
de ses foyers par un incendie. Mais l'époque et les
lieux donnaient un tout autre intérêt à cette masse
d'hommes. Un observateur initié au secret des discordes civiles qui agitaient alors la France aurait pu
facilement reconnaître le petit nombre de citoyens sur
la fidélité desquels la République devait compter dans
cette troupe, presque entièrement composée de gens
qui, quatre ans auparavant, avaient guerroyé contre
elle. Un dernier trait assez saillant ne laissait aucun
doute sur les opinions qui divisaient ce rassemblement.
Les républicains seuls marchaient avec une sorte de
gaieté. Quant aux autres individus de la troupe, s'ils
offraient des différences sensibles dans leurs costumes,
ils montraient sur leurs figures et dans leurs attitudes
cette expression uniforme que donne le malheur. Bourgeois et paysans, tous gardaient l'empreinte d'une
mélancolie profonde ; leur silence avait quelque chose

de farouche, et ils semblaient courbés sous le joug d'une
même pensée, terrible sans doute, mais soigneusement
cachée, car leurs figures étaient impénétrables ; seulement, la lenteur peu ordinaire de leur marche pouvait
trahir de secrets calculs. De temps en temps, quelques-
uns d'entre eux, remarquables par des chapelets suspendus à leur cou, malgré le danger qu'ils couraient à
conserver ce signe d'une religion plutôt supprimée que
détruite, secouaient leurs cheveux et relevaient la tête
avec défiance. Ils examinaient alors à la dérobée les
bois, les sentiers et les rochers qui encaissaient la route,
mais de l'air avec lequel un chien, mettant le nez au
vent, essaie de subodorer le gibier ; puis, en n'entendant que le bruit monotone des pas de leurs silencieux
compagnons, ils baissaient de nouveau leurs têtes et
reprenaient leur contenance de désespoir, semblables à
des criminels emmenés au bagne pour y vivre, pour y
mourir.

La marche de cette colonne sur Mayenne, les
éléments hétérogènes qui la composaient et les divers
sentiments qu'elle exprimait s'expliquaient assez
naturellement par la présence d'une autre troupe formant la tête du détachement. Cent cinquante soldats
environ marchaient en avant avec armes et bagages,
sous le commandement d'un *chef de demi-brigade*. Il
n'est pas inutile de faire observer à ceux qui n'ont pas
assisté au drame de la Révolution, que cette dénomi-
nation remplaçait le titre de colonel, proscrit par les
patriotes comme trop aristocratique. Ces soldats
appartenaient au dépôt d'une demi-brigade d'infanterie
en séjour à Mayenne. Dans ces temps de discordes, les

habitants de l'Ouest avaient appelé tous les soldats de
la République, des *Bleus*. Ce surnom était dû à ces
premiers uniformes bleus et rouges dont le souvenir
est encore assez frais pour rendre leur description
superflue. Le détachement des Bleus servait donc
d'escorte à ce rassemblement d'hommes presque tous
mécontents d'être dirigés sur Mayenne, où la discipline militaire devait promptement leur donner un
même esprit, une même livrée et l'uniformité d'allure
qui leur manquait alors si complètement.

Cette colonne était le contingent péniblement
obtenu du district de Fougères, et dû par lui dans la
levée que le Directoire exécutif de la République française avait ordonnée par une loi du 10 messidor précédent. Le gouvernement avait demandé cent millions
et cent mille hommes, afin d'envoyer de prompts
secours à ses armées, alors battues par les Autrichiens
en Italie, par les Prussiens en Allemagne, et menacées
en Suisse par les Russes, auxquels Suwarow faisait
espérer la conquête de la France. Les départements de
l'Ouest, connus sous le nom de Vendée, la Bretagne et
une portion de la Basse-Normandie, pacifiés depuis
trois ans par les soins du général Hoche après une
guerre de quatre années, paraissaient avoir saisi ce
moment pour recommencer la lutte. En présence de
tant d'agressions, la République retrouva sa primitive
énergie. Elle avait d'abord pourvu à la défense des
départements attaqués, en en remettant le soin aux
habitants patriotes par un des articles de cette loi de
messidor. En effet, le gouvernement, n'ayant ni
troupes ni argent dont il pût disposer à l'intérieur,

éluda la difficulté par une gasconnade législative : ne
pouvant rien envoyer aux départements insurgés, il
leur donnait sa confiance. Peut-être espérait-il aussi
que cette mesure, en armant les citoyens les uns contre
les autres, étoufferait l'insurrection dans son principe.
Cet article, source de funestes représailles, était ainsi
conçu : *Il sera organisé des compagnies franches dans les
départements de l'Ouest.* Cette disposition impolitique
fit prendre à l'Ouest une attitude si hostile, que le
Directoire désespéra d'en triompher de prime abord.
Aussi, peu de jours après, demanda-t-il aux Assemblées
des mesures particulières relativement aux légers
contingents dus en vertu de l'article qui autorisait
les compagnies franches. Donc, une nouvelle loi
promulguée quelques jours avant le commencement
de cette histoire, et rendue le troisième jour complé-
mentaire de l'an VII, ordonnait d'organiser en légions
ces faibles levées d'hommes. Les légions devaient
porter le nom des départements de la Sarthe, de l'Orne,
de la Mayenne, d'Ille-et-Vilaine, du Morbihan, de la
Loire-Inférieure et de Maine-et-Loire. *Ces légions,*
disait la loi, *spécialement employées à combattre les
Chouans, ne pourraient, sous aucun prétexte, être portées
aux frontières.* Ces détails fastidieux, mais ignorés,
expliquent à la fois l'état de faiblesse où se trouva
le Directoire et la marche de ce troupeau d'hommes
conduit par les Bleus. Aussi, peut-être n'est-il pas
superflu d'ajouter que ces belles et patriotiques
déterminations directoriales n'ont jamais reçu d'autre
exécution que leur insertion au Bulletin des Lois.
N'étant plus soutenus par de grandes idées morales,

par le patriotisme ou par la terreur, qui les rendait
naguère exécutoires, les décrets de la République
créaient des millions et des soldats dont rien n'entrait
ni au trésor ni à l'armée. Le ressort de la Révolution
s'était usé en des mains inhabiles, et les lois recevaient
dans leur application l'empreinte des circonstances au
lieu de les dominer.

Les départements de la Mayenne et d'Ille-et-Vilaine
étaient alors commandés par un vieil officier qui, jugeant sur les lieux de l'opportunité des mesures à
prendre, voulut essayer d'arracher à la Bretagne ses
contingents, et surtout celui de Fougères, l'un des plus
redoutables foyers de la chouannerie. Il espérait ainsi
affaiblir les forces de ces districts menaçants. Ce militaire dévoué profita des prévisions illusoires de la loi
pour affirmer qu'il équiperait et armerait sur-le-champ
les *réquisitionnaires*, et qu'il tenait à leur disposition un
mois de la solde promise par le gouvernement à ces
troupes d'exception. Quoique la Bretagne se refusât
alors à toute espèce de service militaire, l'opération
réussit tout d'abord sur la foi de ces promesses, et
avec tant de promptitude que cet officier s'en alarma.
Mais c'était un de ces vieux chiens de guérite difficiles
à surprendre. Aussitôt qu'il vit accourir au district
une partie des contingents, il soupçonna quelque motif
secret à cette prompte réunion d'hommes, et peut-
être devina-t-il bien en croyant qu'ils voulaient se
procurer des armes. Sans attendre les retardataires, il
prit alors des mesures pour tâcher d'effectuer sa retraite sur Alençon, afin de se rapprocher des pays soumis ; quoique l'insurrection croissante de ces contrées

rendit le succès de ce projet très problématique. Cet
officier, qui, selon ses instructions, gardait le plus profond secret sur les malheurs de nos armées et sur les
nouvelles peu rassurantes parvenues de la Vendée,
avait donc tenté, dans la matinée où commence cette
histoire, d'arriver par une marche forcée à Mayenne,
où il se promettait bien d'exécuter la loi suivant son
bon vouloir, en remplissant les cadres de sa demi-
brigade avec ses *conscrits* bretons. Ce mot de conscrit,
devenu plus tard si célèbre, avait remplacé pour la
première fois, dans les lois, le nom de réquisitionnaires,
primitivement donné aux recrues républicaines. Avant
de quitter Fougères, le commandant avait fait prendre
secrètement à ses soldats les cartouches et les rations
de pain nécessaires à tout son monde, afin de ne pas
éveiller l'attention des conscrits sur la longueur de la
route ; et il comptait bien ne pas s'arrêter à l'étape
d'Ernée, où, revenus de leur étonnement, les hommes
du contingent auraient pu s'entendre avec les Chouans,
sans doute répandus dans les campagnes voisines. Le
morne silence qui régnait dans la troupe des réquisitionnaires surpris par la manœuvre du vieux républicain, et la lenteur de leur marche sur cette montagne,
excitaient au plus haut degré la défiance de ce chef de
demi-brigade, nommé Hulot ; les traits les plus saillants de la description qui précède étaient pour lui
d'un vif intérêt ; aussi marchait-il silencieusement, au
milieu de cinq jeunes officiers qui, tous, respectaient la
préoccupation de leur chef. Mais au moment où Hulot
parvint au faîte de la Pèlerine, il tourna tout à coup la
tête, comme par instinct, pour inspecter les visages

inquiets des réquisitionnaires, et ne tarda pas à rompre
le silence. En effet, le retard progressif de ces Bretons
avait déjà mis entre eux et leur escorte une distance
d'environ deux cents pas. Hulot fit alors une grimace
qui lui était particulière.

— Que diable ont donc tous ces muscadins-là ?
s'écria-t-il d'une voix sonore. Nos conscrits ferment
le compas au lieu de l'ouvrir, je crois !

A ces mots, les officiers qui l'accompagnaient se
retournèrent par un mouvement spontané assez semblable au réveil en sursaut que cause un bruit soudain.
Les sergents, les caporaux les imitèrent, et la compagnie s'arrêta sans avoir entendu le mot souhaité de :
— Halte ! Si d'abord les officiers jetèrent un regard
sur le détachement qui, semblable à une longue tortue,
gravissait la montagne de la Pèlerine, ces jeunes gens,
que la défense de la patrie avait arrachés, comme
tant d'autres, à des études distinguées, et chez lesquels
la guerre n'avait pas encore éteint le sentiment des arts,
furent assez frappés du spectacle qui s'offrit à leurs
regards pour laisser sans réponse une observation
dont l'importance leur était inconnue. Quoiqu'ils
vinssent de Fougères, où le tableau qui se présentait
alors à leurs yeux se voit également, mais avec les
différences que le changement de perspective lui fait
subir, ils ne purent se refuser à l'admirer une dernière
fois, semblables à ces *dilettanti* auxquels une musique
donne d'autant plus de jouissances qu'ils en connaissent mieux les détails.

Du sommet de la Pèlerine apparaît aux yeux du voyageur la grande vallée du Couësnon, dont l'un des points

culminants est occupé à l'horizon par la ville de
Fougères. Son château domine, en haut du rocher où
il est bâti, trois ou quatre routes importantes, position
qui la rendait jadis une des clés de la Bretagne. De là,
les officiers découvrirent, dans toute·son étendue, ce
bassin aussi· remarquable par la prodigieuse fertilité
de son sol que par la variété de ses aspects. De toutes
parts, des montagnes de schiste s'élèvent en amphithéâtre, elles déguisent leurs flancs rougeâtres sous des
forêts de chênes, et recèlent dans leurs versants des
vallons pleins de fraîcheur. Ces rochers décrivent une
vaste enceinte, circulaire en apparence, au fond de
laquelle s'étend avec mollesse une immense prairie
dessinée comme un jardin anglais. La multitude de
haies vives qui entourent d'irréguliers et de nombreux
héritages, tous plantés d'arbres, donnent à ce tapis de
verdure une physionomie rare parmi les paysages de
la France, et il enferme de féconds secrets de beauté
dans ses contrastes multipliés dont les effets sont
assez larges pour saisir les âmes les plus froides. En ce
moment, la vue de ce pays était animée de cet éclat
fugitif par lequel la nature se plaît à rehausser parfois
ses impérissables créations. Pendant que le détachement traversait la vallée, le soleil levant avait lentement dissipé ces vapeurs blanches et légères qui, dans
les matinées de septembre, voltigent sur les prairies.
A l'instant où les soldats se retournèrent, une invisible main semblait enlever à ce paysage le dernier des
voiles dont elle l'aurait enveloppé, nuées fines, semblables à ce linceul de gaze diaphane qui couvre les
bijoux précieux et à travers lequel ils excitent la curio-

sité. Dans le vaste horizon que les officiers embras-
sèrent, le ciel n'offrait pas le plus léger nuage qui
pût faire croire, par sa clarté d'argent, que cette
immense voûte bleue fût le firmament. C'était plutôt
un dais de soie supporté par les cimes inégales des
montagnes, et placé dans les airs pour protéger cette
magnifique réunion de champs, de prairies, de ruisseaux et de bocages. Les officiers ne se lassaient pas
d'examiner cet espace où jaillissent tant de beautés
champêtres. Les uns hésitaient longtemps avant
d'arrêter leurs regards parmi l'étonnante multiplicité
de ces bosquets que les teintes sévères de quelques
touffes jaunies enrichissaient des couleurs du bronze,
et que le vert émeraude des prés irrégulièrement coupés
faisait encore ressortir. Les autres s'attachaient aux
contrastes offerts par des champs rougeâtres où le
sarrasin récolté se dressait en gerbes coniques semblables aux faisceaux d'armes que le soldat amoncelle au
bivouac, et séparés par d'autres champs que doraient
les guérets des seigles moissonnés. Çà et là, l'ardoise
sombre de quelques toits d'où sortaient de blanches
fumées ; puis les tranchées vives et argentées que
produisaient les ruisseaux tortueux du Couësnon, attiraient l'œil par quelques-uns de ces pièges d'optique
qui rendent, sans qu'on sache pourquoi, l'âme indécise
et rêveuse. La fraîcheur embaumée des brises d'automne, la forte senteur des forêts, s'élevaient comme un
nuage d'encens et enivraient les admirateurs de ce
beau pays, qui contemplaient avec ravissement ses
fleurs inconnues, sa végétation vigoureuse, sa verdure
rivale de celle d'Angleterre, sa voisine, dont le nom est

commun aux deux pays. Quelques bestiaux animaient
cette scène déjà si dramatique. Les oiseaux chantaient,
et faisaient ainsi rendre à la vallée une suave, une
sourde mélodie qui frémissait dans les airs. Si l'imagination recueillie veut apercevoir pleinement les riches
accidents d'ombre et de lumière, les horizons vaporeux
des montagnes, les fantastiques perspectives qui
naissaient des places où manquaient les arbres, où
s'étendaient les eaux, où fuyaient de coquettes sinuosités ; si le souvenir colorie, pour ainsi dire, ce dessin
aussi fugace que le moment où il est pris, les personnes
pour lesquelles ces tableaux ne sont pas sans mérite
auront une image imparfaite du magique spectacle
par lequel l'âme encore impressionnable des jeunes
officiers fut comme surprise.

Pensant alors que ces pauvres gens abandonnaient
à regret leur pays et leurs chères coutumes pour aller
mourir peut-être en des terres étrangères, ils leur par-
donnèrent involontairement un retard qu'ils comprirent. Puis, avec cette générosité naturelle aux soldats,
ils déguisèrent leur condescendance sous un feint désir
d'examiner les positions militaires de cette belle contrée.
Mais Hulot, qu'il est nécessaire d'appeler le Commandant, pour éviter de lui donner le nom peu harmo-
nieux de Chef de demi-brigade, était un de ces militaires qui, dans un danger pressant, ne sont pas
hommes à se laisser prendre aux charmes des paysages,
quand même ce seraient ceux du paradis terrestre. Il
secoua donc la tête par un geste négatif, et contracta
deux gros sourcils noirs qui donnaient une expression
sévère à sa physionomie.

— Pourquoi diable ne viennent-ils pas ? demanda-t-il pour la seconde fois de sa voix grossie par les fatigues de la guerre. Se trouve-t-il dans le village quelque bonne Vierge à laquelle ils donnent une poignée de main ?

— Tu demandes pourquoi ? répondit une voix.

En entendant des sons qui semblaient partir de la corne avec laquelle les paysans de ces vallons rassemblent leurs troupeaux, le commandant se retourna brusquement comme s'il eût senti la pointe d'une épée, et vit à deux pas un personnage encore plus bizarre qu'aucun de ceux emmenés à Mayenne pour servir la République. Cet inconnu, homme trapu, large des épaules, lui montrait une tête presque aussi grosse que celle d'un bœuf, avec laquelle elle avait plus d'une ressemblance. Des narines épaisses faisaient paraître son nez encore plus court qu'il ne l'était. Ses larges lèvres retroussées par des dents blanches comme de la neige, ses grands et ronds yeux noirs garnis de sourcils menaçants, ses oreilles pendantes et ses cheveux roux appartenaient moins à notre belle race caucasienne qu'au genre des herbivores. Enfin l'absence complète des autres caractères de l'homme social rendait cette tête nue plus remarquable encore. La face, comme bronzée par le soleil et dont les anguleux contours offraient une vague analogie avec le granit qui forme le sol de ces contrées, était la seule partie visible du corps de cet être singulier. A partir du cou, il était enveloppé d'un sarrau, espèce de blouse en toile rousse plus grossière encore que celle des pantalons des conscrits les moins fortunés. Ce sar-

rau, dans lequel un antiquaire aurait reconnu la *saye*
(*saga*) ou le *sayon* des Gaulois, finissait à mi-corps, en
se rattachant à deux fourreaux de peau de chèvre par
des morceaux de bois grossièrement travaillés et dont
quelques-uns gardaient leur écorce. Les peaux de
bique, pour parler la langue du pays, qui lui garnis-
saient les jambes et les cuisses, ne laissaient distinguer
aucune forme humaine. Des sabots énormes lui
cachaient les pieds. Ses longs cheveux luisants, semblables aux poils de ses peaux de chèvres, tombaient
de chaque côté de sa figure, séparés en deux parties
égales, et pareils aux chevelures de ces statues du
moyen âge qu'on voit encore dans quelques cathédrales. Au lieu du bâton noueux que les conscrits portaient sur leurs épaules, il tenait appuyé sur sa poitrine, en guise de fusil, un gros fouet dont le cuir
habilement tressé paraissait avoir une longueur double
de celle des fouets ordinaires. La brusque apparition
de cet être bizarre semblait facile à expliquer. Au
premier aspect, quelques officiers supposèrent que
l'inconnu était un réquisitionnaire ou conscrit (l'un
se disait encore pour l'autre) qui se repliait sur la
colonne en la voyant arrêtée. Néanmoins, l'arrivée
de cet homme étonna singulièrement le commandant ;
s'il n'en parut pas le moins du monde intimidé, son
front devint soucieux ; et, après avoir toisé l'étranger,
il répéta machinalement et comme occupé de pensées
sinistres : — Oui, pourquoi ne viennent-ils pas ? le
sais-tu, toi ?

— C'est que, répondit le sombre interlocuteur avec
un accent qui prouvait une assez grande difficulté de

parler français, c'est que là, dit-il en étendant sa rude
et large main vers Ernée, là est le Maine, et là finit la
Bretagne.

Puis il frappa fortement le sol en jetant le pesant
manche de son fouet aux pieds du commandant.
L'impression produite sur les spectateurs de cette
scène par la harangue laconique de l'inconnu, ressemblait assez à celle que donnerait un coup de tam-tam
frappé au milieu d'une musique. Le mot de harangue
suffit à peine pour rendre la haine, les désirs de vengeance qu'exprimèrent un geste hautain, une parole
brève, et la contenance empreinte d'une énergie farouche et froide. La grossièreté de cet homme taillé
comme à coups de hache, sa noueuse écorce, la stupide
ignorance gravée sur ses traits, en faisaient une sorte
de demi-dieu barbare. Il gardait une attitude prophétique et apparaissait là comme le génie même de la
Bretagne, qui se relevait d'un sommeil de trois années,
pour recommencer une guerre où la victoire ne se
montra jamais sans de doubles crêpes.

— Voilà un joli coco, dit Hulot en se parlant à lui-
même. Il m'a l'air d'être l'ambassadeur de gens qui
s'apprêtent à parlementer à coups de fusil.

Après avoir grommelé ces paroles entre ses dents,
le commandant promena successivement ses regards de
cet homme au paysage, du paysage au détachement, du
détachement sur les talus abrupts de la route, dont les
crêtes étaient ombragées par les hauts genêts de la Bretagne ; puis il les reporta tout à coup sur l'inconnu, auquel
il fit subir comme un muet interrogatoire qu'il termina
en lui demandant brusquement : — D'où viens-tu ?

Son œil avide et perçant cherchait à deviner les
secrets de ce visage impénétrable qui, pendant cet
intervalle, avait pris la niaise expression de torpeur
dont s'enveloppe un paysan au repos.

— Du pays des *Gars*, répondit l'homme sans mani-
fester aucun trouble.

— Ton nom ?

— *Marche-à-terre.*

— Pourquoi portes-tu, malgré la loi, ton surnom
de Chouan ?

Marche-à-terre, puisqu'il se donnait ce nom, regarda
le commandant d'un air d'imbécillité si profondément
vraie, que le militaire crut n'avoir pas été compris.

— Fais-tu partie de la réquisition de Fougères ?

A cette demande, Marche-à-terre répondit par un
de ces *je ne sais pas*, dont l'inflexion désespérante
arrête tout entretien. Il s'assit tranquillement sur le
bord du chemin, tira de son sarrau quelques morceaux
d'une mince et noire galette de sarrasin, repas national
dont les tristes délices ne peuvent être comprises que
des Bretons, et se mit à manger avec une indifférence
stupide. Il faisait croire à une absence si complète de
toute intelligence, que les officiers le comparèrent tour
à tour, dans cette situation, à un des animaux qui brou-
taient les gras pâturages de la vallée, aux sauvages de
l'Amérique ou à quelque naturel du cap de Bonne-
Espérance. Trompé par cette attitude, le commandant lui-même n'écoutait déjà plus ses inquiétudes,
lorsque, jetant un dernier regard de prudence à
l'homme qu'il soupçonnait être le héraut d'un pro-
chain carnage, il en vit les cheveux, le sarrau, les peaux

de chèvre couverts d'épines, de débris de feuilles, de brins de bois et de broussailles, comme si ce Chouan eût fait une longue route à travers les halliers. Il lança un coup d'œil significatif à son adjudant Gérard, près duquel il se trouvait, lui serra fortement la main et dit à voix basse : — Nous sommes allés chercher de la laine, et nous allons revenir tondus.

Les officiers étonnés se regardèrent en silence.

Il convient de placer ici une digression pour faire partager les craintes du commandant Hulot à certaines personnes casanières habituées à douter de tout, parce qu'elles ne voient rien, et qui pourraient contredire l'existence de Marche-à-terre et des paysans de l'Ouest dont alors la conduite fut sublime.

Le mot *gars*, que l'on prononce *gâ*, est un débris de la langue celtique. Il a passé du bas-breton dans le français, et ce mot est, de notre langage actuel, celui qui contient le plus de souvenirs antiques. Le *gais* était l'arme principale des Gaëls ou Gaulois ; *gaisde* signifiait armé ; *gais*, bravoure ; *gas*, force. Ces rapprochements prouvent la parenté du mot *gars* avec ces expressions de la langue de nos ancêtres. Ce mot a de l'analogie avec le mot latin *vir*, homme, racine de *virtus*, force, courage. Cette dissertation trouve son excuse dans sa nationalité ; puis, peut-être, servira-t-elle à réhabiliter, dans l'esprit de quelques personnes, les mots : *gars, garçon, garçonnette, garce, garcette*, généralement proscrits du discours comme mal séants, mais dont l'origine est si guerrière et qui se montreront çà et là dans le cours de cette histoire. — « C'est une fameuse garce! » est un éloge peu

compris que recueillit Mme de Staël dans un petit
canton du Vendômois où elle passa quelques jours
d'exil. La Bretagne est, de toute la France, le pays où
les mœurs gauloises ont laissé les plus fortes empreintes.
Les parties de cette province où, de nos jours encore,
la vie sauvage et l'esprit superstitieux de nos rudes
aïeux sont restés, pour ainsi dire, flagrants, se nom-
ment le pays des Gars. Lorsqu'un canton est habité
par nombre de Sauvages semblables à celui qui vient
de comparaître dans cette Scène, les gens de la contrée
disent : Les Gars de telle paroisse ; et ce nom classique
est comme une récompense de la fidélité avec laquelle
ils s'efforcent de conserver les traditions du langage
et des mœurs gaëliques ; aussi leur vie garde-t-elle
de profonds vestiges des croyances et des pratiques
superstitieuses des anciens temps. Là, les coutumes
féodales sont encore respectées. Là, les antiquaires
retrouvent debout les monuments des Druides. Là,
le génie de la civilisation moderne s'effraie de pénétrer
à travers d'immenses forêts primordiales. Une incroyable férocité, un entêtement brutal, mais aussi la foi du
serment ; l'absence complète de nos lois, de nos mœurs,
de notre habillement, de nos monnaies nouvelles, de
notre langage, mais aussi la simplicité patriarcale et
d'héroïques vertus s'accordent à rendre les habitants
de ces campagnes plus pauvres de combinaisons intel-
lectuelles que ne le sont les Mohicans et les Peaux
rouges de l'Amérique septentrionale, mais aussi grands,
aussi rusés, aussi durs qu'eux. La place que la Bretagne
occupe au centre de l'Europe la rend beaucoup plus
curieuse à observer que ne l'est le Canada. Entouré

de lumières dont la bienfaisante chaleur ne l'atteint
pas, ce pays ressemble à un charbon glacé qui resterait
obscur et noir au sein d'un brillant foyer. Les efforts
tentés par quelques grands esprits pour conquérir à
la vie sociale et à la prospérité cette belle partie de la
France, si riche de trésors ignorés, tout, même les
tentatives du gouvernement, meurt au sein de l'immobilité d'une population vouée aux pratiques d'une
immémoriale routine. Ce malheur s'explique assez
par la nature d'un sol encore sillonné de ravins, de
torrents, de lacs et de marais ; hérissé de haies, espèces
de bastions en terre qui font, de chaque champ, une
citadelle ; privé de routes et de canaux ; puis, par
l'esprit d'une population ignorante, livrée à des préjugés dont les dangers seront accusés par les détails
de cette histoire, et qui ne veut pas de notre moderne
agriculture. La disposition pittoresque de ce pays, les
superstitions de ses habitants excluent et la concentration des individus et les bienfaits amenés par la
comparaison, par l'échange des idées. Là point de
villages. Les constructions précaires que l'on nomme
des logis sont clairsemées à travers la contrée. Chaque
famille y vit comme dans un désert. Les seules réunions
connues sont les assemblées éphémères que le dimanche
ou les fêtes de la religion consacrent à la paroisse. Ces
réunions silencieuses, dominées par le *Recteur*, le seul
maître de ces esprits grossiers, ne durent que quelques
heures. Après avoir entendu la voix terrible de ce
prêtre, le paysan retourne pour une semaine dans sa
demeure insalubre ; il en sort pour le travail, il y rentre
pour dormir. S'il y est visité, c'est par ce recteur, l'âme

de la contrée. Aussi, fut-ce à la voix de ce prêtre que des milliers d'hommes se ruèrent sur la République, et que ces parties de la Bretagne fournirent cinq ans avant l'époque à laquelle commence cette histoire, des masses de soldats à la première chouannerie. Les frères Cottereau, hardis contrebandiers qui donnèrent leur nom à cette guerre, exerçaient leur périlleux métier de Laval à Fougères. Mais les insurrections de ces campagnes n'eurent rien de noble, et l'on peut dire avec assurance que si la Vendée fit du brigandage une guerre, la Bretagne fit de la guerre un brigandage. La proscription des princes, la religion détruite ne furent pour les Chouans que des prétextes de pillage, et les événements de cette lutte intestine contractèrent quelque chose de la sauvage âpreté qu'ont les mœurs en ces contrées. Quand de vrais défenseurs de la monarchie vinrent recruter des soldats parmi ces populations ignorantes et belliqueuses, ils essayèrent, mais en vain, de donner, sous le drapeau blanc, quelque grandeur à ces entreprises qui avaient rendu la chouannerie odieuse. Les Chouans sont restés comme un mémorable exemple du danger de remuer les masses peu civilisées d'un pays. Le tableau de la première vallée offerte par la Bretagne aux yeux du voyageur, la peinture des hommes qui composaient le détachement des réquisitionnaires, la description du gars apparu sur le sommet de la Pèlerine, donnent en raccourci une fidèle image de la province et de ses habitants. Une imagination exercée peut, d'après ces détails, concevoir le théâtre et les instruments de la guerre ; là en étaient les éléments. Les haies si fleuries

de ces belles vallées cachaient alors d'invisibles agres-
seurs. Chaque champ était alors une forteresse, chaque
arbre méditait un piège, chaque vieux tronc de saule
creux gardait un stratagème. Le lieu du combat était
partout. Les fusils attendaient au coin des routes les
Bleus que de jeunes filles attiraient en riant sous le
feu des canons, sans croire être perfides ; elles allaient
en pèlerinage avec leurs pères et leurs frères demander
des ruses et des absolutions à des vierges de bois vermoulu. La religion ou plutôt le fétichisme de ces
créatures ignorantes désarmait le meurtre de ses
remords. Aussi une fois cette lutte engagée, tout dans
le pays devenait-il dangereux : le bruit comme le
silence, la grâce comme la terreur, le foyer domestique
comme le grand chemin. Il y avait de la conviction
dans ces trahisons. C'était des Sauvages qui servaient
Dieu et le roi, à la manière dont les Mohicans font la
guerre. Mais pour rendre exacte et vraie en tout
point la peinture de cette lutte, l'historien doit ajouter
qu'au moment où la paix de Hoche fut signée, la
contrée entière redevint et riante et amie. Les familles,
qui, la veille, se déchiraient encore, le lendemain
soupèrent sans danger sous le même toit.

A l'instant où Hulot reconnut les perfidies secrètes
que trahissait la peau de chèvre de Marche-à-terre, il
resta convaincu de la rupture de cette heureuse paix
due au génie de Hoche et dont le maintien lui parut
impossible. Ainsi la guerre renaissait sans doute plus
terrible qu'autrefois, à la suite d'une inaction de trois
années. La Révolution, adoucie depuis le 9 thermidor,
allait peut-être reprendre le caractère de terreur qui la

rendit haïssable aux bons esprits. L'or des Anglais
avait donc, comme toujours, aidé aux discordes de
la France. La République, abandonnée du jeune Bonaparte, qui semblait en être le génie tutélaire, semblait
hors d'état de résister à tant d'ennemis, et le plus cruel
se montrait le dernier. La guerre civile, annoncée par
mille petits soulèvements partiels, prenait un caractère de gravité tout nouveau, du moment où les
Chouans concevaient le dessein d'attaquer une si
forte escorte. Telles étaient les réflexions qui se dérou-
lèrent dans l'esprit de Hulot, quoique d'une manière
beaucoup moins succincte, dès qu'il crut apercevoir,
dans l'apparition de Marche-à-terre, l'indice d'une
embuscade habilement préparée, car lui seul fut
d'abord dans le secret de son danger.

Le silence qui suivit la phrase prophétique du
commandant à Gérard, et qui termine la scène précédente, servit à Hulot pour recouvrer son sang-froid.
Le vieux soldat avait presque chancelé. Il ne put
chasser les nuages qui couvrirent son front quand il
vint à penser qu'il était environné déjà des horreurs
d'une guerre dont les atrocités eussent été peut-être
reniées par les Cannibales. Le capitaine Merle et l'adjudant Gérard, ses deux amis, cherchaient à s'expliquer
la crainte, si nouvelle pour eux, dont témoignait la
figure de leur chef, et contemplaient Marche-à-terre
mangeant sa galette au bord du chemin, sans pouvoir
établir le moindre rapport entre cette espèce d'animal
et l'inquiétude de leur intrépide commandant. Mais le
visage de Hulot s'éclaircit bientôt. Tout en déplorant
les malheurs de la République, il se réjouit d'avoir à

combattre pour elle, il se promit joyeusement de ne pas être la dupe des Chouans et de pénétrer l'homme si ténébreusement rusé qu'ils lui faisaient l'honneur d'employer contre lui. Avant de prendre aucune résolution, il se mit à examiner la position dans laquelle ses ennemis voulaient le surprendre. En voyant que le chemin au milieu duquel il se trouvait engagé passait dans une espèce de gorge peu profonde à la vérité, mais flanquée de bois, et où aboutissaient plusieurs sentiers, il fronça fortement ses gros sourcils noirs, puis il dit à ses deux amis d'une voix sourde et très émue : — Nous sommes dans un drôle de guêpier.

— Et de quoi donc avez-vous peur ? demanda Gérard.

— Peur ?... reprit le commandant, oui, peur. J'ai toujours eu peur d'être fusillé comme un chien au détour d'un bois sans qu'on vous crie : Qui vive !

— Bah ! dit Merle en riant, qui vive ! est aussi un abus.

— Nous sommes donc vraiment en danger ? demanda Gérard aussi étonné du sang-froid de Hulot qu'il l'avait été de sa passagère terreur.

— Chut ! dit le commandant, nous sommes dans la gueule du loup, il y fait noir comme dans un four, et il faut y allumer une chandelle. Heureusement, reprit-il, que nous tenons le haut de cette côte !... Il la décora d'une épithète énergique, et ajouta : — Je finirai peut-être bien par y voir clair. Le commandant, attirant à lui les deux officiers, cerna Marche-à-terre ; le Gars feignit de croire qu'il les gênait, il se leva promptement.

— Reste là, chenapan ! lui cria Hulot en le poussant

et le faisant retomber sur le talus où il s'était assis.
Dès ce moment, le chef de demi-brigade ne cessa de
regarder attentivement l'insouciant Breton. — Mes
amis, reprit-il alors en parlant à voix basse aux deux
officiers, il est temps de vous dire que la boutique est
enfoncée là-bas. Le Directoire, par suite d'un remue-
ménage qui a eu lieu aux Assemblées, a encore donné
un coup de balai à nos affaires. Ces pentarques, ou
pantins, c'est plus français, de directeurs viennent de
perdre une bonne lame, Bernadotte n'en veut plus.

— Qui le remplace ? demanda vivement Gérard.

— Milet-Mureau, une vieille perruque. On choisit
là un bien mauvais temps pour laisser naviguer
des mâchoires ! Voilà des fusées anglaises qui partent
sur les côtes. Tous ces hannetons de Vendéens et de
Chouans sont en l'air, et ceux qui sont derrière ces
marionnettes-là ont bien su prendre le moment où
nous succombons.

— Comment ! dit Merle.

— Nos armées sont battues sur tous les points,
reprit Hulot en étouffant sa voix de plus en plus. Les
Chouans ont déjà intercepté deux fois les courriers, et
je n'ai reçu mes dépêches et les derniers décrets qu'au
moyen d'un exprès envoyé par Bernadotte au moment
où il quittait le Ministère. Des amis m'ont heureusement écrit confidentiellement sur cette débâcle. Fouché
a découvert que le tyran Louis XVIII a été averti par
des traîtres de Paris d'envoyer un chef à ses canards de
l'intérieur. On pense que Barras trahit la République.
Bref, Pitt et les princes ont envoyé, ici, un ci-devant,
homme vigoureux, plein de talent, qui voudrait, en

réunissant les efforts des Vendéens à ceux des Chouans, abattre le bonnet de la République. Ce camarade-là a débarqué dans le Morbihan, je l'ai su le premier, je l'ai appris aux malins de Paris, le *Gars* est le nom qu'il s'est donné. Tous ces animaux-là, dit-il en montrant Marche-à-terre, chaussent des noms qui donneraient la colique à un honnête patriote s'il les portait. Or, notre homme est dans ce district. L'arrivée de ce Chouan-là, et il indiqua de nouveau Marche-à-terre, m'annonce qu'il est sur notre dos. Mais on n'apprend pas à un vieux singe à faire la grimace, et vous allez m'aider à ramener mes linottes à la cage *et pus vite que ça!* Je serais un joli coco si je me laissais engluer comme une corneille par ce ci-devant qui arrive de Londres sous prétexte d'avoir à épousseter nos chapeaux!

En apprenant ces circonstances secrètes et critiques, les deux officiers, sachant que leur commandant ne s'alarmait jamais en vain, prirent alors cette contenance grave qu'ont les militaires au fort du danger, lorsqu'ils sont fortement trempés et habitués à voir un peu loin dans les affaires humaines. Gérard, que son grade, supprimé depuis, rapprochait de son chef, voulut répondre, et demander toutes les nouvelles politiques dont une partie était évidemment passée sous silence; mais un signe de Hulot lui imposa silence; et tous les trois ils se mirent à regarder Marche-à-terre. Ce Chouan ne donna pas la moindre marque d'émotion en se voyant sous la surveillance de ces hommes aussi redoutables par leur intelligence que par leur force corporelle. La curiosité des deux officiers, pour lesquels cette sorte de guerre était nouvelle, fut vivement

excitée par le commencement d'une affaire qui offrait
un intérêt presque romanesque ; aussi voulurent-ils en
plaisanter ; mais, au premier mot qui leur échappa,
Hulot les regarda gravement et leur dit : — Tonnerre
de Dieu! n'allons pas fumer sur le tonneau de poudre,
citoyens. C'est s'amuser à porter de l'eau dans un
panier que d'avoir du courage hors de propos. — Gérard, dit-il ensuite en se penchant à l'oreille de son
adjudant, approchez-vous insensiblement de ce brigand ; et au moindre mouvement suspect, soyez prêt
à lui passer votre épée au travers du corps. Quant à
moi, je vais prendre des mesures pour soutenir la
conversation, si nos inconnus veulent bien l'entamer.

Gérard inclina légèrement la tête en signe d'obéis-
sance, puis il se mit à contempler les points de vue de
cette vallée avec laquelle on a pu se familiariser ; il
parut vouloir les examiner plus attentivement et
marcha pour ainsi dire sur lui-même et sans affectation ;
mais on pense bien que le paysage était la dernière
chose qu'il observa. De son côté, Marche-à-terre laissa
complètement ignorer si la manœuvre de l'officier le
mettait en péril ; à la manière dont il jouait avec le
bout de son fouet, on eût dit qu'il pêchait à la ligne
dans le fossé.

Pendant que Gérard essayait ainsi de prendre position devant le Chouan, le commandant dit tout bas à
Merle : — Donnez dix hommes d'élite à un sergent et
allez les poster vous-même au-dessus de nous, à l'endroit du sommet de cette côte où le chemin s'élargit
en formant un plateau, et d'où vous apercevrez un bon
ruban de queue de la route d'Ernée. Choisissez une

place où le chemin ne soit pas flanqué de bois et d'où le sergent puisse surveiller la campagne. Appelez La-clef-des-cœurs, il est intelligent. Il n'y a point de quoi rire, je ne donnerais pas un décime de notre peau, si nous ne prenons pas notre bisque.

Pendant que le capitaine Merle exécutait cet ordre avec une promptitude dont l'importance fut comprise, le commandant agita la main droite pour réclamer un profond silence des soldats qui l'entouraient et causaient en jouant. Il ordonna, par un autre geste, de reprendre les armes. Lorsque le calme fut établi, il porta les yeux d'un côté de la route à l'autre, écoutant avec une attention inquiète, comme s'il espérait surprendre quelque bruit étouffé, quelques sons d'armes ou des pas précurseurs de la lutte attendue. Son œil noir et perçant semblait sonder les bois à des profondeurs extraordinaires ; mais ne recueillant aucun indice, il consulta le sable de la route, à la manière des Sauvages, pour tâcher de découvrir quelques traces de ces invisibles ennemis dont l'audace lui était connue. Désespéré de ne rien apercevoir qui justifiât ses craintes, il s'avança vers les côtés de la route, en gravit les légères collines avec peine, puis il en parcourut lentement les sommets. Tout à coup, il sentit combien son expérience était utile au salut de sa troupe, et descendit. Son visage devint plus sombre ; car, dans ces temps-là, les chefs regrettaient toujours de ne pas garder pour eux seuls la tâche la plus périlleuse. Les autres officiers et les soldats, ayant remarqué la préoccupation d'un chef dont le caractère leur plaisait et dont la valeur était connue, pensèrent alors que son

extrême attention annonçait un danger ; mais inca-
pables d'en soupçonner la gravité, s'ils restèrent
immobiles et retinrent presque leur respiration, ce fut
par instinct. Semblables à ces chiens qui cherchent à
deviner les intentions de l'habile chasseur dont l'ordre
est incompréhensible, mais qui lui obéissent ponctuel-
lement, ces soldats regardèrent alternativement la
vallée du Couësnon, les bois de la route et la figure sévère de leur commandant, en tâchant d'y lire leur sort.
Ils se consultaient des yeux, et plus d'un sourire se
répétait de bouche en bouche.

Quand Hulot fit sa grimace, Beau-pied, jeune sergent qui passait pour le bel esprit de la compagnie, dit
à voix basse : — Où diable nous sommes-nous donc
fourrés pour que ce vieux troupier de Hulot nous fasse
une mine si marécageuse, il a l'air d'un conseil de
guerre.

Hulot ayant jeté sur Beau-pied un regard sévère,
le silence exigé sous les armes régna tout à coup. Au
milieu de ce silence solennel, les pas tardifs des conscrits, sous les pieds desquels le sable criait sourdement, rendaient un son régulier qui ajoutait une vague
émotion à cette anxiété générale. Ce sentiment indéfinissable sera compris seulement de ceux qui, en proie
à une attente cruelle, ont senti dans le silence des nuits
les larges battements de leur cœur, redoublés par
quelque bruit dont le retour monotone semblait leur
verser la terreur, goutte à goutte. En se replaçant
au milieu de la route, le commandant commençait à
se demander : — Me trompé-je ? Il regardait déjà avec
une colère concentrée, qui lui sortait en éclairs par les

yeux, le tranquille et stupide Marche-à-terre ; mais l'ironie sauvage qu'il sut démêler dans le regard terne du Chouan lui persuada de ne pas discontinuer de prendre ses mesures salutaires. En ce moment, après avoir acccompli les ordres de Hulot, le capitaine Merle revint auprès de lui. Les muets acteurs de cette scène, semblable à mille autres qui rendirent cette guerre la plus dramatique de toutes, attendirent alors avec impatience de nouvelles impressions, curieux de voir s'illuminer par d'autres manœuvres les points obscurs de leur situation militaire.

— Nous avons bien fait, capitaine, dit le commandant, de mettre à la queue du détachement le petit nombre de patriotes que nous comptons parmi ces réquisitionnaires. Prenez encore une douzaine de bons lurons, à la tête desquels vous mettrez le sous-lieutenant Lebrun, et vous les conduirez rapidement à la queue du détachement ; ils appuieront les patriotes qui s'y trouvent, et feront avancer, et vivement, toute la troupe de ces oiseaux-là, afin de la ramasser en deux temps vers la hauteur occupée par les camarades. Je vous attends.

Le capitaine disparut au milieu de la troupe. Le commandant regarda tout à tour quatre hommes intrépides dont l'adresse et l'agilité lui étaient connues, il les appela silencieusement en les désignant du doigt et leur faisant ce signe amical qui consiste à ramener l'index vers le nez, par un mouvement rapide et répété ; ils vinrent.

— Vous avez servi avec moi sous Hoche, leur dit-il, quand nous avons mis à la raison ces brigands qui s'appellent *les Chasseurs du Roi* ; vous savez comment ils se cachaient pour canarder les Bleus.

A cet éloge de leur savoir-faire, les quatre soldats hochèrent la tête en faisant une moue significative. Ils montraient de ces figures héroïquement martiales dont l'insouciante résignation annonçait que, depuis la lutte commencée entre la France et l'Europe, leurs idées n'avaient pas dépassé leur giberne en arrière et leur baïonnette en avant. Les lèvres ramassées comme une bourse dont on serre les cordons, ils regardaient leur commandant d'un air attentif et curieux.

— Eh bien! reprit Hulot, qui possédait éminemment l'art de parler la langue pittoresque du soldat, il ne faut pas que de bons lapins comme nous se laissent embêter par des Chouans, et il y en a ici, ou je ne me nomme pas Hulot. Vous allez, à vous quatre, battre les deux côtés de cette route. Le détachement va filer le câble. Ainsi, suivez ferme, tâchez de ne pas descendre la garde, et éclairez-moi cela, vivement!

Pui il leur montra les dangereux sommets du chemin. Tous, en guise de remerciement, portèrent le revers de la main devant leurs vieux chapeaux à trois cornes dont le haut bord, battu par la pluie et affaibli par l'âge, se courbait sur la forme. L'un d'eux, nommé Larose, caporal connu de Hulot, lui dit en faisant sonner son fusil : — On va leur siffler un air de clarinette, mon commandant.

Ils partirent les uns à droite, les autres à gauche. Ce ne fut pas sans une émotion secrète que la compagnie les vit disparaître des deux côtés de la route. Cette anxiété fut partagée par le commandant, qui croyait les envoyer à une mort certaine. Il eut même un frisson involontaire lorsqu'il ne vit plus la pointe de leurs chapeaux. Officiers et soldats écoutèrent le bruit graduellement affaibli des pas dans les feuilles sèches, avec un sentiment d'autant plus aigu qu'il était caché plus profondément. Il se rencontre à la guerre des scènes où quatre hommes risqués causent plus d'effroi que les milliers de morts étendus à Jemmapes. Ces physionomies militaires ont des expressions si multipliées, si fugitives, que leurs peintres sont obligés d'en appeler aux souvenirs des soldats, et de laisser les esprits pacifiques étudier ces figures si dramatiques, car ces orages si riches en détails ne pourraient être complètement décrits sans d'interminables longueurs.

Au moment où les baïonnettes des quatre soldats ne brillèrent plus, le capitaine Merle revenait, après avoir accompli les ordres du commandant avec la rapidité de l'éclair. Hulot, par deux ou trois commandements, mit alors le reste de sa troupe en bataille au milieu du chemin ; puis il ordonna de regagner le sommet de la Pèlerine où stationnait sa petite avant-garde ; mais il marcha le dernier et à reculons, afin d'observer les plus légers changements qui surviendraient sur tous les points de cette scène que la nature avait faite si ravissante, et que l'homme rendait si terrible. Il atteignit l'endroit où Gérard gardait Marche-à-terre, lorsque ce dernier, qui avait suivi, d'un œil indifférent en apparence, toutes les manœuvres du commandant, mais qui regardait alors avec une incroyable intelligence les deux soldats engagés dans les bois situés sur

la droite de la route, se mit à siffler trois ou quatre fois
de manière à produire le cri clair et perçant de la
chouette. Les trois célèbres contrebandiers dont les
noms ont déjà été cités employaient ainsi, pendant la
nuit, certaines intonations de ce cri pour s'avertir des
embuscades, de leurs dangers et de tout ce qui les
intéressait. De là leur était venu le surnom de *Chuin*,
qui signifie chouette ou hibou dans le patois de ce
pays. Ce mot corrompu servit à nommer ceux qui dans
la première guerre imitèrent les allures et les signaux
de ces trois frères. En entendant ce sifflement suspect,
le commandant s'arrêta pour regarder fixement
Marche-à-terre. Il feignit d'être la dupe de la niaise
attitude du Chouan, afin de le garder près de lui
comme un baromètre qui lui indiquât les mouvements
de l'ennemi. Aussi arrêta-t-il la main de Gérard qui
s'apprêtait à dépêcher le Chouan. Puis il plaça deux
soldats à quelques pas de l'espion, et leur ordonna, à
haute et intelligible voix, de se tenir prêts à le fusiller
au moindre signe qui lui échapperait. Malgré son im-
minent danger, Marche-à-terre ne laissa paraître
aucune émotion, et le commandant, qui l'étudiait,
s'aperçut de cette insensibilité.

— Le serin n'en sait pas long, dit-il à Gérard. Ah!
ah! il n'est pas facile de lire sur la figure d'un Chouan ;
mais celui-ci s'est trahi par le désir de montrer son
intrépidité. Vois-tu, Gérard, s'il avait joué la terreur,
j'allais le prendre pour un imbécile. Lui et moi nous
aurions fait la paire. J'étais au bout de ma gamme.
Oh! nous allons être attaqués! Mais qu'ils viennent,
maintenant je suis prêt.

Après avoir prononcé ces paroles à voix basse et d'un air de triomphe, le vieux militaire se frotta les mains, regarda Marche-à-terre d'un air goguenard ; puis il se croisa les bras sur la poitrine, resta au milieu du chemin entre ses deux officiers favoris, et attendit le résultat de ses dispositions. Sûr du combat, il contempla ses soldats d'un air calme.

— Oh ! il va y avoir du foutreau, dit Beau-pied à voix basse, le commandant s'est frotté les mains.

La situation critique dans laquelle se trouvaient placés le commandant Hulot et son détachement, est une de celles où la vie est si réellement mise au jeu que les hommes d'énergie tiennent à honneur de s'y montrer pleins de sang-froid et libres d'esprit. Là se jugent les hommes en dernier ressort. Aussi le commandant, plus instruit du danger que ses deux officiers, mit-il de l'amour-propre à paraître le plus tranquille. Les yeux tour à tour fixés sur Marche-à-terre, sur le chemin et sur les bois, il n'attendait pas sans angoisse le bruit de la décharge générale des Chouans qu'il croyait cachés, comme des lutins, autour de lui ; mais sa figure restait impassible. Au moment où tous les yeux des soldats étaient attachés sur les siens, il plissa légèrement ses joues brunes marquées de petite vérole, retroussa fortement sa lèvre droite, cligna des yeux, grimace toujours prise pour un sourire par ses soldats ; puis, il frappa Gérard sur l'épaule en lui disant :
— Maintenant nous voilà calmes, que vouliez-vous me dire tout à l'heure ?

— Dans quelle crise nouvelle sommes-nous donc, mon commandant ?

— La chose n'est pas neuve, reprit-il à voix basse. L'Europe est toute contre nous, et cette fois elle a beau jeu. Pendant que les Directeurs se battent entre eux comme des chevaux sans avoine dans une écurie, et que tout tombe par lambeaux dans leur gouvernement, ils laissent les armées sans secours. Nous sommes abîmés en Italie! Oui, mes amis, nous avons évacué Mantoue à la suite des désastres de la Trébia, et Joubert vient de perdre la bataille de Novi. J'espère que Masséna gardera les défilés de la Suisse envahie par Suwarow. Nous sommes enfoncés sur le Rhin. Le Directoire y a envoyé Moreau. Ce lapin défendra-t-il les frontières?... je le veux bien ; mais la coalition finira par nous écraser, et malheureusement le seul général qui puisse nous sauver est au diable, là-bas, en Égypte! Comment reviendrait-il, au surplus? l'Angleterre est maîtresse de la mer.

— L'absence de Bonaparte ne m'inquiète pas, commandant, répondit le jeune adjudant Gérard chez qui une éducation soignée avait développé un esprit supérieur. Notre révolution s'arrêterait donc? Ah! nous ne sommes pas seulement chargés de défendre le territoire de la France, nous avons une double mission. Ne devons-nous pas aussi conserver l'âme du pays, ces principes généreux de liberté, d'indépendance, cette raison humaine, réveillée par nos Assemblées, et qui gagnera, j'espère, de proche en proche? La France est comme un voyageur chargé de porter une lumière, elle la garde d'une main et se défend de l'autre ; si vos nouvelles sont vraies, jamais, depuis dix ans, nous n'aurions été entourés de plus de gens

qui cherchent à la souffler. Doctrines et pays, tout
est près de périr.

— Hélas oui! dit en soupirant le commandant
Hulot. Ces polichinelles de Directeurs ont su se brouil-
ler avec tous les hommes qui pouvaient bien mener la
barque. Bernadotte, Carnot, tout, jusqu'au citoyen
Talleyrand, nous a quittés. Bref, il ne reste plus qu'un
seul bon patriote, l'ami Fouché qui tient tout par la
police ; voilà un homme! Aussi est-ce lui qui m'a fait
prévenir à temps de cette insurrection. Encore nous
voilà pris, j'en suis sûr, dans quelque traquenard.

— Oh! si l'armée ne se mêle pas un peu de notre
gouvernement, dit Gérard, les avocats nous remettront
plus mal que nous ne l'étions avant la Révolution.
Est-ce que ces chafouins-là s'entendent à commander!

— J'ai toujours peur, reprit Hulot, d'apprendre
qu'ils traitent avec les Bourbons. Tonnerre de Dieu!
s'ils s'entendaient, dans quelle passe nous serions ici,
nous autres ?

— Non, non, commandant, nous n'en viendrons
pas là, dit Gérard. L'armée, comme vous le dites,
élèvera la voix, et, pourvu qu'elle ne prenne pas ses
expressions dans le vocabulaire de Pichegru, j'espère
que nous ne nous serons pas hachés pendant dix ans
pour, après tout, faire pousser du lin et le voir filer à
d'autres.

— Oh! oui, s'écria le commandant, il nous en a
furieusement coûté pour changer de costume.

— Eh bien! dit le capitaine Merle, agissons toujours ici en bons patriotes, et tâchons d'empêcher nos
Chouans de communiquer avec la Vendée ; car s'ils

s'entendent et que l'Angleterre s'en mêle, cette fois je ne répondrais pas du bonnet de la République, une et indivisible.

Là, le cri de la chouette, qui se fit entendre à une distance assez éloignée, interrompit la conversation. Le commandant, plus inquiet, examina derechef Marche-à-terre, dont la figure impassible ne donnait, pour ainsi dire, pas signe de vie. Les conscrits, rassemblés par un officier, étaient réunis comme un troupeau de bétail au milieu de la route, à trente pas environ de la compagnie en bataille. Puis derrière eux, à dix pas, se trouvaient les soldats et les patriotes commandés par le lieutenant Lebrun. Le commandant jeta les yeux sur cet ordre de bataille et regarda une dernière fois le piquet d'hommes postés en avant sur la route. Content de ses dispositions, il se retournait pour ordonner de se mettre en marche, lorsqu'il aperçut les cocardes tricolores des deux soldats qui revenaient après avoir fouillé les bois situés sur la gauche. Le commandant, ne voyant point reparaître les deux éclaireurs de droite, voulut attendre leur retour.

— Peut-être, est-ce de là que la bombe va partir, dit-il à ses deux officiers en leur montrant le bois où ses deux enfants perdus étaient comme ensevelis.

Pendant que les deux tirailleurs lui faisaient une espèce de rapport, Hulot cessa de regarder Marche-à-terre. Le Chouan se mit alors à siffler vivement, de manière à faire retentir son cri à une distance prodigieuse ; puis, avant qu'aucun de ses surveillants ne l'eût même couché en joue, il leur avait appliqué un coup de fouet qui les renversa sur la berme. Aussitôt, des cris ou plutôt des hurlements sauvages surprirent les Républicains. Une décharge terrible, partie du bois qui surmontait le talus où le Chouan s'était assis, abattit sept ou huit soldats. Marche-à-terre, sur lequel cinq ou six hommes tirèrent sans l'atteindre, disparut dans le bois après avoir grimpé le talus avec la rapidité d'un chat sauvage ; ses sabots roulèrent dans le fossé, et il fut aisé de lui voir alors aux pieds les gros souliers ferrés que portaient habituellement les Chasseurs du Roi. Aux premiers cris jetés par les Chouans, tous les conscrits sautèrent dans le bois à droite, semblables à ces troupes d'oiseaux qui s'envolent à l'approche d'un voyageur.

— Feu sur ces mâtins-là! cria le commandant.

La compagnie tira sur eux, mais les conscrits avaient su se mettre tous à l'abri de cette fusillade en s'adossant à des arbres ; et, avant que les armes eussent été rechargées, ils avaient disparu.

— Décrétez donc des légions départementales! hein ? dit Hulot à Gérard. Il faut être bête comme un Directoire pour vouloir compter sur la réquisition de ce pays-ci. Les Assemblées feraient mieux de ne pas nous voter tant d'habits, d'argent, de munitions, et de nous en donner.

— Voilà des crapauds qui aiment mieux leurs galettes que le pain de munition, dit Beau-pied, le *malin* de la compagnie.

A ces mots, des huées et des éclats de rire partis du sein de la troupe républicaine honnirent les déserteurs, mais le silence se rétablit tout à coup. Les soldats

virent descendre péniblement du talus les deux
chasseurs que le commandant avait envoyés battre les
bois de la droite. Le moins blessé des deux soutenait
son camarade, qui abreuvait le terrain de son sang.
Les deux pauvres soldats étaient parvenus à moitié
de la pente lorsque Marche-à-terre montra sa face
hideuse, il ajusta si bien les deux Bleus qu'il les acheva
d'un seul coup, et ils roulèrent pesamment dans le
fossé. A peine avait-on vu sa grosse tête que trente
canons de fusils se levèrent ; mais semblable à une
figure fantasmagorique, il avait disparu derrière les
fatales touffes de genêts. Ces événements, qui exigent
tant de mots, se passèrent en un moment ; puis, en un
moment aussi, les patriotes et les soldats de l'arrière-
garde rejoignirent le reste de l'escorte.

— En avant! s'écria Hulot.

La compagnie se porta rapidement à l'endroit élevé
et découvert où le piquet avait été placé. Là, le
commandant mit la compagnie en bataille ; mais il
n'aperçut aucune démonstration hostile de la part des
Chouans, et crut que la délivrance des conscrits
était le seul but de cette embuscade.

— Leurs cris, dit-il à ses deux amis, m'annoncent
qu'ils ne sont pas nombreux. Marchons au pas accéléré,
nous atteindrons peut-être Ernée sans les avoir sur
le dos.

Ces mots furent entendus d'un conscrit patriote
qui sortit des rangs et se présenta devant Hulot.

— Mon général, dit-il, j'ai déjà fait cette guerre-là
en contre-chouan. Peut-on vous toucher deux mots ?

— C'est un avocat, cela se croit toujours à l'audience, dit le commandant à l'oreille de Merle. — Allons, plaide, répondit-il au jeune Fougerais.

— Mon commandant, les Chouans ont sans doute apporté des armes aux hommes avec lesquels ils viennent de se recruter. Or, si nous levons la semelle devant eux, ils iront nous attendre à chaque coin de bois, et nous tuerons jusqu'au dernier avant que nous arrivions à Ernée. Il faut plaider, comme tu le dis, mais avec des cartouches. Pendant l'escarmouche, qui durera encore plus de temps que tu ne le crois, l'un de mes camarades ira chercher la garde nationale et les compagnies franches de Fougères. Quoique nous ne soyons que des conscrits, tu verras alors si nous sommes de la race des corbeaux.

— Tu crois donc les Chouans bien nombreux ?

— Juges-en toi-même, citoyen commandant !

Il amena Hulot à un endroit du plateau où le sable avait été remué comme avec un râteau ; puis, après le lui avoir fait remarquer, il le conduisit assez avant dans un sentier où ils virent les vestiges du passage d'un grand nombre d'hommes. Les feuilles y étaient empreintes dans la terre battue.

— Ceux-là sont les Gars de Vitré, dit le Fougerais, ils sont allés se joindre aux Bas-Normands.

— Comment te nommes-tu, citoyen ? demanda Hulot.

— Gudin, mon commandant.

— Eh bien ! Gudin, je te fais caporal de tes bourgeois. Tu m'as l'air d'un homme solide. Je te charge de choisir celui de tes camarades qu'il faut envoyer à Fougères. Tu te tiendras à côté de moi. D'abord, va

avec tes réquisitionnaires prendre les fusils, les gibernes et les habits de nos pauvres camarades que ces
brigands viennent de coucher dans le chemin. Vous
ne resterez pas ici à manger des coups de fusil sans en
rendre.

Les intrépides Fougerais allèrent chercher la
dépouille des morts, et la compagnie entière les
protégea par un feu bien nourri dirigé sur le bois de
manière qu'ils réussirent à dépouiller les morts sans
perdre un seul homme.

— Ces Bretons-là, dit Hulot à Gérard, feront de
fameux fantassins, si jamais la gamelle leur va.

L'émissaire de Gudin partit en courant par un sentier détourné dans les bois de gauche. Les soldats,
occupés à visiter leurs armes, s'apprêtèrent au combat,
le commandant les passa en revue, leur sourit, alla se
planter à quelques pas en avant avec ses deux officiers
favoris, et attendit de pied ferme l'attaque des
Chouans. Le silence régna de nouveau pendant un
instant, mais il ne fut pas de longue durée. Trois
cents Chouans, dont les costumes étaient identiques
avec ceux des réquisitionnaires, débouchèrent par
les bois de la droite et vinrent sans ordre, en poussant
de véritables hurlements, occuper toute la route
devant le faible bataillon des Bleus. Le commandant
rangea ses soldats en deux parties égales qui présentaient chacune un front de dix hommes. Il plaça au
milieu de ces deux troupes ses douze réquisitionnaires
équipés en toute hâte, et se mit à leur tête. Cette
petite armée était protégée par deux ailes de vingt-
cinq hommes chacune, qui manœuvrèrent sur les deux

côtés du chemin sous les ordres de Gérard et de Merle. Ces deux officiers devaient prendre à propos les Chouans en flanc et les empêcher de *s'égailler*. Ce mot du patois de ces contrées exprime l'action de se répandre dans la campagne, où chaque paysan allait se poster de manière à tirer les Bleus sans danger ; les troupes républicaines ne savaient plus alors où prendre leurs ennemis.

Ces dispositions, ordonnées par le commandant avec la rapidité voulue en cette circonstance, communiquèrent sa confiance aux soldats, et tous marchèrent en silence sur les Chouans. Au bout de quelques minutes exigées par la marche des deux corps l'un vers l'autre, il se fit une décharge à bout portant qui répandit la mort dans les deux troupes. En ce moment, les deux ailes républicaines auxquelles les Chouans n'avaient pu rien opposer, arrivèrent sur leurs flancs, et par une fusillade vive et serrée, semèrent la mort et le désordre au milieu de leurs ennemis. Cette manœuvre rétablit presque l'équilibre numérique entre les deux partis. Mais le caractère des Chouans comportait une intrépidité et une constance à toute épreuve ; ils ne bougèrent pas, leur perte ne les ébranla point, ils se serrèrent et tâchèrent d'envelopper la petite troupe noire et bien alignée des Bleus, qui tenait si peu d'espace qu'elle ressemblait à une reine d'abeilles au milieu d'un essaim. Il s'engagea donc un de ces combats horribles où le bruit de la mousqueterie, rarement entendu, est remplacé par le cliquetis de ces luttes à armes blanches pendant lesquelles on se bat corps à corps, et où, à courage

égal, le nombre décide de la victoire. Les Chouans
l'auraient emporté de prime abord si les deux ailes,
commandées par Merle et Gérard, n'avaient réussi à
opérer deux ou trois décharges qui prirent en écharpe
la queue de leurs ennemis. Les Bleus de ces deux
ailes auraient dû rester dans leurs positions et continuer ainsi d'ajuster avec adresse leurs terribles adversaires ; mais, animés par la vue des dangers que courait
cet héroïque bataillon de soldats alors complètement
entouré par les Chasseurs du Roi, ils se jetèrent sur
la route comme des furieux, la baïonnette en avant, et
rendirent la partie plus égale pour quelques instants.
Les deux troupes se livrèrent alors à un acharnement
aiguisé par toute la fureur et la cruauté de l'esprit de
parti qui firent de cette guerre une exception. Chacun,
attentif à son danger, devint silencieux. La scène fut
sombre et froide comme la mort. Au milieu de ce
silence, on n'entendait, à travers le cliquetis des
armes et le grincement du sable sous les pieds, que
les exclamations sourdes et graves échappées à ceux
qui, blessés grièvement ou mourants, tombaient à
terre. Au sein du parti républicain, les douze réquisitionnaires défendaient avec un tel courage le commandant, occupé à donner des avis et des ordres multipliés,
que plus d'une fois deux ou trois soldats crièrent : —
Bravo ! les recrues.

Hulot, impassible et l'œil à tout, remarqua bientôt
parmi les Chouans un homme qui, entouré comme lui
d'une troupe d'élite, devait être le chef. Il lui parut
nécessaire de bien connaître cet officier ; mais il fit à
plusieurs reprises de vains efforts pour en distinguer

les traits que lui dérobaient toujours les bonnets
rouges et les chapeaux à grands bords. Seulement, il
aperçut Marche-à-terre qui, placé à côté de son
général, répétait les ordres d'une voix rauque, et
dont la carabine ne restait jamais inactive. Le commandant s'impatienta de cette contrariété renaissante.
Il mit l'épée à la main, anima ses réquisitionnaires,
chargea sur le centre des Chouans avec une telle furie
qu'il troua leur masse et put entrevoir le chef, dont
malheureusement la figure était entièrement cachée
par un grand feutre à cocarde blanche. Mais l'inconnu,
surpris d'une si audacieuse attaque, fit un mouvement
rétrograde en relevant son chapeau avec brusquerie ;
alors il fut permis à Hulot de prendre à la hâte le
signalement de ce personnage. Ce jeune chef, auquel
Hulot ne donna pas plus de vingt-cinq ans, portait
une veste de chasse en drap vert. Sa ceinture blanche
contenait des pistolets. Ses gros souliers étaient ferrés
comme ceux des Chouans. Des guêtres de chasseur
montant jusqu'aux genoux et s'adaptant à une
culotte de coutil très grossier complétaient ce costume qui laissait voir une taille moyenne, mais svelte
et bien prise. Furieux de voir les Bleus arrivés jusqu'à
sa personne, il abaissa son chapeau et s'avança vers
eux ; mais il fut promptement entouré par Marche-à-
terre et par quelques Chouans alarmés. Hulot crut
apercevoir, à travers les intervalles laissés par les têtes
qui se pressaient autour de ce jeune homme, un large
cordon rouge sur une veste entrouverte. Les yeux du
commandant, attirés d'abord par cette royale décoration, alors complètement oubliée, se portèrent soudain

sur un visage qu'il perdit bientôt de vue, forcé par les
accidents du combat de veiller à la sûreté et aux
évolutions de sa petite troupe. Aussi, à peine vit-il
des yeux étincelants dont la couleur lui échappa, des
cheveux blonds et des traits assez délicats, brunis par
le soleil. Cependant il fut frappé de l'éclat d'un cou nu
dont la blancheur était rehaussée par une cravate
noire, lâche et négligemment nouée. L'attitude fou-
gueuse et animée du jeune chef était militaire, à la
manière de ceux qui veulent dans un combat une
certaine poésie de convention. Sa main bien gantée
agitait en l'air une épée qui flamboyait au soleil. Sa
contenance accusait tout à la fois de l'élégance et de
la force. Son exaltation consciencieuse, relevée encore
par les charmes de la jeunesse, par des manières distinguées, faisait de cet émigré une gracieuse image
de la noblesse française ; il contrastait vivement avec
Hulot, qui, à quatre pas de lui, offrait à son tour une
image vivante de cette énergique République pour
laquelle ce vieux soldat combattait, et dont la figure
sévère, l'uniforme bleu à revers rouges usés, les
épaulettes noircies et pendant derrière les épaules,
peignaient si bien les besoins et le caractère.

La pose gracieuse et l'expression du jeune homme
n'échappèrent pas à Hulot, qui s'écria en voulant le
joindre : — Allons, danseur d'Opéra, avance donc que
je te démolisse.

Le chef royaliste, courroucé de son désavantage
momentané, s'avança par un mouvement de désespoir ; mais au moment où ses gens le virent se hasar-
dant ainsi, tous se ruèrent sur les Bleus. Soudain une

voix douce et claire domina le bruit du combat : — Ici
saint Lescure est mort ! Ne le vengerez-vous pas ?

A ces mots magiques, l'effort des Chouans devint
terrible, et les soldats de la République eurent grande
peine à se maintenir, sans rompre leur petit ordre de
bataille.

— Si ce n'était pas un jeune homme, se disait
Hulot en rétrogradant pied à pied, nous n'aurions
pas été attaqués. A-t-on jamais vu les Chouans livrant
bataille ? Mais tant mieux, on ne nous tuera pas
comme des chiens le long de la route. Puis, élevant
la voix de manière à faire retentir les bois : — Allons,
vivement, mes lapins ! Allons-nous nous laisser
embêter par des brigands ?

Le verbe par lequel nous remplaçons ici l'expression
dont se servit le brave commandant, n'en est qu'un
faible équivalent ; mais les vétérans sauront y substi-
tuer le véritable, qui certes est d'un plus haut goût
soldatesque.

— Gérard, Merle, reprit le commandant, rappelez
vos hommes, formez-les en bataillon, reformez-vous
en arrière, tirez sur ces chiens-là et finissons-en.

L'ordre de Hulot fut difficilement exécuté ; car en
entendant la voix de son adversaire, le jeune chef
s'écria : — Par sainte Anne d'Auray, ne les lâchez pas !
égaillez-vous, mes gars.

Quand les deux ailes commandées par Merle et
Gérard se séparèrent du gros de la mêlée, chaque
petit bataillon fut alors suivi par des Chouans obstinés
et bien supérieurs en nombre. Ces vieilles peaux de
biques entourèrent de toutes parts les soldats de

Merle et de Gérard, en poussant de nouveau leurs cris
sinistres et pareils à des hurlements.

— Taisez-vous donc, *messieurs*, on ne s'entend pas
tuer! s'écria Beau-pie[1].

Cette plaisanterie ranima le courage des Bleus. Au
lieu de se battre sur un seul point, les Républicains
se défendirent sur trois endroits différents du plateau
de la Pèlerine, et le bruit de la fusillade éveilla tous
les échos de ces vallées naguère si paisibles. La victoire
aurait pu rester indécise pendant des heures entières,
ou la lutte se serait terminée faute de combattants.
Bleus et Chouans déployaient une égale valeur. La
furie allait croissant de part et d'autre, lorsque dans
le lointain un tambour résonna faiblement ; et, d'après
la direction du bruit, le corps qu'il annonçait devait
traverser la vallée de Couësnon.

— C'est la garde nationale de Fougères! s'écria
Gudin d'une voix forte, Vannier l'aura rencontrée.

A cette exclamation qui parvint à l'oreille du jeune
chef des Chouans et de son féroce aide de camp, les
royalistes firent un mouvement rétrograde, que
réprima bientôt un cri bestial jeté par Marche-à-terre.
Sur deux ou trois ordres donnés à voix basse par le
chef et transmis par Marche-à-terre aux Chouans en
bas-breton, ils opérèrent leur retraite avec une habileté qui déconcerta les Républicains et même leur
commandant. Au premier ordre, les plus valides des
Chouans se mirent en ligne et présentèrent un front
respectable, derrière lequel les blessés et le reste des
leurs se retirèrent pour charger leurs fusils. Puis tout
à coup, avec cette agilité dont l'exemple a déjà été

donné par Marche-à-terre, les blessés gagnèrent le haut
de l'éminence qui flanquait la route à droite, et y
furent suivis par la moitié des Chouans qui la gravirent
lestement pour en occuper le sommet, en ne montrant
plus aux Bleus que leurs têtes énergiques. Là, ils
se firent un rempart des arbres, et dirigèrent les
canons de leurs fusils sur le reste de l'escorte qui,
d'après les commandements réitérés de Hulot, s'était
rapidement mis en ligne, afin d'opposer sur la route
un front égal à celui des Chouans. Ceux-ci reculèrent
lentement et défendirent le terrain en pivotant de
manière à se ranger sous le feu de leurs camarades.
Quand ils atteignirent le fossé qui bordait la route,
ils grimpèrent à leur tour le talus élevé dont la lisière
était occupée par les leurs, et les rejoignirent en
essuyant bravement le feu des Républicains qui les
fusillèrent avec assez d'adresse pour joncher de corps
le fossé. Les gens qui couronnaient l'escarpement
répondirent par un feu non moins meurtrier. En ce
moment, la garde nationale de Fougères arriva sur le
lieu de combat au pas de course, et sa présence termina l'affaire. Les gardes nationaux et quelques soldats échauffés dépassaient déjà la berme de la route
pour s'engager dans les bois ; mais le commandant leur
cria de sa voix martiale : — Voulez-vous vous faire
démolir là-bas!

Ils rejoignirent alors le bataillon de la République,
à qui le champ de bataille était resté non sans de
grandes pertes. Tous les vieux chapeaux furent mis
au bout des baïonnettes, les fusils se hissèrent, et les
soldats crièrent unanimement, à deux reprises : Vive

la République! Les blessés eux-mêmes, assis sur
l'accotement de la route, partagèrent cet enthousiasme,
et Hulot pressa la main de Gérard en lui disant : —
Hein! voilà ce qui s'appelle des lapins ?

Merle fut chargé d'ensevelir les morts dans un ravin
de la route. D'autres soldats s'occupèrent du transport
des blessés. Les charrettes et les chevaux des fermes
voisines furent mis en réquisition, et l'on s'empressa
d'y placer les camarades souffrants sur les dépouilles
des morts. Avant de partir, la garde nationale de
Fougères remit à Hulot un Chouan dangereusement
blessé qu'elle avait pris au bas de la côte abrupte par
où s'échappèrent les Chouans, et où il avait roulé,
trahi par ses forces expirantes.

— Merci de votre coup de main, citoyens, dit le
commandant. Tonnerre de Dieu! sans vous, nous
pouvions passer un rude quart d'heure. Prenez
garde à vous! la guerre est commencée. Adieu, mes
braves. Puis, Hulot se tournant vers le prisonnier :

— Quel est le nom de ton général ? lui demanda-t-il.

— Le Gars.

— Qui ? Marche-à-terre ?

— Non, le Gars.

— D'où le Gars est-il venu ?

A cette question, le Chasseur du Roi, dont la figure
rude et sauvage était abattue par la douleur, garda
le silence, prit son chapelet et se mit à réciter des
prières.

— Le Gars est sans doute ce jeune ci-devant à
cravate noire ? Il a été envoyé par le tyran et ses alliés
Pitt et Cobourg.

A ces mots, le Chouan, qui n'en savait pas si long, releva fièrement la tête : — Envoyé par Dieu et le Roi! Il prononça ces paroles avec une énergie qui épuisa ses forces. Le commandant vit qu'il était difficile de questionner un homme mourant dont toute la contenance trahissait un fanatisme obscur, et détourna la tête en fronçant le sourcil. Deux soldats, amis de ceux que Marche-à-terre avait si brutalement dépêchés d'un coup de fouet sur l'accotement de la route, car ils y étaient morts, se reculèrent de quelques pas, ajustèrent le Chouan, dont les yeux fixes ne se baissèrent pas devant les canons dirigés sur lui, le tirèrent à bout portant, et il tomba. Lorsque les soldats s'approchèrent pour dépouiller le mort, il cria fortement encore : — Vive le Roi!

— Oui, oui, sournois, dit La-clef-des-cœurs, va-t'en manger de la galette chez ta bonne Vierge. Ne vient-il pas nous crier au nez vive le tyran, quand on le croit frit!

Tenez, mon commandant, dit Beau-pied, voici les papiers du brigand.

— Oh! oh! s'écria La-clef-des-cœurs, venez donc voir ce fantassin du bon Dieu qui a des couleurs sur l'estomac?

Hulot et quelques soldats vinrent entourer le corps entièrement nu du Chouan, et ils aperçurent sur sa poitrine une espèce de tatouage de couleur bleuâtre qui représentait un cœur enflammé. C'était le signe de ralliement des initiés de la confrérie du *Sacré-Cœur*. Au-dessous de cette image Hulot put lire : *Marie Lambrequin*, sans doute le nom du Chouan.

— Tu vois bien, La-clef-des-cœurs! dit Beau-pied. Eh bien! tu resterais cent décades sans deviner à quoi sert ce fourniment-là.

— Est-ce que je me connais aux uniformes du pape! répliqua La-clef-des-cœurs.

— Méchant pousse-caillou, tu ne t'instruiras donc jamais! reprit Beau-pied. Comment ne vois-tu pas qu'on a promis à ce coco-là qu'il ressusciterait, et qu'il s'est peint le gésier pour se reconnaître.

A cette saillie, qui n'était pas sans fondement, Hulot lui-même ne put s'empêcher de partager l'hilarité générale. En ce moment Merle avait achevé de faire ensevelir les morts, et les blessés avaient été, tant bien que mal, arrangés dans deux charrettes par leurs camarades. Les autres soldats, rangés d'eux-mêmes sur deux files le long de ces ambulances impro-visées, descendaient le revers de la montagne qui regarde le Maine, et d'où l'on aperçoit la belle vallée de la Pèlerine, rivale de celle du Couësnon. Hulot, accompagné de ses deux amis, Merle et Gérard, sui-vit alors lentement ses soldats, en souhaitant d'arriver sans malheur à Ernée, où les blessés devaient trouver des secours. Ce combat, presque ignoré au milieu des grands événements qui se préparaient en France, prit le nom du lieu où il fut livré. Cependant il obtint quelque attention dans l'Ouest, dont les habitants occupés de cette seconde prise d'armes y remarquèrent un changement dans la manière dont les Chouans recommençaient la guerre. Autrefois ces gens-là n'eussent pas attaqué des détachements si considé-rables. Selon les conjectures de Hulot, le jeune royaliste

qu'il avait aperçu devait être le Gars, nouveau général envoyé en France par les princes, et qui, selon la
coutume des chefs royalistes, cachait son titre et son
nom sous un de ces sobriquets appelés *noms de guerre*.
Cette circonstance rendait le commandant aussi inquiet
après sa triste victoire qu'au moment où il soupçonna
l'embuscade, il se retourna à plusieurs reprises pour
contempler le plateau de la Pèlerine qu'il laissait derrière lui, et d'où arrivait encore, par intervalles, le
son étouffé des tambours de la garde nationale qui
descendait dans la vallée de Couësnon en même temps
que les Bleus descendaient dans la vallée de la
Pèlerine.

— Y a-t-il un de vous, dit-il brusquement à ses
deux amis, qui puisse deviner le motif de l'attaque
des Chouans ? Pour eux, les coups de fusil sont un
commerce, et je ne vois pas encore ce qu'ils gagnent
à ceux-ci. Ils auront au moins perdu cent hommes, et
nous, ajouta-t-il en retroussant sa joue droite et cli-
gnant des yeux pour sourire, nous n'en avons pas
perdu soixante. Tonnerre de Dieu ! je ne comprends
pas la spéculation. Les drôles pouvaient bien se dis-
penser de nous attaquer, nous aurions passé comme
des lettres à la poste, et je ne vois pas à quoi leur a
servi de trouer nos hommes. Et il montra par un geste
triste les deux charrettes de blessés. — Ils auront
peut-être voulu nous dire bonjour, ajouta-t-il.

— Mais, mon commandant, ils y ont gagné nos
cent cinquante serins, répondit Merle.

— Les réquisitionnaires auraient sauté comme des
grenouilles dans le bois que nous ne serions pas allés

les y repêcher, surtout après avoir essuyé une bordée,
répliqua Hulot. — Non, non, reprit-il, il y a quelque
chose là-dessous. Il se retourna encore vers la Pèlerine.
— Tenez, s'écria-t-il, voyez ?

Quoique les trois officiers fussent déjà éloignés de
ce fatal plateau, leurs yeux exercés reconnurent facilement Marche-à-terre et quelques Chouans qui l'occu
paient de nouveau.

— Allez au pas accéléré ! cria Hulot à sa troupe
ouvrez le compas et faites marcher vos chevaux plus
vite que ça. Ont-ils les jambes gelées ? Ces bêtes-là
seraient-elles aussi des Pitt et Cobourg ?

Ces paroles imprimèrent à la petite troupe un mouvement rapide.

— Quant au mystère dont l'obscurité me paraît
difficile à percer, Dieu veuille, mes amis, dit-il aux deux
officiers, qu'il ne se débrouille point par des coups de
fusil à Ernée. J'ai bien peur d'apprendre que la route
de Mayenne nous est encore coupée par les sujets du
roi.

Le problème de stratégie qui hérissait la moustache
du commandant Hulot ne causait pas, en ce moment,
une moins vive inquiétude aux gens qu'il avait aperçus
sur le sommet de la Pèlerine. Aussitôt que le bruit
du tambour de la garde nationale fougeraise n'y
retentit plus, et que Marche-à-terre eut aperçu les
Bleus au bas de la longue rampe qu'ils avaient des-
cendue, il fit entendre gaiement le cri de la chouette,
et les Chouans reparurent, mais moins nombreux.
Plusieurs d'entre eux étaient sans doute occupés à
placer les blessés dans le village de la Pèlerine, situé

sur le revers de la montagne qui regarde la vallée
de Couësnon. Deux ou trois chefs des Chasseurs du
Roi vinrent auprès de Marche-à-terre. A quatre pas
d'eux, le jeune noble, assis sur une roche de granit,
semblait absorbé dans les nombreuses pensées excitées
par les difficultés que son entreprise présentait déjà.
Marche-à-terre fit avec sa main une espèce d'auvent
au-dessus de son front pour se garantir les yeux de
l'éclat du soleil, et contempla tristement la route que
suivaient les Républicains à travers la vallée de la
Pélerine. Ses petits yeux noirs et perçants essayaient
de découvrir ce qui se passait sur l'autre rampe, à
l'horizon de la vallée.

— Les Bleus vont intercepter le courrier, dit d'une
voix farouche celui des chefs qui se trouvait le plus
près de Marche-à-terre.

— Par sainte Anne d'Auray! reprit un autre,
pourquoi nous as-tu fait battre ? Était-ce pour sauver
ta peau ?

Marche-à-terre lança sur le questionneur un regard
comme venimeux et frappa le sol de sa lourde carabine.

— Suis-je le chef ? demanda-t-il. Puis après une
pause : — Si vous vous étiez battus tous comme moi,
pas un de ces Bleus-là n'aurait échappé, reprit-il en
montrant les restes du détachement de Hulot. Peut-
être, la voiture serait-elle alors arrivée jusqu'ici.

— Crois-tu, reprit un troisième, qu'ils penseraient
à l'escorter ou à la retenir, si nous les avions laissés
passer tranquillement ? Tu as voulu sauver ta peau de
chien, parce que tu ne croyais pas les Bleus en route.

— Pour la santé de son groin, ajouta l'orateur en se

tournant vers les autres, il nous a fait saigner, et nous
perdrons encore vingt mille francs de bon or...

— Groin toi-même! s'écria Marche-à-terre en se
reculant de trois pas et ajustant son agresseur. Ce n'est
pas les Bleus que tu hais, c'est l'or que tu aimes.
Tiens, tu mourras sans confession, vilain damné, qui
n'as pas communié cette année

Cette insulte irrita le Chouan au point de le faire
pâlir, et un sourd grognement sortit de sa poitrine
pendant qu'il se mit en mesure d'ajuster Marche-
à-terre. Le jeune chef s'élança entre eux, il leur fit
tomber les armes des mains en frappant leur carabine
avec le canon de la sienne ; puis il demanda l'explication de cette dispute, car la conversation avait été
tenue en bas-breton, idiome qui ne lui était pas très
familier.

— Monsieur le marquis, dit Marche-à-terre en
achevant son discours, c'est d'autant plus mal à eux
de m'en vouloir que j'ai laissé en arrière Pille-miche
qui saura peut-être sauver la voiture des griffes des
voleurs.

Et il montra les Bleus qui, pour ces fidèles serviteurs
de l'Autel et du Trône étaient tous les assassins de
Louis XVI et des brigands.

— Comment! s'écria le jeune homme en colère,
c'est donc pour arrêter une voiture que vous restez
encore ici, lâches qui n'avez pu remporter une victoire
dans le premier combat où j'ai commandé! Mais
comment triompherait-on avec de semblables intentions ? Les défenseurs de Dieu et du Roi sont-ils donc
des pillards ? Par sainte Anne d'Auray! nous avons à

faire la guerre à la République et non aux diligences.
Ceux qui désormais se rendront coupables d'attaques
si honteuses ne recevront pas l'absolution et ne profiteront pas des faveurs réservées aux braves serviteurs
du Roi.

Un sourd murmure s'éleva au sein de cette troupe.
Il était facile de voir que l'autorité du nouveau chef,
si difficile à établir sur ces hordes indisciplinées, allait
être compromise. Le jeune homme, auquel ce mouvement n'avait pas échappé, cherchait déjà à sauver
l'honneur du commandement, lorsque le trot d'un
cheval retentit au milieu du silence. Toutes les têtes
se tournèrent dans la direction présumée du personnage qui survenait. C'était une jeune femme assise
en travers sur un petit cheval breton, qu'elle mit au
galop pour arriver promptement auprès de la troupe
des Chouans en y apercevant le jeune homme.

— Qu'avez-vous donc ? demanda-t-elle en regardant
tour à tour les Chouans et leur chef.

— Croiriez-vous, madame, qu'ils attendent la correspondance de Mayenne à Fougères, dans l'intention
de la piller, quand nous venons d'avoir, pour délivrer
nos gars de Fougères, une escarmouche qui nous a
coûté beaucoup d'hommes sans que nous ayons pu
détruire les Bleus.

— Eh bien! où est le mal ? demanda la jeune
dame à laquelle un tact naturel aux femmes révéla le
secret de la scène. Vous avez perdu des hommes, nous
n'en manquerons jamais. Le courrier porte de l'argent,
et nous en manquerons toujours! Nous enterrerons
nos hommes qui iront au ciel, et nous prendrons l'ar-

gent qui ira dans les poches de tous ces braves gens.
Où est la difficulté ?

Les Chouans approuvèrent ce discours par des
sourires unanimes.

— N'y a-t-il donc rien là-dedans qui vous fasse
rougir ? demanda le jeune homme à voix basse. Êtes-
vous donc dans un tel besoin d'argent qu'il vous faille
en prendre sur les routes ?

— J'en suis tellement affamée, marquis, que je
mettrais, je crois, mon cœur en gage s'il n'était pas
pris, dit-elle en lui souriant avec coquetterie. Mais
d'où venez-vous donc, pour croire que vous vous
servirez des Chouans sans leur laisser piller par-ci
par-là quelques Bleus ? Ne savez-vous pas le proverbe :
Voleur comme une chouette. Or, qu'est-ce qu'un Chouan ?
D'ailleurs, dit-elle en élevant la voix, n'est-ce pas une
action juste ? Les Bleus n'ont-ils pas pris tous les
biens de l'Église et les nôtres ?

Un autre murmure, bien différent du grognement
par lequel les Chouans avaient répondu au marquis,
accueillit ces paroles. Le jeune homme, dont le front
se rembrunissait, prit alors la jeune dame à part et
lui dit avec la vive bouderie d'un homme bien élevé :
— Ces messieurs viendront-ils à la Vivetière au jour
fixé ?

— Oui, dit-elle, tous, l'Intimé, Grand-Jacques et
peut-être Ferdinand.

— Permettez donc que j'y retourne ; car je ne saurais sanctionner de tels brigandages par ma présence.
Oui, madame, j'ai dit brigandages. Il y a de la noblesse
à être volé, mais...

— Eh bien! dit-elle en l'interrompant, j'aurai votre part, et je vous remercie de me l'abandonner. Ce surplus de prise me fera grand bien. Ma mère a tellement tardé à m'envoyer de l'argent que je suis au désespoir.

— Adieu, s'écria le marquis.

Et il disparut ; mais la jeune dame courut vivement après lui.

— Pourquoi ne restez-vous pas avec moi ? demanda-t-elle en lui lançant le regard à demi despotique, à demi caressant par lequel les femmes qui ont des droits au respect d'un homme savent si bien exprimer leurs désirs.

— N'allez-vous pas piller la voiture ?

— Piller ? reprit-elle, quel singulier terme! Laissez-moi vous expliquer...

— Rien, dit-il en lui prenant les mains et en les lui baisant avec la galanterie superficielle d'un courtisan. — Écoutez-moi, reprit-il après une pause, si je demeurais là pendant la capture de cette diligence, nos gens me tueraient, car je les...

— Vous ne les tueriez pas, reprit-elle vivement, car ils vous lieraient les mains avec les égards dus à votre rang ; et, après avoir levé sur les Républicains une contribution nécessaire à leur équipement, à leur subsistance, à des achats de poudre, ils vous obéiraient aveuglément.

— Et vous voulez que je commande ici ? Si ma vie est nécessaire à la cause que je défends, permettez-moi de sauver l'honneur de mon pouvoir. En me retirant, je puis ignorer cette lâcheté. Je reviendrai pour vous accompagner.

Et il s'éloigna rapidement. La jeune dame écouta
le bruit des pas avec un sensible déplaisir. Quand le
bruissement des feuilles séchées eut insensiblement
cessé, elle resta comme interdite, puis elle revint en
grande hâte vers les Chouans. Elle laissa brusquement échapper un geste de dédain, et dit à Marche-à-
terre, qui l'aidait à descendre de cheval : — Ce jeune
homme-là voudrait pouvoir faire une guerre régulière
à la République!... ah! bien, encore quelques jours,
et il changera d'opinion. — Comme il m'a traitée, se
dit-elle après une pause.

Elle s'assit sur la roche qui avait servi de siège au
marquis, et attendit en silence l'arrivée de la voiture.
Ce n'était pas un des moindres phénomènes de
l'époque que cette jeune dame noble jetée par de
violentes passions dans la lutte des monarchies contre
l'esprit du siècle, et poussée par la vivacité de ses
sentiments à des actions dont pour ainsi dire elle
n'était pas complice ; semblable en cela à tant d'autres
qui furent entraînées par une exaltation souvent fertile en grandes choses. Comme elle, beaucoup de
femmes jouèrent des rôles ou héroïques ou blâmables
dans cette tourmente. La cause royaliste ne trouva
pas d'émissaires ni plus dévoués ni plus actifs que ces
femmes, mais aucune des héroïnes de ce parti ne paya les
erreurs du dévouement, ou le malheur de ces situations
interdites à leur sexe, par une expiation aussi terrible
que le fut le désespoir de cette dame, lorsque, assise
sur le granit de la route, elle ne put refuser son
admiration au noble dédain et à la loyauté du jeune
chef. Insensiblement, elle tomba dans une profonde

rêverie. D'amers souvenirs lui firent désirer l'innocence
de ses premières années et regretter de n'avoir pas été
une victime de cette révolution dont la marche, alors
victorieuse, ne pouvait pas être arrêtée par de si
faibles mains.

La voiture qui entrait pour quelque chose dans l'attaque des Chouans avait quitté la petite ville d'Ernée
quelques instants avant l'escarmouche des deux partis.
Rien ne peint mieux un pays que l'état de son maté-
riel social. Sous ce rapport, cette voiture mérite une
mention honorable. La Révolution elle-même n'eut
pas le pouvoir de la détruire, elle roule encore de nos
jours. Lorsque Turgot remboursa le privilège qu'une
compagnie obtint sous Louis XIV de transporter exclusivement les voyageurs par tout le royaume, et qu'il
institua les entreprises nommées *les turgotines*, les
vieux carrosses des sieurs de Vouges, Chanteclaire
et veuve Lacombe refluèrent dans les provinces. Une
de ces mauvaises voitures établissait donc la communication entre Mayenne et Fougères. Quelques entêtés
l'avaient jadis nommée, par antiphrase, *la turgotine*,
pour singer Paris ou en haine d'un ministre qui
tentait des innovations. Cette turgotine était un
méchant cabriolet à deux roues très hautes, au fond
duquel deux personnes un peu grasses auraient
difficilement tenu. L'exiguïté de cette frêle machine ne
permettant pas de la charger beaucoup, et le coffre qui
formait le siège étant exclusivement réservé au service
de la poste, si les voyageurs avaient quelque bagage,
ils étaient obligés de le garder entre leurs jambes
déjà torturées dans une petite caisse que sa forme fai-

sait assez ressembler à un soufflet. Sa couleur primitive et celle des roues fournissait aux voyageurs une
insoluble énigme. Deux rideaux de cuir, peu maniables
malgré de longs services, devaient protéger les patients
contre le froid et la puie. Le conducteur, assis sur une
banquette semblable à celle des plus mauvais coucous
parisiens, participait forcément à la conversation par
la manière dont il était placé entre ses victimes bipèdes
et quadrupèdes. Cet équipage offrait de fantastiques
similitudes avec ces vieillards décrépits qui ont essuyé
bon nombre de catarrhes, d'apoplexies, et que la mort
semble respecter, il geignait en marchant, il criait par
moments. Semblable à un voyageur pris par un lourd
sommeil, il se penchait alternativement en arrière et
en avant, comme s'il eût essayé de résister à l'action
violente de deux petits chevaux bretons qui le traînaient
sur une route passablement raboteuse. Ce monument
d'un autre âge contenait trois voyageurs qui, à la sortie
d'Ernée, où l'on avait relayé, continuèrent avec le
conducteur une conversation entamée avant le relais.

— Comment voulez-vous que les Chouans se soient
montrés par ici ? disait le conducteur. Ceux d'Ernée
viennent de me dire que le commandant Hulot n'a
pas encore quitté Fougères.

— Oh! oh! l'ami, lui répondit le moins âgé des
voyageurs, tu ne risques que ta carcasse! Si tu avais,
comme moi, trois cents écus sur toi, et que tu fusses
connu pour être un bon patriote, tu ne serais pas si
tranquille.

— Vous êtes en tout cas bien bavard, répondit le
conducteur en hochant la tête.

— Brebis comptées, le loup les mange, reprit le second personnage.

Ce dernier, vêtu de noir, paraissait avoir une quarantaine d'années et devait être quelque recteur des environs. Son menton s'appuyait sur un double étage, et son teint fleuri devait appartenir à l'ordre ecclésiastique. Quoique gros et court, il déployait une certaine agilité chaque fois qu'il fallait descendre de voiture ou y remonter.

— Seriez-vous des Chouans? s'écria l'homme aux trois cents écus dont l'opulente peau de bique couvrait un pantalon de bon drap et une veste fort propre qui annonçaient quelque riche cultivateur. Par l'âme de saint Robespierre, je jure que vous seriez mal reçus.

Puis, il promena ses yeux gris du conducteur au voyageur, en leur montrant deux pistolets à sa ceinture.

— Les Bretons n'ont pas peur de cela, dit avec dédain le recteur. D'ailleurs avons-nous l'air d'en vouloir à votre argent?

Chaque fois que le mot argent était prononcé, le conducteur devenait taciturne, et le recteur avait précisément assez d'esprit pour douter que le patriote eût des écus et pour croire que leur guide en portait.

— Es-tu chargé aujourd'hui, Coupiau? demanda l'abbé.

— Oh! monsieur Gudin, je n'ai quasiment *rin*, répondit le conducteur.

L'abbé Gudin ayant interrogé la figure du patriote et celle de Coupiau, les trouva, pendant cette réponse, également imperturbables.

— Tant mieux pour toi, répliqua le patriote, je

pourrai prendre alors mes mesures pour sauver mon
avoir en cas de malheur.

Une dictature si despotiquement réclamée révolta
Coupiau, qui reprit brutalement : — Je suis le maître
de ma voiture, et pourvu que je vous conduise...

— Es-tu patriote, es-tu Chouan ? lui demanda vivement son adversaire en l'interrompant.

— Ni l'un ni l'autre, lui répondit Coupiau. Je suis
postillon, et Breton qui plus est ; partant, je ne crains
ni les Bleus ni les gentilshommes.

— Tu veux dire les gens-pille-hommes, reprit le
patriote avec ironie.

— Ils ne font que reprendre ce qu'on leur a ôté,
dit vivement le recteur.

Les deux voyageurs se regardèrent, s'il est permis
d'emprunter ce terme à la conversation, jusque dans
le blanc des yeux. Il existait au fond de la voiture un
troisième voyageur qui gardait, au milieu de ces débats,
le plus profond silence. Le conducteur, le patriote et
même Gudin ne faisaient aucune attention à ce muet
personnage. C'était en effet un de ces voyageurs
incommodes et peu sociables qui sont dans une
voiture comme un veau résigné que l'on mène, les
pattes liées, au marché voisin. Ils commencent par
s'emparer de toute leur place légale, et finissent par
dormir sans aucun respect humain sur les épaules de
leurs voisins. Le patriote, Gudin et le conducteur
l'avaient donc laissé à lui-même sur la foi de son
sommeil, après s'être aperçus qu'il était inutile de parler à un homme dont la figure pétrifiée annonçait une
vie passée à mesurer des aunes de toile et une intelli-

gence occupée à les vendre tout bonnement plus cher qu'elles ne coûtaient. Ce gros petit homme, pelotonné dans son coin, ouvrait de temps en temps ses petits yeux d'un bleu-faïence, et les avait successivement portés sur chaque interlocuteur avec des expressions d'effroi, de doute et de défiance pendant cette discussion. Mais il paraissait ne craindre que ses compagnons de voyage et se soucier fort peu des Chouans. Quand il regardait le conducteur, on eût dit de deux francs-maçons. En ce moment, la fusillade de la Pèlerine commença. Coupiau, déconcerté, arrêta sa voiture.

— Oh! oh! dit l'ecclésiastique qui paraissait s'y connaître, c'est un engagement sérieux, il y a beaucoup de monde.

— L'embarrassant, monsieur Gudin, est de savoir qui l'emportera ? s'écria Coupiau.

Cette fois les figures furent unanimes dans leur anxiété.

— Entrons la voiture, dit le patriote, dans cette auberge là-bas, et nous l'y cacherons en attendant le résultat de la bataille.

Cet avis parut si sage que Coupiau s'y rendit. Le patriote aida le conducteur à cacher la voiture à tous les regards, derrière un tas de fagots. Le prétendu recteur saisit une occasion de dire tout bas à Coupiau :

— Est-ce qu'il aurait réellement de l'argent ?

— Hé! monsieur Gudin, si ce qu'il en a entrait dans les poches de Votre Révérence, elles ne seraient pas lourdes.

Les Républicains, pressés de gagner Ernée, passèrent devant l'auberge sans y entrer. Au bruit de leur mar-

che précipitée, Gudin et l'aubergiste stimulés par la
curiosité avancèrent sur la porte de la cour pour les
voir. Tout à coup le gros ecclésiastique courut à un
soldat qui restait en arrière.

— Eh bien! Gudin! s'écria-t-il, entêté, tu vas donc
avec les Bleus. Mon enfant, y penses-tu?

— Oui, mon oncle, répondit le caporal. J'ai juré
de défendre la France.

— Eh! malheureux, tu perds ton âme! dit l'oncle
en essayant de réveiller chez son neveu les sentiments
religieux si puissants dans le cœur des Bretons.

— Mon oncle, si le Roi s'était mis à la tête de ses
armées, je ne dis pas que...

— Eh! imbécile, qui te parle du Roi? Ta République donne-t-elle des abbayes? Elle a tout renversé.
A quoi veux-tu parvenir? Reste avec nous, nous
triompherons, un jour ou l'autre, et tu deviendras
conseiller à quelque parlement.

— Des parlements?... dit Gudin d'un ton moqueur.
Adieu, mon oncle.

— Tu n'auras pas de moi trois louis vaillant, dit
l'oncle en colère. Je te déshérite!

— Merci, dit le Républicain.

Ils se séparèrent. Les fumées du cidre versé par
le patriote à Coupiau pendant le passage de la petite
troupe avaient réussi à obscurcir l'intelligence du
conducteur; mais il se réveilla tout joyeux quand
l'aubergiste, après s'être informé du résultat de la
lutte, annonça que les Bleus avaient eu l'avantage.
Coupiau remit alors en route sa voiture qui ne tarda
pas à se montrer au fond de la vallée de la Pèlerine où

il était facile de l'apercevoir et des plateaux du Maine
et de ceux de la Bretagne, semblable à un débris de
vaisseau qui nage sur les flots après une tempête.

Arrivé sur le sommet d'une côte que les Bleus gravissaient alors et d'où l'on apercevait encore la Pèlerine dans le lointain, Hulot se retourna pour voir si
les Chouans y séjournaient toujours ; le soleil, qui
faisait reluire les canons de leurs fusils, les lui indiqua
comme des points brillants. En jetant un dernier
regard sur la vallée qu'il allait quitter pour entrer dans
celle d'Ernée, il crut distinguer sur la grande route
l'équipage de Coupiau.

— N'est-ce pas la voiture de Mayenne ? demanda-
t-il à ses deux amis.

Les deux officiers, qui dirigèrent leurs regards sur
la vieille turgotine, la reconnurent parfaitement.

— Hé bien! dit Hulot, comment ne l'avons-nous
pas rencontrée ?

Ils se regardèrent en silence.

— Voilà encore une énigme ? s'écria le commandant. Je commence à entrevoir la vérité cependant.

En ce moment Marche-à-terre, qui reconnaissait
aussi la turgotine, la signala à ses camarades, et les
éclats d'une joie générale tirèrent la jeune dame de sa
rêverie. L'inconnue s'avança et vit la voiture qui
s'approchait du revers de la Pèlerine avec une fatale
rapidité. La malheureuse turgotine arriva bientôt sur
le plateau. Les Chouans, qui s'y étaient cachés de
nouveau, fondirent alors sur leur proie avec une avide
célérité. Le voyageur muet se laissa couler au fond de

la voiture et se blottit soudain en cherchant à garder
l'apparence d'un ballot.

— Ah! bien, s'écria Coupiau de dessus son siège
en leur désignant le paysan, vous avez senti le patriote
que voilà, car il a de l'or, un plein sac!

Les Chouans accueillirent ces paroles par un éclat
de rire général et s'écrièrent : — Pille-miche! Pille-
miche! Pille-miche!

Au milieu de ce rire, auquel Pille-miche lui-même
répondit comme un écho, Coupiau descendit tout
honteux de son siège. Lorsque le fameux Cibot, dit
Pille-miche, aida son voisin à quitter la voiture, il
s'éleva un murmure de respect.

— C'est l'abbé Gudin! crièrent plusieurs hommes.

A ce nom respecté, tous les chapeaux furent ôtés,
les Chouans s'agenouillèrent devant le prêtre et lui
demandèrent sa bénédiction, que l'abbé leur donna
gravement.

— Il tromperait saint Pierre et lui volerait les clefs
du paradis, dit le recteur en frappant sur l'épaule de
Pille-miche. Sans lui, les Bleus nous interceptaient.

Mais, en apercevant la jeune dame, l'abbé Gudin
alla s'entretenir avec elle à quelques pas de là. Marche-
à-terre, qui avait ouvert lestement le coffre du cabriolet, fit voir avec une joie sauvage un sac dont la forme
annonçait des rouleaux d'or. Il ne resta pas longtemps
à faire les parts. Chaque Chouan reçut de lui son
contingent avec une telle exactitude, que ce partage
n'excita pas la moindre querelle. Puis il s'avança vers
la jeune dame et le prêtre, en leur présentant six mille
francs environ.

— Puis-je accepter en conscience, monsieur Gudin ? dit-elle en sentant le besoin d'une approbation.

— Comment donc, madame ? L'Église n'a-t-elle pas autrefois approuvé la confiscation du bien des Protestants à plus forte raison, celle des Révolutionnaires qui renient Dieu, détruisent les chapelles et persécutent la religion. L'abbé Gudin joignit l'exemple à la prédication, en acceptant sans scrupule la dîme de nouvelle espèce que lui offrait Marche-à-terre. — Au reste, ajouta-t-il, je puis maintenant consacrer tout ce que je possède à la défense de Dieu et du Roi. Mon neveu part avec les Bleus !

Coupiau se lamentait et criait qu'il était ruiné.

— Viens avec nous, lui dit Marche-à-terre, tu auras ta part.

— Mais on croira que j'ai fait exprès de me laisser voler, si je reviens sans avoir essuyé de violence.

— N'est-ce que ça ?... dit Marche-à-terre.

Il fit un signal, et une décharge cribla la turgotine. A cette fusillade imprévue, la vieille voiture poussa un cri lamentable, que les Chouans, naturellement superstitieux, reculèrent d'effroi ; mais Marche-à-terre avait vu sauter et retomber dans un coin de la caisse la figure pâle du voyageur taciturne.

— Tu as encore une volaille dans ton poulailler, dit tout bas Marche-à-terre à Coupiau.

Pille-miche, qui comprit la question, cligna des yeux en signe d'intelligence.

— Oui, répondit le conducteur ; mais je mets pour condition à mon enrôlement avec vous autres, que vous me laisserez conduire ce brave homme sain et

sauf à Fougères. Je m'y suis engagé au nom de la
sainte d'Auray.

— Qui est-ce ? demanda Pille-miche.

— Je ne puis pas vous le dire, répondit Coupiau.

— Laisse-le donc ! reprit Marche-à-terre en poussant
Pille-miche par le coude, il a juré par Sainte-Anne
d'Auray, faut qu'il tienne ses promesses.

— Mais, dit le Chouan en s'adressant à Coupiau, ne
descends pas trop vite la montagne, nous allons te
rejoindre, et pour cause. Je veux voir le museau de
ton voyageur, et nous lui donnerons un passeport.

En ce moment on entendit le galop d'un cheval dont
le bruit se rapprochait vivement de la Pèlerine. Bientôt le jeune chef apparut. La dame cacha promptement le sac qu'elle tenait à la main.

— Vous pouvez garder cet argent sans scrupule,
dit le jeune homme en ramenant en avant le bras de
la dame. Voici une lettre que j'ai trouvée pour vous
parmi celles qui m'attendaient à la Vivetière, elle est
de madame votre mère. Après avoir tour à tour regardé
les Chouans qui regagnaient le bois, et la voiture qui
descendait la vallée du Couësnon, il ajouta : — Malgré
ma diligence, je ne suis pas arrivé à temps. Fasse le
ciel que je me sois trompé dans mes soupçons !

— C'est l'argent de ma pauvre mère, s'écria la
dame après avoir décacheté la lettre dont les premières
lignes lui arrachèrent cette exclamation.

Quelques rires étouffés retentirent dans le bois. Le
jeune homme lui-même ne put s'empêcher de sourire
en voyant la dame gardant à la main le sac qui renfer-

mait sa part dans le pillage de son propre argent. Elle-même se mit à rire.

— Eh bien! marquis, Dieu soit loué! pour cette fois je m'en tire sans blâme, dit-elle au chef.

— Vous mettez donc de la légèreté en toute chose, même dans vos remords ?... dit le jeune homme.

Elle rougit et regarda le marquis avec une contrition si véritable, qu'il en fut désarmé. L'abbé rendit poliment, mais d'un air équivoque, la dîme qu'il venait d'accepter ; puis il suivit le jeune chef qui se dirigeait vers le chemin détourné par lequel il était venu. Avant de les rejoindre, la jeune dame fit un signe à Marche-à-terre, qui vint près d'elle.

— Vous vous porterez en avant de Mortagne, lui dit-elle à voix basse. Je sais que les Bleus doivent envoyer incessamment à Alençon une forte somme en numéraire pour subvenir aux préparatifs de la guerre. Si j'abandonne à tes camarades la prise d'aujourd'hui, c'est à condition qu'ils sauront m'en indemniser. Surtout que le Gars ne sache rien du but de cette expédition, peut-être s'y opposerait-il ; mais, en cas de malheur, je l'adoucirai.

— Madame, dit le marquis, sur le cheval duquel elle se mit en croupe en abandonnant le sien à l'abbé, nos amis de Paris m'écrivent de prendre garde à nous. La République veut essayer de nous combattre par la ruse et par la trahison.

— Ce n'est pas trop mal, répondit-elle. Ils ont d'assez bonnes idées, ces gens-là! Je pourrai prendre part à la guerre et trouver des adversaires.

— Je le crois, s'écria le marquis. Pichegru m'en-

gage à être scrupuleux et circonspect dans mes ami-
tiés de toute espèce. La République me fait l'honneur
de me supposer plus dangereux que tous les Vendéens
ensemble, et compte sur mes faiblesses pour s'emparer
de ma personne.

— Vous défierez-vous de moi ? dit-elle en lui frappant le cœur avec la main par laquelle elle se crampon-
nait à lui.

— Seriez-vous là... madame ? dit-il en tournant
vers elle son front qu'elle embrassa.

— Ainsi, reprit l'abbé, la police de Fouché sera
plus dangereuse pour nous que ne le sont les bataillons
mobiles et les contre-Chouans.

— Comme vous le dites, mon révérend.

— Ha ! ha ! s'écria la dame, Fouché va donc envoyer
des femmes contre vous ?... je les attends, ajouta-
t-elle d'un son de voix profond et après une légère
pause.

A trois ou quatre portées de fusil du plateau désert
que les chefs abandonnaient, il se passait une de ces
scènes qui, pendant quelque temps encore, devinrent
assez fréquentes sur les grandes routes. Au sortir du
petit village de la Pèlerine, Pille-miche et Marche-à-
terre avaient arrêté de nouveau la voiture dans un
enfoncement du chemin. Coupiau était descendu de
son siège après une molle résistance. Le voyageur
taciturne, exhumé de sa cachette par les deux Chouans,
se trouvait agenouillé dans un genêt.

— Qui es-tu ? lui demanda Marche-à-terre d'une
voix sinistre.

Le voyageur gardait le silence, lorsque Pille-miche

recommença la question en lui donnant un coup de crosse.

— Je suis, dit-il alors en jetant un regard sur Coupiau, Jacques Pinaud, un pauvre marchand de toile.

Coupiau fit un signe négatif, sans croire enfreindre ses promesses. Ce signe éclaira Pille-miche, qui ajusta le voyageur, pendant que Marche-à-terre lui signifia catégoriquement ce terrible ultimatum : — Tu es trop gras pour avoir les soucis des pauvres! Si tu te fais encore demander une fois ton véritable nom, voici mon ami Pille-miche qui par un seul coup de fusil acquerra l'estime et la reconnaissance de tes héritiers. — Qui es-tu? ajouta-t-il après une pause.

— Je suis d'Orgemont de Fougères.

— Ah! ah! s'écrièrent les deux Chouans.

— Ce n'est pas moi qui vous ai nommé, monsieur d'Orgemont, dit Coupiau. La sainte Vierge m'est témoin que je vous ai bien défendu.

— Puisque vous êtes monsieur d'Orgemont de Fougères, reprit Marche-à-terre d'un air respectueusement ironique, nous allons vous laisser aller bien tranquillement. Mais comme vous n'êtes ni un bon Chouan, ni un vrai Bleu, quoique ce soit vous qui ayez acheté les biens de l'abbaye de Juvigny, vous nous payerez, ajouta le Chouan en ayant l'air de compter ses associés, trois cents écus de six francs pour votre rançon. La neutralité vaut bien cela.

— Trois cents écus de six francs! répétèrent en chœur le malheureux banquier, Pille-miche et Coupiau, mais avec des expressions diverses.

— Hélas! mon cher monsieur, continua d'Orge-

mont, je suis ruiné. *L'emprunt forcé* de cent millions
fait par cette République du diable, qui me taxe à une
somme énorme, m'a mis à sec.

— Combien t'a-t-elle donc demandé, ta République ?

— Mille écus, mon cher monsieur, répondit le banquier d'un air piteux en croyant obtenir une remise.

— Si ta République t'arrache des emprunts forcés
si considérables, tu vois bien qu'il y a tout à gagner
avec nous autres, notre gouvernement est moins cher.
Trois cents écus, est-ce donc trop pour ta peau ?

— Où les prendrai-je ?

— Dans ta caisse, dit Pille-miche. Et que tes écus
ne soient pas rognés, ou nous te rognerons les ongles
au feu.

— Où vous les paierai-je ? demanda d'Orgemont.

— Ta maison de campagne de Fougères n'est pas
loin de la ferme de Gibarry, où demeure mon cousin
Galope-Chopine, autrement dit le grand Cibot, tu les
lui remettras, dit Pille-miche.

— Cela n'est pas régulier, dit d'Orgemont.

— Qu'est-ce que cela nous fait ? reprit Marche-à-
terre. Songe que, s'ils ne sont pas remis à Galope-
Chopine d'ici à quinze jours, nous te rendrons une
petite visite qui te guérira de la goutte, si tu l'as aux
pieds.

— Quant à toi, Coupiau, reprit Marche-à-terre, ton
nom désormais sera *Mène-à-bien*.

A ces mots les deux Chouans s'éloignèrent. Le
voyageur remonta dans la voiture, qui, grâce au fouet
de Coupiau, se dirigea rapidement vers Fougères.

— Si vous aviez eu des armes, lui dit Coupiau, nous
aurions pu nous défendre un peu mieux.

— Imbécile, j'ai dix mille francs là, reprit d'Orgemont en montrant ses gros souliers. Est-ce qu'on
peut se défendre avec une si forte somme sur soi ?

Mène-à-bien se gratta l'oreille et regarda derrière
lui, mais ses nouveaux camarades avaient complètement disparu.

Hulot et ses soldats s'arrêtèrent à Ernée pour déposer les blessés à l'hôpital de cette petite ville ; puis,
sans que nul événement fâcheux interrompît la marche
des troupes républicaines, elles arrivèrent à Mayenne.
Là le commandant put, le lendemain, résoudre tous
ses doutes relativement à la marche du messager ;
car le lendemain, les habitants apprirent le pillage
de la voiture. Peu de jours après, les autorités dirigèrent sur Mayenne assez de conscrits patriotes pour
que Hulot pût y remplir le cadre de sa demi-brigade.
Bientôt se succédèrent des ouï-dire peu rassurants
sur l'insurrection. La révolte était complète sur tous
les points où, pendant la dernière guerre, les Chouans
et les Vendéens avaient établi les principaux foyers
de cet incendie. En Bretagne, les royalistes s'étaient
rendus maîtres de Pontorson, afin de se mettre en
communication avec la mer. La petite ville de Saint-
James, située entre Pontorson et Fougères, avait été
prise par eux, et ils paraissaient vouloir en faire momentanément leur place d'armes, le centre de leurs magasins ou de leurs opérations. De là, ils pouvaient correspondre sans danger avec la Normandie et le Morbihan.
Les chefs subalternes parcouraient ces trois pays pour

y soulever les partisans de la monarchie et arriver à
mettre de l'ensemble dans leur entreprise. Ces menées
coïncidaient avec les nouvelles de la Vendée, où des
intrigues semblables agitaient la contrée, sous l'influence de quatre chefs célèbres, messieurs l'abbé
Vernal, le comte de Fontaine, de Châtillon et Suzannet.
Le chevalier de Valois, le marquis d'Esgrignon et les
Troisville étaient, disait-on, leurs correspondants
dans le département de l'Orne. Le chef du vaste plan
d'opérations qui se déroulait lentement, mais d'une
manière formidable, était réellement le Gars, surnom
donné par les Chouans à monsieur le marquis de Montauran, lors de son débarquement. Les renseignements
transmis aux ministres par Hulot se trouvaient exacts
en tout point. L'autorité de ce chef envoyé du dehors
avait été aussitôt reconnue. Le marquis prenait même
assez d'empire sur les Chouans pour leur faire concevoir le véritable but de la guerre et leur persuader
que les excès dont ils se rendaient coupables souil-
laient la cause généreuse qu'ils avaient embrassée. Le
caractère hardi, la bravoure, le sang-froid, la capacité
de ce jeune seigneur réveillaient les espérances des
ennemis de la République et flattaient si vivement la
sombre exaltation de ces contrées que les moins zélés
coopéraient à y préparer des événements décisifs pour
la monarchie abattue. Hulot ne recevait aucune
réponse aux demandes et aux rapports réitérés qu'il
adressait à Paris. Ce silence étonnant annonçait, sans
doute, une nouvelle crise révolutionnaire.

— En serait-il maintenant, disait le vieux chef
à ses amis, en fait de gouvernement comme en

fait d'argent, met-on néant à toutes les pétitions ?

Mais le bruit du magique retour du général Bonaparte et des événements du Dix-huit Brumaire ne tarda pas à se répandre. Les commandants militaires de l'Ouest comprirent alors le silence des ministres. Néanmoins ces chefs n'en furent que plus impatients d'être délivrés de la responsabilité qui pesait sur eux, et devinrent assez curieux de connaître les mesures qu'allait prendre le nouveau gouvernement. En apprenant que le général Bonaparte avait été nommé premier consul de la République, les militaires éprouvèrent une joie très vive : ils voyaient, pour la première fois, un des leurs arrivant au maniement des affaires. La France, qui avait fait une idole de ce jeune général, tressaillit d'espérance. L'énergie de la nation se renouvela. La capitale, fatiguée de sa sombre attitude, se livra aux fêtes et aux plaisirs desquels elle était depuis si longtemps sevrée. Les premiers actes du Consulat ne diminuèrent aucun espoir, et la Liberté ne s'en effaroucha pas. Le premier consul fit une proclamation aux habitants de l'Ouest. Ces éloquentes allocutions adressées aux masses et que Bonaparte avait, pour ainsi dire, inventées, produisaient, dans ces temps de patriotisme et de miracles, des effets prodigieux. Sa voix retentissait dans le monde comme la voix d'un prophète, car aucune de ses proclamations n'avait encore été démentie par la victoire.

« Habitants,

« Une guerre impie embrase une seconde fois les départements de l'Ouest.

« Les artisans de ces troubles sont des traîtres
vendus à l'Anglais ou des brigands qui ne cherchent
dans les discordes civiles que l'aliment et l'impunité
de leurs forfaits.

« A de tels hommes le gouvernement ne doit ni
ménagements, ni déclaration de ses principes.

« Mais il est des citoyens chers à la patrie qui ont
été séduits par leurs artifices ; c'est à ces citoyens
que sont dues les lumières et la vérité.

« Des lois injustes ont été promulguées et exécu-
tées ; des actes arbitraires ont alarmé la sécurité des
citoyens et la liberté des consciences ; partout des
inscriptions hasardées sur des listes d'émigrés ont
frappé des citoyens ; enfin de grands principes d'ordre
social ont été violés.

« Les consuls déclarent que la liberté des cultes
étant garantie par la Constitution, la loi du 11 prairial
an III, qui laisse aux citoyens l'usage des édifices
destinés aux cultes religieux, sera exécutée.

« Le gouvernement pardonnera : il fera grâce au
repentir, l'indulgence sera entière et absolue ; mais
il frappera quiconque, après cette déclaration, oserait
encore résister à la souveraineté nationale. »

— Eh bien ! disait Hulot après la lecture publique
de ce discours consulaire, est-ce assez paternel ? Vous
verrez cependant que pas un brigand royaliste ne
changera d'opinion.

Le commandant avait raison. Cette proclamation
ne servit qu'à raffermir chacun dans son parti.
Quelques jours après, Hulot et ses collègues reçurent
des renforts. Le nouveau ministre de la guerre leur

manda que le général Brune était désigné pour aller
prendre le commandement des troupes dans l'ouest
de la France. Hulot, dont l'expérience était connue, eut
provisoirement l'autorité dans les départements de
l'Orne et de la Mayenne. Une activité inconnue anima
bientôt tous les ressorts du gouvernement. Une circulaire du ministre de la Guerre et du ministre de la
Police Générale annonça que des mesures vigoureuses
confiées aux chefs des commandements militaires
avaient été prises pour étouffer l'insurrection *dans
son principe*. Mais les Chouans et les Vendéens avaient
déjà profité de l'inaction de la République pour soulever les campagnes et s'en emparer entièrement.
Aussi, une nouvelle proclamation consulaire fut-elle
adressée. Cette fois le général parlait aux troupes.

« Soldats,

« Il ne reste plus dans l'Ouest que des brigands,
des émigrés, des stipendiés de l'Angleterre.

« L'armée est composée de plus de soixante mille
braves ; que j'apprenne bientôt que les chefs des
rebelles ont vécu. La gloire ne s'acquiert que par les
fatigues ; si on pouvait l'acquérir en tenant son quartier
général dans les grandes villes, qui n'en aurait pas ?...

« Soldats, quel que soit le rang que vous occupiez
dans l'armée, la reconnaissance de la nation vous
attend. Pour en être dignes, il faut braver l'intempérie
des saisons, les glaces, les neiges, le froid excessif des
nuits ; surprendre vos ennemis à la pointe du jour et
exterminer ces misérables, le déshonneur du nom
français.

« Faites une campagne courte et bonne ; soyez inexorables pour les brigands, mais observez une discipline sévère.

« Gardes nationales, joignez les efforts de vos bras à celui des troupes de ligne.

« Si vous connaissez parmi vous des hommes partisans des brigands, arrêtez-les ! Que nulle part ils ne trouvent d'asile contre le soldat qui va les poursuivre ; et s'il était des traîtres qui osassent les recevoir et les défendre, qu'ils périssent avec eux ! »

— Quel compère ! s'écria Hulot, c'est comme à l'armée d'Italie, il sonne la messe et il la dit. Est-ce parler, cela ?

— Oui, mais il parle tout seul et en son nom, dit Gérard, qui commençait à s'alarmer des suites du Dix-huit Brumaire.

— Hé ! sainte guérite, qu'est-ce que cela fait, puisque c'est un militaire, s'écria Merle.

A quelques pas de là, plusieurs soldats s'étaient attroupés devant la proclamation affichée sur le mur. Or, comme pas un d'eux ne savait lire, ils la contemplaient, les uns d'un air insouciant, les autres avec curiosité, pendant que deux ou trois cherchaient parmi les passants un citoyen qui eût la mine d'un savant.

— Vois donc, La-clef-des-cœurs, ce que c'est que ce chiffon de papier-là, dit Beau-pied d'un air goguenard à son camarade.

— C'est bien facile à deviner, répondit La-clef-des-cœurs.

A ces mots, tous regardèrent les deux camarades toujours prêts à jouer leurs rôles.

— Tiens, regarde, reprit La-clef-des-cœurs en montrant en tête de la proclamation une grossière vignette où, depuis peu de jours, un compas remplaçait le niveau de 1793. Cela veut dire qu'il faudra que, nous autres troupiers, nous marchions ferme! Ils ont mis là un compas toujours ouvert, c'est un emblème.

— Mon garçon, ça ne te va pas de faire le savant, cela s'appelle un problème. J'ai servi d'abord dans l'artillerie, reprit Beau-pied, mes officiers ne mangeaient que de ça.

— C'est un emblème.

— C'est un problème.

— Gageons!

— Quoi?

— Ta pipe allemande!

— Tope!

— Sans vous commander, mon adjudant, n'est-ce pas que c'est un emblème, et non un problème, demanda La-clef-des-cœurs à Gérard, qui, tout pensif, suivait Hulot et Merle.

— C'est l'un et l'autre, répondit-il gravement.

— L'adjudant s'est moqué de nous, reprit Beau-pied. Ce papier-là veut dire que notre général d'Italie est passé consul, ce qui est un fameux grade, et que nous allons avoir des capotes et des souliers.

CHAPITRE II

UNE IDÉE DE FOUCHÉ

Vers les derniers jours du mois de brumaire, au moment où, pendant la matinée, Hulot faisait manœuvrer sa demi-brigade, entièrement concentrée à Mayenne par des ordres supérieurs, un exprès venu d'Alençon lui remit des dépêches pendant la lecture desquelles une assez forte contrariété se peignit sur sa figure.

— Allons, en avant! s'écria-t-il avec humeur en serrant les papiers au fond de son chapeau. Deux compagnies vont se mettre en marche avec moi et se diriger sur Mortagne. Les Chouans y sont.

— Vous m'accompagnerez, dit-il à Merle et à Gérard. Si je comprends un mot à ma dépêche, je veux être fait noble. Je ne suis peut-être qu'une bête, n'importe, en avant! Il n'y a pas de temps à perdre.

— Mon commandant, qu'y a-t-il donc de si barbare dans cette carnassière-là! dit Merle en montrant du bout de sa botte l'enveloppe ministérielle de la dépêche.

— Tonnerre de Dieu! il n'y a rien si ce n'est qu'on nous embête.

Lorsque le commandant laissait échapper cette expression militaire, déjà l'objet d'une réserve, elle annonçait toujours quelque tempête. Les diverses intonations de cette phrase formaient des espèces de degrés qui, pour la demi-brigade, étaient un sûr thermomètre de la patience du chef ; et la franchise de ce vieux soldat en avait rendu la connaissance si facile, que le plus méchant tambour savait bientôt son Hulot par cœur, en observant les variations de la petite grimace par laquelle le commandant retroussait sa joue et clignait les yeux. Cette fois, le ton de la sourde colère par lequel il accompagna ce mot rendit les deux amis silencieux et circonspects. Les marques même de petite vérole qui sillonnaient ce visage guerrier parurent plus profondes et le teint plus brun que de coutume. Sa large queue bordée de tresses étant revenue sur une des épaulettes quand il remit son chapeau à trois cornes, Hulot la rejeta avec tant de fureur que les cadenettes en furent dérangées. Cependant comme il restait immobile, les poings fermés, les bras croisés avec force sur la poitrine, la moustache hérissée, Gérard se hasarda à lui demander : — Part-on sur l'heure ?

— Oui, si les gibernes sont garnies, répondit-il en grommelant.

— Elle le sont.

— Portez arme ! Par file à gauche, en avant, marche ! dit Gérard à un geste de son chef.

Et les tambours se mirent en tête des deux compagnies désignées par Gérard. Au son du tambour, le commandant plongé dans ses réflexions parut se réveiller, et il sortit de la ville accompagné de ses deux

amis, auxquels il ne dit pas un mot. Merle et Gérard se
regardèrent silencieusement à plusieurs reprises comme
pour se demander : — Nous tiendra-t-il longtemps
rigueur ? Et, tout en marchant, ils jetèrent à la dérobée
des regards observateurs sur Hulot qui continuait à
dire entre ses dents de vagues paroles. Plusieurs fois
ces phrases résonnèrent comme des juruments aux
oreilles des soldats ; mais pas un d'eux n'osa souffler
mot ; car, dans l'occasion, tous savaient garder la discipline sévère à laquelle étaient habitués les troupiers
jadis commandés en Italie par Bonaparte. La plupart
d'entre eux étaient comme Hulot, les restes de ces
fameux bataillons qui capitulèrent à Mayence sous la
promesse de n'être pas employés sur les frontières, et
l'armée les avait nommés les *Mayençais*. Il était difficile
de rencontrer des soldats et des chefs qui se comprissent
mieux.

Le lendemain de leur départ, Hulot et ses deux
amis se trouvaient de grand matin sur la route d'Alençon, à une lieue environ de cette dernière ville, vers
Mortagne, dans la partie du chemin qui côtoie les
pâturages arrosés par la Sarthe. Les vues pittoresques
de ces prairies se déploient successivement sur la
gauche, tandis que la droite, flanquée des bois épais qui
se rattachent à la grande forêt de Menil-Broust, forme,
s'il est permis d'emprunter ce terme à la peinture, un
repoussoir aux délicieux aspects de la rivière. Les
bermes du chemin sont encaissées par des fossés dont
les terres sans cesse rejetées sur les champs y produisent
de hauts talus couronnés d'*ajoncs*, nom donné dans
tout l'Ouest au genêt épineux. Cet arbuste, qui s'étale

en buissons épais, fournit pendant l'hiver une excellente nourriture aux chevaux et aux bestiaux ; mais tant qu'il n'était pas récolté, les Chouans se cachaient derrière ses touffes d'un vert sombre. Ces talus et ces ajoncs, qui annoncent au voyageur l'approche de la Bretagne, rendaient donc alors cette partie de la route aussi dangereuse qu'elle est belle. Les périls qui devaient se rencontrer dans le trajet de Mortagne à Alençon et d'Alençon à Mayenne, étaient la cause du départ de Hulot ; et, là, le secret de sa colère finit par lui échapper. Il escortait alors une vieille malle traînée par des chevaux de poste que ses soldats fatigués obligeaient à marcher lentement. Les compagnies de Bleus appartenant à la garnison de Mortagne et qui avaient accompagné cette horrible voiture jusqu'aux limites de leur étape, où Hulot était venu les remplacer dans ce service, à juste titre nommé par ses soldats *une scie* patriotique, retournaient à Mortagne et se voyaient dans le lointain comme des points noirs. Une des deux compagnies du vieux Républicain se tenait à quelques pas en arrière, et l'autre en avant de cette calèche. Hulot, qui se trouva entre Merle et Gérard, à moitié chemin de l'avant-garde et de la voiture, leur dit, tout à coup : — Mille tonnerres! croiriez-vous que c'est pour accompagner les deux cotillons qui sont dans ce vieux fourgon que le général nous a détachés de Mayenne ?

— Mais, mon commandant, quand nous avons pris position tout à l'heure auprès des citoyennes, répondit Gérard, vous les avez saluées d'un air qui n'était pas déjà si gauche.

— Hé! voilà l'infamie. Ces *muscadins* de Paris ne nous recommandent-ils pas les plus grands égards pour leurs damnées femelles! Peut-on déshonorer de bons et braves patriotes comme nous, en les mettant à la suite d'une jupe. Oh! moi, je vais droit mon chemin et n'aime pas les zigzags chez les autres. Quand j'ai vu à Danton des maîtresses, à Barras des maîtresses, je leur ai dit : — « Citoyens, quand la République vous a requis de la gouverner, ce n'était pas pour autoriser les amusements de l'ancien régime. » Vous me direz à cela que les femmes... Oh! on a des femmes! c'est juste. A de bons lapins, voyez-vous, il faut des femmes et de bonnes femmes. Mais, assez causé quand vient le danger. A quoi donc aurait servi de balayer les abus de l'ancien temps si les patriotes les recommençaient. Voyez le premier consul, c'est là un homme : pas de femmes, toujours à son affaire. Je parierais ma moustache gauche qu'il ignore le sot métier qu'on nous fait faire ici.

— Ma foi, commandant, répondit Merle en riant, j'ai aperçu le bout du nez de la jeune dame cachée au fond de la malle, et j'avoue que tout le monde pourrait sans déshonneur se sentir, comme je l'éprouve, la démangeaison d'aller tourner autour de cette voiture pour nouer avec les voyageurs un petit bout de conversation.

— Gare à toi, Merle, dit Gérard. Les corneilles coiffées sont accompagnées d'un citoyen assez rusé pour te prendre dans un piège.

— Qui ? Cet *incroyable* dont les petits yeux vont incessamment d'un côté du chemin à l'autre, comme

s'il voyait des Chouans ; ce muscadin à qui on aperçoit à peine les jambes ; et qui, dans le moment où
celles de son cheval sont cachées par la voiture, a l'air
d'un canard dont la tête sort d'un pâté! Si ce dadais-
là m'empêche jamais de caresser sa jolie fauvette...

— Canard, fauvette! Oh! mon pauvre Merle, tu es
furieusement dans les volatiles. Mais ne te fie pas au
canard! Ses yeux verts me paraissent perfides comme
ceux d'une vipère et fins comme ceux d'une femme
qui pardonne à son mari. Je me défie moins des Chouans
que de ces avocats dont les figures ressemblent à des
carafes de limonade.

— Bah! s'écria Merle gaiement, avec la permission
du commandant, je me risque! Cette femme-là a des
yeux qui sont comme des étoiles, on peut tout mettre
au jeu pour les voir.

— Il est pris, le camarade, dit Gérard au commandant, il commence à dire des bêtises.

Hulot fit la grimace, haussa les épaules et répondit :
— Avant de prendre le potage, je lui conseille de le
sentir.

— Brave Merle, reprit Gérard en jugeant à la lenteur de sa marche qu'il manœuvrait pour se laisser
graduellement gagner par la malle, est-il gai! C'est le
seul homme qui puisse rire de la mort d'un camarade
sans être taxé d'insensibilité.

— C'est le vrai soldat français, dit Hulot d'un ton
grave.

— Oh! le voici qui ramène ses épaulettes sur son
épaule pour faire voir qu'il est capitaine, s'écria Gérard
en riant, comme si le grade y faisait quelque chose.

La voiture vers laquelle pivotait l'officier renfermait en effet deux femmes, dont l'une semblait être la servante de l'autre.

— Ces femmes-là vont toujours deux par deux, disait Hulot.

Un petit homme sec et maigre caracolait, tantôt en avant, tantôt en arrière de la voiture ; mais quoiqu'il parût accompagner les deux voyageuses privilégiées, personne ne l'avait encore vu leur adressant la parole. Ce silence, preuve de dédain ou de respect, les bagages nombreux, et les cartons de celle que le commandant appelait une *princesse*, tout, jusqu'au costume de son cavalier servant, avait encore irrité la bile de Hulot. Le costume de cet inconnu présentait un exact tableau de la mode qui valut en ce temps les caricatures des Incroyables. Qu'on se figure ce personnage affublé d'un habit dont les basques étaient si courtes, qu'elles laissaient passer cinq à six pouces du gilet, et les pans si longs qu'ils ressemblaient à une queue de morue, terme alors employé pour les désigner. Une cravate énorme décrivait autour de son cou de si nombreux contours, que la petite tête qui sortait de ce labyrinthe de mousseline justifiait presque la comparaison gastronomique du capitaine Merle. L'inconnu portait un pantalon collant et des bottes à la Suwaroff. Un immense camée blanc et bleu servait d'épingle à sa chemise. Deux chaînes de montre s'échappaient parallèlement de sa ceinture ; puis ses cheveux, pendant en tire-bouchons de chaque côté des faces, lui couvraient presque tout le front. Enfin, pour dernier enjolivement, le col de sa chemise et celui de l'habit montaient si haut,

que sa tête paraissait enveloppée comme un bouquet
dans un cornet de papier. Ajoutez à ces grêles accessoires qui juraient entre eux sans produire d'ensemble,
l'opposition burlesque des couleurs du pantalon jaune,
du gilet rouge, de l'habit cannelle, et l'on aura une
image fidèle du suprême bon ton auquel obéissaient
les élégants au commencement du Consulat. Ce costume, tout à fait baroque, semblait avoir été inventé
pour servir d'épreuve à la grâce, et montrer qu'il n'y
a rien de si ridicule que la mode ne sache consacrer. Le
cavalier paraissait avoir atteint l'âge de trente ans,
mais il en avait à peine vingt-deux ; peut-être devait-il
cette apparence soit à la débauche, soit aux périls de
cette époque. Malgré cette toilette d'empirique, sa
tournure accusait une certaine élégance de manières
à laquelle on reconnaissait un homme bien élevé.
Lorsque le capitaine se trouva près de la calèche, le
muscadin parut deviner son dessein, et le favorisa en
retardant le pas de son cheval ; Merle, qui lui avait
jeté un regard sardonique, rencontra un de ces visages
impénétrables, accoutumés par les vicissitudes de la
Révolution à cacher toutes les émotions, même les
moindres. Au moment où le bout recourbé du vieux
chapeau triangulaire et l'épaulette du capitaine furent
aperçus par les dames, une voix d'une angélique douceur lui demanda : — Monsieur l'officier, auriez-vous la
bonté de nous dire en quel endroit de la route nous nous
trouvons ?

Il existe un charme inexprimable dans une question
faite par une voyageuse inconnue, le moindre mot
semble alors contenir toute une aventure ; mais si la

femme sollicite quelque protection, en s'appuyant sur
sa faiblesse et sur une certaine ignorance des choses,
chaque homme n'est-il pas légèrement enclin à bâtir
une fable impossible où il se fait heureux ? Aussi les
mots de « Monsieur l'officier », la forme polie de la
demande, portèrent-ils un trouble inconnu dans le
cœur du capitaine. Il essaya d'examiner la voyageuse
et fut singulièrement désappointé, car un voile jaloux
lui en cachait les traits ; à peine même put-il en voir
les yeux, qui, à travers la gaze, brillaient comme deux
onyx frappés par le soleil.

— Vous êtes maintenant à une lieue d'Alençon,
madame.

— Alençon, déjà ! Et la dame inconnue se rejeta,
ou plutôt se laissa aller au fond de la voiture, sans plus
rien répondre.

— Alençon, répéta l'autre femme en paraissant se
réveiller. Vous allez revoir le pays.

Elle regarda le capitaine et se tut. Merle, trompé
dans son espérance de voir la belle inconnue, se mit
à en examiner la compagne. C'était une fille d'environ
vingt-six ans, blonde, d'une jolie taille, et dont le teint
avait cette fraîcheur de peau, cet éclat nourri qui dis-
tingue les femmes de Valognes, de Bayeux et des
environs d'Alençon. Le regard de ses yeux bleus
n'annonçait pas d'esprit, mais une certaine fermeté
mêlée de tendresse. Elle portait une robe d'étoffe
commune. Ses cheveux, relevés sous un petit bonnet
à la mode cauchoise, et sans aucune prétention, rendaient sa figure charmante de simplicité. Son attitude,
sans avoir la noblesse convenue des salons, n'était pas

dénuée de cette dignité naturelle à une jeune fille
modeste qui pouvait contempler le tableau de sa vie
passée sans y trouver un seul sujet de repentir. D'un
coup d'œil, Merle sut deviner en elle une de ces fleurs
champêtres qui, transportée dans les serres parisiennes
où se concentrent tant de rayons flétrissants, n'avait
rien perdu de ses couleurs pures ni de sa rustique franchise. L'attitude naïve de la jeune fille et la modestie
de son regard apprirent à Merle qu'elle ne voulait pas
d'auditeur. En effet, quand il s'éloigna, les deux
inconnues commencèrent à voix basse une conversation dont le murmure parvint à peine à son oreille.

— Vous êtes partie si précipitamment, dit la jeune
campagnarde, que vous n'avez pas seulement pris le
temps de vous habiller. Vous voilà belle! Si nous
allons plus loin qu'Alençon, il faudra nécessairement
y faire une autre toilette...

— Oh! oh! Francine, s'écria l'inconnue.

— Plaît-il?

— Voici la troisième tentative que tu fais pour
apprendre le terme et la cause de ce voyage.

— Ai-je dit la moindre chose qui puisse me valoir
ce reproche...

— Oh! j'ai bien remarqué ton petit manège. De
candide et simple que tu étais, tu as pris un peu de
ruse à mon école. Tu commences à avoir les interro-
gations en horreur. Tu as bien raison, mon enfant.
De toutes les manières connues d'arracher un secret,
c'est, à mon avis, la plus niaise.

— Eh bien! reprit Francine, puisqu'on ne peut rien
vous cacher, convenez-en, Marie? votre conduite

n'exciterait-elle pas la curiosité d'un saint. Hier matin
sans ressources, aujourd'hui les mains pleines d'or, on
vous donne à Mortagne la malle-poste pillée dont le
conducteur a été tué, vous êtes protégée par les troupes
du gouvernement, et suivie par un homme que je
regarde comme votre mauvais génie...

— Qui, Corentin?... demanda la jeune inconnue
en accentuant ces deux mots par deux inflexions de
voix pleines d'un mépris qui déborda même dans le
geste par lequel elle montra le cavalier. Écoute, Francine, reprit-elle, te souviens-tu de *Patriote*, ce singe
que j'avais habitué à contrefaire Danton, et qui nous
amusait tant.

— Oui, Mademoiselle.

— Eh bien! en avais-tu peur?

— Il était enchaîné.

— Mais Corentin est muselé, mon enfant.

— Nous badinions avec Patriote pendant des
heures entières, dit Francine, je le sais, mais il finissait toujours par nous jouer quelque mauvais tour.
A ces mots, Francine se rejeta vivement au fond de
la voiture, près de sa maîtresse, lui prit les mains pour
les caresser avec des manières câlines, en lui disant
d'une voix affectueuse : — Mais vous m'avez devinée,
Marie, et vous ne me répondez pas. Comment, après
ces tristesses qui m'ont fait tant de mal, oh! bien du
mal, pouvez-vous en vingt-quatre heures devenir d'une
gaîté folle, comme lorsque vous parliez de vous tuer.
D'où vient ce changement? J'ai le droit de vous demander un peu compte de votre âme. Elle est à moi avant
d'être à qui que ce soit, car jamais vous ne serez mieux

aimée que vous ne l'êtes par moi. Parlez, mademoiselle.

— Eh bien! Francine, ne vois-tu pas autour de nous le secret de ma gaieté. Regarde les houppes jaunies de ces arbres lointains ? pas une ne se ressemble. A les contempler de loin, ne dirait-on pas d'une vieille tapisserie de château. Vois ces haies derrière lesquelles il peut se rencontrer des Chouans à chaque instant. Quand je regarde ces ajoncs, il me semble apercevoir des canons de fusil. J'aime ce renaissant péril qui nous environne. Toutes les fois que la route prend un aspect sombre, je suppose que nous allons entendre des détonations, alors mon cœur bat, une sensation inconnue m'agite. Et ce n'est ni les tremblements de la peur, ni les émotions du plaisir ; non, c'est mieux, c'est le jeu de tout ce qui se meut en moi, c'est la vie. Quand je ne serais joyeuse que d'avoir un peu animé ma vie!

— Ah! vous ne me dites rien, cruelle. Sainte Vierge, ajouta Francine en levant les yeux au ciel avec douleur, à qui se confessera-t-elle, si elle se tait avec moi ?

— Francine, reprit l'inconnue d'un ton grave, je ne peux pas t'avouer mon entreprise. Cette fois-ci, c'est horrible.

— Pourquoi faire le mal en connaissance de cause ?

— Que veux-tu, je me surprends à penser comme si j'avais cinquante ans, et à agir comme si j'en avais encore quinze. Tu as toujours été ma raison, ma pauvre fille ; mais dans cette affaire-ci, je dois étouffer ma conscience. Et, dit-elle après une pause, en laissant échapper un soupir, je n'y parviens pas. Or, comment veux-tu que j'aille encore mettre après moi un confesseur aussi rigide que toi ? Et elle lui frappa doucement dans la main.

— Hé ! quand vous ai-je reproché vos actions ? s'écria Francine. Le mal en vous a de la grâce. Oui, sainte Anne d'Auray, que je prie tant pour votre salut, vous absoudrait de tout. Enfin ne suis-je pas à vos côtés sur cette route, sans savoir où vous allez ? Et dans son effusion, elle lui baisa les mains.

— Mais, reprit Marie, tu peux m'abandonner, si ta conscience...

— Allons, taisez-vous, Madame, reprit Francine en faisant une petite moue chagrine. Oh ! ne me direz-vous pas...

— Rien, dit la jeune demoiselle d'une voix ferme. Seulement sache-le bien ! je hais cette entreprise encore plus que celui dont la langue dorée me l'a expliquée. Je veux être franche, je t'avouerai que je ne me serais pas rendue à leurs désirs, si je n'avais entrevu dans cette ignoble farce un mélange de terreur et d'amour qui m'a tentée. Puis, je n'ai pas voulu m'en aller de ce bas monde sans avoir essayé d'y cueillir les fleurs que j'en espère, dussé-je périr ! Mais souviens-toi, pour l'honneur de ma mémoire, que si j'avais été heureuse, l'aspect de leur gros couteau prêt à tomber sur ma tête ne m'aurait pas fait accepter un rôle dans cette tragédie, car c'est une tragédie. Maintenant, reprit-elle en laissant échapper un geste de dégoût, si elle était décommandée, je me jetterais à l'instant dans la Sarthe ; et ce ne serait point un suicide, je n'ai pas encore vécu.

— Oh! sainte Vierge d'Auray, pardonnez-lui!

— De quoi t'effraies-tu ? Les plates vicissitudes de
la vie domestique n'excitent pas mes passions, tu le
sais. Cela est mal pour une femme ; mais mon âme
s'est fait une sensibilité plus élevée, pour supporter
de plus fortes épreuves. J'aurais été peut-être, comme
toi, une douce créature. Pourquoi me suis-je élevée
au-dessus ou abaissée au-dessous de mon sexe ? Ah!
que la femme du général Bonaparte est heureuse.
Tiens, je mourrai jeune, puisque j'en suis déjà venue
à ne pas m'effrayer d'une partie de plaisir où il y a du
sang à boire, comme disait ce pauvre Danton. Mais
oublie ce que je te dis ; c'est la femme de cinquante
ans qui a parlé. Dieu merci! la jeune fille de quinze
ans va bientôt reparaître.

La jeune campagnarde frémit. Elle seule connaissait le caractère bouillant et impétueux de sa maîtresse.
Elle seule était initiée aux mystères de cette âme riche
d'exaltation, aux sentiments de cette créature qui,
jusque-là, avait vu passer la vie comme une ombre
insaisissable, en voulant toujours la saisir. Après avoir
semé à pleines mains sans rien récolter, cette femme
était restée vierge, mais irritée par une multitude de
désirs trompés. Lassée d'une lutte sans adversaire,
elle arrivait alors dans son désespoir à préférer le bien
au mal quand il s'offrait comme une jouissance, le mal
au bien quand il présentait quelque poésie, la misère
à la médiocrité comme quelque chose de plus grand,
l'avenir sombre et inconnu de la mort à une vie pauvre
d'espérances ou même de souffrances. Jamais tant de
poudre ne s'était amassée pour l'étincelle, jamais tant

de richesses à dévorer pour l'amour, enfin jamais
aucune fille d'Ève n'avait été pétrie avec plus d'or
dans son argile. Semblable à un ange terrestre, Francine veillait sur cet être en qui elle adorait la perfection,
croyant accomplir un céleste message si elle le conservait au chœur des séraphins d'où il semblait banni en
expiation d'un péché d'orgueil.

— Voici le clocher d'Alençon, dit le cavalier en
s'approchant de la voiture.

— Je le vois, répondit sèchement la jeune dame.

— Ah! bien, dit-il en s'éloignant avec les marques
d'une soumission servile malgré son désappointement.

— Allez, allez plus vite, dit la dame au postillon.
Maintenant il n'y a rien à craindre. Allez au grand trot
ou au galop, si vous pouvez. Ne sommes-nous pas sur
le pavé d'Alençon.

En passant devant le commandant elle lui cria d'une
voix douce :

— Nous nous retrouverons à l'auberge, commandant. Venez m'y voir.

— C'est cela, répliqua le commandant. A l'auberge!
Venez me voir! Comme ça vous parle à un chef de
demi-brigade...

Et il montrait du poing la voiture qui roulait rapidement sur la route.

— Ne vous en plaignez pas, commandant, elle a
votre grade de général dans sa manche, dit en riant
Corentin qui essayait de mettre son cheval au galop
pour rejoindre la voiture.

— Ah! je ne me laisserai pas embêter par ces parois-
siens-là, dit Hulot à ses deux amis en grognant. J'aime-

rais mieux jeter l'habit de général dans un fossé que
de le gagner dans un lit. Que veulent-ils donc, ces
canards-là ? Y comprenez-vous quelque chose, vous
autres ?

— Oh ! oui, dit Merle, je sais que c'est la femme la
plus belle que j'aie jamais vue ! Je crois que vous entendez mal la métaphore. C'est la femme du premier
consul, peut-être ?

— Bah ! la femme du premier consul est vieille, et
celle-ci est jeune, reprit Hulot. D'ailleurs, l'ordre que
j'ai reçu du ministre m'apprend qu'elle se nomme
Mlle de Verneuil. C'est une ci-devant. Est-ce que je
ne connais pas ça ! Avant la révolution, elles faisaient
toutes ce métier-là ; on devenait alors, en deux temps
et six mouvements, chef de demi-brigade, il ne
s'agissait que de leur bien dire deux ou trois fois :
Mon cœur !

Pendant que chaque soldat ouvrait le compas, pour
employer l'expression du commandant, la voiture
horrible qui servait alors de malle avait promptement
atteint l'hôtel des Trois-Maures, situé au milieu de la
grande rue d'Alençon. Le bruit de ferraille que rendait cette informe voiture amena l'hôte sur le pas de
la porte. C'était un hasard auquel personne dans Alençon ne devait s'attendre que la descente de la malle à
l'auberge des Trois-Maures ; mais l'affreux événement
de Mortagne la fit suivre par tant de monde, que les
deux voyageuses, pour se dérober à la curiosité générale, entrèrent lestement dans la cuisine, inévitable
antichambre des auberges dans tout l'Ouest ; et
l'hôte se disposait à les suivre après avoir examiné

la voiture, lorsque le postillon l'arrêta par le bras.

— Attention, citoyen Brutus, dit-il, il y a escorte de Bleus. Comme il n'y a ni conducteur ni dépêches, c'est moi qui t'amène les citoyennes, elles paieront sans doute comme de ci-devant princesses, ainsi...

— Ainsi, nous boirons un verre de vin ensemble tout à l'heure, mon garçon, lui dit l'hôte.

Après avoir jeté un coup d'œil sur cette cuisine noircie par la fumée et sur une table ensanglantée par des viandes crues, Mlle de Verneuil se sauva dans la salle voisine avec la légèreté d'un oiseau, car elle craignit l'aspect et l'odeur de cette cuisine, autant que la curiosité d'un chef malpropre et d'une petite femme grasse qui déjà l'examinaient avec attention.

— Comment allons-nous faire, ma femme ? dit l'hôte. Qui diable pouvait croire que nous aurions tant de monde par le temps qui court ? Avant que je puisse lui servir un déjeuner convenable, cette femme-là va s'impatienter. Ma foi, il me vient une bonne idée : puisque c'est des gens comme il faut, je vais leur proposer de se réunir à la personne que nous avons là-haut. Hein ?

Quand l'hôte chercha la nouvelle arrivée, il ne vit plus que Francine, à laquelle il dit à voix basse en l'emmenant au fond de la cuisine du côté de la cour pour l'éloigner de ceux qui pouvaient l'écouter : — Si ces dames désirent se faire servir à part, comme je n'en doute point, j'ai un repas très délicat tout préparé pour une dame et pour son fils. Ces voyageurs ne s'opposeront sans doute pas à partager leur déjeuner avec vous, ajouta-t-il d'un air mystérieux. C'est des personnes de condition.

A peine avait-il achevé sa dernière phrase, que l'hôte se sentit appliquer dans le dos un léger coup de manche de fouet, il se retourna brusquement, et vit derrière lui un petit homme trapu, sorti sans bruit d'un cabinet voisin, et dont l'apparition avait glacé de terreur la grosse femme, le chef et son marmiton. L'hôte pâlit en retournant la tête. Le petit homme secoua ses cheveux qui lui cachaient entièrement le front et les yeux, se dressa sur ses pieds pour atteindre à l'oreille de l'hôte, et lui dit : — Vous savez ce que vaut une imprudence, une dénonciation, et de quelle couleur est la monnaie avec laquelle nous les payons. Nous sommes généreux.

Il joignit à ses paroles un geste qui en fut un épouvantable commentaire. Quoique la vue de ce personnage fût dérobée à Francine par la rotondité de l'hôte, elle saisit quelques mots des phrases qu'il avait sourdement prononcées, et resta comme frappée par la foudre en entendant les sons rauques d'une voix bretonne. Au milieu de la terreur générale, elle s'élança vers le petit homme ; mais celui-ci, qui semblait se mouvoir avec l'agilité d'un animal sauvage, sortait déjà par une porte latérale donnant sur la cour. Francine crut s'être trompée dans ses conjectures, car elle n'aperçut que la peau fauve et noire d'un ours de moyenne taille. Étonnée, elle courut à la fenêtre. A travers les vitres jaunies par la fumée, elle regarda l'inconnu qui gagnait l'écurie d'un pas traînant. Avant d'y entrer, il dirigea deux yeux noirs sur le premier

étage de l'auberge, et, de là, sur la malle, comme s'il
voulait faire part à un ami de quelque importante
observation relative à cette voiture. Malgré les peaux
de biques, et grâce à ce mouvement qui lui permit de
distinguer le visage de cet homme, Francine reconnut
alors à son énorme fouet et à sa démarche rampante,
quoique agile dans l'occasion, le Chouan surnommé
Marche-à-terre ; elle l'examina, mais indistinctement,
à travers l'obscurité de l'écurie où il se coucha dans
la paille en prenant une position d'où il pouvait observer tout ce qui se passerait dans l'auberge. Marche-à-
terre était ramassé de telle sorte que, de loin comme de
près, l'espion le plus rusé l'aurait facilement pris pour
un de ces gros chiens de roulier, tapis en rond et qui
dorment, la gueule placée sur leurs pattes. La conduite
de Marche-à-terre prouvait à Francine que le Chouan
ne l'avait pas reconnue. Or, dans les circonstances
délicates où se trouvait sa maîtresse, elle ne sut pas
si elle devait s'en applaudir ou s'en chagriner. Mais le
mystérieux rapport qui existait entre l'observation
menaçante du Chouan et l'offre de l'hôte, assez
commune chez les aubergistes qui cherchent toujours
à tirer deux moutures du sac, piqua sa curiosité ; elle
quitta la vitre crasseuse d'où elle regardait la masse
informe et noire qui, dans l'obscurité, lui indiquait
la place occupée par Marche-à-terre, se retourna vers
l'aubergiste, et le vit dans l'attitude d'un homme qui
a fait un pas de clerc et ne sait comment s'y prendre
pour revenir en arrière. Le geste du Chouan avait
pétrifié ce pauvre homme. Personne, dans l'Ouest,
n'ignorait les cruels raffinements des supplices par

lesquels les Chasseurs du Roi punissaient les gens soupçonnés seulement d'indiscrétion, aussi l'hôte croyait-il déjà sentir leurs couteaux sur son cou. Le chef regardait avec terreur l'âtre du feu où souvent ils *chauffaient* les pieds de leurs dénonciateurs. La grosse petite femme tenait un couteau de cuisine d'une main, de l'autre une pomme de terre à moitié coupée, et contemplait son mari d'un air hébété. Enfin le marmiton cherchait le secret, inconnu pour lui, de cette silencieuse terreur. La curiosité de Francine s'anima naturellement à cette scène muette, dont l'acteur principal était vu par tous, quoique absent. La jeune fille fut flattée de la terrible puissance du Chouan, et encore qu'il n'entrât guère dans son humble caractère de faire des malices de femme de chambre, elle était cette fois trop fortement intéressée à pénétrer ce mystère pour ne pas profiter de ses avantages.

— Eh bien! Mademoiselle accepte votre proposition, dit-elle gravement à l'hôte, qui fut comme réveillé en sursaut par ces paroles.

— Laquelle? demanda-t-il avec une surprise réelle.

— Laquelle? demanda Corentin survenant.

— Laquelle? demanda Mlle de Verneuil.

— Laquelle? demanda un quatrième personnage qui se trouvait sur la dernière marche de l'escalier et qui sauta légèrement dans la cuisine.

— Eh bien! de déjeuner avec vos personnes de distinction, répondit Francine impatiente.

— De distinction, reprit d'une voix mordante et ironique le personnage arrivé par l'escalier. Ceci, mon

cher, me semble une mauvaise plaisanterie d'auberge ;
mais si c'est cette jeune citoyenne que tu veux nous
donner pour convive, il faudrait être fou pour s'y
refuser, brave homme, dit-il en regardant Mlle de
Verneuil. En l'absence de ma mère, j'accepte, ajouta-
t-il en frappant sur l'épaule de l'aubergiste stupéfait.

La gracieuse étourderie de la jeunesse déguisa la
hauteur insolente de ces paroles qui attira naturellement l'attention de tous les acteurs de cette scène sur
ce nouveau personnage. L'hôte prit alors la contenance de Pilate cherchant à se laver les mains de la
mort de Jésus-Christ, il rétrograda de deux pas vers
sa grosse femme, et lui dit à l'oreille : — Tu es témoin
que, s'il arrive quelque malheur, ce ne sera pas
ma faute. Mais au surplus, ajouta-t-il encore plus
bas, va prévenir de tout ça monsieur Marche-à-terre.

Le voyageur, jeune homme de moyenne taille, portait un habit bleu et de grandes guêtres noires qui
lui montaient au-dessus du genou, sur une culotte de
drap également bleu. Cet uniforme simple et sans
épaulettes appartenait aux élèves de l'École Polytechnique. D'un seul regard, Mlle de Verneuil sut
distinguer sous ce costume sombre des formes élégantes
et *ce je ne sais quoi* qui annoncent une noblesse native.
Assez ordinaire au premier aspect, la figure du jeune
homme se faisait bientôt remarquer par la conforma-
tion de quelques traits où se révélait une âme capable
de grandes choses. Un teint bruni, des cheveux blonds
et bouclés, des yeux bleus étincelants, un nez fin, des
mouvements pleins d'aisance ; en lui, tout décelait et
une vie dirigée par des sentiments élevés et l'habitude

du commandemant. Mais les signes les plus caractéristiques de son génie se trouvaient dans un menton à la
Bonaparte, et dans sa lèvre inférieure qui se joignait
à la supérieure en décrivant la courbe gracieuse de
la feuille d'acanthe sous le chapiteau corinthien. La
nature avait mis dans ces deux traits d'irrésistibles
enchantements. — Ce jeune homme est singulièrement
distingué pour un républicain, se dit Mlle de Verneuil.
Voir tout cela d'un clin d'œil, s'animer par l'envie de
plaire, pencher mollement la tête de côté, sourire
avec coquetterie, lancer un de ces regards veloutés qui
ranimeraient un cœur mort à l'amour ; voiler ses longs
yeux noirs sous de larges paupières dont les cils
fournis et recourbés dessinèrent une ligne brune sur
sa joue ; chercher les sons les plus mélodieux de sa
voix pour donner un charme pénétrant à cette phrase
banale : « — Nous vous sommes bien obligées, monsieur. » tout ce manège n'employa pas le temps nécessaire à le décrire. Puis Mlle de Verneuil, s'adressant à
l'hôte, demanda son appartement, vit l'escalier, et
disparut avec Francine en laissant à l'étranger le soin
de deviner si cette réponse contenait une acceptation
ou un refus.

— Quelle est cette femme-là ? demanda lestement
l'élève de l'École Polytechnique à l'hôte immobile
et de plus en plus stupéfait.

— C'est la citoyenne Verneuil, répondit aigrement
Corentin en toisant le jeune homme avec jalousie,
une ci-devant, qu'en veux-tu faire ?

L'inconnu, qui fredonnait une chanson républicaine, leva la tête avec fierté vers Corentin. Les deux

jeunes gens se regardèrent alors pendant un moment comme deux coqs prêts à se battre, et ce regard fit éclore la haine entre eux pour toujours. Autant l'œil bleu du militaire était franc, autant l'œil vert de Corentin annonçait de malice et de fausseté ; l'un possédait nativement des manières nobles, l'autre n'avait que des façons insinuantes ; l'un s'élançait, l'autre se courbait ; l'un commandait le respect, l'autre cherchait à l'obtenir ; l'un devait dire : Conquérons! l'autre : Partageons ?

— Le citoyen du Gua-Saint-Cyr est-il ici ? dit un paysan en entrant.

— Que lui veux-tu ? répondit le jeune homme en s'avançant.

Le paysan salua profondément, et remit une lettre que le jeune élève jeta dans le feu après l'avoir lue ; pour toute réponse, il inclina la tête, et l'homme partit.

— Tu viens sans doute de Paris, citoyen ? dit alors Corentin en s'avançant vers l'étranger avec une certaine aisance de manières, avec un air souple et liant qui parurent être insupportables au citoyen du Gua.

— Oui, répondit-il sèchement.

— Et tu es sans doute promu à quelque grade dans l'artillerie ?

— Non, citoyen, dans la marine.

— Ah! tu te rends à Brest ? demanda Corentin d'un ton insouciant.

Mais le jeune marin tourna lestement sur les talons de ses souliers sans vouloir répondre, et démentit bientôt les belles espérances que sa figure avait fait

concevoir à Mlle de Verneuil. Il s'occupa de son déjeuner avec une légèreté enfantine, questionna le chef
et l'hôtesse sur leurs recettes, s'étonna des habitudes
de province en Parisien arraché à sa coque enchantée, manifesta des répugnances de petite-maîtresse,
et montra enfin d'autant moins de caractère que sa
figure et ses manières en annonçaient davantage ;
Corentin sourit de pitié en lui voyant faire la grimace quand il goûta le meilleur cidre de Normandie.

— Pouah! s'écria-t-il, comment pouvez-vous avaler cela, vous autres ? Il y a là-dedans à boire et à manger. La République a bien raison de se défier d'une
province où l'on vendange à coups de gaule et où l'on
fusille sournoisement les voyageurs sur les routes.
N'allez pas nous mettre sur la table une carafe de
cette médecine-là, mais de bon vin de Bordeaux blanc
et rouge. Allez voir surtout s'il y a bon feu là-haut.
Ces gens-là m'ont l'air d'être bien retardés en fait de
civilisation. — Ah! reprit-il en soupirant, il n'y a
qu'un Paris au monde, et c'est grand dommage qu'on
ne puisse pas l'emmener en mer! — Comment, gâte-
sauce, dit-il au chef, tu mets du vinaigre dans cette
fricassée de poulet, quand tu as là des citrons... —
Quant à vous, madame l'hôtesse, vous m'avez donné
des draps si gros que je n'ai pas fermé l'œil pendant
cette nuit. Puis il se mit à jouer avec une grosse
canne en exécutant avec un soin puéril des évolutions
dont le plus ou le moins de fini et d'habileté annonçaient le degré plus ou moins honorable qu'un jeune
homme occupait dans la classe des Incroyables.

— Et c'est avec des muscadins comme ça, dit

confidentiellement Corentin à l'hôte en en épiant le visage, qu'on espère relever la marine de la République ?

— Cet homme-là, disait le jeune marin à l'oreille de l'hôtesse, est quelque espion de Fouché. Il a la police gravée sur la figure, et je jurerais que la tache qu'il conserve au menton est de la boue de Paris. Mais à bon chat, bon...

En ce moment une dame, vers laquelle le marin s'élança avec tous les signes d'un respect extérieur, entra dans la cuisine de l'auberge.

— Ma chère maman, lui dit-il, arrivez donc. Je crois avoir, en votre absence, recruté des convives.

— Des convives, lui répondit-elle, quelle folie !

— C'est Mlle de Verneuil, reprit-il à voix basse.

— Elle a péri sur l'échafaud après l'affaire de Savenay, elle était venue au Mans pour sauver son frère le prince de Loudon, lui dit brusquement sa mère.

— Vous vous trompez, madame, reprit avec douceur Corentin en appuyant sur le mot *madame*, il y a deux demoiselles de Verneuil, les grandes maisons ont toujours plusieurs branches.

L'étrangère, surprise de cette familiarité, se recula de quelques pas comme pour examiner cet interlocuteur inattendu ; elle arrêta sur lui ses yeux noirs pleins de cette vive sagacité si naturelle aux femmes, et parut chercher dans quel intérêt il venait affirmer l'existence de Mlle de Verneuil. En même temps Corentin, qui étudiait cette dame à la dérobée, la destitua de tous les plaisirs de la maternité pour

lui accorder ceux de l'amour ; il refusa galamment le
bonheur d'avoir un fils de vingt ans à une femme dont
la peau éblouissante, les sourcils arqués encore bien
fournis, les cils peu dégarnis furent l'objet de son
admiration, et dont les abondants cheveux noirs
séparés en deux bandeaux sur le front, faisaient ressortir la jeunesse d'une tête spirituelle. Les faibles
rides du front, loin d'annoncer les années, trahissaient
des passions jeunes. Enfin, si les yeux perçants étaient
un peu voilés, on ne savait si cette altération venait
de la fatigue du voyage ou de la trop fréquente expression du plaisir. Enfin Corentin remarqua que l'inconnue était enveloppée dans une mante d'étoffe anglaise,
et que la forme de son chapeau, sans doute étrangère,
n'appartenait à aucune des modes dites à la grecque
qui régissaient encore les toilettes parisiennes. Corentin était un de ces êtres portés par leur caractère à
toujours soupçonner le mal plutôt que le bien, et il
conçut à l'instant des doutes sur le civisme des deux
voyageurs. De son côté, la dame, qui avait aussi
fait avec une égale rapidité ses observations sur la
personne de Corentin, se tourna vers son fils avec
un air significatif assez fidèlement traduit par ces mots :
— Quel est cet original-là ? Est-il de notre bord ? A
cette mentale interrogation, le jeune marin répondit
par une attitude, par un regard et par un geste de
main qui disaient : — Je n'en sais, ma foi, rien, et il
m'est encore plus suspect qu'à vous. Puis, laissant
à sa mère le soin de deviner ce mystère, il se tourna
vers l'hôtesse, à laquelle il dit à l'oreille : — Tâchez
donc de savoir ce qu'est ce drôle-là, s'il accom-

pagne effectivement cette demoiselle et pourquoi.

— Ainsi, dit Mme du Gua en regardant Corentin,
tu es sûr, citoyen, que Mlle de Verneuil existe ?

— Elle existe aussi certainement en chair et en
os, *madame*, que le citoyen du Gua-Saint-Cyr.

Cette réponse renfermait une profonde ironie dont
le secret n'était connu que de la dame, et toute autre
qu'elle en aurait été déconcertée. Son fils regarda tout
à coup fixement Corentin qui tirait froidement sa
montre sans paraître se douter du trouble que produisait sa réponse. La dame, inquiète et curieuse de
savoir sur-le-champ si cette phrase couvrait une
perfidie, ou si elle était seulement l'effet du hasard,
dit à Corentin de l'air le plus naturel : — Mon Dieu !
combien les routes sont peu sûres ! Nous avons été
attaqués au-delà de Mortagne par les Chouans. Mon
fils a manqué de rester sur la place, il a reçu deux
balles dans son chapeau en me défendant.

— Comment, madame, vous étiez dans le courrier
que les brigands ont dévalisé malgré l'escorte, et qui
vient de nous amener ? Vous devez connaître alors la
voiture ! On m'a dit à mon passage à Mortagne, que
les Chouans s'étaient trouvés au nombre de deux mille
à l'attaque de la malle et que tout le monde avait péri,
même les voyageurs. Voilà comme on écrit l'histoire !
Le ton musard que prit Corentin et son air niais le
firent en ce moment ressembler à un habitué de la
petite Provence qui reconnaîtrait avec douleur la
fausseté d'une nouvelle politique. — Hélas ! madame,
continua-t-il, si l'on assassine les voyageurs si près
de Paris, jugez combien les routes de la Bretagne vont

être dangereuses. Ma foi, je vais retourner à Paris
sans vouloir aller plus loin.

— Mlle de Verneuil est-elle belle et jeune ? demanda
la dame frappée d'une idée soudaine et s'adressant
à l'hôtesse.

En ce moment l'hôte interrompit cette conversation dont l'intérêt avait quelque chose de cruel pour
ces trois personnages, en annonçant que le déjeuner
était servi. Le jeune marin offrit la main à sa mère
avec une fausse familiarité qui confirma les soupçons
de Corentin, auquel il dit tout haut en se dirigeant vers
l'escalier : — Citoyen, si tu accompagnes la citoyenne
Verneuil et qu'elle accepte la proposition de l'hôte,
ne te gêne pas...

Quoique ces paroles fussent prononcées d'un ton
leste et peu engageant, Corentin monta. Le jeune
homme serra vivement la main de la dame, et
quand ils furent séparés du Parisien par sept à
huit marches : — Voilà, dit-il à voix basse, à quels
dangers sans gloire nous exposent vos imprudentes
entreprises. Si nous sommes découverts, comment
pourrons-nous échapper ? Et quel rôle me faites-
vous jouer !

Tous trois arrivèrent dans une chambre assez vaste.
Il ne fallait pas avoir beaucoup cheminé dans l'Ouest
pour reconnaître que l'aubergiste avait prodigué pour
recevoir ses hôtes tous ses trésors et un luxe peu ordinaire. La table était soigneusement servie. La chaleur
d'un grand feu avait chassé l'humidité de l'appartement. Enfin, le linge, les sièges, la vaisselle, n'étaient
pas trop malpropres. Aussi Corentin s'aperçut-il que

l'aubergiste s'était, pour nous servir d'une expression populaire, mis en quatre, afin de plaire aux étrangers. — Donc, se dit-il, ces gens ne sont pas ce qu'ils
veulent paraître. Ce petit jeune homme est rusé ;
je le prenais pour un sot, mais maintenant je le crois
aussi fin que je puis l'être moi-même.

Le jeune marin, sa mère et Corentin attendirent
Mlle de Verneuil que l'hôte alla prévenir. Mais la
belle voyageuse ne parut pas. L'élève de l'École
Polytechnique se douta bien qu'elle devait faire des
difficultés, il sortit en fredonnant *Veillons au salut
de l'empire*, et se dirigea vers la chambre de Mlle de
Verneuil, dominé par un piquant désir de vaincre ses
scrupules et de l'amener avec lui. Peut-être voulait-il
résoudre les doutes qui l'agitaient, ou peut-être essayer sur cette inconnue le pouvoir que tout homme
a la prétention d'exercer sur une jolie femme.

— Si c'est là un républicain, se dit Corentin en le
voyant sortir, je veux être pendu! Il a dans les épaules
le mouvement des gens de cour. Et si c'est là sa mère,
se dit-il encore en regardant Mme du Gua, je suis le
pape! Je tiens des Chouans. Assurons-nous de leur
qualité ?

La porte s'ouvrit bientôt, et le jeune marin parut
en tenant par la main Mlle de Verneuil, qu'il conduisit à table avec une suffisance pleine de courtoisie.
L'heure qui venait de s'écouler n'avait pas été perdue
pour le diable. Aidée par Francine, Mlle de Verneuil
s'était armée d'une toilette de voyage plus redoutable
peut-être que ne l'est une parure de bal. Sa simplicité avait cet attrait qui procède de l'art avec lequel

une femme, assez belle pour se passer d'ornements,
sait réduire la toilette à n'être plus qu'un agrément
secondaire. Elle portait une robe verte dont la jolie coupe, dont le spencer orné de brandebourgs
dessinaient ses formes avec une affectation peu convenable à une jeune fille, et laissaient voir sa taille souple, son corsage élégant et ses gracieux mouvements.
Elle entra en souriant avec cette aménité naturelle
aux femmes qui peuvent montrer, dans une bouche
rose, des dents bien rangées aussi transparentes que
la porcelaine, et sur leurs joues, deux fossettes aussi
fraîches que celles d'un enfant. Ayant quitté la capote
qui l'avait d'abord presque dérobée aux regards du
jeune marin, elle put employer aisément les mille petits
artifices, si naïfs en apparence, par lesquels une femme
fait ressortir et admirer toutes les beautés de son visage et les grâces de sa tête. Un certain accord entre
ses manières et sa toilette la rajeunissait si bien que
Mme du Gua se crut libérale en lui donnant vingt ans.
La coquetterie de cette toilette, évidemment faite pour
plaire, devait inspirer de l'espoir au jeune homme ;
mais Mlle de Verneuil le salua par une molle inclinaison de tête sans le regarder, et parut l'abandonner
avec une folâtre insouciance qui le déconcerta. Cette
réserve n'annonçait aux yeux des étrangers ni précaution ni coquetterie, mais une indifférence naturelle ou
feinte. L'expression candide que la voyageuse sut donner à son visage le rendit impénétrable. Elle ne laissa
paraître aucune préméditation de triomphe et sembla
douée de ces jolies petites manières qui séduisent, et
qui avaient dupé déjà l'amour-propre du jeune marin.

Aussi l'inconnu regagna-t-il sa place avec une sorte de dépit.

Mlle de Verneuil prit Francine par la main, et s'adressant à Mme du Gua : — Madame, lui dit-elle d'une voix caressante, auriez-vous la bonté de permettre que cette fille, en qui je vois plutôt une amie qu'une servante, dîne avec nous ? Dans ces temps d'orage, le dévouement ne peut se payer que par le cœur, et d'ailleurs, n'est-ce pas tout ce qui nous reste ?

Mme du Gua répondit à cette dernière phrase, prononcée à voix basse, par une demi-révérence un peu cérémonieuse, qui révélait son désappointement de rencontrer une femme si jolie. Puis se penchant à l'oreille de son fils : — Oh! temps d'orage, dévouement, madame, et la servante! dit-elle, ce ne doit pas être Mlle de Verneuil, mais une fille envoyée par Fouché.

Les convives allaient s'asseoir, lorsque Mlle de Verneuil aperçut Corentin, qui continuait de soumettre à une sévère analyse les deux inconnus, assez inquiets de ses regards.

— Citoyen, lui dit-elle, tu es sans doute trop bien élevé pour suivre ainsi mes pas. En envoyant mes parents à l'échafaud, la République n'a pas eu la magnanimité de me donner de tuteur. Si, par une galanterie chevaleresque, inouïe, tu m'as accompagnée malgré moi (et là elle laissa échapper un soupir), je suis décidée à ne pas souffrir que les soins protecteurs dont tu es si prodigue aillent jusqu'à te causer de la gêne. Je suis en sûreté ici, tu peux m'y laisser.

Elle lui lança un regard fixe et méprisant. Elle

fut comprise, Corentin réprima un sourire qui fronçait presque les coins de ses lèvres rusées, et la salua d'une manière respectueuse.

— Citoyenne, dit-il, je me ferai toujours un honneur de t'obéir. La beauté est la seule reine qu'un vrai républicain puisse volontiers servir.

En le voyant partir, les yeux de Mlle de Verneuil brillèrent d'une joie si naïve, elle regarda Francine avec un sourire d'intelligence empreint de tant de bonheur, que Mme du Gua, devenue prudente en devenant jalouse, se sentit disposée à abandonner les soupçons que la parfaite beauté de Mlle de Verneuil venait de lui faire concevoir.

— C'est peut-être Mlle de Verneuil, dit-elle à l'oreille de son fils.

— Et l'escorte ? lui répondit le jeune homme, que le dépit rendait sage. Est-elle prisonnière ou protégée, amie ou ennemie du gouvernement ?

Mme du Gua cligna des yeux comme pour dire qu'elle saurait bien éclaircir ce mystère. Cependant le départ de Corentin sembla tempérer la défiance du marin, dont la figure perdit son expression sévère, et il jeta sur Mlle de Verneuil des regards où se révélait un amour immodéré des femmes et non la respectueuse ardeur d'une passion naissante. La jeune fille n'en devint que plus circonspecte et réserva ses paroles affectueuses pour Mme du Gua. Le jeune homme, se fâchant à lui tout seul, essaya, dans son amer dépit, de jouer aussi l'insensibilité. Mlle de Verneuil ne parut pas s'apercevoir de ce manège, et se montra simple sans timidité, réservée sans pruderie.

Cette rencontre de personnes qui ne paraissaient pas destinées à se lier, n'éveilla donc aucune sympathie bien vive. Il y eut même un embarras vulgaire, une gêne qui détruisirent tout le plaisir que Mlle de Verneuil et le jeune marin s'étaient promis un moment auparavant. Mais les femmes ont entre elles un si admirable tact des convenances, des liens si intimes ou de si vifs désirs d'émotions, qu'elles savent toujours rompre la glace dans ces occasions. Tout à coup, comme si les deux belles convives eussent eu la même pensée, elles se mirent à plaisanter innocemment leur unique cavalier, et rivalisèrent à son égard de moqueries, d'attentions et de soins ; cette unanimité d'esprit les laissait libres. Un regard ou un mot qui, échappés dans la gêne, ont de la valeur, devenaient alors insignifiants. Bref, au bout d'une demi-heure, ces deux femmes, déjà secrètement ennemies, parurent être les meilleures amies du monde. Le jeune marin se surprit alors à en vouloir autant à Mlle de Verneuil de sa liberté d'esprit que de sa réserve. Il était tellement contrarié, qu'il regrettait avec une sourde colère d'avoir partagé son déjeuner avec elle.

— Madame, dit Mlle de Verneuil à Mme du Gua, monsieur votre fils est-il toujours aussi triste qu'en ce moment ?

— Mademoiselle, répondit-il, je me demandais à quoi sert un bonheur qui va s'enfuir. Le secret de ma tristesse est dans la vivacité de mon plaisir.

— Voilà des madrigaux, reprit-elle en riant, qui sentent plus la Cour que l'École Polytechnique.

— Il n'a fait qu'exprimer une pensée bien naturelle, mademoiselle, dit Mme du Gua, qui avait ses raisons pour apprivoiser l'inconnue.

— Allons, riez donc, reprit Mlle de Verneuil en souriant au jeune homme. Comment êtes-vous donc quand vous pleurez, si ce qu'il vous plaît d'appeler un bonheur vous attriste ainsi ?

Ce sourire, accompagné d'un regard agressif qui détruisit l'harmonie de ce masque de candeur, rendit un peu d'espoir au marin. Mais inspirée par sa nature qui entraîne la femme à toujours faire trop ou trop peu, tantôt Mlle de Verneuil semblait s'emparer de ce jeune homme par un coup d'œil où brillaient les fécondes promesses de l'amour ; puis, tantôt elle opposait à ses galantes expressions une modestie froide et sévère ; vulgaire manège sous lequel les femmes cachent leurs véritables émotions. Un moment, un seul, où chacun d'eux crut trouver chez l'autre des paupières baissées, ils se communiquèrent leurs véritables pensées ; mais ils furent aussi prompts à voiler leurs regards qu'ils l'avaient été à confondre cette lumière qui bouleversa leurs cœurs en les éclairant. Honteux de s'être dit tant de choses en un seul coup d'œil, ils n'osèrent plus se regarder. Mlle de Verneuil, jalouse de détromper l'inconnu, se renferma dans une froide politesse, et parut même attendre la fin du repas avec impatience.

— Mademoiselle, vous avez dû bien souffrir en prison ? lui demanda Mme du Gua.

— Hélas ! madame, il me semble que je n'ai pas cessé d'y être.

— Votre escorte est-elle destinée à vous protéger,

mademoiselle, ou à vous surveiller ? Êtes-vous précieuse ou suspecte à la République ?

Mlle de Verneuil comprit instinctivement qu'elle
inspirait peu d'intérêt à Mme du Gua, et s'effaroucha
de cette question.

— Madame, répondit-elle, je ne sais pas bien précisément quelle est en ce moment la nature de mes relations avec la République.

— Vous la faites peut-être trembler ? dit le jeune
homme avec un peu d'ironie.

— Pourquoi ne pas respecter les secrets de mademoiselle ? reprit Mme du Gua.

— Oh ! madame, les secrets d'une jeune personne
qui ne connaît encore de la vie que ses malheurs, ne
sont pas bien curieux.

— Mais, répondit Mme du Gua pour continuer une
conversation qui pouvait lui apprendre ce qu'elle voulait savoir, le premier consul paraît avoir des intentions parfaites. Ne va-t-il pas, dit-on, arrêter l'effet
des lois contre les émigrés ?

— C'est vrai, madame, dit-elle avec trop de viva-
cité peut-être ; mais alors pourquoi soulevons-nous la
Vendée et la Bretagne ? pourquoi donc incendier la
France ?...

Ce cri généreux par lequel elle semblait se faire
un reproche à elle-même, causa un tressaillement
au marin. Il regarda fort attentivement Mlle de
Verneuil, mais il ne put découvrir sur sa figure ni
haine ni amour. Cette peau dont le coloris attestait
la finesse était impénétrable. Une curiosité invincible l'attacha soudain à cette singulière créature

vers laquelle il était attiré déjà par de violents désirs.

— Mais, dit-elle en continuant après une pause, madame, allez-vous à Mayenne ?

— Oui, mademoiselle, répondit le jeune homme d'un air interrogateur.

— Eh bien ! madame, continua Mlle de Verneuil, puisque monsieur votre fils sert la République... Elle prononça ces paroles d'un air indifférent en apparence, mais elle jeta sur les deux inconnus un de ces regards furtifs qui n'appartiennent qu'aux femmes et aux diplomates. — Vous devez redouter les Chouans ? reprit-elle, une escorte n'est pas à dédaigner. Nous sommes devenus presque compagnons de voyage, venez avec nous jusqu'à Mayenne.

Le fils et la mère hésitèrent et parurent se consulter.

— Je ne sais, mademoiselle, répondit le jeune homme, s'il est bien prudent de vous avouer que des intérêts d'une haute importance exigent pour cette nuit notre présence aux environs de Fougères, et que nous n'avons pas encore trouvé de moyens de transport ; mais les femmes sont si naturellement généreuses que j'aurais honte de ne pas me confier à vous. Néanmoins, ajouta-t-il, avant de nous remettre entre vos mains, au moins devons-nous savoir si nous pourrons en sortir sains et saufs. Êtes-vous la reine ou l'esclave de votre escorte républicaine ? excusez la franchise d'un jeune marin, mais je ne vois dans votre situation rien de bien naturel...

— Vous vivons dans un temps, monsieur, où rien de ce qui se passe n'est naturel. Ainsi vous pouvez accepter sans scrupule, croyez-le bien. Et surtout,

ajouta-t-elle en appuyant sur ses paroles, vous n'avez
à craindre aucune trahison dans une offre faite avec
simplicité par une personne qui n'épouse point les
haines politiques.

— Le voyage ainsi fait ne sera pas sans danger,
reprit-il en mettant dans son regard une finesse qui
donnait de l'esprit à cette vulgaire réponse.

— Que craignez-vous donc encore, demanda-t-elle
avec un sourire moqueur, je ne vois de périls pour
personne.

— La femme qui parle ainsi est-elle la même dont
le regard partageait mes désirs, se disait le jeune
homme. Quel accent! Elle me tend quelque piège.

En ce moment, le cri clair et perçant d'une chouette
qui semblait perchée sur le sommet de la cheminée,
vibra comme un sombre avis.

— Qu'est ceci ? dit Mlle de Verneuil. Notre voyage
ne commencera pas sous d'heureux présages. Mais
comment se trouve-t-il ici des chouettes qui chantent
en plein jour ? demanda-t-elle en faisant un geste de
surprise.

— Cela peut arriver quelquefois, dit le jeune
homme froidement. — Mademoiselle, reprit-il, nous
vous porterions peut-être malheur. N'est-ce pas là votre
pensée ? Ne voyageons donc pas ensemble.

Ces paroles furent dites avec un calme et une réserve
qui surprirent Mlle de Verneuil.

— Monsieur, dit-elle avec une impertinence tout
aristocratique, je suis loin de vouloir vous contraindre.
Gardons le peu de liberté que nous laisse la République. Si madame était seule, j'insisterais...

Les pas pesants d'un militaire retentirent dans le corridor, et le commandant Hulot montra bientôt une mine refrognée.

— Venez ici, mon colonel, dit en souriant Mlle de Verneuil qui lui indiqua de la main une chaise auprès d'elle. — Occupons-nous, puisqu'il le faut, des affaires de l'État. Mais riez donc! Qu'avez- vous? Y a-t-il des Chouans ici?

Le commandant était resté béant à l'aspect du jeune inconnu qu'il contemplait avec une singulière attention.

— Ma mère, désirez-vous encore du lièvre? Mademoiselle, vous ne mangez pas, disait à Francine le marin en s'occupant des convives.

Mais la surprise de Hulot et l'attention de Mlle de Verneuil avaient quelque chose de cruellement sérieux qu'il était dangereux de méconnaître.

— Qu'as-tu donc, commandant, est-ce que tu me connaîtrais? reprit brusquement le jeune homme.

— Peut-être, répondit le républicain.

— En effet, je crois t'avoir vu venir à l'École.

— Je ne suis jamais allé à l'école, répliqua brusquement le commandant. Et de quelle école sors-tu donc, toi?

— De l'École Polytechnique.

— Ah! ah! oui, de cette caserne où l'on veut faire des militaires dans des dortoirs, répondit le commandant dont l'aversion était insurmontable pour les officiers sortis de cette savante pépinière. Mais dans quel corps sers-tu?

— Dans la marine.

— Ah! dit Hulot en riant avec malice. Connais-tu

beaucoup d'élèves de cette École-là dans la marine.

— Il n'en sort, reprit-il d'un accent grave, que des officiers d'artillerie et du génie.

Le jeune homme ne se déconcerta pas.

— J'ai fait exception à cause du nom que je porte, répondit-il. Nous avons tous été marins dans notre famille.

— Ah! reprit Hulot, quel est donc ton nom de famille, citoyen?

— Du Gua Saint-Cyr.

— Tu n'as donc pas été assassiné à Mortagne?

— Ah! il s'en est de bien peu fallu, dit vivement Mme du Gua, mon fils a reçu deux balles...

— Et as-tu des papiers? dit Hulot sans écouter la mère.

— Est-ce que vous voulez les lire, demanda impertinemment le jeune marin dont l'œil bleu plein de malice étudiait alternativement la sombre figure du commandant et celle de Mlle de Verneuil.

— Un blanc-bec comme toi voudrait-il m'embêter, par hasard? Allons, donne-moi tes papiers, ou sinon, en route!

— La, la, mon brave, je ne suis pas un *serin*. Ai-je donc besoin de te répondre! Qui es-tu?

— Le commandant du département, reprit Hulot.

— Oh! alors mon cas peut devenir très grave, je serais pris les armes à la main. Et il tendit un verre de vin de Bordeaux au commandant.

— Je n'ai pas soif, répondit Hulot. Allons, voyons, tes papiers.

En ce moment, un bruit d'armes et les pas de

quelques soldats ayant retenti dans la rue, Hulot
s'approcha de la fenêtre et prit un air satisfait qui fit
trembler Mlle de Verneuil. Ce signe d'intérêt réchauffa
le jeune homme, dont la figure était devenue froide
et fière. Après avoir fouillé dans la poche de son habit,
il tira d'un élégant portefeuille et offrit au commandant
des papiers que Hulot se mit à lire lentement, en comparant le signalement du passeport avec le visage du
voyageur suspect. Pendant cet examen, le cri de la
chouette recommença ; mais cette fois il ne fut pas
difficile d'y distinguer l'accent et les jeux d'une voix
humaine. Le commandant rendit alors au jeune
homme les papiers d'un air moqueur.

— Tout cela est bel et bon, lui dit-il, mais il faut
me suivre au district. Je n'aime pas la musique, moi !

— Pourquoi l'emmenez-vous au District ? demanda
Mlle de Verneuil d'une voix altérée.

— Ma petite fille, répondit le commandant en faisant sa grimace habituelle, cela ne vous regarde pas.

Irritée du ton, de l'expression du vieux militaire,
et plus encore de cette espèce d'humiliation subie
devant un homme à qui elle plaisait, Mlle de Verneuil
se leva, quitta tout à coup l'attitude de candeur et de
modestie dans laquelle elle s'était tenue jusqu'alors,
son teint s'anima, et ses yeux brillèrent.

— Dites-moi, ce jeune homme a-t-il satisfait à tout
ce qu'exige la loi ? s'écria-t-elle doucement, mais avec
une sorte de tremblement dans la voix.

— Oui, en apparence, répondit ironiquement Hulot.

— Eh bien ! j'entends que vous le laissiez tranquille
en apparence, reprit-elle. Avez-vous peur qu'il ne vous

échappe ? vous allez l'escorter avec moi jusqu'à
Mayenne, il sera dans la malle avec Mme sa mère. Pas
d'observation, je le veux. — Eh bien ! quoi ?... reprit-
elle en voyant Hulot qui se permit de faire sa petite
grimace, le trouvez-vous encore suspect ?

— Mais un peu, je pense.

— Que voulez-vous donc en faire ?

— Rien, si ce n'est de lui rafraîchir la tête avec un
peu de plomb. C'est un étourdi, reprit le commandant
avec ironie.

— Plaisantez-vous, colonel ? s'écria Mlle de Verneuil.

— Allons, camarade, dit le commandant en faisant
un signe de tête au marin. Allons, dépêchons !

A cette impertinence de Hulot, Mlle de Verneuil
devint calme et sourit.

— N'avancez pas, dit-elle au jeune homme qu'elle
protégea par un geste plein de dignité.

— Oh ! la belle tête, dit le marin à l'oreille de sa
mère, qui fronça les sourcils.

Le dépit et mille sentiments irrités mais combattus
déployaient alors des beautés nouvelles sur le visage
de la Parisienne. Francine, Mme du Gua, son fils,
s'étaient levés tous. Mlle de Verneuil se plaça vivement entre eux et le commandant qui souriait, et
défit lestement deux brandebourgs de son spencer.
Puis, agissant par suite de cet aveuglement dont les
femmes sont saisies lorsqu'on attaque fortement leur
amour-propre, mais flattée ou impatiente aussi d'exercer son pouvoir comme un enfant peut l'être d'essayer
le nouveau jouet qu'on lui a donné, elle présenta vivement au commandant une lettre ouverte.

— Lisez, lui dit-elle avec un sourire sardonique.

Elle se retourna vers le jeune homme, à qui, dans l'ivresse du triomphe, elle lança un regard où la malice se mêlait à une expression amoureuse. Chez tous deux, les fronts s'éclaircirent ; la joie colora leurs figures agitées, et mille pensées contradictoires s'élevèrent dans leurs âmes. Par un seul regard, Mme du Gua parut attribuer bien plus à l'amour qu'à la charité la générosité de Mlle de Verneuil, et certes elle avait raison. La jolie voyageuse rougit d'abord et baissa modestement les paupières en devinant tout ce que disait ce regard de femme. Devant cette menaçante accusation, elle releva fièrement la tête et défia tous les yeux. Le commandant, pétrifié, rendit cette lettre contresignée des ministres, et qui enjoignait à toutes les autorités d'obéir aux ordres de cette mystérieuse personne ; mais, il tira son épée du fourreau, la prit, la cassa sur son genou, et jeta les morceaux.

— Mademoiselle, vous savez probablement bien ce que vous avez à faire ; mais un républicain a ses idées et sa fierté, dit-il. Je ne sais pas servir là où les belles filles commandent ; le premier Consul aura, dès ce soir, ma démission, et d'autres que Hulot vous obéiront. Là où je ne comprends plus, je m'arrête ; surtout, quand je suis tenu de comprendre.

Il y eut un moment de silence ; mais il fut bientôt rompu par la jeune Parisienne qui marcha au commandant, lui tendit la main et lui dit : — Colonel, quoique votre barbe soit un peu longue, vous pouvez m'embrasser, vous êtes un homme.

— Et je m'en flatte, mademoiselle, répondit-il en

déposant assez gauchement un baiser sur la main de cette singulière fille. — Quant à toi, camarade, ajouta-t-il en menaçant du doigt le jeune homme, tu en reviens d'une belle!

— Mon commandant, reprit en riant l'inconnu, il est temps que la plaisanterie finisse, et si tu le veux, je vais te suivre au District.

— Y viendras-tu avec ton siffleur invisible, Marche-à-terre...

— Qui, Marche-à-terre? demanda le marin avec tous les signes de la surprise la plus vraie.

— N'a-t-on pas sifflé tout à l'heure?

— Eh bien! reprit l'étranger, qu'a de commun ce sifflement et moi, je te le demande. J'ai cru que les soldats que tu avais commandés, pour m'arrêter sans doute, te prévenaient ainsi de leur arrivée.

— Vraiment, tu as cru cela!

— Eh! mon Dieu, oui. Mais bois donc ton verre de vin de Bordeaux, il est délicieux.

Surpris de l'étonnement naturel du marin, de l'incroyable légèreté de ses manières, de la jeunesse de sa figure, que rendaient presque enfantine les boucles de ses cheveux blonds soigneusement frisés, le commandant flottait entre mille soupçons. Il remarqua Mme du Gua qui essayait de surprendre le secret des regards que son fils jetait à Mlle de Verneuil, et lui demanda brusquement : — Votre âge, citoyenne?

— Hélas! monsieur l'officier, les lois de notre République deviennent bien cruelles! j'ai trente-huit ans.

— Quand on devrait me fusiller, je n'en croirais rien encore. Marche-à-terre est ici, il a sifflé, vous êtes des Chouans déguisés. Tonnerre de Dieu, je vais faire entièrement cerner et fouiller l'auberge.

En ce moment, un sifflement irrégulier, assez semblable à ceux qu'on avait entendus, et qui partait de la cour de l'auberge, coupa la parole au commandant ; il se précipita fort heureusement dans le corridor, et n'aperçut point la pâleur que ses paroles avaient répandue sur la figure de Mme du Gua. Hulot vit, dans le siffleur, un postillon qui attelait ses chevaux à la malle ; il déposa ses soupçons, tant il lui sembla ridicule que des Chouans se hasardassent au milieu d'Alençon, et il revint confus.

— Je lui pardonne, mais plus tard il paiera cher le moment qu'il nous fait passer ici, dit gravement la mère à l'oreille de son fils au moment où Hulot rentrait dans la chambre.

Le brave officier offrait sur sa figure embarrassée l'expression de la lutte que la sévérité de ses devoirs livrait dans son cœur à sa bonté naturelle. Il conserva son air bourru, peut-être parce qu'il croyait alors s'être trompé ; mais il prit le verre de vin de Bordeaux et dit : — Camarade, excuse-moi, mais ton École envoie à l'armée des officiers si jeunes...

— Les brigands en ont donc de plus jeunes encore ? demanda en riant le prétendu marin.

— Pour qui preniez-vous donc mon fils ? reprit Mme du Gua.

— Pour le Gars, le chef envoyé aux Chouans et aux Vendéens par le cabinet de Londres, et qu'on nomme le marquis de Montauran.

Le commandant épia encore attentivement la figure

de ces deux personnages suspects, qui se regardèrent avec cette singulière expression de physionomie que prennent successivement deux ignorants présomptueux et qu'on peut traduire par ce dialogue : — Connais-tu cela ? — Non. Et toi ? — Connais pas, du tout. — Qu'est-ce qu'il nous dit donc là ? — Il rêve. Puis le rire insultant et goguenard de la sottise quand elle croit triompher.

La subite altératior des manières et la torpeur de Marie de Verneuil, en entendant prononcer le nom du général royaliste, ne furent sensibles que pour Francine, la seule à qui fussent connues les imperceptibles nuances de cette jeune figure. Tout à fait mis en déroute, le commandant ramassa les deux morceaux de son épée, regarda Mlle de Verneuil, dont la chaleureuse expression avait trouvé le secret d'émouvoir son cœur, et lui dit : — Quant à vous, mademoiselle, je ne m'en dédis pas, et demain, les tronçons de mon épée parviendront à Bonaparte, à moins que...

— Eh! que me fait Bonaparte, votre République, les Chouans, le Roi et le Gars! s'écria-t-elle en réprimant assez mal un emportement de mauvais goût.

Des caprices inconnus ou la passion donnèrent à cette figure des couleurs étincelantes, et l'on vit que le monde entier ne devait plus être rien pour cette jeune fille du moment où elle y distinguait une créature ; mais tout à coup elle rentra dans un calme forcé en se voyant, comme un acteur sublime, l'objet des regards de tous les spectateurs. Le commandant se leva brusquement. Inquiète et agitée, Mlle de Verneuil le suivit, l'arrêta dans le corridor, et lui demanda d'un ton solennel ; — Vous aviez donc de bien fortes raisons de soupçonner ce jeune homme d'être le Gars ?

— Tonnerre de Dieu, mademoiselle, le fantassin qui vous accompagne est venu me prévenir que les voyageurs et le courrier avaient été assassinés par les Chouans, ce que je savais ; mais ce que je ne savais pas, c'était les noms des voyageurs morts, et ils s'appelaient du Gua Saint-Cyr!

— Oh! s'il y a du Corentin là-dedans, je ne m'étonne plus de rien, s'écria-t-elle avec un mouvement de dégoût.

Le commandant s'éloigna, sans oser regarder Mlle de Verneuil dont la dangereuse beauté lui troublait déjà le cœur.

— Si j'étais resté deux minutes de plus, j'aurais fait la sottise de reprendre mon épée pour l'escorter, se disait-il en descendant l'escalier.

En voyant le jeune homme les yeux attachés sur la porte par où Mlle de Verneuil était sortie, Mme du Gua lui dit à l'oreille : — Toujours le même! Vous ne périrez que par la femme. Une poupée vous fait tout oublier. Pourquoi donc avez-vous souffert qu'elle déjeunât avec nous. Qu'est-ce qu'une demoiselle de Verneuil qui accepte le déjeuner de gens inconnus, que les Bleus escortent, et qui les désarme avec une lettre mise en réserve comme un billet doux, dans son spencer ? C'est une de ces mauvaises créatures à l'aide desquelles Fouché veut s'emparer de vous, et la lettre qu'elle a montrée est donnée pour requérir les Bleus contre vous.

— Eh! madame, répondit le jeune homme d'un ton aigre qui perça le cœur de la dame et la fit pâlir, sa générosité dément votre supposition. Souvenez-vous bien que l'intérêt seul du Roi nous rassemble. Après avoir eu Charette à vos pieds, l'univers ne serait-il donc pas vide pour vous ? Ne vivriez-vous déjà plus pour le venger ?

La dame resta pensive et debout comme un homme qui, du rivage, contemple le naufrage de ses trésors, et n'en convoite que plus ardemment sa fortune perdue. Mlle de Verneuil rentra, le jeune marin échangea avec elle un sourire et un regard empreint de douce moquerie. Quelque incertain que parût l'avenir, quelque éphémère que fût leur union, les prophéties de cet espoir n'en étaient que plus caressantes. Quoique rapide, ce regard ne put échapper à l'œil sagace de Mme du Gua, qui le comprit : aussitôt, son front se contracta légèrement, et sa physionomie ne put entièrement cacher de jalouses pensées. Francine observait cette femme ; elle en vit les yeux briller, les joues s'animer ; elle crut apercevoir un esprit infernal animer ce visage en proie à quelque révolution terrible ; mais l'éclair n'est pas plus vif, ni la mort plus prompte que ne le fut cette expression passagère ; Mme du Gua reprit son air enjoué, avec un tel aplomb que Francine crut avoir rêvé. Néanmoins, en reconnaissant chez cette femme une violence au moins égale à celle de Mlle de Verneuil, elle frémit en prévoyant les terribles chocs qui devaient survenir entre deux esprits de cette trempe, et frissonna quand elle vit Mlle de Verneuil allant vers le jeune officier, lui jetant un de ces

regards passionnés qui enivrent, lui prenant les deux
mains, l'attirant à elle et le menant au jour par un
geste de coquetterie pleine de malice.

— Maintenant, avouez-le-moi, dit-elle en cherchant
à lire dans ses yeux, vous n'êtes pas le citoyen du
Gua Saint-Cyr.

— Si, mademoiselle.

— Mais sa mère et lui ont été tués avant-
hier.

— J'en suis désolé, répondit-il en riant. Quoi qu'il
en soit, je ne vous en ai pas moins une obligation
pour laquelle je vous conserverai toujours une grande
reconnaissance, et je voudrais être à même de vous
la témoigner.

— J'ai cru sauver un émigré, mais je vous aime
mieux républicain.

A ces mots, échappés de ses lèvres comme par
étourderie, elle devint confuse ; ses yeux semblèrent
rougir, et il n'y eut plus dans sa contenance qu'une
délicieuse naïveté de sentiment ; elle quitta mollement
les mains de l'officier, poussée non par la honte de
les avoir pressées, mais par une pensée trop lourde à
porter dans son cœur, et elle le laissa ivre d'espérance. Tout à coup elle parut s'en vouloir à elle seule
de cette liberté, autorisée peut-être par ces fugitives
aventures de voyage ; elle reprit son attitude de
convention, salua ses deux compagnons de voyage
et disparut avec Francine. En arrivant dans leur
chambre, Francine se croisa les doigts, retourna
les paumes de ses mains en se tordant les bras, et
contempla sa maîtresse en lui disant : — Ah! Marie,

combien de choses en peu de temps ? il n'y a que vous
pour ces histoires-là !

Mlle de Verneuil bondit et sauta au cou de Francine.

— Ah ! voilà la vie, je suis dans le ciel !

— Dans l'enfer, peut-être, répliqua Francine.

— Oh ! va pour l'enfer ! reprit Mlle de Verneuil avec
gaieté. Tiens, donne-moi ta main. Sens mon cœur,
comme il bat. J'ai la fièvre. Le monde entier est maintenant peu de chose ! Combien de fois n'ai-je pas vu
cet homme dans mes rêves ! oh ! comme sa tête est
belle et quel regard étincelant !

— Vous aimera-t-il ? demanda d'une voix affaiblie
la naïve et simple paysanne, dont le visage s'était
empreint de mélancolie.

— Tu le demandes ? répondit Mlle de Verneuil.
— Mais dis donc, Francine, ajouta-t-elle en se montrant à elle dans une attitude moitié sérieuse, moitié
comique, il serait donc bien difficile.

— Oui, mais vous aimera-t-il toujours ? reprit
Francine en souriant.

Elles se regardèrent un moment comme interdites,
Francine de révéler tant d'expérience, Marie d'apercevoir pour la première fois un avenir de bonheur
dans la passion ; aussi resta-t-elle comme penchée
sur un précipice dont elle aurait voulu sonder la profondeur en attendant le bruit d'une pierre jetée d'abord
avec insouciance.

— Hé ! c'est mon affaire, dit-elle en laissant échapper le geste d'un joueur au désespoir. Je ne plaindrai
jamais une femme trahie, elle ne doit s'en prendre qu'à
elle-même de son abandon. Je saurai bien garder,

vivant ou mort, l'homme dont le cœur m'aura apparte-
nu. — Mais, dit-elle avec surprise et après un
moment de silence, d'où te vient tant de science,
Francine ?...

— Mademoiselle, répondit vivement la paysanne,
j'entends des pas dans le corridor.

— Ah! dit-elle en écoutant, ce n'est pas *lui!* —
Mais, reprit-elle, voilà comment tu réponds! je te
comprends : je t'attendrai ou je te devinerai.

Francine avait raison. Trois coups frappés à la
porte interrompirent cette conversation. Le capitaine
Merle se montra bientôt, après avoir entendu l'invitation d'entrer que lui adressa Mlle de Verneuil.

En faisant un salut militaire à Mlle de Verneuil, le
capitaine hasarda de lui jeter une œillade, et tout
ébloui par sa beauté, il ne trouva rien autre chose à lui
dire que : — Mademoiselle, je suis à vos ordres!

— Vous êtes donc devenu mon protecteur par la
démission de votre chef de demi-brigade. Votre régiment ne s'appelle-t-il pas ainsi ?

— Mon supérieur est l'adjudant-major Gérard, qui
m'envoie.

— Votre commandant a donc bien peur de moi ?
demanda-t-elle.

— Faites excuse, mademoiselle, Hulot n'a pas peur ;
mais les femmes, voyez-vous, ça n'est pas son affaire ;
et ça l'a chiffonné de trouver son général en cornette.

— Cependant, reprit Mlle de Verneuil, son devoir
était d'obéir à ses supérieurs! J'aime la subordination,
je vous en préviens, et je ne veux pas qu'on me résiste.

— Cela serait difficile, répondit Merle.

— Tenons conseil, reprit Mlle de Verneuil. Vous avez ici des troupes fraîches, elles m'accompagneront à Mayenne, où je puis arriver ce soir. Pouvons-nous y trouver de nouveaux soldats pour en repartir sans nous y arrêter ? Les Chouans ignorent notre petite expédition. En voyageant ainsi nuitamment, nous aurions bien du malheur si nous les rencontrions en assez grand nombre pour être attaqués. Voyons, dites, croyez-vous que ce soit possible ?

— Oui, mademoiselle.

— Comment est le chemin de Mayenne à Fougères ?

— Rude. Il faut toujours monter et descendre, un vrai pays d'écureuil.

— Partons, partons, dit-elle ; et comme nous n'avons pas de dangers à redouter en sortant d'Alençon, allez en avant ; nous vous rejoindrons bien.

— On dirait qu'elle a dix ans de grade, se dit Merle en sortant. Hulot se trompe, cette jeune fille-là n'est pas de celles qui se font des rentes avec un lit de plume. Et, mille cartouches, si le capitaine Merle veut devenir adjudant-major, je ne lui conseille pas de prendre saint Michel pour le diable.

Pendant la conférence de Mlle de Verneuil avec le capitaine, Francine était sortie dans l'intention d'examiner par une fenêtre du corridor un point de la cour vers lequel une irrésistible curiosité l'entraînait depuis son arrivée dans l'auberge. Elle contemplait la paille de l'écurie avec une attention si profonde qu'on l'aurait pu croire en prières devant une bonne vierge. Bientôt elle aperçut Mme du Gua se dirigeant vers Marche-à-terre avec les précautions d'un

chat qui ne veut pas se mouiller les pattes. En voyant
cette dame, le Chouan se leva et garda devant elle
l'attitude du plus profond respect. Cette étrange circonstance éveilla la curiosité de Francine, qui s'élança
dans la cour, se glissa le long des murs de manière à
ne point être vue par Mme du Gua, et tâcha de
se cacher derrière la porte de l'écurie ; elle marcha sur
la pointe du pied, retint son haleine, évita de faire
le moindre bruit, et réussit à se poser près de Marche-
à-terre sans avoir excité son attention.

— Et si, après toutes ces informations, disait l'inconnue au Chouan, ce n'est pas son nom, tu tireras
dessus sans pitié, comme sur une chienne enragée.

— Entendu, répondit Marche-à-terre.

La dame s'éloigna. Le Chouan remit son bonnet
de laine rouge sur la tête, resta debout, et se grattait
l'oreille à la manière des gens embarrassés, lorsqu'il
vit Francine lui apparaître comme par magie.

— Sainte Anne d'Auray! s'écria-t-il. Tout à coup
il laissa tomber son fouet, joignit les mains et demeura
en extase. Une faible rougeur illumina son visage
grossier, et ses yeux brillèrent comme des diamants
perdus dans de la fange. — Est-ce bien la garce à
Cottin ? dit-il d'une voix si sourde que lui seul pouvait
s'entendre. — Êtes-vous *godaine*! reprit-il après
une pause.

Ce mot assez bizarre de *godain*, *godaine*, est un
superlatif du patois de ces contrées qui sert aux amoureux à exprimer l'accord d'une riche toilette et de la
beauté.

— Je n'oserais point vous toucher, ajouta Marche-

à-terre en avançant néanmoins sa large main vers
Francine comme pour s'assurer du poids d'une grosse
chaîne d'or qui tournait autour de son cou, et descendait jusqu'à sa taille.

— Et *vous* feriez bien, Pierre, répondit Francine
inspirée par cet instinct de la femme qui la rend des-
pote quand elle n'est pas opprimée. Elle se recula avec
hauteur après avoir joui de la surprise du Chouan ;
mais elle compensa la dureté de ses paroles par un
regard plein de douceur, et se rapprocha de lui. —
Pierre, reprit-elle, cette dame-là *te* parlait de la jeune
demoiselle que je sers ? n'est-ce pas ?

Marche-à-terre resta muet et sa figure lutta comme
l'aurore entre les ténèbres et la lumière. Il regarda
tour à tour Francine, le gros fouet qu'il avait laissé
tomber et la chaîne d'or qui paraissait exercer sur
lui des séductions aussi puissantes que le visage de
la Bretonne ; puis, comme pour mettre un terme à
son inquiétude, il ramassa son fouet et garda le
silence.

— Oh ! il n'est pas difficile de deviner que cette
dame t'a ordonné de tuer ma maîtresse, reprit Francine qui connaissait la discrète fidélité du gars et qui
voulut en dissiper les scrupules.

Marche-à-terre baissa la tête d'une manière significative. Pour la garce à Cottin, ce fut une réponse.

— Eh bien ! Pierre, s'il lui arrive le moindre malheur, si un seul cheveu de sa tête est arraché, nous nous
serons vus ici pour la dernière fois et pour l'éternité,
car je serai dans le paradis, moi ! et toi, tu iras en enfer.

Le possédé que l'Église allait jadis exorciser en

grande pompe n'était pas plus agité que Marche-à-
terre ne le fut sous cette prédiction prononcée avec
une croyance qui lui donnait une sorte de certitude.
Ses regards, d'abord empreints d'une tendresse sauvage, puis combattus par les devoirs d'un fanatisme
aussi exigeant que celui de l'amour, devinrent tout
à coup farouches quand il aperçut l'air impérieux de
l'innocente maîtresse qu'il s'était jadis donnée. Francine interpréta le silence du Chouan à sa manière.

— Tu ne veux donc rien faire pour moi ? lui dit-elle
d'un ton de reproche.

A ces mots, le Chouan jeta sur sa maîtresse un coup
d'œil aussi noir que l'aile d'un corbeau.

— Es-tu libre ? demanda-t-il par un grognement
que Francine seule pouvait entendre.

— Serais-je là ?... répondit-elle avec indignation.
Mais toi, que fais-tu ici ? Tu chouannes encore, tu
cours par les chemins comme une bête enragée qui
cherche à mordre. Oh ! Pierre, si tu étais sage, tu vien-
drais avec moi. Cette belle demoiselle qui, je puis
te le dire, a été jadis nourrie chez nous, a eu soin de
moi. J'ai maintenant deux cents livres de bonnes
rentes. Enfin mademoiselle m'a acheté pour cinq cents
écus la grande maison à mon oncle Thomas, et j'ai
deux mille livres d'économies.

Mais son sourire et l'énumération de ses trésors
échouèrent devant l'impénétrable expression de Marche-à-terre.

— Les Recteurs ont dit de se mettre en guerre,
répondit-il. Chaque Bleu jeté par terre vaut une
indulgence.

— Mais les Bleus te tueront peut-être.

Il répondit en laissant aller ses bras comme pour regretter la modicité de l'offrande qu'il faisait à Dieu et au Roi.

— Et que deviendrais-je, moi? demanda douloureusement la jeune fille.

Marche-à-terre regarda Francine avec stupidité; ses yeux semblèrent s'agrandir, il s'en échappa deux larmes qui roulèrent parallèlement de ses joues velues sur les peaux de chèvre dont il était couvert, et un sourd gémissement sortit de sa poitrine.

— Sainte Anne d'Auray!... Pierre, voilà donc tout ce que tu me diras après une séparation de sept ans. Tu as bien changé.

— Je t'aime toujours, répondit le Chouan d'une voix brusque.

— Non, lui dit-elle à l'oreille, le Roi passe avant moi.

— Si tu me regardes ainsi, reprit-il, je m'en vais.

— Eh bien! adieu, reprit-elle avec tristesse.

— Adieu, répéta Marche-à-terre.

Il saisit la main de Francine, la serra, la baisa, fit un signe de croix, et se sauva dans l'écurie, comme un chien qui vient de dérober un os.

— Pille-miche, dit-il à son camarade, je n'y vois goutte. As-tu ta *chinchoire*?

— Oh! *cré bleu!*... la belle chaîne, répondit Pille-miche en fouillant dans une poche pratiquée sous sa peau de bique.

Il tendit à Marche-à-terre ce petit cône en corne de bœuf dans lequel les Bretons mettent le tabac fin qu'ils lévigent eux-mêmes pendant les longues soirées d'hiver. Le Chouan leva le pouce de manière à former dans son poignet gauche ce creux où les invalides se mesurent leurs prises de tabac, il y secoua fortement la chinchoire dont la pointe avait été dévissée par Pille-miche. Une poussière impalpable tomba lentement par le petit trou qui terminait le cône de ce meuble breton. Marche-à-terre recommença sept ou huit fois ce manège silencieux, comme si cette poudre eût possédé le pouvoir de changer la nature de ses pensées. Tout à coup, il laissa échapper un geste désespéré, jeta la chinchoire à Pille-miche et ramassa une carabine cachée dans la paille.

— Sept à huit *chinchées* comme ça de suite, ça ne vaut *rin*, dit l'avare Pille-miche.

— En route, s'écria Marche-à-terre d'une voix rauque. Nous avons de la besogne.

Une trentaine de Chouans qui dormaient sous les râteliers et dans la paille, levèrent la tête, virent Marche-à-terre debout, et disparurent aussitôt par une porte qui donnait sur des jardins et d'où l'on pouvait gagner les champs. Lorsque Francine sortit de l'écurie, elle trouva la malle en état de partir. Mlle de Verneuil et ses deux compagnons de voyage y étaient déjà montés. La Bretonne frémit en voyant sa maîtresse au fond de la voiture à côté de la femme qui venait d'en ordonner la mort. Le *Suspect* se mit en avant de Marie, et aussitôt que Francine se fut assise, la lourde voiture partit au grand trot.

Le soleil avait dissipé les nuages gris de l'automne, et ses rayons animaient la mélancolie des champs

par un certain air de fête et de jeunesse. Beaucoup
d'amants prennent ces hasards du ciel pour des présages. Francine fut étrangement surprise du silence
qui régna d'abord entre les voyageurs. Mlle de
Verneuil avait repris son air froid, et se tenait les
yeux baissés, la tête doucement inclinée, et les mains
cachées sous une espèce de mante dans laquelle elle
s'enveloppa. Si elle leva les yeux, ce fut pour voir les
paysages qui s'enfuyaient en tournoyant avec rapidité. Certaine d'être admirée, elle se refusait à l'admiration ; mais son apparente insouciance accusait plus
de coquetterie que de candeur. La touchante pureté
qui donne tant d'harmonie aux diverses expressions
par lesquelles se révèlent les âmes faibles, semblait
ne pas pouvoir prêter son charme à une créature que
ses vives impressions destinaient aux orages de l'amour.
En proie au plaisir que donnent les commencements
d'une intrigue, l'inconnu ne cherchait pas encore à
s'expliquer la discordance qui existait entre la coquetterie et l'exaltation de cette singulière fille. Cette candeur jouée ne lui permettait-elle pas de contempler
à son aise une figure que le calme embellissait alors
autant qu'elle venait de l'être par l'agitation. Nous
n'accusons guère la source de nos jouissances.

Il est difficile à une jolie femme de se soustraire,
en voiture, aux regards de ses compagnons, dont les
yeux s'attachent sur elle comme pour y chercher une
distraction de plus à la monotonie du voyage. Aussi,
très heureux de pouvoir satisfaire l'avidité de sa
passion naissante, sans que l'inconnue évitât son
regard ou s'offensât de sa persistance, le jeune officier

se plut-il à étudier les lignes pures et brillantes qui
dessinaient les contours de ce visage. Ce fut pour lui
comme un tableau. Tantôt le jour faisait ressortir la
transparence rose des narines, et le double arc qui
unissait le nez à la lèvre supérieure ; tantôt un pâle
rayon de soleil mettait en lumière les nuances du teint,
nacrées sous les yeux et autour de la bouche, rosées
sur les joues, mates vers les tempes et sur le cou. Il
admira les oppositions de clair et d'ombre produites
par des cheveux dont les rouleaux noirs environ-
naient la figure, en y imprimant une grâce éphémère ;
car tout est si fugitif chez la femme ! sa beauté d'aujourd'hui n'est souvent pas celle d'hier, heureusement
pour elle peut-être ! Encore dans l'âge où l'homme peut
jouir de ces riens qui sont tout l'amour, le soi-disant
marin attendait avec bonheur le mouvement répété
des paupières et les jeux séduisants que la respiration
donnait au corsage. Parfois, au gré de ses pensées, il
épiait un accord entre l'expression des yeux et l'imper-
ceptible inflexion des lèvres. Chaque geste lui livrait
une âme, chaque mouvement une face nouvelle de
cette jeune fille. Si quelques idées venaient agiter
ces traits mobiles, si quelque soudaine rougeur s'y
infusait, si le sourire y répandait la vie, il savourait
mille délices en cherchant à deviner les secrets de cette
femme mystérieuse. Tout était piège pour l'âme, piège
pour les sens. Enfin le silence, loin d'élever des obstacles à l'entente des cœurs, devenait un lien commun
pour les pensées. Plusieurs regards où ces yeux rencontrèrent ceux de l'étranger apprirent à Marie de Verneuil que ce silence allait la compromettre ; elle fit

alors à Mme du Gua quelques-unes de ces demandes
insignifiantes qui préludent aux conversations, mais
elle ne put s'empêcher d'y mêler le fils.

— Madame, comment avez-vous pu, disait-elle,
vous décider à mettre monsieur votre fils dans la
marine ? N'est-ce pas vous condamner à de perpé-
tuelles inquiétudes ?

— Mademoiselle, le destin des femmes, des mères,
veux-je dire, est de toujours trembler pour leurs plus
chers trésors.

— Monsieur vous ressemble beaucoup.

— Vous trouvez, mademoiselle.

Cette innocente *légitimation* de l'âge que Mme du
Gua s'était donné, fit sourire le jeune homme et
inspira à sa prétendue mère un nouveau dépit. La
haine de cette femme grandissait à chaque regard
passionné que jetait son fils sur Marie. Le silence,
le discours, tout allumait en elle une effroyable rage
déguisée sous les manières les plus affectueuses.

— Mademoiselle, dit alors l'inconnu, vous êtes dans
l'erreur. Les marins ne sont pas plus exposés que ne
le sont les autres militaires. Les femmes ne devraient
pas haïr la marine : n'avons-nous pas sur les troupes
de terre l'immense avantage de rester fidèles à nos
maîtresses ?

— Oh! de force, répondit en riant Mlle de
Verneuil.

— C'est toujours de la fidélité, répliqua Mme du
Gua d'un ton presque sombre.

La conversation s'anima, se porta sur des sujets
qui n'étaient intéressants que pour les trois voyageurs ;

car, en ces sortes de circonstances, les gens d'esprit
donnent aux banalités des significations neuves ;
mais l'entretien, frivole en apparence, par lequel ces
inconnus se plurent à s'interroger mutuellement,
cacha les désirs, les passions et les espérances qui
les agitaient. La finesse et la malice de Marie, qui fut
constamment sur ses gardes, apprirent à Mme du
Gua que la calomnie et la trahison pourraient seules
la faire triompher d'une rivale aussi redoutable par son
esprit que par sa beauté. Les voyageurs atteignirent
l'escorte, et la voiture alla moins rapidement. Le
jeune marin aperçut une longue côte à monter et proposa une promenade à Mlle de Verneuil. Le bon
goût, l'affectueuse politesse du jeune homme semblèrent décider la Parisienne, et son consentement le
flatta.

— Madame est-elle de notre avis ? demanda-t-elle
à Mme du Gua. Veut-elle aussi se promener ?

— Coquette! dit la dame en descendant de voiture.

Marie et l'inconnu marchèrent ensemble mais séparés. Le marin, déjà saisi par de violents désirs, fut
jaloux de faire tomber la réserve qu'on lui opposait,
et de laquelle il n'était pas la dupe. Il crut pouvoir
y réussir en badinant avec l'inconnue à la faveur de
cette amabilité française, de cet esprit parfois léger,
parfois sérieux, toujours chevaleresque, souvent moqueur qui distinguait les hommes remarquables de
l'aristocratie exilée. Mais la rieuse Parisienne plaisanta
si malicieusement le jeune Républicain, sut lui reprocher ses intentions de frivolité si dédaigneusement en
s'attachant de préférence aux idées fortes et à l'exalta-

tion qui perçaient malgré lui dans ses discours, qu'il devina facilement le secret de plaire. La conversation changea donc. L'étranger réalisa dès lors les espérances que donnait sa figure expressive. De moment en moment, il éprouvait de nouvelles difficultés en voulant apprécier la sirène de laquelle il s'éprenait de plus en plus, et fut forcé de suspendre ses jugements sur une fille qui se faisait un jeu de les infirmer tous. Après avoir été séduit par la contemplation de la beauté, il fut donc entraîné vers cette âme inconnue par une curiosité que Marie se plut à exciter. Cet entretien prit insensiblement un caractère d'intimité très étranger au ton d'indifférence que Mlle de Verneuil s'efforça d'y imprimer sans pouvoir y parvenir. Quoique Mme du Gua eût suivi les deux amoureux, ils avaient insensiblement marché plus vite qu'elle, et ils s'en trouvèrent bientôt séparés par une centaine de pas environ. Ces deux charmants êtres foulaient le sable fin de la route, emportés par le charme enfantin d'unir le léger retentissement de leurs pas, heureux de se voir enveloppés par un même rayon de lumière qui paraissait appartenir au soleil du printemps, et de respirer ensemble ces parfums d'automne chargés de tant de dépouilles végétales, qu'ils semblent une nourriture apportée par les airs à la mélancolie de l'amour naissant. Quoiqu'ils ne parussent voir l'un et l'autre qu'une aventure ordinaire dans leur union momentanée, le ciel, le site et la saison communiquèrent à leurs sentiments une teinte de gravité qui leur donna l'apparence de la passion. Ils commencèrent à faire l'éloge de la journée, de sa beauté ; puis ils parlèrent de

leur étrange rencontre, de la rupture prochaine d'une
liaison si douce et de la facilité qu'on met en voyage
à s'épancher avec les personnes aussitôt perdues
qu'entrevues. A cette dernière observation, le jeune
homme profita de la permission tacite qui semblait
l'autoriser à faire quelques douces confidences, et
essaya de risquer des aveux, en homme accoutumé
à de semblables situations.

— Remarquez-vous, mademoselle, lui dit-il, combien les sentiments suivent peu la route commune,
dans le temps de terreur où nous vivons ? Autour de
nous, tout n'est-il pas frappé d'une inexplicable sou-
daineté. Aujourd'hui, nous aimons, nous haïssons sur
la foi d'un regard. L'on s'unit pour la vie ou l'on
se quitte avec la célérité dont on marche à la mort.
On se dépêche en toute chose, comme la Nation dans
ses tumultes. Au milieu des dangers, les étreintes
doivent être plus vives que dans le train ordinaire
de la vie. A Paris, dernièrement, chacun a su, comme
sur un champ de bataille, tout ce que pouvait dire une
poignée de main.

— On sentait la nécessité de vivre vite et beaucoup,
répondit-elle, parce qu'on avait alors peu de temps à
vivre. Et après avoir lancé à son jeune compagnon un
regard qui semblait lui montrer le terme de leur court
voyage, elle ajouta malicieusement : — Vous êtes bien
instruit des choses de la vie, pour un jeune homme qui
sort de l'École ?

— Que pensez-vous de moi ? demanda-t-il après
un moment de silence. Dites-moi votre opinion sans
ménagements.

— Vous voulez sans doute acquérir ainsi le droit de me parler de moi ?... répliqua-t-elle en riant.

— Vous ne répondez pas, reprit-il après une légère pause. Prenez garde, le silence est souvent une réponse.

— Ne deviné-je pas tout ce que vous voudriez pouvoir me dire ? Hé! mon dieu, vous avez déjà trop parlé.

Oh! si nous nous entendons, reprit-il en riant, j'obtiens plus que je n'osais espérer.

Elle se mit à sourire si gracieusement qu'elle parut accepter la lutte courtoise de laquelle tout homme se plaît à menacer une femme. Ils se persuadèrent alors, autant sérieusement que par plaisanterie, qu'il leur était impossible d'être jamais l'un pour l'autre autre chose que ce qu'ils étaient en ce moment. Le jeune homme pouvait se livrer à une passion qui n'avait point d'avenir, et Marie pouvait en rire. Puis quand ils eurent élevé ainsi entre eux une barrière imaginaire, ils parurent l'un et l'autre fort empressés de mettre à profit la dangereuse liberté qu'ils venaient de stipuler. Marie heurta tout à coup une pierre et fit un faux pas.

— Prenez mon bras, dit l'inconnu.

— Il le faut bien, étourdi! Vous seriez trop fier si je refusais. N'aurais-je pas l'air de vous craindre ?

— Ah! mademoiselle, répondit-il en lui pressant le bras pour lui faire sentir les battements de son cœur, vous allez me rendre fier de cette faveur.

— Eh bien! ma facilité vous ôtera vos illusions.

— Voulez-vous déjà me défendre contre le danger des émotions que vous causez ?

— Cessez, je vous prie, dit-elle, de m'entortillei
dans ces petites idées de boudoir, dans ces logogriphes
de ruelle. Je n'aime pas à rencontrer chez un homme
de votre caractère, l'esprit que les sots peuvent avoir.
Voyez ?... nous sommes sous un beau ciel, en pleine
campagne ; devant nous, au-dessus de nous, tout est
grand. Vous voulez me dire que je suis belle, n'est-ce
pas ? mais vos yeux me le prouvent, et d'ailleurs, je
le sais ; mais je ne suis pas une femme que des compliments puissent flatter. Voudriez-vous, par hasard, me
parler de vos *sentiments* ? dit-elle avec une emphase
sardonique. Me supposeriez-vous donc la simplicité
de croire à des sympathies soudaines assez fortes
pour dominer une vie entière par le souvenir d'une
matinée.

— Non pas d'une matinée, répondit-il, mais d'une
belle femme qui s'est montrée généreuse.

— Vous oubliez, reprit-elle en riant, de bien plus
grands attraits, une femme inconnue, et chez laquelle
tout doit sembler bizarre, le nom, la qualité, la situation, la liberté d'esprit et de manières.

— Vous ne m'êtes point inconnue, s'écria-t-il, j'ai
su vous deviner, et ne voudrais rien ajouter à vos
perfections, si ce n'est un peu de foi dans l'amour que
vous inspirez tout d'abord.

— Ah! mon pauvre enfant de dix-sept ans, vous
parlez déjà d'amour ? dit-elle en souriant. Eh bien!
soit, reprit-elle. C'est là un secret de conversation
entre deux personnes, comme la pluie et le beau temps
quand nous faisons une visite, prenons-le ? Vous ne
trouverez en moi, ni fausse modestie, ni petitesse. Je

puis écouter ce mot sans rougir, il m'a été tant de fois
prononcé sans l'accent du cœur, qu'il est devenu
presque insignifiant pour moi. Il m'a été répété au
théâtre, dans les livres, dans le monde, partout; mais
je n'ai jamais rien rencontré qui ressemblât à ce magnifique sentiment.

— L'avez-vous cherché?

— Oui.

Ce mot fut prononcé avec tant de laisser-aller,
que le jeune homme fit un geste de surprise et regarda
fixement Marie comme s'il eût tout à coup changé
d'opinion sur son caractère et sa véritable situation.

— Mademoiselle, dit-il avec une émotion mal déguisée, êtes-vous fille ou femme, ange ou démon?

— Je suis l'un et l'autre, reprit-elle en riant. N'y
a-t-il pas toujours quelque chose de diabolique et
d'angélique chez une jeune fille qui n'a point aimé.
qui n'aime pas, et qui n'aimera peut-être jamais?

— Et vous trouvez-vous heureuse ainsi?... dit-il
en prenant un ton et des manières libres, comme
s'il eût déjà conçu moins d'estime pour sa libératrice.

— Oh! heureuse, reprit-elle, non. Si je viens à
penser que je suis seule, dominée par des conventions
sociales qui me rendent nécessairement artificieuse,
j'envie les privilèges de l'homme. Mais, si je songe à
tous les moyens que la nature nous a donnés pour
vous envelopper, vous autres, pour vous enlacer dans
les filets invisibles d'une puissance à laquelle aucun
de vous ne peut résister, alors mon rôle ici-bas me
sourit; puis, tout à coup, il me semble petit, et je

sens que je mépriserais un homme, s'il était la dupe
de séductions vulgaires. Enfin tantôt j'aperçois notre
joug, et il me plaît, puis il me semble horrible et je
m'y refuse ; tantôt je sens en moi ce désir de dévouement qui rend la femme si noblement belle, puis
j'éprouve un désir de domination qui me dévore.
Peut-être, est-ce le combat naturel du bon et du
mauvais principe qui fait vivre toute créature ici-bas.
Ange et démon, vous l'avez dit. Ah! ce n'est pas
d'aujourd'hui que je reconnais ma double nature.
Mais, nous autres femmes, nous comprenons encore
mieux que vous notre insuffisance. N'avons-nous
pas un instinct qui nous fait pressentir en toute chose
une perfection à laquelle il est sans doute impossible
d'atteindre. Mais, ajouta-t-elle en regardant le ciel et
jetant un soupir, ce qui nous grandit à vos yeux...

— C'est ?... dit-il.

— Hé! bien, répondit-elle, c'est que nous luttons
toutes, plus ou moins, contre une destinée incomplète.

— Mademoiselle, pourquoi donc nous quittons-
nous ce soir ?

— Ah! dit-elle en souriant au regard passionné que
lui lança le jeune homme, remontons en voiture, le
grand air ne nous vaut rien.

Marie se retourna brusquement, l'inconnu la suivit,
il lui serra le bras par un mouvement peu respectueux,
mais qui exprima tout à la fois d'impérieux désirs et
de l'admiration. Elle marcha plus vite ; le marin devina
qu'elle voulait fuir une déclaration peut-être importune, il n'en devint que plus ardent, risqua tout pour
arracher une première faveur à cette femme, et il lui

dit en la regardant avec finesse : — Voulez-vous que je vous apprenne un secret ?

— Oh! dites promptement, s'il vous concerne ?

— Je ne suis point au service de la République. Où allez-vous ? j'irai.

A cette phrase, Marie trembla violemment, elle retira son bras, et se couvrit le visage de ses deux mains pour dérober la rougeur ou la pâleur peut-être qui en altéra les traits ; mais elle dégagea tout à coup sa figure, et dit d'une voix attendrie : — Vous avez donc débuté comme vous auriez fini, vous m'avez trompée ?

— Oui, dit-il.

A cette réponse, elle tourna le dos à la grosse malle vers laquelle ils se dirigeaient, et se mit à courir presque.

— Mais, reprit l'inconnu, l'air ne nous valait rien ?...

— Oh! il a changé, dit-elle avec un son de voix grave en continuant à marcher en proie à des pensées orageuses.

— Vous vous taisez, demanda l'étranger, dont le cœur se remplit de cette douce appréhension que donne l'attente du plaisir.

— Oh! dit-elle d'un accent bref, la tragédie a bien promptement commencé.

— De quelle tragédie parlez-vous ? demanda-t-il.

Elle s'arrêta, toisa l'élève d'abord d'un air empreint d'une double expression de crainte et de curiosité ; puis elle cacha sous un calme impénétrable les sentiments qui l'agitaient, et montra que, pour une jeune fille, elle avait une grande habitude de la vie.

— Qui êtes-vous ? reprit-elle ; mais je le sais! En vous voyant, je m'en étais doutée, vous êtes le chef royaliste nommé le Gars ? L'ex-évêque d'Autun a bien raison, en nous disant de toujours croire aux pressentiments qui annoncent des malheurs.

— Quel intérêt avez-vous donc à connaître ce garçon-là ?

— Quel intérêt aurait-il donc à se cacher de moi, si je lui ai déjà sauvé la vie ? Elle se mit à rire, mais forcément. — J'ai sagement fait de vous empêcher de me dire que vous m'aimez. Sachez-le bien, monsieur, je vous abhorre. Je suis républicaine, vous êtes royaliste, et je vous livrerais si vous n'aviez ma parole, si je ne vous avais déjà sauvé une fois, et si... Elle s'arrêta. Ces violents retours sur elle-même, ces combats qu'elle ne se donnait plus la peine de déguiser, inquiétèrent l'inconnu, qui tâcha, mais vainement, de l'observer. — Quittons-nous à l'instant, je le veux, adieu, dit-elle. Elle se retourna vivement, fit quelques pas et revint. — Mais non, j'ai un immense intérêt à apprendre qui vous êtes, reprit-elle. Ne me cachez rien, et dites-moi la vérité. Qui êtes-vous? car vous n'êtes pas plus un élève de l'École que vous n'avez dix-sept ans...

— Je suis un marin, tout prêt à quitter l'Océan pour vous suivre partout où votre imagination voudra me guider. Si j'ai le bonheur de vous offrir quelque mystère, je me garderai bien de détruire votre curiosité. Pourquoi mêler les graves intérêts de la vie réelle à la vie du cœur, où nous commencions à si bien nous comprendre.

— Nos âmes auraient pu s'entendre, dit-elle d'un ton grave. Mais, monsieur, je n'ai pas le droit d'exiger votre confiance. Vous ne connaîtrez jamais l'étendue de vos obligations envers moi : je me tairai.

Ils avancèrent de quelques pas dans le plus profond silence.

— Combien ma vie vous intéresse! reprit l'inconnu.

— Monsieur, dit-elle, de grâce, votre nom, ou taisez-vous. Vous êtes un enfant, ajouta-t-elle en haussant les épaules, et vous me faites pitié.

L'obstination que la voyageuse mettait à connaître son secret fit hésiter le prétendu marin entre la prudence et ses désirs. Le dépit d'une femme souhaitée a de bien puissants attraits ; sa soumission comme sa colère est si impérieuse, elle attaque tant de fibres dans le cœur de l'homme, elle le pénètre et le subjugue. Était-ce chez Mlle de Verneuil une coquetterie de plus ? Malgré sa passion, l'étranger eut la force de se défier d'une femme qui voulait lui violemment arracher un secret de vie ou de mort.

— Pourquoi, lui dit-il en lui prenant la main qu'elle laissa prendre par distraction, pourquoi mon indiscrétion, qui donnait un avenir à cette journée, en a-t-elle détruit le charme ?

Mlle de Verneuil, qui paraissait souffrante, garda le silence.

— En quoi puis-je vous affliger, reprit-il, et que puis-je faire pour vous apaiser ?

— Dites-moi votre nom.

A son tour il marcha en silence, et ils avancèrent

de quelques pas. Tout à coup Mlle de Verneuil s'arrêta, comme une personne qui a pris une importante détermination.

— Monsieur le marquis de Montauran, dit-elle avec dignité sans pouvoir entièrement déguiser une agitation qui donnait une sorte de tremblement nerveux à ses traits, quoi qu'il puisse m'en coûter, je suis heureuse de vous rendre un bon office. Ici nous allons nous séparer. L'escorte et la malle sont trop nécessaires à votre sûreté pour que vous n'acceptiez pas l'une et l'autre. Ne craignez rien des Républicains ; tous ces soldats, voyez-vous, sont des hommes d'honneur, et je vais donner à l'adjudant des ordres qu'il exécutera fidèlement. Quant à moi, je puis regagner Alençon à pied avec ma femme de chambre, quelques soldats nous accompagneront. Écoutez-moi bien, car il s'agit de votre tête. Si vous rencontriez, avant d'être en sûreté, l'horrible muscadin que vous avez vu dans l'auberge, fuyez, car il vous livrerait aussitôt. Quant à moi... — Elle fit une pause. — Quant à moi, je me rejette avec orgueil dans les misères de la vie, reprit-elle à voix basse en retenant ses pleurs. Adieu, monsieur. Puissiez-vous être heureux ! Adieu.

Et elle fit un signe au capitaine Merle qui atteignait alors le haut de la colline. Le jeune homme ne s'attendait pas à un si brusque dénouement.

— Attendez ! cria-t-il avec une sorte de désespoir assez bien joué.

Ce singulier caprice d'une fille pour laquelle il aurait alors sacrifié sa vie surprit tellement l'inconnu, qu'il inventa une déplorable ruse pour tout à la fois cacher son nom et satisfaire la curiosité de Mlle de Verneuil.

— Vous avez presque deviné, dit-il, je suis émigré, condamné à mort, et je me nomme le vicomte de Bauvan. L'amour de mon pays m'a ramené en France, près de mon frère. J'espère être radié de la liste par l'influence de Mme de Beauharnais, aujourd'hui la femme du premier Consul ; mais si j'échoue, alors je veux mourir sur la terre de mon pays en combattant auprès de Montauran, mon ami. Je vais d'abord en secret, à l'aide d'un passeport qu'il m'a fait parvenir, savoir s'il me reste quelques propriétés en Bretagne.

Pendant que le jeune gentilhomme parlait, Mlle de Verneuil l'examinait d'un œil perçant. Elle essaya de douter de la vérité de ces paroles, mais crédule et confiante, elle reprit lentement une expression de sérénité, et s'écria : — Monsieur, ce que vous me dites en ce moment est-il vrai ?

— Parfaitement vrai, répéta l'inconnu qui paraissait mettre peu de probité dans ses relations avec les femmes.

Mlle de Verneuil soupira fortement comme une personne qui revient à la vie.

— Ah ! s'écria-t-elle, je suis bien heureuse.

— Vous haïssez donc bien mon pauvre Montauran.

— Non, dit-elle, vous ne sauriez me comprendre. Je n'aurais pas voulu que *vous* fussiez menacé des dangers contre lesquels je vais tâcher de le défendre, puisqu'il est votre ami.

— Qui vous a dit que Montauran fût en danger ?

— Hé! monsieur, si je ne venais pas de Paris, où il n'est question que de son entreprise, le commandant d'Alençon nous en a dit assez sur lui, je pense.

— Je vous demanderai alors comment vous pourriez le préserver de tout danger.

— Et si je ne voulais pas répondre ? dit-elle avec cet air dédaigneux sous lequel les femmes savent si bien cacher leurs émotions. De quel droit voulez-vous connaître mes secrets ?

— Du droit que doit avoir un homme qui vous aime.

— Déjà ?... dit-elle. Non, vous ne m'aimez pas, monsieur, vous voyez en moi l'objet d'une galanterie passagère, voilà tout. Ne vous ai-je pas sur-le-champ deviné ? Une personne qui a quelque habitude de la bonne compagnie peut-elle, par les mœurs qui courent, se tromper en entendant un élève de l'Ecole Polytechnique se servir d'expressions choisies, et déguiser, aussi mal que vous l'avez fait, les manières d'un grand seigneur sous l'écorce des républicains ; mais vos cheveux ont un reste de poudre, et vous avez un parfum de gentilhomme que doit sentir tout d'abord une femme du monde. Aussi, tremblant pour vous que mon surveillant, qui a toute la finesse d'une femme, ne vous reconnût, l'ai-je promptement congédié. Monsieur, un véritable officier républicain sorti de l'École ne se croirait pas près de moi en bonne fortune, et ne me prendrait pas pour une jolie intrigante. Permettez-moi, monsieur de Bauvan, de vous soumettre à ce propos un léger raisonnement de femme. Êtes-vous si jeune, que vous ne sachiez pas que, de toutes

les créatures de notre sexe, la plus difficile à soumettre est celle dont la valeur est chiffrée et qui
s'ennuie du plaisir ? Cette sorte de femme exige, m'a-
t-on dit, d'immenses séductions, ne cède qu'à ses
caprices ; et, prétendre lui plaire, est chez un homme
la plus grande des fatuités. Mettons à part cette classe
de femmes dans laquelle vous me faites la galanterie
de me ranger, car elles sont tenues toutes d'être
belles, vous devez comprendre qu'une jeune femme
noble, belle, spirituelle (vous m'accordez ces avantages), ne se vend pas, et ne peut s'obtenir que d'une
seule façon, quand elle est aimée. Vous m'entendez!
Si elle aime, et qu'elle veuille faire une folie, elle doit
être justifiée par quelque grandeur. Pardonnez-moi
ce luxe de logique, si rare chez les personnes de notre
sexe ; mais, pour votre honneur et... le mien, dit-elle
en s'inclinant, je ne voudrais pas que nous nous trom-
passions sur notre mérite, ou que vous crussiez
Mlle de Verneuil, ange ou démon, fille ou femme,
capable de se laisser prendre à de banales galanteries.

— Mademoiselle, dit le marquis dont la surprise
quoique dissimulée fut extrême et qui redevint tout
à coup homme de grande compagnie, je vous supplie
de croire que je vous accepte comme une très noble
personne, pleine de cœur et de sentiments élevés, ou...
comme une bonne fille, à votre choix!

— Je ne vous demande pas tant, monsieur, dit-elle
en riant. Laissez-moi mon incognito. D'ailleurs, mon
masque est mieux mis que le vôtre, et il me plaît à
moi de le garder, ne fût-ce que pour savoir si les
gens qui me parlent d'amour sont sincères... Ne vous

hasardez donc pas légèrement près de moi. — Monsieur, écoutez, lui dit-elle en lui saisissant le bras avec force, si vous pouviez me prouver un véritable amour, aucune puissance humaine ne nous séparerait. Oui, je voudrais m'associer à quelque grande existence d'homme, épouser une vaste ambition, de belles pensées. Les nobles cœurs ne sont pas infidèles, car la constance est une force qui leur va ; je serais donc toujours aimée, toujours heureuse ; mais aussi, ne serais-je pas toujours prête à faire de mon corps une marche pour élever l'homme qui aurait mes affections, à me sacrifier pour lui, à tout supporter de lui, à l'aimer toujours, même quand il ne m'aimerait plus. Je n'ai jamais osé confier à un autre cœur ni les souhaits du mien, ni les élans passionnés de l'exaltation qui me dévore ; mais je puis bien vous en dire quelque chose, puisque nous allons nous quitter aussitôt que vous serez en sûreté.

— Nous quitter ?... jamais ! dit-il électrisé par les sons que rendait cette âme vigoureuse qui semblait se débattre contre quelque immense pensée.

— Êtes-vous libre ? reprit-elle en lui jetant un regard dédaigneux qui le rapetissa.

— Oh ! pour libre... oui, sauf la condamnation à mort.

Elle lui dit alors d'une voix pleine de sentiments amers : — Si tout ceci n'était pas un songe, quelle belle vie serait la vôtre ?... Mais si j'ai dit des folies, n'en faisons pas. Quand je pense à tout ce que vous devriez être pour m'apprécier à ma juste valeur, je doute de tout.

— Et moi je ne douterais de rien, si vous vouliez m'appar...

— Chut! s'écria-t-elle en entendant cette phrase dite avec un véritable accent de passion, l'air ne nous vaut décidément plus rien, allons retrouver nos chaperons.

La malle ne tarda pas à rejoindre ces deux personnages, qui reprirent leurs places et firent quelques lieues dans le plus profond silence; s'ils avaient l'un et l'autre trouvé matière à d'amples réflexions, leurs yeux ne craignirent plus désormais de se rencontrer. Tous deux, ils semblaient avoir un égal intérêt à s'observer et à se cacher un secret important; mais ils se sentaient entraînés l'un vers l'autre par un même désir qui, depuis leur entretien, contractait l'étendue de la passion; car ils avaient réciproquement reconnu chez eux des qualités qui rehaussaient encore à leurs yeux les plaisirs qu'ils se promettaient de leur lutte ou de leur union. Peut-être chacun d'eux, embarqué dans une vie aventureuse, était-il arrivé à cette singulière situation morale où, soit par lassitude, soit pour défier le sort, on se refuse à des réflexions sérieuses, et où l'on se livre aux chances du hasard en poursuivant une entreprise, précisément parce qu'elle n'offre aucune issue et qu'on veut en voir le dénouement nécessaire. La nature morale n'a-t-elle pas, comme la nature physique, ses gouffres et ses abîmes où les caractères forts aiment à se plonger en risquant leur vie, comme un joueur aime à jouer sa fortune? Le gentilhomme et M\ue de Verneuil eurent en quelque sorte une révélation de ces idées, qui leur furent

communes après l'entretien dont elles étaient la
conséquence, et ils firent ainsi tout à coup un pas
immense, car la sympathie des âmes suivit celle de
leurs sens. Néanmoins plus ils se sentirent fatale-
ment entraînés l'un vers l'autre, plus ils furent intéressés à s'étudier, ne fût-ce que pour augmenter, par
un involontaire calcul, la somme de leurs jouissances
futures. Le jeune homme, encore étonné de la profondeur des idées de cette fille bizarre, se demanda tout
d'abord comment elle pouvait allier tant de connaissances acquises à tant de fraîcheur et de jeunesse. Il
crut découvrir alors un extrême désir de paraître
chaste, dans l'extrême chasteté que Marie cherchait
à donner à ses attitudes ; il la soupçonna de feinte,
se querella sur son plaisir, et ne voulut plus voir
dans cette inconnue qu'une habile comédienne : il
avait raison. Mlle de Verneuil, comme toutes les filles
du monde, devenue d'autant plus modeste qu'elle
ressentait plus d'ardeur, prenait fort naturellement
cette contenance de pruderie sous laquelle les femmes
savent si bien voiler leurs excessifs désirs. Toutes
voudraient s'offrir vierges à la passion ; et, si elles ne
le sont pas, leur dissimulation est toujours un hommage
qu'elles rendent à leur amour. Ces réflexions passèrent
rapidement dans l'âme du gentilhomme, et lui firent
plaisir. En effet, pour tous deux, cet examen devait
être un progrès, et l'amant en vint bientôt à cette
phase de la passion où un homme trouve dans les
défauts de sa maîtresse des raisons pour l'aimer
davantage. Mlle de Verneuil resta plus longtemps
pensive que ne le fut l'émigré ; peut-être son imagina-

tion lui faisait-elle franchir une plus grande étendue de
l'avenir. Le jeune homme obéissait à quelqu'un des
mille sentiments qu'il devait éprouver dans sa vie
d'homme, et la jeune fille apercevait toute une vie en
se complaisant à l'arranger belle, à la remplir de
bonheur, de grands et de nobles sentiments. Heureuse
en idée, éprise autant de ses chimères que de la réalité, autant de l'avenir que du présent, Marie essaya
de revenir sur ses pas pour mieux établir son pouvoir
sur ce jeune cœur, agissant en cela instinctivement,
comme agissent toutes les femmes. Après être convenue avec elle-même de se donner tout entière, elle
désirait, pour ainsi dire, se disputer en détail ; elle
aurait voulu pouvoir reprendre dans le passé toutes
ses actions, ses paroles, ses regards pour les mettre en
harmonie avec la dignité de la femme aimée. Aussi,
ses yeux exprimèrent-ils parfois une sorte de terreur,
quand elle songeait à l'entretien qu'elle venait d'avoir
et où elle s'était montrée si agressive. Mais en contemplant cette figure empreinte de force, elle se dit qu'un
être si puissant devait être généreux, et s'applaudit de
rencontrer une part plus belle que celle de beaucoup
d'autres femmes, en trouvant dans son amant un
homme de caractère, un homme condamné à mort
qui venait jouer lui-même sa tête et faire la guerre à
la République. La pensée de pouvoir occuper sans
partage une telle âme prêta bientôt à toutes les choses
une physionomie différente. Entre le moment où,
cinq heures auparavant, elle composa son visage et
sa voix pour agacer le gentilhomme, et le moment
actuel où elle pouvait le bouleverser d'un regard, il y

12

eut la différence de l'univers mort à un vivant univers.
De bons rires, de joyeuses coquetteries cachèrent une
immense passion qui se présenta comme le malheur,
en souriant. Dans les dispositions d'âme où se trouvait Mlle de Verneuil, la vie extérieure prit donc pour
elle le caractère d'une fantasmagorie. La calèche passa
par des villages, par des vallons, par des montagnes
dont aucune image ne s'imprima dans sa mémoire.
Elle arriva dans Mayenne, les soldats de l'escorte
changèrent, Merle lui parla, elle répondit, traversa
toute une ville, et se remit en route ; mais les figures,
les maisons, les rues, les paysages, les hommes furent
emportés comme les formes indistinctes d'un rêve. La
nuit vint. Marie voyagea sous un ciel de diamants,
enveloppée d'une douce lumière, et sur la route de
Fougères, sans qu'il lui vînt dans la pensée que le
ciel eût changé d'aspect, sans savoir ce qu'était ni
Mayenne ni Fougères, ni où elle allait. Qu'elle pût
quitter dans peu d'heures l'homme de son choix et
par qui elle se croyait choisie, n'était pas, pour elle,
une chose possible. L'amour est la seule passion qui
ne souffre ni passé ni avenir. Si parfois sa pensée se
trahissait par des paroles, elle laissait échapper des
phrases presque dénuées de sens, mais qui résonnaient
dans le cœur de son amant comme des promesses de
plaisir. Aux yeux des deux témoins de cette passion
naissante, elle prenait une marche effrayante. Francine
connaissait Marie aussi bien que l'étrangère connaissait
le jeune homme, et cette expérience du passé leur faisait attendre en silence quelque terrible dénouement.
En effet, elles ne tardèrent pas à voir finir ce drame que

Mlle de Verneuil avait si tristement, sans le savoir peut-être, nommé une tragédie.

Quand les quatre voyageurs eurent fait environ une lieue hors de Mayenne, ils entendirent un homme à cheval qui se dirigeait vers eux avec une excessive rapidité ; lorsqu'il atteignit la voiture, il se pencha pour y regarder Mlle de Verneuil, qui reconnut Corentin ; ce sinistre personnage se permit de lui adresser un signe d'intelligence dont la familiarité eut quelque chose de flétrissant pour elle, et il s'enfuit après l'avoir glacée par ce signe empreint de bassesse. L'émigré parut désagréablement affecté de cette circonstance qui n'échappa certes point à sa prétendue mère ; mais Marie le pressa légèrement, et sembla se réfugier par un regard dans son cœur, comme dans le seul asile qu'elle eût sur terre. Le front du jeune homme s'éclaircit alors en savourant l'émotion que lui fit éprouver le geste par lequel sa maîtresse lui avait révélé, comme par mégarde, l'étendue de son attachement. Une inexplicable peur avait fait évanouir toute coquetterie, et l'amour se montra pendant un moment sans voile. Ils se turent comme pour prolonger la douceur de ce moment. Malheureusement au milieu d'eux Mme du Gua voyait tout ; et, comme un avare qui donne un festin, elle paraissait leur compter les morceaux et leur mesurer la vie. En proie à leur bonheur, les deux amants arrivèrent, sans se douter du chemin qu'ils avaient fait, à la partie de la route qui se trouve au fond de la vallée d'Ernée, et qui forme le premier des trois bassins à travers lesquels se sont passés les événements qui servent d'exposition à cette histoire. Là,

Francine aperçut et montra d'étranges figures qui semblaient se mouvoir comme des ombres à travers les arbres et dans les ajoncs dont les champs étaient entourés. Quand la voiture arriva dans la direction de ces ombres, une décharge générale, dont les balles passèrent en sifflant au-dessus des têtes, apprit aux voyageurs que tout était positif dans cette apparition. L'escorte tombait dans une embuscade.

A cette vive fusillade, le capitaine Merle regretta vivement d'avoir partagé l'erreur de Mlle de Verneuil, qui, croyant à la sécurité d'un voyage nocturne et rapide, ne lui avait laissé prendre qu'une soixantaine d'hommes. Aussitôt le capitaine, commandé par Gérard, divisa la petite troupe en deux colonnes pour tenir les deux côtés de la route, et chacun des officiers se dirigea vivement au pas de course à travers les champs de genêts et d'ajoncs, en cherchant à combattre les assaillants avant de les compter. Les Bleus se mirent à battre à droite et à gauche ces épais buissons avec une intrépidité pleine d'imprudence, et répondirent à l'attaque des Chouans par un feu soutenu dans les genêts, d'où partaient les coups de fusil. Le premier mouvement de Mlle de Verneuil avait été de sauter hors de la calèche et de courir assez loin en arrière pour s'éloigner du champ de bataille ; mais, honteuse de sa peur, et mue par ce sentiment qui porte à se grandir aux yeux de l'être aimé, elle demeura immobile et tâcha d'examiner froidement le combat.

L'émigré la suivit, lui prit la main et la plaça sur son cœur.

— J'ai eu peur, dit-elle en souriant ; mais maintenant...

En ce moment sa femme de chambre effrayée lui cria : — Marie, prenez garde ! Mais Francine, qui voulait s'élancer hors de la voiture, s'y sentit arrêtée par une main vigoureuse. Le poids de cette main énorme lui arracha un cri violent, elle se retourna et garda le silence en reconnaissant la figure de Marche-à-terre.

— Je devrai donc à vos terreurs, disait l'étranger à Mlle de Verneuil, la révélation des plus doux secrets du cœur. Grâce à Francine, j'apprends que vous portez le nom gracieux de Marie. Marie, le nom que j'ai prononcé dans toutes mes angoisses ! Marie, le nom que je prononcerai désormais dans la joie, et que je ne dirai plus maintenant sans faire un sacrilège, en confondant la religion et l'amour. Mais serait-ce donc un crime que de prier et d'aimer tout ensemble ?

A ces mots, ils se serrèrent fortement la main, se regardèrent en silence, et l'excès de leurs sensations leur ôta la force et le pouvoir de les exprimer.

— *Ce n'est pas pour vous autres qu'il y a du danger !* dit brutalement Marche-à-terre à Francine en donnant aux sons rauques et gutturaux de sa voix une sinistre expression de reproche et appuyant sur chaque mot de manière à jeter l'innocente paysanne dans la stupeur.

Pour la première fois la pauvre fille apercevait de la férocité dans les regards de Marche-à-terre. La lueur de la lune semblait être la seule qui convînt à cette figure. Ce sauvage Breton tenant son bonnet d'une

main, sa lourde carabine de l'autre, ramassé comme
un gnome et enveloppé par cette blanche lumière dont
les flots donnent aux formes de si bizarres aspects,
appartenait ainsi plutôt à la féerie qu'à la vérité. Cette
apparition et son reproche eurent quelque chose de la
rapidité des fantômes. Il se tourna brusquement vers
Mme du Gua, avec laquelle il échangea de vives paroles,
et Francine, qui avait un peu oublié le bas-breton,
ne put y rien comprendre. La dame paraissait donner
à Marche-à-terre des ordres multipliés. Cette courte
conférence fut terminée par un geste impérieux de
cette femme qui désignait au Chouan les deux amants.
Avant d'obéir, Marche-à-terre jeta un dernier regard
à Francine, qu'il semblait plaindre, il aurait voulu lui
parler ; mais la Bretonne sut que le silence de son
amant était imposé. La peau rude et tannée de cet
homme parvint à se plisser sur son front, et ses sourcils
se rapprochèrent violemment. Résistait-il à l'ordre
renouvelé de tuer Mlle de Verneuil ? Cette grimace
le rendit sans doute plus hideux à Mme du Gua, mais
l'éclair de ses yeux devint presque doux pour Francine,
qui, devinant par ce regard qu'elle pourrait faire plier
l'énergie de ce sauvage sous sa volonté de femme,
espéra régner encore, après Dieu, sur ce cœur grossier.

Le doux entretien de Marie fut interrompu par
Mme du Gua qui vint la prendre en criant comme si
quelque danger la menaçait ; mais elle voulait uniquement laisser l'un des membres du comité royaliste
d'Alençon, qu'elle reconnut, libre de parler à l'émigré.

— Défiez-vous de la fille que vous avez rencontrée
à l'hôtel des Trois-Mores.

Après avoir dit cette phrase à l'oreille du jeune
homme, le chevalier de Valois qui montait un petit
cheval breton disparut dans les genêts d'où il venait
de sortir. En ce moment, le feu roulait avec une étonnante vivacité, mais sans que les deux partis en vinssent aux mains.

— Mon adjudant, ne serait-ce pas une fausse attaque pour enlever nos voyageurs et leur imposer une
rançon ? dit La-clef-des-cœurs.

— Tu as les pieds dans leurs souliers ou le diable
m'emporte, répondit Gérard en volant sur la route.

En ce moment, le feu des Chouans se ralentit, car
la communication faite au chef par le chevalier était
le seul but de leur escarmouche ; Merle, qui les vit se
sauvant en petit nombre à travers les haies, ne jugea
pas à propos de s'engager dans une lutte inutilement
dangereuse. Gérard, en deux mots, fit reprendre à
l'escorte sa position sur le chemin, et se remit en marche sans avoir essuyé de perte. Le capitaine put offrir
la main à Mlle de Verneuil pour remonter en voiture,
car le gentilhomme resta comme frappé de la foudre.
La Parisienne étonnée monta sans accepter la politesse
du Républicain ; elle tourna la tête vers son amant,
le vit immobile et fut stupéfaite du changement subit
que les mystérieuses paroles du cavalier venaient
d'opérer en lui. Le jeune émigré revint lentement, et
son attitude décelait un profond sentiment de dégoût.

— N'avais-je pas raison ? dit à l'oreille du jeune
homme Mme du Gua en le ramenant à la voiture, nous
sommes certes entre les mains d'une créature avec
laquelle on a trafiqué de votre tête ; mais puisqu'elle

est assez sotte pour s'amouracher de vous, au lieu de faire son métier, n'allez pas vous conduire en enfant, et feignez de l'aimer jusqu'à ce que nous ayons gagné la Vivetière... Une fois là!...

— Mais l'aimerait-il donc déjà?... se dit-elle en voyant le jeune homme à sa place, dans l'attitude d'un homme endormi.

La calèche roula sourdement sur le sable de la route. Au premier regard que Mlle de Verneuil jeta autour d'elle, tout lui parut avoir changé. La mort se glissait déjà dans son amour. Ce n'était peut-être que des nuances ; mais aux yeux de toute femme qui aime, ces nuances sont aussi tranchées que de vives couleurs. Francine avait compris, par le regard de Marche-à-terre, que le destin de Mlle de Verneuil sur laquelle elle lui avait ordonné de veiller, était entre d'autres mains que les siennes, et offrait un visage pâle, sans pouvoir retenir ses larmes quand sa maîtresse la regardait. La dame inconnue cachait mal sous de faux sourires la malice d'une vengeance féminine, et le subit changement que son obséquieuse bonté pour Mlle de Verneuil introduisit dans son maintien, dans sa voix et sa physionomie, était de nature à donner des craintes à une personne perspicace. Aussi Mlle de Verneuil frissonna-t-elle par instinct en se demandant : — Pourquoi frissonné-je?... C'est sa mère. Mais elle trembla de tous ses membres en se disant tout à coup : — Est-ce bien sa mère? Elle vit un abîme qu'un dernier coup d'œil jeté sur l'inconnue acheva d'éclairer. — Cette femme l'aime! pensa-t-elle. Mais pourquoi m'accabler de prévenances, après m'avoir témoigné tant de froi-

deur ? Suis-je perdue ? Aurait-elle peur de moi ? Quant
au gentilhomme, il pâlissait, rougissait tour à tour,
et gardait une attitude calme en baissant les yeux
pour dérober les étranges émotions qui l'agitaient.
Une compression violente détruisait la gracieuse courbure de ses lèvres, et son teint jaunissait sous les efforts
d'une orageuse pensée. Mlle de Verneuil ne pouvait
même plus deviner s'il y avait encore de l'amour dans
sa fureur. Le chemin, flanqué de bois en cet endroit,
devint sombre et empêcha ces muets acteurs de s'interroger des yeux. Le murmure du vent, le bruissement
des touffes d'arbres, le bruit des pas mesurés de l'escorte, donnèrent à cette scène ce caractère solennel
qui accélère les battements du cœur. Mlle de Verneuil
ne pouvait pas chercher en vain la cause de ce changement. Le souvenir de Corentin passa comme un éclair,
et lui apporta l'image de sa véritable destinée qui lui
apparut tout à coup. Pour la première fois depuis la
matinée, elle réfléchit sérieusement à sa situation. Jusqu'en ce moment, elle s'était laissée aller au bonheur
d'aimer, sans penser ni à elle, ni à l'avenir. Incapable
de supporter plus longtemps ses angoisses, elle chercha,
elle attendit, avec la douce patience de l'amour, un
des regards du jeune homme, et le supplia si vivement,
sa pâleur et son frisson eurent une éloquence si péné-
trante, qu'il chancela ; mais la chute n'en fut que
plus complète.

— Souffririez-vous, mademoiselle ? demanda-t-il.

Cette voix dépouillée de douceur, la demande elle-
même, le regard, le geste, tout servit à convaincre la
pauvre fille que les événements de cette journée appar-

tenaient à un mirage de l'âme qui se dissipait alors
comme ces nuages à demi formés que le vent emporte.

— Si je souffre ?... reprit-elle en riant forcément,
j'allais vous faire la même question.

— Je croyais que vous vous entendiez, dit Mme du
Gua avec une fausse bonhomie.

Ni le gentilhomme ni Mlle de Verneuil ne répondirent. La jeune fille, doublement outragée, se dépita
de voir sa puissante beauté sans puissance. Elle savait
pouvoir apprendre au moment où elle le voudrait la
cause de cette situation ; mais, peu curieuse de la pénétrer, pour la première fois, peut-être, une femme recula
devant un secret. La vie humaine est tristement fertile
en situations où, par suite, soit d'une méditation trop
forte, soit d'une catastrophe, nos idées ne tiennent
plus à rien, sont sans substance, sans point de départ,
où le présent ne trouve plus de liens pour se rattacher
au passé, ni dans l'avenir. Tel fut l'état de Mlle de Verneuil. Penchée dans le fond de la voiture, elle y resta
comme un arbuste déraciné. Muette et souffrante, elle
ne regarda plus personne, s'enveloppa de sa douleur,
et demeura avec tant de volonté dans le monde inconnu
où se réfugient les malheureux, qu'elle ne vit plus rien.
Des corbeaux passèrent en croassant au-dessus d'eux ;
mais quoique, semblable à toutes les âmes fortes, elle
eût un coin du cœur pour les superstitions, elle n'y fit
aucune attention. Les voyageurs cheminèrent quelque
temps en silence. — Déjà séparés, se disait Mlle de Verneuil. Cependant rien autour de moi n'a parlé. Serait-ce
Corentin ? Ce n'est pas son intérêt. Qui donc a pu se
lever pour m'accuser ? A peine aimée, voici déjà l'he

reur de l'abandon. Je sème l'amour et je recueille le mépris. Il sera donc toujours dans ma destinée de toujours voir le bonheur et de toujours le perdre! Elle sentit alors dans son cœur des troubles inconnus, car elle aimait réellement et pour la première fois. Cependant elle ne s'était pas tellement livrée qu'elle ne pût trouver des ressources contre sa douleur dans la fierté naturelle à une femme jeune et belle. Le secret de son amour, ce secret souvent gardé dans les tortures, ne lui était pas échappé. Elle se releva, et honteuse de donner la mesure de sa passion par sa silencieuse souffrance, elle secoua la tête par un mouvement de gaieté, montra un visage ou plutôt un masque riant, puis elle força sa voix pour en déguiser l'altération.

— Où sommes-nous? demanda-t-elle au capitaine Merle, qui se tenait toujours à une certaine distance de la voiture.

— A trois lieues et demie de Fougères, mademoiselle.

— Nous allons donc y arriver bientôt? lui dit-elle pour l'encourager à lier une conversation où elle se promettait bien de témoigner quelque estime au jeune capitaine.

— Ces lieues-là, reprit Merle tout joyeux, ne sont pas larges, seulement elles se permettent dans ce pays-ci de ne jamais finir. Lorsque vous serez sur le plateau de la côte que nous gravissons, vous apercevrez une vallée semblable à celle que nous allons quitter, et à l'horizon vous pourrez alors voir le sommet de la Pèlerine. Plaise à Dieu que les Chouans ne veuillent pas y prendre leur revanche! Or, vous concevez qu'à monter et descendre ainsi l'on n'avance guère. De la Pèlerine, vous découvrirez encore...

A ce mot l'émigré tressaillit pour la seconde fois, mais si légèrement, que Mlle de Verneuil fut seule à remarquer ce tressaillement.

— Qu'est-ce donc que cette Pèlerine ? demanda vivement la jeune fille en interrompant le capitaine engagé dans sa topographie bretonne.

— C'est, reprit Merle, le sommet d'une montagne qui donne son nom à la vallée du Maine dans laquelle nous allons entrer, et qui sépare cette province de la vallée du Couësnon, à l'extrémité de laquelle est située Fougères, la première ville de Bretagne. Nous nous y sommes battus à la fin de vendémiaire avec le Gars et ses brigands. Nous emmenions des conscrits qui, pour ne pas quitter leur pays, ont voulu nous tuer sur la limite ; mais Hulot est un rude chrétien qui leur a donné...

— Alors vous avez dû voir le Gars ? demanda-t-elle. Quel homme est-ce ?...

Ses yeux perçants et malicieux ne quittèrent pas la figure du faux vicomte de Bauvan.

— Oh ! mon Dieu ! mademoiselle, répondit Merle toujours interrompu, il ressemble tellement au citoyen du Gua, que, s'il ne portait pas l'uniforme de l'École Polytechnique, je gagerais que c'est lui.

Mlle de Verneuil regarda fixement le froid et immobile jeune homme qui la dédaignait, mais elle ne vit rien en lui qui pût trahir un sentiment de crainte ; elle l'instruisit par un sourire amer de la découverte qu'elle faisait en ce moment du secret si traîtreusement

gardé par lui ; puis, d'une voix railleuse, les narines
enflées de joie, la tête de côté pour examiner le gentilhomme et voir Merle tout à la fois, elle dit au
Républicain : — Ce chef-là, capitaine, donne bien
des inquiétudes au premier Consul. Il a de la hardiesse, dit-on ; seulement il s'aventure dans certaines
entreprises comme un étourneau, surtout auprès des
femmes.

— Nous comptons bien là-dessus, reprit le capitaine, pour solder notre compte avec lui. Si nous le
tenons seulement deux heures, nous lui mettrons un
peu de plomb dans la tête. S'il nous rencontrait, le
Coblentz en ferait autant de nous, et nous mettrait à
l'ombre ; ainsi, *par pari*...

— Oh! dit l'émigré, nous n'avons rien à craindre!
Vos soldats n'iront pas jusqu'à la Pèlerine, ils sont trop
fatigués, et si vous y consentez, ils pourront se reposer
à deux pas d'ici. Ma mère descend à la Vivetière, et en
voici le chemin, à quelques portées de fusil. Ces deux
dames voudront s'y reposer, elles doivent être lasses
d'être venues d'une seule traite d'Alençon, ici. — Et
puisque mademoiselle, dit-il avec une politesse forcée
en se tournant vers sa maîtresse, a eu la générosité de
donner à notre voyage autant de sécurité que d'agrément, elle daignera peut-être accepter à souper chez
ma mère. — Enfin, capitaine, ajouta-t-il en s'adressant
à Merle, les temps ne sont pas si malheureux qu'il ne
puisse se trouver encore à la Vivetière une pièce de
cidre à défoncer pour vos hommes. Allez, le Gars n'y
aura pas tout pris ; du moins, ma mère le croit...

— Votre mère ?... reprit Mlle de Verneuil en interrompant avec ironie et sans répondre à la singulière invitation qu'on lui faisait.

— Mon âge ne vous semble donc plus croyable ce soir, mademoiselle, répondit Mᵐᵉ du Gua. J'ai eu le malheur d'être mariée fort jeune, j'ai eu mon fils à quinze ans...

— Ne vous trompez-vous pas, madame ; ne serait-ce pas à trente ?

Mᵐᵉ du Gua pâlit en dévorant ce sarcasme, elle aurait voulu pouvoir se venger, et se trouvait forcée de sourire, car elle désira reconnaître à tout prix, même à de plus cruelles épigrammes, le sentiment dont la jeune fille était animée ; aussi feignit-elle de ne l'avoir pas comprise.

— Jamais les Chouans n'ont eu de chef plus cruel que celui-là, s'il faut ajouter foi aux bruits qui courent sur lui, dit-elle en s'adressant à la fois à Francine et à sa maîtresse.

— Oh ! pour cruel, je ne crois pas, répondit Mˡˡᵉ de Verneuil ; mais il sait mentir et me semble fort crédule : un chef de parti ne doit être le jouet de personne.

— Vous le connaissez ? demanda froidement le jeune émigré.

— Non, répliqua-t-elle en lui lançant un regard de mépris, je croyais le connaître...

— Oh ! mademoiselle, c'est décidément un *malin*, reprit le capitaine en hochant la tête, et donnant par un geste expressif la physionomie particulière que ce mot avait alors et qu'il a perdue depuis. Ces vieilles familles poussent quelquefois de vigoureux rejetons. Il revient d'un pays où les ci-devant n'ont pas eu, dit-

on, toutes leurs aises, et les hommes, voyez-vous, sont
comme les nèfles, ils mûrissent sur la paille. Si ce garçon-là est habile, il pourra nous faire courir longtemps.
Il a bien su opposer des compagnies légères à nos
compagnies franches et neutraliser les efforts du gouvernement. Si l'on brûle un village aux Royalistes,
il en fait brûler deux aux Républicains. Il se développe
sur une immense étendue, et nous force ainsi à employer un nombre considérable de troupes dans un
moment où nous n'en avons pas de trop! Oh! il entend
les affaires.

— Il assassine sa patrie, dit Gérard d'une voix
forte en interrompant le capitaine.

— Mais, répliqua le gentilhomme, si sa mort délivre
le pays, fusillez-le donc bien vite.

Puis il sonda par un regard l'âme de Mlle de Verneuil,
et il se passa entre eux une de ces scènes muettes dont
le langage ne peut reproduire que très imparfaitement
la vivacité dramatique et la fugitive finesse. Le danger
rend intéressant. Quand il s'agit de mort, le criminel
le plus vil excite toujours un peu de pitié. Or, quoique
Mlle de Verneuil fût alors certaine que l'amant qui
la dédaignait était ce chef dangereux, elle ne voulait
pas encore s'en assurer par son supplice ; elle avait
une tout autre curiosité à satisfaire. Elle préféra donc
douter ou croire selon sa passion, et se mit à jouer avec
le péril. Son regard, empreint d'une perfidie moqueuse,
montrait les soldats au jeune chef d'un air de triomphe ; en lui présentant ainsi l'image de son danger,
elle se plaisait à lui faire durement sentir que sa vie
dépendait d'un seul mot, et déjà ses lèvres paraissaient

se mouvoir pour le prononcer. Semblable à un sauvage d'Amérique, elle interrogeait les fibres du visage de son ennemi lié au poteau, et brandissait le *casse-tête* avec grâce, savourant une vengeance tout innocente, et punissant comme une maîtresse qui aime encore.

— Si j'avais un fils comme le vôtre, madame, dit-elle à l'étrangère visiblement épouvantée, je porterais son deuil le jour où je l'aurais livré aux dangers.

Elle ne reçut point de réponse. Elle tourna vingt fois la tête vers les officiers et la retourna brusquement vers Mme du Gua, sans surprendre entre elle et le Gars aucun signe secret qui pût lui confirmer une intimité qu'elle soupçonnait et dont elle voulait douter. Une femme aime tant à hésiter dans une lutte de vie et de mort, quand elle tient l'arrêt. Le jeune général souriait de l'air le plus calme, et soutenait sans trembler la torture que Mlle de Verneuil lui faisait subir ; son attitude et l'expression de sa physionomie annonçaient un homme nonchalant des dangers auxquels il s'était soumis, et parfois il semblait lui dire : — « Voici l'occasion de venger votre vanité blessée, saisissez-la ! Je serais au désespoir de revenir de mon mépris pour vous. » Mlle de Verneuil se mit à examiner le chef de toute la hauteur de sa position avec une impertinence et une dignité apparente, car, au fond de son cœur, elle en admirait le courage et la tranquillité. Joyeuse de découvrir que son amant portait un vieux titre, dont les privilèges plaisent à toutes les femmes, elle éprouvait quelque plaisir à le rencontrer dans une situation où, champion d'une cause ennoblie par le malheur, il luttait avec toutes les facultés d'une âme forte contre une république tant de fois victorieuse, et de le voir aux prises avec le danger, déployant cette bravoure si puissante sur le cœur des femmes ; elle le mit vingt fois à l'épreuve, en obéissant peut-être à cet instinct qui porte la femme à jouer avec sa proie comme le chat joue avec la souris qu'il a prise.

— En vertu de quelle loi condamnez-vous donc les Chouans à mort ? demanda-t-elle à Merle.

— Mais, celle du 14 fructidor dernier, qui met hors la loi les départements insurgés et y institue des conseils de guerre, répondit le républicain.

— A quoi dois-je maintenant l'honneur d'attirer vos regards ? dit-elle au jeune chef qui l'examinait attentivement.

— A un sentiment qu'un galant homme ne saurait exprimer à quelque femme que ce puisse être, répondit le marquis de Montauran à voix basse en se penchant vers elle. Il fallait, dit-il à haute voix, vivre en ce temps pour voir des filles faisant l'office du bourreau, et enchérissant sur lui par la manière dont elles jouent avec la hache...

Elle regarda Montauran fixement ; puis, ravie d'être insultée par cet homme au moment où elle en tenait la vie entre ses mains, elle lui dit à l'oreille, en riant avec une douce malice : — Vous avez une trop mauvaise tête, les bourreaux n'en voudront pas, je la garde.

Le marquis stupéfait contempla pendant un moment cette inexplicable fille dont l'amour triomphait de tout, même des plus piquantes injures, et qui se vengeait par le pardon d'une offense que les femmes ne pardonnent jamais. Ses yeux furent moins sévères,

moins froids, et même une expression de mélancolie
se glissa dans ses traits. Sa passion était déjà plus forte
qu'il ne le croyait lui-même. Mlle de Verneuil, satisfaite de ce faible gage d'une réconciliation cher-
chée, regarda le chef tendrement, lui jeta un sourire
qui ressemblait à un baiser ; puis elle se pencha dans
le fond de la voiture, et ne voulut plus risquer l'avenir
de ce drame de bonheur, croyant en avoir rattaché le
nœud par ce sourire. Elle était si belle! Elle savait si
bien triompher des obstacles en amour! Elle était si
fort habituée à se jouer de tout, à marcher au hasard!
Elle aimait tant l'imprévu et les orages de la vie!

Bientôt, par l'ordre du marquis, la voiture quitta
la grande route et se dirigea vers la Vivetière, à travers un chemin creux encaissé de hauts talus plantés
de pommiers qui en faisaient plutôt un fossé qu'une
route. Les voyageurs laissèrent les Bleus gagner lentement à leur suite le manoir dont les faîtes grisâtres
apparaissaient et disparaissaient tour à tour entre les
arbres de cette route où quelques soldats restèrent
occupés à disputer leurs souliers à sa forte argile.

— Cela ressemble furieusement au chemin du paradis, s'écria Beau-pied.

Grâce à l'expérience du postillon, Mlle de Verneuil ne tarda pas à voir le château de la Vivetière. Cette maison, située sur la croupe d'une espèce
de promontoire, était enveloppée par deux étangs
profonds qui ne permettaient d'y arriver qu'en suivant une étroite chaussée. La partie de cette péninsule
où se trouvaient les habitations et les jardins était
protégée à une certaine distance derrière le château,

par un large fossé où se déchargeait l'eau superflue
des étangs avec lesquels il communiquait, et formait
ainsi réellement une île presque inexpugnable, retraite
précieuse pour un chef qui ne pouvait être surpris que
par trahison. En entendant crier les gonds rouillés
de la porte et en passant sous la voûte en ogive d'un
portail ruiné par la guerre précédente, Mlle de Verneuil avança la tête. Les couleurs sinistres du
tableau qui s'offrit à ses regards effacèrent presque
les pensées d'amour et de coquetterie entre lesquelles
elle se berçait. La voiture entra dans une grande cour
presque carrée et fermée par les rives abruptes des
étangs. Ces berges sauvages, baignées par des eaux
couvertes de grandes taches vertes, avaient pour tout
ornement des arbres aquatiques dépouillés de feuilles,
dont les troncs rabougris, les têtes énormes et chenues,
élevées au-dessus des roseaux et des broussailles, ressemblaient à des marmousets grotesques. Ces haies
disgracieuses parurent s'animer et parler quand les
grenouilles les désertèrent en coassant, et que des poules
d'eau, réveillées par le bruit de la voiture, volèrent en
barbotant sur la surface des étangs. La cour entourée
d'herbes hautes et flétries, d'ajoncs, d'arbustes nains
ou parasites, excluait toute idée d'ordre et de splen-
deur. Le château semblait abandonné depuis longtemps. Les toits paraissaient plier sous le poids des
végétations qui y croissaient. Les murs, quoique
construits de ces pierres schisteuses et solides dont
abonde le sol, offraient de nombreuses lézardes où le
lierre attachait ses griffes. Deux corps de bâtiment
réunis en équerre à une haute tour et qui faisaient

face à l'étang, composaient tout le château, dont les
portes et les volets pendants et pourris, les balustrades
rouillées, les fenêtres ruinées, paraissaient devoir tomber au premier souffle d'une tempête. La bise sifflait
alors à travers ces ruines auxquelles la lune prêtait,
par sa lumière indécise, le caractère et la physionomie
d'un grand spectre. Il faut avoir vu les couleurs de ces
pierres granitiques grises et bleues, mariées aux schistes
noirs et fauves, pour savoir combien est vraie l'image que
suggérait la vue de cette carcasse vide et sombre. Ses
pierres disjointes, ses croisées sans vitres, sa tour à
créneaux, ses toits à jour lui donnaient tout à fait
l'air d'un squelette ; et les oiseaux de proie qui s'envo-
lèrent en criant ajoutaient un trait de plus à cette vague ressemblance. Quelques hauts sapins plantés derrière la maison balançaient au-dessus des toits leur
feuillage sombre, et quelques ifs, taillés pour en décorer les angles, l'encadraient de tristes festons, semblables aux tentures d'un convoi. Enfin, la forme des
portes, la grossièreté des ornements, le peu d'ensemble
des constructions, tout annonçait un de ces manoirs
féodaux dont s'enorgueillit la Bretagne, avec raison
peut-être, car ils forment sur cette terre gaélique
une espèce d'histoire monumentale des temps nébuleux qui précèdent l'établissement de la monarchie.
Mlle de Verneuil, dans l'imagination de laquelle
le mot de château réveillait toujours les formes
d'un type convenu, frappée de la physionomie funèbre
de ce tableau, sauta légèrement hors de la calèche, et
le contempla toute seule avec terreur, en songeant au
parti qu'elle devait prendre. Francine entendit pous-

ser à Mme du Gua un soupir de joie en se trouvant
hors de l'atteinte des Bleus, et une exclamation involontaire lui échappa quand le portail fut fermé et qu'elle
se vit dans cette espèce de forteresse naturelle. Montauran s'était vivement élancé vers Mlle de Verneuil
en devinant les pensées qui la préoccupaient.

— Ce château, dit-il avec une légère tristesse, a
été ruiné par la guerre, comme les projets que j'élevais
pour notre bonheur l'ont été par vous.

— Et comment, demanda-t-elle toute surprise.

— Êtes-vous une *jeune femme belle*, NOBLE *et
spirituelle*, dit-il avec un accent d'ironie en lui répétant
les paroles qu'elle lui avait si coquettement prononcées dans leur conversation sur la route.

— Qui vous a dit le contraire ?

— Des amis dignes de foi qui s'intéressent à ma
sûreté et veillent à déjouer les trahisons.

— Des trahisons ! dit-elle d'un air moqueur. Alençon et Hulot sont-ils donc déjà si loin ? Vous n'avez
pas de mémoire, un défaut dangereux pour un chef de
parti ! — Mais du moment où des amis, ajouta-t-elle
avec une rare impertinence, règnent si puissamment
dans votre cœur, gardez vos amis. Rien n'est compa-
rable aux plaisirs de l'amitié. Adieu, ni moi, ni les soldats de la République nous n'entrerons ici.

Elle s'élança vers le portail par un mouvement de
fierté blessée et de dédain, mais elle déploya dans sa
démarche une noblesse et un désespoir qui changèrent
toutes les idées du marquis, à qui il en coûtait trop de
renoncer à ses désirs pour qu'il ne fût pas imprudent
et crédule. Lui aussi aimait déjà. Ces deux amants

n'avaient donc envie ni l'un ni l'autre de se quereller longtemps.

— Ajoutez un mot et je vous crois, dit-il d'une voix suppliante.

— Un mot, reprit-elle avec ironie en serrant ses lèvres, un mot ? pas seulement un geste.

— Au moins grondez-moi, demanda-t-il en essayant de prendre une main qu'elle retira ; si toutefois vous osez bouder un chef de rebelles, maintenant aussi défiant et sombre qu'il était joyeux et confiant naguère.

Marie ayant regardé le marquis sans colère, il ajouta :

— Vous avez mon secret, et je n'ai pas le vôtre.

A ces mots, le front d'albâtre sembla devenu brun, Marie jeta un regard d'humeur au chef et répondit :

— Mon secret ? jamais.

En amour, chaque parole, chaque coup d'œil, ont leur éloquence du moment ; mais là Mlle de Verneuil n'exprima rien de précis, et quelque habile que fût Montauran, le secret de cette exclamation resta impénétrable, quoique la voix de cette femme eût trahi des émotions peu ordinaires, qui durent vivement piquer sa curiosité.

— Vous avez, reprit-il, une plaisante manière de dissiper les soupçons.

— En conservez-vous donc ? demanda-t-elle en le toisant des yeux comme si elle lui eût dit : — Avez-vous quelques droits sur moi ?

— Mademoiselle, répondit le jeune homme d'un air soumis et ferme, le pouvoir que vous exercez sur les troupes républicaines, cette escorte...

— Ah ! vous m'y faites penser. Mon escorte et moi,

lui demanda-t-elle avec une légère ironie, vos protecteurs enfin, seront-ils en sûreté ici ?

— Oui, foi de gentilhomme! Qui que vous soyez,
vous et les vôtres, vous n'avez rien à craindre chez
moi.

Ce serment fut prononcé par un mouvement si loyal
et si généreux, que Mlle de Verneuil dut avoir une
entière sécurité sur le sort des Républicains. Elle allait
parler, quand l'arrivée de Mme du Gua lui imposa silence. Cette dame avait pu entendre ou deviner une partie de la conversation des deux amants,
et ne concevait pas de médiocres inquiétudes en les
apercevant dans une position qui n'accusait plus la
moindre inimitié. En voyant cette femme, le marquis
offrit la main à Mlle de Verneuil, et s'avança vers
la maison avec vivacité comme pour se défaire
d'une importune compagnie.

— Je le gêne, se dit l'inconnue en restant immobile
à sa place. Elle regarda les deux amants réconciliés
s'en allant lentement vers le perron, où ils s'arrêtèrent
pour causer aussitôt qu'ils eurent mis entre elle et eux
un certain espace. — Oui, oui, je les gêne, reprit-elle
en se parlant à elle-même, mais dans peu cette créa-
ture-là ne me gênera plus ; l'étang sera, par Dieu,
son tombeau! Ne tiendrai-je pas bien ta parole de
gentilhomme ? une fois sous cette eau, qu'a-t-on à
craindre ? n'y sera-t-elle pas en sûreté ?

Elle regardait d'un œil fixe le miroir calme du petit
lac de droite, quand tout à coup elle entendit bruire
les ronces de la berge et aperçut au clair de la lune la
figure de Marche-à-terre qui se dressa par-dessus la

noueuse écorce d'un vieux saule. Il fallait connaître
le Chouan pour le distinguer au milieu de cette assemblée de truisses ébranchées parmi lesquelles la sienne
se confondait si facilement. Mme du Gua jeta
d'abord autour d'elle un regard de défiance ; elle
vit le postillon conduisant ses chevaux à une écurie
située dans celle des deux ailes du château qui faisait face à la rive où Marche-à-terre était caché ;
Francine allait vers les deux amants qui, dans ce
moment, oubliaient toute la terre ; alors, l'inconnue
s'avança, mettant un doigt sur ses lèvres pour réclamer un profond silence ; puis, le Chouan comprit plutôt
qu'il n'entendit les paroles suivantes : — Combien
êtes-vous, ici ?

— Quatre-vingt-sept.

— Ils ne sont que soixante-cinq, je les ai comptés.

— Bien, reprit le sauvage avec une satisfaction
farouche.

Attentif aux moindres gestes de Francine, le Chouan
disparut dans l'écorce du saule en la voyant se retourner pour chercher des yeux l'ennemie sur laquelle
elle veillait par instinct.

Sept ou huit personnes, attirées par le bruit de la
voiture, se montrèrent en haut du principal perron
et s'écrièrent : — C'est le Gars ! c'est lui, le voici ! A
ces exclamations, d'autres hommes accoururent, et
leur présence interrompit la conversation des deux
amants. Le marquis de Montauran s'avança précipitamment vers les gentilshommes, leur fit un signe
impératif pour leur imposer silence, et leur indiqua
le haut de l'avenue par laquelle débouchaient les

soldats républicains. A l'aspect de ces uniformes bleus
à revers rouges si connus, et de ces baïonnettes luisantes, les conspirateurs étonnés s'écrièrent : — Seriez-
vous donc venu pour nous trahir ?

— Je ne vous avertirais pas du danger, répondit
le marquis en souriant avec amertume. — Ces Bleus,
reprit-il après une pause, forment l'escorte de cette
jeune dame dont la générosité nous a miraculeusement
délivrés d'un péril auquel nous avons failli succomber
dans une auberge d'Alençon. Nous vous conterons
cette aventure. Mademoiselle et son escorte sont ici
sur ma parole, et doivent être reçus en amis.

Mme du Gua et Francine étaient arrivées jusqu'au perron, le marquis présenta galamment la main
à Mlle de Verneuil, le groupe de gentilshommes se par-
tagea en deux haies pour les laisser passer, et
tous essayèrent d'apercevoir les traits de l'inconnue ;
car Mme du Gua avait déjà rendu leur curiosité
plus vive en leur faisant quelques signes à la dérobée.
Mlle de Verneuil vit dans la première salle une
grande table parfaitement servie, et préparée
pour une vingtaine de convives. Cette salle à manger
communiquait à un vaste salon où l'assemblée se trouva
bientôt réunie. Ces deux pièces étaient en harmonie
avec le spectacle de destruction qu'offraient les
dehors du château. Les boiseries de noyer poli, mais de
formes rudes et grossières, saillantes, mal travaillées,
étaient disjointes et semblaient près de tomber. Leur
couleur sombre ajoutait encore à la tristesse de ces
salles sans glaces ni rideaux, où quelques meubles
séculaires et en ruine s'harmoniaient avec cet ensemble

de débris. Marie aperçut des cartes géographiques, et
des plans déroulés sur une grande table ; puis, dans
les angles de l'appartement, des armes et des cara-
bines amoncelées. Tout témoignait d'une conférence
importante entre les chefs des Vendéens et ceux des
Chouans. Le marquis conduisit Mlle de Verneuil à un
immense fauteuil vermoulu qui se trouvait auprès de
la cheminée, et Francine vint se placer derrière sa
maîtresse en s'appuyant sur le dossier de ce meuble
antique.

— Vous me permettrez bien de faire un moment le
maître de maison, dit le marquis en quittant les deux
étrangères pour se mêler aux groupes formés par
ses hôtes.

Francine vit tous les chefs, sur quelques mots de
Montauran, s'empressant de cacher leurs armes, les
cartes et tout ce qui pouvait éveiller les soupçons des
officiers républicains ; quelques-uns quittèrent de large
ceintures de peau contenant des pistolets et des
couteaux de chasse. Le marquis recommanda la plus
grande discrétion, et sortit en s'excusant sur la nécessité de pourvoir à la réception des hôtes gênants que
le hasard lui donnait. Mlle de Verneuil, qui avait
levé ses pieds vers le feu en s'occupant à les
chauffer, laissa partir Montauran sans retourner la
tête, et trompa l'attente des assistants, qui tous dési-
raient la voir. Francine fut donc seule témoin du changement que produisit dans l'assemblée le départ
du jeune chef. Les gentilshommes se groupèrent
autour de la dame inconnue, et, pendant la sourde
conversation qu'elle tint avec eux, il n'y en eut pas

un qui ne regardât à plusieurs reprises les deux étrangères.

— Vous connaissez Montauran, leur disait-elle, il s'est amouraché en un moment de cette fille, et vous comprenez bien que, dans ma bouche, les meilleurs avis lui ont été suspects. Les amis que nous avons à Paris, messieurs de Valois et d'Esgrignon d'Alençon, tous l'ont prévenu du piège qu'on veut lui tendre en lui jetant à la tête une créature, et il se coiffe de la première qu'il rencontre ; d'une fille qui, suivant des renseignements que j'ai fait prendre, s'empare d'un grand nom pour le souiller, qui, etc., etc.

Cette dame, dans laquelle on a pu reconnaître la femme qui décida l'attaque de la turgotine, conservera désormais dans cette histoire le nom qui lui servit à échapper aux dangers de son passage par Alençon. La publication du vrai nom ne pourrait qu'offenser une noble famille, déjà profondément affligée par les écarts de cette jeune dame, dont la destinée a d'ailleurs été le sujet d'une autre Scène. Bientôt l'attitude de curiosité que prit l'assemblée devint impertinente et presque hostile. Quelques exclamations assez dures parvinrent à l'oreille de Francine, qui, après avoir dit un mot à sa maîtresse, se réfugia dans l'embrasure d'une croisée. Marie se leva, se tourna vers le groupe insolent, y jeta quelques regards pleins de dignité, de mépris même. Sa beauté, l'élégance de ses manières et sa fierté, changèrent tout à coup les dispositions de ses ennemis et lui valurent un murmure flatteur qui leur échappa. Deux ou trois hommes, dont l'extérieur trahissait les habitudes de

politesse et de galanterie qui s'acquièrent dans la
sphère élevée des cours, s'approchèrent de Marie
avec bonne grâce ; sa décence leur imposa le respect,
aucun d'eux n'osa lui adresser la parole, et loin d'être
accusée par eux, ce fut elle qui sembla les juger. Les
chefs de cette guerre entreprise pour Dieu et le Roi
ressemblaient bien peu aux portraits de fantaisie qu'elle
s'était plu à tracer. Cette lutte, véritablement grande,
se rétrécit et prit des proportions mesquines, quand
elle vit, sauf deux ou trois figures vigoureuses, ces
gentilshommes de province, tous dénués d'expression
et de vie. Après avoir fait de la poésie, Marie tomba
tout à coup dans le vrai. Ces physionomies paraissaient
annoncer d'abord plutôt un besoin d'intrigue que
l'amour de la gloire, l'intérêt mettait bien réellement à
tous ces gentilshommes les armes à la main ; mais
s'ils devenaient héroïques dans l'action, là ils se montraient à nu. La perte de ses illusions rendit Mlle
de Verneuil injuste et l'empêcha de reconnaître
le dévouement vrai qui rendit plusieurs de ces
hommes si remarquables. Cependant la plupart d'entre
eux montraient des manières communes. Si quelques
têtes originales se faisaient distinguer entre les autres,
elles étaient rapetissées par les formules et par l'éti-
quette de l'aristocratie. Si Marie accorda généralement
de la finesse et de l'esprit à ces hommes, elle trouva
chez eux une absence complète de cette simplicité,
de ce grandiose auquel les triomphes et les hommes
de la République l'habituaient. Cette assemblée nocturne, au milieu de ce vieux castel en ruine et sous
ces ornements contournés assez bien assortis aux fi-

gures, la fit sourire, elle voulut y voir un tableau
symbolique de la monarchie. Elle pensa bientôt avec
délices qu'au moins le marquis jouait le premier rôle
parmi ces gens dont le seul mérite, pour elle, était de
se dévouer à une cause perdue. Elle dessina la figure de
son amant sur cette masse, se plut à l'en faire ressortir,
et ne vit plus dans ces figures maigres et grêles que
les instruments de ses nobles desseins. En ce moment,
les pas du marquis retentirent dans la salle voisine.
Tout à coup les conspirateurs se séparèrent en plusieurs groupes, et les chuchotements cessèrent. Semblables à des écoliers qui ont comploté quelque malice
en l'absence de leur maître, ils s'empressèrent d'affec-
ter l'ordre et le silence. Montauran entra, Marie eut
le bonheur de l'admirer au milieu de ces gens parmi
lesquels il était le plus jeune, le plus beau, le premier.
Comme un roi dans sa cour, il alla de groupe en groupe,
distribua de légers coups de tête, des serrements de
main, des regards, des paroles d'intelligence ou de
reproche, en faisant son métier de chef de parti avec
une grâce et un aplomb difficiles à supposer dans ce
jeune homme d'abord accusé par elle d'étourderie.
La présence du marquis mit un terme à la curiosité qui s'était attachée à Mlle de Verneuil ;
mais, bientôt, les méchancetés de Mme du Gua
produisirent leur effet. Le baron du Guénic, surnommé
l'*Intimé*, qui, parmi tous ces hommes rassemblés par
de graves intérêts, paraissait autorisé par son nom
et par son rang à traiter familièrement Montauran.
le prit par le bras et l'emmena dans un coin.

— Écoute, mon cher marquis, lui dit-il, nous te

voyons tous avec peine sur le point de faire une insigne folie.

— Qu'entends-tu par ces paroles ?

— Mais sais-tu bien d'où vient cette fille, qui elle est réellement, et quels sont ses desseins sur toi ?

— Mon cher l'Intimé, entre nous soit dit, demain matin, ma fantaisie sera passée.

— D'accord, mais si cette créature te livre avant le jour ?...

— Je te répondrai quand tu m'auras dit pourquoi elle ne l'a pas déjà fait, répliqua Montauran, qui prit par badinage un air de fatuité.

— Oui, mais si tu lui plais, elle ne veut peut-être pas te trahir avant que sa fantaisie, à elle, soit passée.

— Mon cher, regarde cette charmante fille, étudie ses manières, et ose dire que ce n'est pas une femme de distinction ? Si elle jetait sur toi des regards favorables, ne sentirais-tu pas, au fond de ton âme, quelque respect pour elle ? Une dame vous a déjà prévenus contre cette personne ; mais, après ce que nous nous sommes dit l'un à l'autre, si c'était une de ces créatures perdues dont nous ont parlé nos amis, je la tuerais...

— Croyez-vous, dit Mme du Gua, qui intervint, Fouché assez bête pour vous envoyer une fille prise au coin d'une rue ? il a proportionné les séductions à votre mérite. Mais si vous êtes aveugle, vos amis auront les yeux ouverts pour veiller sur vous.

— Madame, répondit le Gars en lui dardant des regards de colère, songez à ne rien entreprendre contre cette personne, ni contre son escorte, ou rien

ne vous garantirait de ma vengeance. Je veux que
Mademoiselle soit traitée avec les plus grands égards et
comme une femme qui m'appartient. Nous sommes,
je crois, alliés aux Verneuil.

L'opposition que rencontrait le marquis produisit
l'effet ordinaire que font sur les jeunes gens de semblables obstacles. Quoiqu'il eût en apparence traité
fort légèrement Mlle de Verneuil et fait croire que
sa passion pour elle était un caprice, il venait, par
un sentiment d'orgueil, de franchir un espace immense.
En avouant cette femme, il trouva son honneur inté-
ressé à ce qu'elle fût respectée ; il alla donc, de groupe
en groupe, assurant, en homme qu'il eût été dangereux de froisser, que cette inconnue était réellement Mlle de Verneuil. Aussitôt, toutes les rumeurs
s'apaisèrent. Lorsque Montauran eut établi une espèce
d'harmonie dans le salon et satisfait à toutes les
exigences, il se rapprocha de sa maîtresse avec empressement et lui dit à voix basse : — Ces gens-là
m'ont volé un moment de bonheur.

— Je suis bien contente de vous avoir près de moi,
répondit-elle en riant. Je vous préviens que je suis
curieuse ; ainsi, ne vous fatiguez pas trop de mes
questions. Dites-moi d'abord quel est ce bonhomme
qui porte une veste de drap vert.

— C'est le fameux major Brigaud, un homme du
Marais, compagnon de feu Mercier, dit La-Vendée.

— Mais quel est le gros ecclésiastique à face rubi-
conde avec lequel il cause maintenant de moi ? reprit
Mlle de Verneuil.

— Savez-vous ce qu'ils disent ?

— Si je veux le savoir ?... Est-ce une question ?

— Mais je ne pourrais vous en instruire sans vous offenser.

— Du moment où vous me laissez offenser sans tirer vengeance des injures que je reçois chez vous, adieu, marquis! Je ne veux pas rester un moment ici. J'ai déjà quelques remords de tromper ces pauvres Républicains, si loyaux et si confiants.

Elle fit quelques pas, et le marquis la suivit.

— Ma chère Marie, écoutez-moi. Sur mon honneur, j'ai imposé silence à leurs méchants propos avant de savoir s'ils étaient faux ou vrais. Néanmoins dans ma situation, quand les amis que nous avons dans les ministères à Paris m'ont averti de me défier de toute espèce de femme qui se trouverait sur mon chemin, en m'annonçant que Fouché voulait employer contre moi une Judith des rues, il est permis à mes meilleurs amis de penser que vous êtes trop belle pour être une honnête femme...

En parlant, le marquis plongeait son regard dans les yeux de Mlle de Verneuil qui rougit, et ne put retenir quelques pleurs.

— J'ai mérité ces injures, dit-elle. Je voudrais vous voir persuadé que je suis une méprisable créature et me savoir aimée... alors je ne douterais plus de vous. Moi je vous ai cru quand vous me trompiez, et vous ne me croyez pas quand je suis vraie. Brisons là, monsieur, dit-elle en fronçant le sourcil et pâlissant comme une femme qui va mourir. Adieu.

Elle s'élança hors de la salle à manger par un mouvement de désespoir.

— Marie, ma vie est à vous, lui dit le jeune marquis à l'oreille.

Elle s'arrêta, le regarda.

— Non, non, dit-elle, je serai généreuse. Adieu. Je ne pensais, en vous suivant, ni à mon passé, ni à votre avenir, j'étais folle.

— Comment, vous me quittez au moment où je vous offre ma vie!...

— Vous l'offrez dans un moment de passion, de désir.

— Sans regret, et pour toujours, dit-il.

Elle rentra. Pour cacher ses émotions, le marquis continua l'entretien.

— Ce gros homme de qui vous me demandiez le nom est un homme redoutable, l'abbé Gudin, un de ces jésuites assez obstinés, assez dévoués peut-être pour rester en France malgré l'édit de 1763 qui les en a bannis. Il est le boute-feu de la guerre dans ces contrées et le propagateur de l'association religieuse dite du Sacré-Cœur. Habitué à se servir de la religion comme d'un instrument, il persuade à ses affiliés qu'ils ressusciteront, et sait entretenir leur fanatisme par d'adroites prédications. Vous le voyez : il faut employer les intérêts particuliers de chacun pour arriver à un grand but. Là sont tous les secrets de la politique.

— Et ce vieillard encore vert, tout musculeux, dont la figure est si repoussante ? Tenez, là, l'homme habillé avec les lambeaux d'une robe d'avocat.

— Avocat ? il prétend au grade de maréchal de camp. N'avez-vous pas entendu parler de Longuy

14

— Ce serait lui! dit Mlle de Verneuil effrayée.
Vous vous servez de ces hommes!

— Chut! il peut vous entendre. Voyez-vous cet
autre en conversation criminelle avec Mme du Gua...

— Cet homme en noir qui ressemble à un juge ?

— C'est un de nos négociateurs, la Billardière, fils
d'un conseiller au parlement de Bretagne, dont le
nom est quelque chose comme Flamet ; mais il a la
confiance des princes.

— Et son voisin, celui qui serre en ce moment sa
pipe de terre blanche, et qui appuie tous les doigts de
sa main droite sur le panneau comme un pacant ?
dit Mlle de Verneuil en riant.

— Vous l'avez, pardieu, deviné, c'est l'ancien garde-
chasse du défunt mari de cette dame. Il commande
une des compagnies que j'oppose aux bataillons mobiles. Lui et Marche-à-terre sont peut-être les plus
consciencieux serviteurs que le Roi ait ici.

— Mais elle, qui est-elle ?

— Elle, reprit le marquis, elle est la dernière maîtresse qu'ait eue Charette. Elle possède une grande
influence sur tout ce monde.

— Lui est-elle restée fidèle ?

Pour toute réponse le marquis fit une petite moue
dubitative.

— Et l'estimez-vous ?

— Vous êtes effectivement bien curieuse.

— Elle est mon ennemie parce qu'elle ne peut
plus être ma rivale, dit en riant Mlle de Verneuil,
je lui pardonne ses erreurs passées, qu'elle me pardonne les miennes. Et cet officier à moustaches ?

— Permettez-moi de ne pas le nommer. Il veut se défaire du premier Consul en l'attaquant à main armée ? Qu'il réussisse ou non, vous le connaîtrez, il deviendra célèbre.

— Et vous êtes venu commander à de pareilles gens ?... dit-elle avec horreur. Voilà les défenseurs du Roi ! Où sont donc les gentilshommes et les seigneurs ?

— Mais, dit le marquis avec impertinence, ils sont répandus dans toutes les cours de l'Europe. Qui donc enrôle les rois, leurs cabinets, leurs armées, au service de la maison de Bourbon, et les lance sur cette République qui menace de mort toutes les monarchies et l'ordre social d'une destruction complète ?...

— Ah ! répondit-elle avec une généreuse émotion, soyez désormais la source pure où je puiserai les idées que je dois encore acquérir... j'y consens. Mais laissez-moi penser que vous êtes le seul noble qui fasse son devoir en attaquant la France avec des Français, et non à l'aide de l'étranger. Je suis femme, et sens que si mon enfant me frappait dans sa colère, je pourrais lui pardonner ; mais s'il me voyait de sang-froid déchirée par un inconnu, je le regarderais comme un monstre.

— Vous serez toujours Républicaine, dit le marquis en proie à une délicieuse ivresse excitée par les généreux accents qui le confirmaient dans ses présomptions.

— Républicaine ? Non, je ne le suis plus. Je ne vous estimerais pas si vous vous soumettiez au premier Consul, reprit-elle ; mais je ne voudrais pas non plus vous voir à la tête de gens qui pillent un coin de la France au lieu d'assaillir toute la République. Pour

qui vous battez-vous ? Qu'attendez-vous d'un roi
rétabli sur le trône par vos mains ? Une femme a déjà
entrepris ce beau chef-d'œuvre, le roi libéré l'a laissé
brûler vive. Ces hommes-là sont les oints du Seigneur,
et il y a du danger à toucher aux choses consacrées.
Laissez Dieu seul les placer, les déplacer, les replacer
sur leurs tabourets de pourpre. Si vous avez pesé la
récompense qui vous en reviendra, vous êtes à mes
yeux dix fois plus grand que je ne vous croyais ;
foulez-moi alors si vous le voulez aux pieds, je vous
le permets, je serai heureuse.

— Vous êtes ravissante ! N'essayez pas d'endoctri-
ner ces messieurs, je serais sans soldats.

— Ah ! si vous vouliez me laissez vous convertir,
nous irions à mille lieues d'ici.

— Ces hommes que vous paraissez mépriser sauront périr dans la lutte, répliqua le marquis d'un ton
plus grave, et leurs torts seront oubliés. D'ailleurs,
si mes efforts sont couronnés de quelques succès, les
lauriers du triomphe ne cacheront-ils pas tout ?

— Il n'y a que vous ici à qui je voie risquer quelque
chose.

— Je ne suis pas le seul, reprit-il avec une modestie
vraie. Voici là-bas deux nouveaux chefs de la Vendée.
Le premier, que vous avez entendu nommer le Grand-
Jacques, est le comte de Fontaine et l'autre, la Billardière, que je vous ai déjà montré.

— Et oubliez-vous Quiberon, où la Billardière a
joué le rôle le plus singulier ?... répondit-elle frappée
d'un souvenir.

— La Billardière a beaucoup pris sur lui, croyez-moi.

Ce n'est pas être sur des roses que de servir les princes...

— Ah! vous me faites frémir! s'écria Marie. Marquis, reprit-elle d'un ton qui semblait annoncer une réticence dont le mystère lui était personnel, il suffit d'un instant pour détruire une illusion et dévoiler des secrets d'où dépendent la vie et le bonheur de bien des gens... Elle s'arrêta comme si elle eût craint d'en trop dire, et ajouta : — Je voudrais savoir les soldats de la République en sûreté.

— Je serai prudent, dit-il en souriant pour déguiser son émotion, mais ne me parlez plus de vos soldats, je vous en ai répondu sur ma foi de gentilhomme.

— Et après tout, de quel droit voudrais-je vous conduire ? reprit-elle. Entre nous soyez toujours le maître. Ne vous ai-je pas dit que je serais au désespoir de régner sur un esclave ?

— Monsieur le marquis, dit respectueusement le major Brigaut en interrompant cette conversation, les Bleus resteront-ils donc longtemps ici ?

— Ils partiront aussitôt qu'ils se seront reposés, s'écria Marie.

Le marquis lança des regards scrutateurs sur l'assemblée, y remarqua de l'agitation, quitta Mlle de Verneuil, et laissa Mme du Gua venir le remplacer auprès d'elle. Cette femme apportait un masque riant et perfide que le sourire amer du jeune chef ne déconcerta point. En ce moment Francine jeta un cri promptement étouffé. Mlle de Verneuil, qui vit avec étonnement sa fidèle campagnarde s'élançant vers la salle à manger, regarda Mme du Gua, et sa surprise augmenta à l'aspect de la pâleur répan-

due sur le visage de son ennemie. Curieuse de pénétrer
le secret de ce brusque départ, elle s'avança vers l'embrasure de la fenêtre où sa rivale la suivit afin de détruire les soupçons qu'une imprudence pouvait avoir
éveillés et lui sourit avec une indéfinissable malice
quand, après avoir jeté toutes deux un regard sur le
paysage du lac, elles revinrent ensemble à la cheminée,
Marie sans avoir rien aperçu qui justifiât la fuite de
Francine, Mme du Gua satisfaite d'être obéie. Le lac
au bord duquel Marche-à-terre avait comparu dans la
cour à l'évocation de cette femme, allait rejoindre le
fossé d'enceinte qui protégeait les jardins, en décrivant
de vaporeuses sinuosités, tantôt larges comme des
étangs, tantôt resserrées comme les rivières artifi-
cielles d'un parc. Le rivage rapide et incliné que bai-
gnaient ces eaux claires passait à quelques toises de
la croisée. Occupée à contempler, sur la surface des
eaux, les lignes noires qu'y projetaient les têtes de
quelques vieux saules, Francine observait assez insou-
ciamment l'uniformité de courbure qu'une brise légère
imprimait à leurs branchages. Tout à coup elle crut
apercevoir une de leurs figures remuant sur le miroir
des eaux par quelques-uns de ces mouvements irréguliers et spontanés qui trahissent la vie. Cette figure,
quelque vague qu'elle fût, semblait être celle d'un
homme. Francine attribua d'abord sa vision aux
imparfaites configurations que produisait la lumière
de la lune, à travers les feuillages ; mais bientôt une
seconde tête se montra ; puis d'autres apparurent
encore dans le lointain. Les petits arbustes de la berge
se courbèrent et se relevèrent avec violence. Francine

vit alors cette longue haie insensiblement agitée comme
un de ces grands serpents indiens aux formes fabu-
leuses. Puis çà et là, dans les genêts et les hautes épines,
plusieurs points lumineux brillèrent et se déplacèrent.
En redoublant d'attention, l'amante de Marche-à-
terre crut reconnaître la première des figures noires
qui allaient au sein de ce mouvant rivage. Quelque
indistinctes que fussent les formes de cet homme, le
battement de son cœur lui persuada qu'elle voyait en
lui Marche-à-terre. Éclairée par un geste, et impatiente
de savoir si cette marche mystérieuse ne cachait pas
quelque perfidie, elle s'élança vers la cour. Arrivée au
milieu de ce plateau de verdure, elle regarda tour à
tour les deux corps de logis et les deux berges sans
découvrir dans celle qui faisait face à l'aile inhabitée
aucune trace de ce sourd mouvement. Elle prêta une
oreille attentive, et entendit un léger bruissement
semblable à celui que peuvent produire les pas d'une
bête fauve dans le silence des forêts ; elle tressaillit
et ne trembla pas. Quoique jeune et innocente encore,
la curiosité lui inspira promptement une ruse. Elle aperçut la voiture, courut s'y blottir, et ne leva sa tête
qu'avec la précaution du lièvre aux oreilles duquel
résonne le bruit d'une chasse lointaine. Elle vit Pille-
miche qui sortit de l'écurie. Ce Chouan était accompagné de deux paysans, et tous trois portaient des bottes
de paille ; ils les étalèrent de manière à former une longue litière devant le corps de bâtiment inhabité parallèle à la berge bordée d'arbres nains, où les Chouans
marchaient avec un silence qui trahissait les apprêts
de quelque horrible stratagème.

— Tu leur donnes de la paille comme s'ils devaient réellement dormir là. Assez, Pille-miche, assez, dit une voix rauque et sourde que Francine reconnut.

— N'y dormiront-ils pas ? repartit Pille-miche en laissant échapper un gros rire bête. Mais ne crains-tu pas que le Gars ne se fâche ? ajouta-t-il si bas que Francine n'entendit rien.

— Eh bien ! il se fâchera, répondit à demi-voix Marche-à-terre ; mais nous aurons tué les Bleus, tout de même. — Voilà, reprit-il, une voiture qu'il faut rentrer à nous deux.

Pille-miche tira la voiture par le timon, et Marche-à-terre la poussa par une des roues avec une telle prestesse que Francine se trouva dans la grange et sur le point d'y rester enfermée, avant d'avoir eu le temps de réfléchir à sa situation. Pille-miche sortit pour aider à amener la pièce de cidre que le marquis avait ordonné de distribuer aux soldats de l'escorte. Marche-à-terre passait le long de la calèche pour se retirer et fermer la porte, quand il se sentit arrêté par une main qui saisit les longs crins de sa peau de chèvre. Il reconnut des yeux dont la douceur exerçait sur lui la puissance du magnétisme, et demeura pendant un moment comme *charmé*. Francine sauta vivement hors de la voiture, et lui dit de cette voix agressive qui va merveilleusement à une femme irritée : — Pierre, quelles nouvelles as-tu donc apportées sur le chemin à cette dame et à son fils ? Que fait-on ici ? Pourquoi te caches-tu ? je veux tout savoir. Ces mots donnèrent au visage du Chouan une expression que Francine ne lui connaissait pas. Le Breton amena

son innocente maîtresse sur le seuil de la porte ; là,
il la tourna vers la lueur blanchissante de la lune, et
lui répondit en la regardant avec des yeux terribles :
— Oui, par ma damnation! Francine, je te le dirai,
mais quand tu m'auras juré sur ce chapelet... Et il
tira un vieux chapelet de dessous sa peau de bique.
— Sur cette relique que tu connais, reprit-il, de me
répondre vérité à une seule demande. Francine rougit
en regardant ce chapelet qui, sans doute, était un gage
de leur amour. — C'est là-dessus, reprit le Chouan
tout ému, que tu as juré...

Il n'acheva pas. La paysanne appliqua sa main sur les
lèvres de son sauvage amant pour lui imposer silence.

— Ai-je donc besoin de jurer ? dit-elle.

Il prit sa maîtresse doucement par la main, la contempla pendant un instant, et reprit : — La demoiselle que
tu sers se nomme-t-elle réellement Mlle de Verneuil ?

Francine demeura les bras pendants, les paupières
baissées, la tête inclinée, pâle, interdite.

— C'est une cataud! reprit Marche-à-terre d'une
voix terrible.

A ce mot, la jolie main lui couvrit encore les lèvres,
mais cette fois il se recula violemment. La petite
Bretonne ne vit plus d'amant, mais bien une bête
féroce dans toute l'horreur de sa nature. Les sourcils
du Chouan étaient violemment serrés, ses lèvres se
contractèrent, et il montra les dents comme un chien
qui défend son maître.

— Je t'ai laissée fleur et je te retrouve fumier. Ah!
pourquoi t'ai-je abandonnée! Vous venez pour nous
trahir, pour livrer le Gars.

Ces phrases furent plutôt des rugissements que des
paroles. Quoique Francine eût peur, à ce dernier reproche, elle osa contempler ce visage farouche, leva
sur lui des yeux angéliques et répondit avec calme :
— Je gage mon salut que cela est faux. C'est des idées
de ta dame.

A son tour il baissa la tête ; puis elle lui prit la main,
se tourna vers lui par un mouvement mignon, et lui
dit : — Pierre, pourquoi sommes-nous dans tout ça ?
Écoute, je ne sais pas comment toi tu peux y comprendre quelque chose, car je n'y entends rien !
Mais souviens-toi que cette belle et noble demoiselle
est ma bienfaitrice ; elle est aussi la tienne, et nous
vivons quasiment comme deux sœurs. Il ne doit jamais
lui arriver rien de mal là où nous serons avec elle, de
notre vivant du moins. Jure-le-moi donc ! Ici je n'ai
confiance qu'en toi.

— Je ne commande pas ici, répondit le Chouan
d'un ton bourru.

Son visage devint sombre. Elle lui prit ses grosses
oreilles pendantes, et les lui tordit doucement, comme
si elle caressait un chat.

— Eh bien ! promets-moi, reprit-elle en le voyant
moins sévère, d'employer à la sûreté de notre bienfaitrice tout le pouvoir que tu as.

Il remua la tête comme s'il doutait du succès, et
ce geste fit frémir la Bretonne. En ce moment critique, l'escorte était parvenue à la chaussée. Le pas
des soldats et le bruit de leurs armes réveillèrent les
échos de la cour et parurent mettre un terme à l'indécision de Marche-à-terre.

— Je la sauverai peut-être, dit-il à sa maîtresse, si tu peux la faire demeurer dans la maison. — Et, ajouta-t-il, quoi qu'il puisse arriver, restes-y avec elle et garde le silence le plus profond ; sans quoi, rin!

— Je te le promets, répondit-elle dans son effroi.

— Eh bien! rentre. Rentre à l'instant et cache ta peur à tout le monde, même à ta maîtresse.

— Oui.

Elle serra la main du Chouan, qui la regarda d'un air paternel courant avec la légèreté d'un oiseau vers le perron ; puis il se coula dans sa haie, comme un acteur qui se sauve vers la coulisse au moment où se lève le rideau tragique.

— Sais-tu, Merle, que cet endroit-ci m'a l'air d'une véritable souricière, dit Gérard en arrivant au château.

— Je le vois bien, répondit le capitaine soucieux.

Les deux officiers s'empressèrent de placer des sentinelles pour s'assurer de la chaussée et du portail, puis ils jetèrent des regards de défiance sur les berges et les alentours du paysage.

— Bah! dit Merle, il faut nous livrer à cette baraque-là en toute confiance ou ne pas y entrer.

— Entrons, répondit Gérard.

Les soldats, rendus à la liberté par un mot de leur chef, se hâtèrent de déposer leurs fusils en faisceaux coniques et formèrent un petit front de bandière devant la litière de paille, au milieu de laquelle figurait la pièce de cidre. Ils se divisèrent en groupes auxquels deux paysans commencèrent à distribuer du beurre et du pain de seigle. Le marquis vint au-devant des deux officiers et les emmena au salon. Quand

Gérard eut monté le perron, et qu'il regarda les deux ailes où les vieux mélèzes étendaient leurs branches noires, il appela Beau-pied et La-clef-des-cœurs.

— Vous allez, à vous deux, faire une reconnaissance dans les jardins et fouiller les haies, entendez-vous ? Puis, vous placerez une sentinelle devant votre front de bandière...

— Pouvons-nous allumer notre feu avant de nous mettre en chasse, mon adjudant ? dit La-clef-des-cœurs.

Gérard inclina la tête.

— Tu le vois bien, La-clef-des-cœurs, dit Beau-pied, l'adjudant a tort de se fourrer dans ce guêpier. Si Hulot nous commandait, il ne se serait jamais acculé ici ; nous sommes là comme dans une marmite.

— Es-tu bête! répondit La-clef-des-cœurs, comment, toi, le roi des malins, tu ne devines pas que cette guérite est le château de l'aimable particulière auprès de laquelle siffle notre joyeux Merle, le plus fini des capitaines, et il l'épousera, cela est clair comme une baïonnette bien fourbie. Ça fera honneur à la demi-brigade, une femme comme ça.

— C'est vrai, reprit Beau-pied. Tu peux encore ajouter que voilà de bon cidre mais je ne le bois pas avec plaisir devant ces chiennes de haies-là. Il me semble toujours voir dégringoler Larose et Vieux-Chapeau dans le fossé de la Pèlerine. Je me souviendrai toute ma vie de la queue de ce pauvre Larose, elle allait comme un marteau de grande porte.

— Beau-pied, mon ami, tu as trop d'*émagination*.

pour un soldat. Tu devrais faire des chansons à l'Institut national.

— Si j'ai trop d'imagination, lui répliqua Beaupied, tu n'en as guere, toi, et il te faudra du temps pour passer consul.

Le rire de la troupe mit fin à la discussion, car Laclef-des-cœurs ne trouva rien dans sa giberne pour riposter à son antagoniste.

— Viens-tu faire ta ronde ? Je vais prendre à droite, moi, lui dit Beau-pied.

— Eh bien! je prendrai la gauche, répondit son camarade. Mais avant, minute! je veux boire un verre de cidre, mon gosier s'est collé comme le taffetas gommé qui enveloppe le beau chapeau de Hulot.

Le côté gauche des jardins que La-clef-des-cœurs négligeait d'aller explorer immédiatement était par malheur la berge dangereuse où Francine avait observé un mouvement d'hommes. Tout est hasard à la guerre. En entrant dans le salon et en saluant la compagnie, Gérard jeta un regard pénétrant sur les hommes qui la composaient. Le soupçon revint avec plus de force dans son âme, il alla tout à coup vers Mlle de Verneuil et lui dit à voix basse : — Je crois qu'il faut vous retirer promptement, nous ne sommes pas en sûreté ici.

— Craindriez-vous quelque chose chez moi ? demanda-t-elle en riant. Vous êtes plus en sûreté ici, que vous ne le seriez à Mayenne.

Une femme répond toujours de son amant avec assurance. Les deux officiers furent rassurés. En ce moment la compagnie passa dans la salle à manger,

malgré quelques phrases insignifiantes relatives à un
convive assez important qui se faisait attendre.
M¹¹ᵉ de Verneuil put, à la faveur du silence qui
règne toujours au commencement des repas, donner
quelque attention à cette réunion curieuse dans les
circonstances présentes, et de laquelle elle était en
quelque sorte la cause par suite de cette ignorance que
les femmes, accoutumées à se jouer de tout, portent
dans les actions les plus critiques de la vie. Un fait
la surprit soudain. Les deux officiers républicains
dominaient cette assemblée par le caractère imposant
de leurs physionomies. Leurs longs cheveux, tirés des
tempes et réunis dans une queue énorme derrière le
cou, dessinaient sur leurs fronts ces lignes qui donnent
tant de candeur et de noblesse à de jeunes têtes. Leurs
uniformes bleus râpés, à parements rouges usés, tout,
jusqu'à leurs épaulettes rejetées en arrière par les
marches et qui accusaient dans toute l'armée, même
chez les chefs, le manque de capotes, faisait ressortir
ces deux militaires, des hommes au milieu desquels
ils se trouvaient. — Oh! là est la nation, la liberté,
se dit-elle. Puis, jetant un regard sur les royalistes :
— Et, là est un homme, un roi, des privilèges. Elle
ne put se refuser à admirer la figure de Merle, tant ce
gai soldat répondait complètement aux idées qu'on
peut avoir de ces troupiers français, qui savent siffler
un air au milieu des balles et n'oublient pas de faire
un lazzi sur le camarade qui tombe mal. Gérard impo-
sait. Grave et plein de sang-froid, il paraissait avoir une
de ces âmes vraiment républicaines qui, à cette époque,
se rencontrèrent en foule dans les armées françaises

auxquelles des dévouements noblement obscurs imprimaient une énergie jusqu'alors inconnue. — Voilà
un de mes hommes à grandes vues, se dit Mlle de
Verneuil. Appuyés sur le présent qu'ils dominent, ils
ruinent le passé, mais au profit de l'avenir... Cette
pensée l'attrista, parce qu'elle ne se rapportait pas à
son amant, vers lequel elle se tourna pour se venger,
par une autre admiration, de la République qu'elle
haïssait déjà. En voyant le marquis entouré de ces
hommes assez hardis, assez fanatiques, assez calculateurs de l'avenir, pour attaquer une République
victorieuse dans l'espoir de relever une monarchie
morte, une religion mise en interdit, des princes er-
rants et des privilèges expirés : — Celui-ci, se dit-elle,
n'a pas moins de portée que l'autre ; car, accroupi
sur des décombres, il veut faire du passé, l'avenir. Son
esprit nourri d'images hésitait alors entre les jeunes
et les vieilles ruines. Sa conscience lui criait bien que
l'un se battait pour un homme, l'autre pour un pays ;
mais elle était arrivée par le sentiment au point où
l'on arrive par la raison, à reconnaitre que le roi, c'est
le pays.

En entendant retentir dans le salon les pas d'un
homme, le marquis se leva pour aller à sa rencontre.
Il reconnut le convive attendu qui, surpris de la
compagnie, voulut parler ; mais le Gars déroba aux
Républicains le signe qu'il lui fit pour l'engager à se
taire et à prendre place au festin. A mesure que les
deux officiers républicains analysaient les physionomies de leurs hôtes, les soupçons qu'ils avaient conçus
d'abord renaissaient. Le vêtement ecclésiastique de

l'abbé Gudin et la bizarrerie des costumes chouans
éveillèrent leur prudence ; ils redoublèrent alors d'attention et découvrirent de plaisants contrastes entre
les manières des convives et leurs discours. Autant le
républicanisme manifesté par quelques-uns d'entre
eux était exagéré, autant les façons de quelques
autres étaient aristocratiques. Certains coups d'œil
surpris entre le marquis et ses hôtes, certains mots à
double sens imprudemment prononcés, mais surtout
la ceinture de barbe dont le cou de quelques convives
était garni et qu'ils cachaient assez mal dans leurs
cravates, finirent par apprendre aux deux officiers une
vérité qui les frappa en même temps. Ils se révélèrent
leurs communes pensées par un même regard, car
Mme du Gua les avait habilement séparés et ils
en étaient réduits au langage de leurs yeux. Leur
situation commandait d'agir avec adresse, ils ne savaient s'ils étaient les maîtres du château, ou s'ils y
avaient été attirés dans une embûche ; si Mlle de
Verneuil était la dupe ou la complice de cette inexplicable aventure ; mais un événement imprévu précipita la crise, avant qu'ils pussent en connaître toute
la gravité. Le nouveau convive était un de ces
hommes carrés de base comme de hauteur, dont le
teint est fortement coloré, qui se penchent en arrière
quand ils marchent, qui semblent déplacer beaucoup
d'air autour d'eux, et croient qu'il faut à tout le monde
plus d'un regard pour les voir. Malgré sa noblesse, il
avait pris la vie comme une plaisanterie dont on doit
tirer le meilleur parti possible ; mais, tout en s'age-
nouillant devant lui-même, il était bon, poli et spirituel

à la manière de ces gentilshommes qui, après avoir fini
leur éducation à la cour, reviennent dans leurs terres,
et ne veulent jamais supposer qu'ils ont pu, au bout
de vingt ans, s'y rouiller. Ces sortes de gens manquent
de tact avec un aplomb imperturbable, disent spirituellement une sottise, se défient du bien avec beaucoup d'adresse, et prennent d'incroyables peines pour
donner dans un piège. Lorsque par un jeu de fourchette
qui annonçait un grand mangeur, il eut regagné le
temps perdu, il leva les yeux sur la compagnie. Son
étonnement redoubla en voyant les deux officiers,
et il interrogea d'un regard Mme du Gua, qui,
pour toute réponse, lui montra Mlle de Verneuil. En
apercevant la sirène dont la beauté commençait à
imposer silence aux sentiments d'abord excités par
Mme du Gua dans l'âme des convives, le gros
inconnu laissa échapper un de ces sourires imperti-
nents et moqueurs qui semblent contenir toute une
histoire graveleuse. Il se pencha à l'oreille de son
voisin auquel il dit deux ou trois mots, et ces mots,
qui restèrent un secret pour les officiers et pour Marie,
voyagèrent d'oreille en oreille, de bouche en bouche,
jusqu'au cœur de celui qu'ils devaient frapper à mort.
Les chefs des Vendéens et des Chouans tournèrent leurs
regards sur le marquis de Montauran avec une curiosité cruelle. Les yeux de Mme du Gua allèrent du
marquis à Mlle de Verneuil étonnée, en lançant des
éclairs de joie. Les officiers inquiets se consultèrent en
attendant le résultat de cette scène bizarre. Puis, en
un moment, les fourchettes demeurèrent inactives
dans toutes les mains, le silence régna dans la salle,

et tous les regards se concentrèrent sur le Gars. Une effroyable rage éclata sur ce visage colère et sanguin, qui prit une teinte de cire. Le jeune chef se tourna vers le convive d'où ce serpenteau était parti, et d'une voix qui sembla couverte d'un crêpe : — Mort de mon âme, comte, cela est-il vrai ? demanda-t-il.

— Sur mon honneur, répondit le comte en s'inclinant avec gravité.

Le marquis baissa les yeux un moment, et il les releva bientôt pour les reporter sur Marie, qui, attentive à ce débat, recueillit ce regard plein de mort.

— Je donnerais ma vie, dit-il à voix basse, pour me venger sur l'heure.

Mme du Gua comprit cette phrase au mouvement seul des lèvres et sourit au jeune homme, comme on sourit à un ami dont le désespoir va cesser. Le mépris général pour Mlle de Verneuil, peint sur toutes les figures, mit le comble à l'indignation des deux Républicains, qui se levèrent brusquement.

— Que désirez-vous, citoyens ? demanda Mme du Gua.

— Nos épées, *citoyenne*, répondit ironiquement Gérard.

— Vous n'en avez pas besoin à table, dit le marquis froidement.

— Non, mais nous allons jouer à un jeu que vous connaissez, répondit Gérard en reparaissant. Nous nous verrons ici d'un peu plus près qu'à la Pélerine.

L'assemblée resta stupéfaite. En ce moment une décharge faite avec un ensemble terrible pour les oreilles des deux officiers, retentit dans la cour. Les

deux officiers s'élancèrent sur le perron ; là, ils virent
une centaine de Chouans qui ajustaient quelques soldats survivant à leur première décharge, et qui
tiraient sur eux comme sur des lièvres. Ces Bretons
sortaient de la rie où Marche-à-terre les avait postés
au péril de leur vie ; car, dans cette évolution et après
les derniers coups de fusil, on entendit, à travers les
cris des mourants, quelques Chouans tombant dans
les eaux, où ils roulèrent comme des pierres dans un
gouffre. Pille-miche visait Gérard, Marche-à-terre tenait Merle en respect.

— Capitaine, dit froidement le marquis à Merle
en lui répétant les paroles que le Républicain avait
dites de lui, *voyez-vous, les hommes sont somme les nèfles,
ils mûrissent sur la paille.* Et, par un geste de main, il
montra l'escorte entière des Bleus couchée sur la
litière ensanglantée, où les Chouans achevaient les
vivants, et dépouillaient les morts avec une incroyable
célérité. — J'avais bien raison de vous dire que vos
soldats n'iraient pas jusqu'à la Pèlerine, ajouta le
marquis. Je crois aussi que votre tête sera pleine de
plomb avant la mienne, qu'en dites-vous ?

Montauran éprouvait un horrible besoin de satisfaire
sa rage. Son ironie envers le vaincu, la férocité, la
perfidie même de cette exécution militaire faite sans
son ordre et qu'il avouait alors, répondaient aux
vœux secrets de son cœur. Dans sa fureur, il aurait
voulu anéantir la France. Les Bleus égorgés, les deux
officiers vivants, tous innocents du crime dont il
demandait vengeance, étaient entre ses mains comme
les cartes que dévore un joueur au désespoir.

— J'aime mieux périr ainsi que de triompher comme vous, dit Gérard. Puis, en voyant ses soldats nus et sanglants, il s'écria : — Les avoir assassinés lâchement, froidement !

— Comme le fut Louis XVI, monsieur, répondit vivement le marquis.

— Monsieur, répliqua Gérard avec hauteur, il existe dans le procès d'un roi des mystères que vous ne comprendrez jamais.

— Accuser le roi ! s'écria le marquis hors de lui.

— Combattre la France ! répondit Gérard d'un ton de mépris.

— Niaiserie, dit le marquis.

— Parricide ! reprit le Républicain.

— Régicide !

— Eh bien ! vas-tu prendre le moment de ta mort pour te disputer ? s'écria gaiement Merle.

— C'est vrai, dit froidement Gérard en se retournant vers le marquis. Monsieur, si votre intention est de nous donner la mort, reprit-il, faites-nous au moins la grâce de nous fusiller sur-le-champ.

— Te voilà bien ! reprit le capitaine, toujours pressé d'en finir. Mais, mon ami, quand on va loin et qu'on ne pourra pas déjeuner le lendemain, on soupe.

Gérard s'élança fièrement et sans mot dire vers la muraille ; Pille-miche l'ajusta en regardant le marquis immobile, prit le silence de son chef pour un ordre, et l'adjudant-major tomba comme un arbre. Marche-à-terre courut partager cette nouvelle dépouille avec Pille-miche. Comme deux corbeaux affamés, ils eurent un débat et grognèrent sur le cadavre encore chaud.

— Si sous voulez achever de souper, capitaine, vous êtes libre de venir avec moi, dit le marquis à Merle, qu'il voulut garder pour faire des échanges.

Le capitaine rentra machinalement avec le marquis, en disant à voix basse, comme s'il s'adressait un reproche : — C'est cette diablesse de fille qui est cause de ça. Que dira Hulot ?

— Cette fille ! s'écria le marquis d'un ton sourd. C'est donc bien décidément une fille !

Le capitaine semblait avoir tué Montauran, qui le suivait tout pâle, défait, morne, et d'un pas chancelant. Il s'était passé dans la salle à manger une autre scène qui, par l'absence du marquis, prit un caractère tellement sinistre, que Marie, se trouvant sans son protecteur, put croire à l'arrêt de mort écrit dans les yeux de sa rivale. Au bruit de la décharge, tous les convives s'étaient levés, moins Mme du Gua.

— Rasseyez-vous, dit-elle, ce n'est rien, nos gens tuent les Bleus. Lorsqu'elle vit le marquis dehors, elle se leva. — Mademoiselle que voici, s'écria-t-elle avec le calme d'une sourde rage, venait nous enlever le Gars ! Elle venait essayer de le livrer à la République.

— Depuis ce matin je l'aurais pu livrer vingt fois, et je lui ai sauvé la vie, répliqua Mlle de Verneuil.

Mme du Gua s'élança sur sa rivale avec la rapidité de l'éclair ; elle brisa, dans son aveugle emportement, les faibles brandebourgs du spencer de la jeune fille surprise par cette soudaine irruption, viola d'une main brutale l'asile sacré où la lettre était cachée, déchira l'étoffe, les broderies, le corset, la chemise ; puis elle profita de cette recherche pour assouvir sa jalousie, et sut froisser avec tant d'adresse et de fureur la gorge-palpitante de sa rivale, qu'elle y laissa les traces sanglantes de ses ongles, en éprouvant un sombre plaisir à lui faire subir une si odieuse prostitution. Dans la faible lutte que Marie opposa à cette femme furieuse, sa capote dénouée tomba, ses cheveux rompirent leurs liens et s'échappèrent en boucles ondoyantes ; son visage rayonna de pudeur, puis deux larmes tracèrent un chemin humide et brûlant le long de ses joues et rendirent le feu de ses yeux plus vifs ; enfin, le tressaillement de la honte la livra frémissante aux regards des convives. Des juges mêmes endurcis auraient cru à son innocence en voyant sa douleur.

La haine calcule si mal, que Mme du Gua ne s'aperçut pas qu'elle n'était écoutée de personne pendant que, triomphante, elle s'écriait : — Voyez, messieurs, ai-je donc calomnié cette horrible créature ?

— Pas si horrible, dit à voix basse le gros convive auteur du désastre. J'aime prodigieusement ces horreurs-là, moi.

— Voici, reprit la cruelle Vendéenne, un ordre signé Laplace et contre-signé Dubois. A ces noms quelques personnes levèrent la tête. — Et en voici la teneur, dit en continuant Mme du Gua :

« *Les citoyens commandants militaires de tout grade, administrateurs de district, les procureurs-syndics, etc., des départements insurgés, et particulièrement ceux des localités où se trouvera le ci-devant marquis de Montau-ran, chef de brigands et surnommé le Gars, devront prê-ter secours et assistance à la citoyenne Marie Verneuil*

et se conformer aux ordres qu'elle pourra leur donner,
chacun en ce qui le concerne, etc. »

— Une fille d'Opéra prendre un nom illustre pour
le souiller de cette infamie! ajouta-t-elle.

Un mouvement de surprise se manifesta dans l'assemblée.

— La partie n'est pas égale si la République emploie
de si jolies femmes contre nous, dit gaiement le baron
du Guénic.

— Surtout des filles qui ne mettent rien au jeu,
répliqua Mme du Gua.

— Rien ? dit le chevalier du Vissard, mademoiselle
a cependant un domaine qui doit lui rapporter de bien
grosses rentes !

— La République aime donc bien à rire, pour nous
envoyer des filles de joie en ambassade, s'écria l'abbé
Gudin.

— Mais mademoiselle recherche malheureusement
des plaisirs qui tuent, reprit Mme du Gua avec une
horrible expression de joie qui indiquait le terme de
ces plaisanteries.

— Comment donc vivez-vous encore, madame ? dit
la victime en se relevant après avoir réparé le désordre
de sa toilette.

Cette sanglante épigramme imprima une sorte de
respect pour une si fière victime et imposa silence à
l'assemblée. Mme du Gua vit errer sur les lèvres
des chefs un sourire dont l'ironie la mit en fureur ;
et alors, sans apercevoir le marquis ni le capitaine qui
survinrent : — Pille-miche, emporte-la, dit-elle au

Chouan en lui désignant Mlle de Verneuil, c'est ma part du butin, je te la donne, fais-en tout ce que tu voudras.

A ce mot *tout* prononcé par cette femme, l'assemblée entière frissonna, car les têtes hideuses de Marche-à-terre et de Pille-miche se montrèrent derrière le marquis, et le supplice apparut dans toute son horreur.

Francine debout, les mains jointes, les yeux pleins de larmes, restait comme frappée de la foudre. Mlle de Verneuil, qui recouvra dans le danger toute sa présence d'esprit, jeta sur l'assemblée un regard de mépris, ressaisit la lettre que tenait Mme du Gua, leva la tête, et l'œil sec, mais fulgurant, elle s'élança vers la porte où l'épée de Merle était restée. Là elle rencontra le marquis froid et immobile comme une statue. Rien ne plaidait pour elle sur ce visage dont tous les traits étaient fixes et fermes. Blessée dans son cœur, la vie lui devint odieuse. L'homme qui lui avait témoigné tant d'amour avait donc entendu les plaisanteries dont elle venait d'être accablée, et restait le témoin glacé de la prostitution qu'elle venait d'endurer lorsque les beautés qu'une femme réserve à l'amour essuyèrent tous les regards ! Peut-être aurait-elle pardonné à Montauran ses sentiments de mépris, mais elle s'indigna d'avoir été vue par lui dans une infâme situation ; elle lui lança un regard stupide et plein de haine, car elle sentit naître dans son cœur d'effroyables désirs de vengeance. En voyant la mort derrière elle, son impuissance l'étouffa. Il s'éleva dans sa tête comme un tourbillon de folie ; son sang bouillonnant lui fit voir le monde comme un incendie ; alors, au lieu de se tuer, elle saisit l'épée, la brandit sur le marquis, la lui enfonça jusqu'à la garde ; mais l'épée ayant glissé entre le bras et le flanc, le Gars arrêta Marie par le poignet et l'entraîna hors de la salle, aidé par Pille-miche, qui se jeta sur cette créature furieuse au moment où elle essaya de tuer le marquis. A ce spectacle, Francine jeta des cris perçants. — Pierre! Pierre! Pierre! s'écria-t-elle avec des accents lamentables. Et tout en criant elle suivit sa maîtresse.

Le marquis laissa l'assemblée stupéfaite, et sortit en fermant la porte de la salle. Quand il arriva sur le perron, il tenait encore le poignet de cette femme et le serrait par un mouvement convulsif, tandis que les doigts nerveux de Pille-miche en brisaient presque l'os du bras ; mais elle ne sentait que la main brûlante du jeune chef, qu'elle regarda froidement.

— Monsieur, vous me faites mal!

Pour toute réponse, le marquis contempla pendant un moment sa maîtresse.

— Avez-vous donc quelque chose à venger bassement comme cette femme a fait ? dit-elle. Puis, apercevant les cadavres étendus sur la paille, elle s'écria en frissonnant : — La foi d'un gentilhomme! ah! ah! ah! Après ce rire, qui fut affreux, elle ajouta : — La belle journée!

— Oui, belle, répéta-t-il, et sans lendemain.

Il abandonna la main de Mlle de Verneuil, après avoir contemplé d'un dernier, d'un long regard, cette ravissante créature à laquelle il lui était presque impossible de renoncer. Aucun de ces deux esprits altiers ne voulut fléchir. Le marquis attendait peut-être une larme ; mais les yeux de la jeune fille restèrent secs et fiers. Il se retourna vivement en laissant à Pille-miche sa victime.

— Dieu m'entendra marquis, je lui demanderai pour vous une belle journée sans lendemain!

Pille-miche, embarrassé d'une si belle proie, l'entraîna avec une douceur mêlée de respect et d'ironie. Le marquis poussa un soupir, rentra dans la salle, et offrit à ses hôtes un visage semblable à celui d'un mort dont les yeux n'auraient pas été fermés.

La présence du capitaine Merle était inexplicable pour les acteurs de cette tragédie ; aussi tous le contemplèrent-ils avec surprise en s'interrogeant du regard. Merle s'aperçut de l'étonnement des Chouans, et, sans sortir de son caractère, il leur dit en souriant tristement :
— Je ne crois pas, messieurs, que vous refusiez un verre de vin à un homme qui va faire sa dernière étape.

Ce fut au moment où l'assemblée était calmée par ces paroles prononcées avec une étourderie française qui devait plaire aux Vendéens, que Montauran reparut, et sa figure pâle, son regard fixe, glacèrent tous les convives.

— Vous allez voir, dit le capitaine, que le mort va mettre les vivants en train.

— Ah! dit le marquis en laissant échapper le geste d'un homme qui s'éveille, vous voilà, mon cher conseil de guerre!

Et il lui tendit une bouteille de vin de Grave, comme pour lui verser à boire.

— Oh! merci, citoyen marquis, je pourrais m'étourdir, voyez-vous.

A cette saillie, Mme du Gua dit aux convives en souriant : — Allons, épargnons-lui le dessert.

— Vous êtes bien cruelle dans vos vengeances, madame, répondit le capitaine. Vous oubliez mon ami assassiné, qui m'attend, et je ne manque pas à mes rendez-vous.

— Capitaine, dit alors le marquis en lui jetant son gant, vous êtes libre! Tenez, voilà un passeport. Les Chasseurs du Roi savent qu'on ne doit pas tuer tout le gibier.

— Va pour la vie! répondit Merle, mais vous avez tort, je vous réponds de jouer serré avec vous, je ne vous ferai pas de grâce. Vous pouvez être très habile, mais vous ne valez pas Gérard. Quoique votre tête ne puisse jamais me payer la sienne, il me la faudra, et je l'aurai.

— Il était donc bien pressé, reprit le marquis.

— Adieu! Je pouvais trinquer avec mes bourreaux, je ne reste pas avec les assassins de mon ami, dit le capitaine qui disparut en laissant les convives étonnés.

— Hé! bien, messieurs, que dites-vous des échevins, des chirurgiens et des avocats qui dirigent la République? demanda froidement le Gars.

— Par la mort-dieu, marquis, répondit le comte de Bauvan, ils sont en tout cas bien mal élevés. Celui-ci nous a fait, je crois, une impertinence.

La brusque retraite du capitaine avait un secret motif. La créature si dédaignée, si humiliée, et qui succombait peut-être en ce moment, lui avait offert dans cette scène des beautés si difficiles à oublier qu'il se disait en sortant : — Si c'est une fille, ce n'est pas

une fille ordinaire, et j'en ferai certes bien ma femme...
Il désespérait si peu de la sauver des mains de ces
sauvages, que sa première pensée, en ayant la vie
sauve, avait été de la prendre désormais sous sa protection. Malheureusement en arrivant sur le perron,
le capitaine trouva la cour déserte. Il jeta les yeux
autour de lui, écouta le silence et n'entendit rien que
les rires bruyants et lointains des Chouans qui buvaient
dans les jardins, en partageant leur butin. Il se hasarda
à tourner l'aile fatale devant laquelle ses soldats
avaient été fusillés ; et, de ce coin, à la faible lueur de
quelques chandelles, il distingua les différents groupes
que formaient les Chasseurs du Roi. Ni Pille-miche,
ni Marche-à-terre, ni la jeune fille ne s'y trouvaient ;
mais en ce moment, il se sentit doucement tiré par le
pan de son uniforme, se retourna et vit Francine à
genoux.

— Où est-elle ? demanda-t-il.

— Je ne sais pas, Pierre m'a chassée en m'ordon-
nant de ne pas bouger.

— Par où sont-ils allés ?

— Par là, répondit-elle en montrant la chaussée.

Le capitaine et Francine aperçurent alors dans cette
direction quelques ombres projetées sur les eaux du
lac par la lumière de la lune, et reconnurent des formes
féminines dont la finesse quoique indistincte leur fit
battre le cœur.

— Oh! c'est elle, dit la Bretonne.

Mlle de Verneuil paraissait être debout, et résignée
au milieu de quelques figures dont les mouvements
accusaient un débat.

— Ils sont plusieurs, s'écria le capitaine. C'est égal, marchons !

— Vous allez vous faire tuer inutilement, dit Francine.

— Je suis déjà mort une fois aujourd'hui, répondit-il gaiement.

Et tous deux s'acheminèrent vers le portail sombre derrière lequel la scène se passait. Au milieu de la route, Francine s'arrêta.

— Non, je n'irai pas plus loin ! s'écria-t-elle doucement, Pierre m'a dit ne de pas m'en mêler ; je le connais, nous allons tout gâter. Faites ce que vous voudrez, monsieur l'officier, mais éloignez-vous. Si Pierre vous voyait auprès de moi, il vous tuerait.

En ce moment, Pille-miche se montra hors du portail, appela le postillon resté dans l'écurie, aperçut le capitaine et s'écria en dirigeant son fusil sur lui : — Sainte Anne d'Auray ! le recteur d'Antrain avait bien raison de nous dire que les Bleus signent des pactes avec le diable. Attends, attends, je m'en vais te faire ressusciter, moi !

— Hé ! j'ai la vie sauve, lui cria Merle en se voyant menacé. Voici le gant de ton chef.

— Oui, voilà bien les esprits, reprit le Chouan. Je ne te la donne pas, moi, la vie, *Ave Maria !*

Il tira. Le coup de feu atteignit à la tête le capitaine, qui tomba. Quand Francine s'approcha de Merle, elle l'entendit prononcer indistinctement ces paroles : — J'aime encore mieux rester avec eux que de revenir sans eux.

Le Chouan s'élança sur le Bleu pour le dépouiller

en disant : — Il y a cela de bon chez ces revenants,
qu'ils ressuscitent avec leurs habits. En voyant dans
la main du capitaine qui avait fait le geste de montrer
le gant du Gars, cette sauvegarde sacrée, il resta stupéfait. — Je ne voudrais pas être dans la peau du fils
de ma mère, s'écria-t-il. Puis il disparut avec la rapidité d'un oiseau.

Pour comprendre cette rencontre si fatale au capitaine, il est nécessaire de suivre Mlle de Verneuil
quand le marquis, en proie au désespoir et à la rage,
l'eut quittée en l'abandonnant à Pille-miche. Francine
saisit alors, par un mouvement convulsif, le bras
de Marche-à-terre, et réclama, les yeux pleins de
larmes, la promesse qu'il lui avait faite. A quelques pas
d'eux, Pille-miche entraînait sa victime comme s'il
eût tiré après lui quelque fardeau grossier. Marie, les
cheveux épars, la tête penchée, tourna les yeux vers
le lac ; mais retenue par un poignet d'acier, elle
fut forcée de suivre lentement le Chouan, qui se
retourna plusieurs fois pour la regarder ou pour
lui faire hâter sa marche, et chaque fois une pensée
joviale dessina sur cette figure un épouvantable
sourire.

— Est-elle godaine !... s'écria-t-il avec une grossière
emphase.

En entendant ces mots, Francine recouvra la
parole.

— Pierre ?

— Hé! bien.

— Il va donc tuer mademoiselle.

— Pas tout de suite, répondit Marche-à-terre.

— Mais elle ne se laissera pas faire, et si elle meurt je mourrai.

— Ha ! *ben*, tu l'aimes trop, qu'elle meure ! dit Marche-à-terre.

— Si nous sommes riches et heureux, c'est à elle que nous devrons notre bonheur ; mais qu'importe, n'as-tu pas promis de la sauver de tout malheur ?

— Je vais essayer, mais reste là, ne bouge pas.

Sur-le-champ le bras de Marche-à-terre resta libre, et Francine, en proie à la plus horrible inquiétude, attendit dans la cour. Marche-à-terre rejoignit son camarade au moment où ce dernier, après être entré dans la grange, avait contraint sa victime à monter en voiture. Pille-miche réclama le secours de son compagnon pour sortir la calèche.

— Que veux-tu faire de tout cela ? lui demanda Marche-à-terre.

— *Ben !* la grande garce m'a donné la femme, et tout ce qui est à elle est à *mé*.

— Bon pour la voiture, tu en feras des sous ; mais la femme ? elle te sautera au visage comme un chat.

Pille-miche partit d'un éclat de rire bruyant et répondit : — *Quien*, je l'emporte *itou* chez *mé*, je l'attacherai.

— Hé ! *ben*, attelons les chevaux, dit Marche-à-terre.

Un moment après, Marche-à-terre, qui avait laissé son camarade gardant sa proie, mena la calèche hors du portail, sur la chaussée, et Pille-miche monta près de Mlle de Verneuil, sans s'apercevoir qu'elle prenait son élan pour se précipiter dans l'étang.

— Ho ! Pille-miche ! cria Marche-à-terre.

— Quoi ?

— Je t'achète tout ton butin.

— Gausses-tu ? demanda le Chouan en tirant sa prisonnière par les jupons comme un boucher ferait d'un veau qui s'échappe.

— Laisse-la moi voir, je te dirai un prix.

L'infortunée fut contrainte de descendre et demeura entre les deux Chouans, qui la tinrent chacun par une main, en la contemplant comme les deux vieillards durent regarder Suzanne dans son bain.

— Veux-tu, dit Marche-à-terre en poussant un soupir, veux-tu trente livres de bonne rente ?

— *Ben* vrai ?

— Tope, lui dit Marche-à-terre en lui tendant la main.

— Oh ! je tope, il y a de quoi avoir des Bretonnes avec ça, et des godaines ! Mais la voiture, à qui qué sera ? reprit Pille-miche en se ravisant.

— A moi, s'écria Marche-à-terre d'un son de voix terrible qui annonça l'espèce de supériorité que son caractère féroce lui donnait sur tous ses compagnons.

— Mais s'il y avait de l'or dans la voiture ?

— N'as-tu pas topé ?

— Oui, j'ai topé.

— Eh bien ! va chercher le postillon qui est garrotté dans l'écurie.

— Mais s'il y avait de l'or dans...

— Y en a-t-il ? demanda brusquement Marche-à-terre à Marie en lui secouant le bras.

— J'ai une centaine d'écus, répondit Mlle de Verneuil.

A ces mots les deux Chouans se regardèrent.

— Eh! mon bon ami, ne nous brouillons pas pour une Bleue, dit Pille-miche à l'oreille de Marche-à-terre, *boutons-la* dans l'étang avec une pierre au cou, et partageons les cent écus.

— Je te donne les cent écus dans ma part de la rançon de d'Orgemont, s'écria Marche-à-terre en étouffant un grognement causé par ce sacrifice.

Pille-miche poussa une espèce de cri rauque, alla chercher le postillon, et sa joie porta malheur au capitaine qu'il rencontra. En entendant le coup de feu, Marche-à-terre s'élança vivement à l'endroit ou Francine, encore épouvantée, priait à genoux, les mains jointes auprès du pauvre capitaine, tant le spectacle d'un meurtre l'avait vivement frappée.

— Cours à ta maîtresse, lui dit brusquement le Chouan, elle est sauvée!

Il courut chercher lui-même le postillon, revint avec la rapidité de l'éclair, et, en passant de nouveau devant le corps de Merle, il aperçut le gant du Gars que la main morte serrait convulsivement encore.

— Oh! oh! s'écria-t-il, Pille-miche a fait là un traître coup! Il n'est pas sûr de vivre de ses rentes.

Il arracha le gant et dit à M\ll\e de Verneuil, qui s'était déjà placée dans la calèche avec Francine : — Tenez, prenez ce gant. Si dans la route nos hommes vous attaquaient, criez : — Oh! le Gars! Montrez ce passeport-là, rien de mal ne vous arrivera. — Francine, dit-il en se tournant vers elle et lui saisissant fortement la main, nous sommes quittes avec cette femme-là, viens avec moi et que le diable l'emporte.

— Tu veux que je l'abandonne en ce moment !
répondit Francine d'une voix douloureuse.

Marche-à-terre se gratta l'oreille et le front ; puis, il
leva la tête, et fit voir des yeux armés d'une expression
féroce : — C'est juste, dit-il. Je te laisse à elle huit
jours ; si passé ce terme, tu ne viens pas avec moi... Il
n'acheva pas, mais il donna un violent coup du plat
de sa main sur l'embouchure de sa carabine. Après
avoir fait le geste d'ajuster sa maîtresse, il s'échappa
sans vouloir entendre de réponse.

Aussitôt que le Chouan fut parti, une voix qui
semblait sortir de l'étang cria sourdement : —
Madame, madame.

Le postillon et les deux femmes tressaillirent d'horreur, car quelques cadavres avaient flotté jusque-là.
Un Bleu caché derrière un arbre se montra.

— Laissez-moi monter sur la giberne de votre fourgon, ou je suis un homme mort. Le damné verre
de cidre que La-clef-des-cœurs a voulu boire a coûté
plus d'une pinte de sang ! s'il m'avait imité et fait sa
ronde, les pauvres camarades ne seraient pas là, flottant comme des galiotes.

Pendant que ces événements se passaient au-dehors,
les chefs envoyés de la Vendée et ceux des Chouans
délibéraient, le verre à la main, sous la présidence du
marquis de Montauran. De fréquentes libations de vin
de Bordeaux animèrent cette discussion, qui devint
importante et grave à la fin du repas. Au dessert, au
moment où la ligne commune des opérations militaires
était décidée, les royalistes portèrent une santé aux
Bourbons. Là, le coup de feu de Pille-miche retentit

comme un écho de la guerre désastreuse que ces gais
et ces nobles conspirateurs voulaient faire à la République. Mme du Gua tressaillit ; et, au mouvement
que lui causa le plaisir de se savoir débarrassée de sa
rivale, les convives se regardèrent en silence. Le marquis se leva de table et sortit.

— Il l'aimait pourtant! dit ironiquement Mme du
Gua. Allez donc lui tenir compagnie, monsieur de Fontaine, il sera ennuyeux comme les mouches, si on lui
laisse broyer du noir.

Elle alla à la fenêtre qui donnait sur la cour, pour
tâcher de voir le cadavre de Marie. De là, elle put
distinguer, aux derniers rayons de la lune qui se couchait, la calèche gravissant l'avenue de pommiers avec
une célérité incroyable. Le voile de Mlle de Verneuil,
emporté par le vent, flottait hors de la calèche. A cet
aspect, Mme du Gua furieuse quitta l'assemblée. Le
marquis, appuyé sur le perron et plongé dans une
sombre méditation, contemplait cent cinquante
Chouans environ qui, après avoir procédé dans les
jardins au partage du butin, étaient revenus achever
la pièce de cidre et le pain promis aux Bleus. Ces soldats
de nouvelle espèce et sur lesquels se fondaient les espérances de la monarchie, buvaient par groupes, tandis
que, sur la berge qui faisait face au perron, sept ou huit
d'entre eux s'amusaient à lancer dans les eaux les
cadavres des Bleus auxquels ils attachaient des pierres.
Ce spectacle, joint aux différents tableaux que présentaient les bizarres costumes et les sauvages expressions
de ces gars insouciants et barbares, était si extraordinaire et si nouveau pour M. de Fontaine, à qui les

troupes vendéennes avaient offert quelque chose de
noble et de régulier, qu'il saisit cette occasion pour
dire au marquis de Montauran : — Qu'espérez-vous
pouvoir faire avec de semblables bêtes ?

— Pas grand-chose, n'est-ce pas, cher comte! répondit le Gars.

— Sauront-ils jamais manœuvrer en présence des
Républicains?

— Jamais.

— Pourront-ils seulement comprendre et exécuter
vos ordres ?

— Jamais.

— A quoi donc vous seront-ils bons ?

— A plonger mon épée dans le ventre de la République, reprit le marquis d'une voix tonnante, à me
donner Fougères en trois jours et toute la Bretagne
en dix! Allez, monsieur, dit-il d'une voix plus douce,
partez pour la Vendée ; que d'Autichamp, Suzannet,
l'abbé Bernier marchent seulement aussi rapidement
que moi ; qu'ils ne traitent pas avec le premier Consul,
comme on me le fait craindre (là il serra fortement la
main du Vendéen), nous serons alors dans vingt jours
à trente lieues de Paris.

— Mais la République envoie contre nous soixante
mille hommes et le général Brune.

— Soixante mille hommes! vraiment ? reprit le
marquis avec un rire moqueur. Et avec quoi Bonaparte
ferait-il la campagne d'Italie ? Quant au général Brune,
il ne viendra pas, Bonaparte l'a dirigé contre les Anglais
en Hollande, et le général Hédouville, l'ami de notre
ami Barras, le remplace ici. Me comprenez-vous ?

En l'entendant parler ainsi, M. de Fontaine regarda le marquis de Montauran d'un air fin et spirituel qui semblait lui reprocher de ne pas comprendre lui-même le sens des paroles mystérieuses qui lui étaient adressées. Les deux gentilshommes s'entendirent alors parfaitement, mais le jeune chef répondit avec un indéfinissable sourire aux pensées qu'ils s'exprimèrent des yeux : — Monsieur de Fontaine, connaissez-vous mes armes ? ma devise est : *Persévérer jusqu'à la mort.*

Le comte de Fontaine prit la main de Montauran et la lui serra en disant : — J'ai été laissé pour mort aux Quatre-Chemins, ainsi vous ne doutez pas de moi ; mais croyez à mon expérience, les temps sont changés.

— Oh! oui, dit La Billardière qui survint. Vous êtes jeune, marquis. Écoutez-moi ? vos biens n'ont pas tous été vendus...

— Ah! concevez-vous le dévouement sans sacrifice! dit Montauran.

— Connaissez-vous bien le Roi ? dit La Billardière.

— Oui!

— Je vous admire.

— Le Roi, répondit le jeune chef, c'est le prêtre, et je me bats pour la Foi!

Ils se séparèrent, le Vendéen convaincu de la nécessité de se résigner aux événements en gardant sa foi dans son cœur, La Billardière pour retourner en Angleterre, Montauran pour combattre avec acharnement et forcer par les triomphes qu'il rêvait les Vendéens à coopérer à son entreprise.

Ces événements avaient excité tant d'émotions dans

l'âme de Mlle de Verneuil, qu'elle se pencha tout abattue, et comme morte, au fond de la voiture, en donnant l'ordre d'aller à Fougères. Francine imita le silence de sa maîtresse. Le postillon, qui craignit quelque nouvelle aventure, se hâta de gagner la grande route, et arriva bientôt au sommet de la Pèlerine.

Marie de Verneuil traversa, dans le brouillard épais et blanchâtre du matin, la belle et large vallée du Couësnon, où cette histoire a commencé, et entrevit à peine, du haut de la Pèlerine, le rocher de schiste sur lequel est bâtie la ville de Fougères. Les trois voyageurs en étaient encore séparés d'environ deux lieues. En se sentant transie de froid, Mlle de Verneuil pensa au pauvre fantassin qui se trouvait derrière la voiture, et voulut absolument, malgré ses refus, qu'il montât près de Francine. La vue de Fougères la tira pour un moment de ses réflexions. D'ailleurs, le poste placé à la porte Saint-Léonard ayant refusé l'entrée de la ville à des inconnus, elle fut obligée d'exhiber sa lettre ministérielle ; elle se vit alors à l'abri de toute entreprise hostile en entrant dans cette place, dont, pour le moment, les habitants étaient les seuls défenseurs. Le postillon ne lui trouva pas d'autre asile que l'auberge de la Poste.

— Madame, dit le Bleu qu'elle avait sauvé, si vous avez jamais besoin d'administrer un coup de sabre à un particulier, ma vie est à vous. Je suis bon là. Je me nomme Jean Falcon, dit Beau-pied, sergent à la première compagnie des lapins de Hulot, soixante-douzième demi-brigade, surnommée *la Mayençaise*. Faites excuse de ma condescendance et de ma vanité ;

mais je ne puis vous offrir que l'âme d'un sergent, je n'ai que ça, pour le quart d'heure, à votre service.

Il tourna sur ses talons et s'en alla en sifflant.

— Plus bas on descend dans la société, dit amèrement Marie, plus on y trouve de sentiments généreux sans ostentation. Un marquis me donne la mort pour la vie, et un sergent... Enfin, laissons cela.

Lorsque la belle Parisienne fut couchée dans un lit bien chaud, sa fidèle Francine attendit en vain le mot affectueux auquel elle était habituée ; mais en la voyant inquiète et debout, sa maîtresse fit un signe empreint de tristesse.

— On nomme cela une journée, Francine, dit-elle. Je suis de dix ans plus vieille.

Le lendemain matin, à son lever, Corentin se présenta pour voir Marie, qui lui permit d'entrer.

— Francine,' dit-elle, mon malheur est donc immense, la vue de Corentin ne m'est pas trop désagréable.

Néanmoins, en revoyant cet homme, elle éprouva pour la millième fois une répugnance instinctive que deux ans de connaissance n'avaient pu adoucir.

— Eh bien ! dit-il en souriant, j'ai cru à la réussite. Ce n'était donc pas lui que vous teniez ?

— Corentin, répondit-elle avec une lente expression de douleur, ne me parlez de cette affaire que quand j'en parlerai moi-même.

Cet homme se promena dans la chambre et jeta sur Mlle de Verneuil des regards obliques, en essayant de deviner les pensées secrètes de cette singulière fille, dont le coup d'œil avait assez de portée pour déconcerter, par instants, les hommes les plus habiles.

— J'ai prévu cet échec, reprit-il après un moment
de silence. S'il vous plaisait d'établir votre quartier
général dans cette ville, j'ai déjà pris des informations.
Nous sommes au cœur de la chouannerie. Voulez-vous
y rester ? Elle répondit par un signe de tête affirmatif
qui donna lieu à Corentin d'établir des conjectures, en
partie vraies, sur les événements de la veille. — J'ai
loué pour vous une maison nationale invendue. Ils
sont bien peu avancés dans ce pays-ci. Personne n'a
osé acheter cette baraque, parce qu'elle appartient à un
émigré qui passe pour brutal. Elle est située auprès
de l'église Saint-Léonard ; et *ma parole d'hôneur*, on y
jouit d'une vue ravissante. On peut tirer parti de
ce chenil, il est logeable, voulez-vous y venir ?

— A l'instant, s'écria-t-elle.

— Mais il me faut encore quelques heures pour y
mettre de l'ordre et de la propreté, afin que vous y
trouviez tout à votre goût.

— Qu'importe, dit-elle, j'habiterais un cloître, une
prison sans peine. Néanmoins, faites en sorte que, ce
soir, je puisse y reposer dans la plus profonde solitude. Allez, laissez-moi. Votre présence m'est insup-
portable. Je veux rester seule avec Francine, je
m'entendrai mieux avec elle qu'avec moi-même peut-
être... Adieu. Allez ! allez donc.

Ces paroles, prononcées avec volubilité, et tour à
tour empreintes de coquetterie, de despotisme ou de
passion, annoncèrent en elle une tranquillité parfaite.
Le sommeil avait sans doute lentement classé les
impressions de la journée précédente, et la réflexion

lui avait conseillé la vengeance. Si quelques sombres
expressions se peignaient encore parfois sur son
visage, elles semblaient attester la faculté que pos-
sèdent certaines femmes d'ensevelir dans leur âme
les sentiments les plus exaltés, et cette dissimulation
qui leur permet de sourire avec grâce en calculant la
perte de leur victime. Elle demeura seule occupée à
chercher comment elle pourrait amener entre ses
mains le marquis tout vivant. Pour la première fois,
cette femme avait vécu selon ses désirs ; mais, de cette
vie, il ne lui restait qu'un sentiment, celui de la vengeance, d'une vengeance infinie, complète. C'était
sa seule pensée, son unique passion. Les paroles et les
attentions de Francine trouvèrent Marie muette,
elle sembla dormir les yeux ouverts ; et cette longue
journée s'écoula sans qu'un geste ou une action
indiquassent cette vie extérieure qui rend témoi-
gnage de nos pensées. Elle resta couchée sur une
ottomane qu'elle avait faite avec des chaises et des
oreillers. Le soir, seulement, elle laissa tomber négligemment ces mots, en regardant Francine :

— Mon enfant, j'ai compris hier qu'on vécût pour
aimer, et je comprends aujourd'hui qu'on puisse mourir pour se venger. Oui, pour l'aller chercher là où
il sera, pour de nouveau le rencontrer, le séduire et
l'avoir à moi, je donnerais ma vie ; mais si je n'ai pas,
dans peu de jours, sous mes pieds, humble et soumis,
cet homme qui m'a méprisée, si je n'en fais pas mon
valet ; mais je serai au-dessous de tout, je ne serai
plus une femme, je ne serai plus moi!...

La maison que Corentin avait proposée à Mlle

de Verneuil lui offrit assez de ressources pour satisfaire le goût de luxe et d'élégance inné dans cette
fille ; il rassembla tout ce qu'il savait devoir lui plaire
avec l'empressement d'un amant pour sa maîtresse,
ou mieux encore avec la servilité d'un homme puissant qui cherche à courtiser quelque subalterne dont
il a besoin. Le lendemain il vint proposer à Mlle
de Verneuil de se rendre à cet hôtel improvisé.

Bien qu'elle ne fit que passer de sa mauvaise ottomane sur un antique sopha que Corentin avait su lui
trouver, la fantasque Parisienne prit possession de
cette maison comme d'une chose qui lui aurait appar-
tenu. Ce fut une insouciance royale pour tout ce qu'elle
y vit, une sympathie soudaine pour les moindres meubles qu'elle s'appropria tout à coup comme s'ils lui
eussent été connus depuis longtemps ; détails vulgaires,
mais qui ne sont pas indifférents à la peinture de ces
caractères exceptionnels. Il semblait qu'un rêve l'eût
familiarisée par avance avec cette demeure où elle
vécut de sa haine comme elle y aurait vécu de son
amour.

— Je n'ai pas du moins, se disait-elle, excité en
lui cette insultante pitié qui tue, je ne lui dois pas la
vie. O mon premier, mon seul et mon dernier amour,
quel dénouement! Elle s'élança d'un bond sur Francine effrayée : — Aimes-tu ? Oh ? oui, tu aimes, je m'en
souviens. Ah! je suis bien heureuse d'avoir auprès de
moi une femme qui me comprenne. Eh bien! ma pauvre Francette, l'homme ne te semble-t-il pas une effroyable créature ? Hein, il disait m'aimer, et il n'a
pas résisté à la plus légère des épreuves. Mais si le monde

entier l'avait repoussé, pour lui mon âme eût été un asile ; si l'univers l'avait accusé, je l'aurais défendu. Autrefois, je voyais le monde rempli d'êtres qui allaient et venaient, ils ne m'étaient qu'indifférents ; le monde était triste et non pas horrible ; mais maintenant, qu'est le monde sans lui ? Il va donc vivre sans que je sois près de lui, sans que je le voie, que je lui parle, que je le sente, que je le tienne, que je le serre... Ah ! je l'égorgerai plutôt moi-même dans son sommeil.

Francine épouvantée la contempla un moment en silence.

— Tuer celui qu'on aime ?... dit-elle d'une voix douce.

— Ah ! certes, quand il n'aime plus.

Mais après ces épouvantables paroles elle se cacha le visage dans ses mains, se rassit et garda le silence.

Le lendemain, un homme se présenta brusquement devant elle sans être annoncé. Il avait un visage sévère. C'était Hulot. Elle leva les yeux et frémit.

— Vous venez, dit-elle, me demander compte de vos amis ? Ils sont morts.

— Je le sais, répondit-il. Ce n'est pas au service de la République.

— Pour moi et par moi, reprit-elle. Vous allez me parler de la patrie ! La patrie rend-elle la vie à ceux qui meurent pour elle, les venge-t-elle seulement ? Moi, je les vengerai, s'écria-t-elle. Les lugubres images de la catastrophe dont elle avait été la victime s'étant tout à coup développées à son imagination, cet être gracieux qui mettait la pudeur en premier dans les artifices de la femme, eut un mouvement de folie et

marcha d'un pas saccadé vers le commandant stupéfait.

— Pour quelques soldats égorgés, j'amènerai sous
la hache de vos échafauds une tête qui vaut des milliers
de têtes, dit-elle. Les femmes font rarement la guerre,
mais vous pourrez, quelque vieux que vous soyez,
apprendre à mon école de bons stratagèmes. Je livrerai
à vos baïonnettes une famille entière : ses aïeux et lui,
son avenir, son passé. Autant j'ai été bonne et vraie
pour lui, autant je serai perfide et fausse. Oui, commandant, je veux amener ce petit gentilhomme dans mon
lit, et il en sortira pour marcher à la mort. C'est cela,
je n'aurai jamais de rivale... Le misérable a prononcé
lui-même son arrêt : *un jour sans lendemain!* Votre
République et moi nous serons vengées. La République! reprit-elle d'une voix dont les intonations bizarres effrayèrent Hulot, mais le rebelle mourra donc pour
avoir porté les armes contre son pays ? La France me
volerait donc ma vengeance! Ah! qu'une vie est peu
de chose, une mort n'expie qu'un crime! Mais si ce
monsieur n'a qu'une tête à donner, j'aurai une nuit
pour lui faire penser qu'il perd plus d'une vie. Sur
toute chose, commandant, vous qui le tuerez (elle
laissa échapper un soupir), faites en sorte que rien ne
trahisse ma trahison, et qu'il meure convaincu de ma
fidélité. Je ne vous demande que cela. Qu'il ne voie
que moi, moi et mes caresses!

Là, elle se tut ; mais à travers la pourpre de son
visage, Hulot et Corentin s'aperçurent que la colère
et le délire n'étouffaient pas entièrement la pudeur.
Marie frissonna violemment en disant les derniers

mots ; elle les écouta de nouveau comme si elle eût douté de les avoir prononcés, et tressaillit naïvement en faisant les gestes involontaires d'une femme à laquelle un voile échappe.

— Mais vous l'avez eu entre les mains, dit Corentin.

— Probablement, répondit-elle avec amertume.

— Pourquoi m'avoir arrêté quand je le tenais, reprit Hulot.

— Eh! commandant, nous ne savions pas que ce serait *lui*. Tout à coup, cette femme agitée, qui se promenait à pas précipités en jetant des regards dévorants aux deux spectateurs de cet orage, se calma. — Je ne me reconnais pas, dit-elle d'un ton d'homme. Pourquoi parler, il faut l'aller chercher!

— L'aller chercher, dit Hulot ; mais, ma chère enfant, prenez-y garde, nous ne sommes pas maîtres des campagnes, et, si vous vous hasardiez à sortir de la ville, vous seriez prise ou tuée à cent pas.

— Il n'y a jamais de dangers pour ceux qui veulent se venger, répondit-elle en faisant un geste de dédain pour bannir de sa présence ces deux hommes qu'elle avait honte de voir.

— Quelle femme! s'écria Hulot en se retirant avec Corentin. Quelle idée ils ont eue à Paris, ces gens de police! Mais elle ne nous le livrera jamais, ajouta-t-il en hochant la tête.

— Oh! si! répliqua Corentin.

— Ne voyez-vous pas qu'elle l'aime ? reprit Hulot.

— C'est précisément pour cela. D'ailleurs, dit Corentin en regardant le commandant étonné, je suis là pour l'empêcher de faire des sottises, car, selon moi,

camarade, il n'y a pas d'amour qui vaille trois cent
mille francs.

Quand ce diplomate de l'intérieur quitta le soldat,
ce dernier le suivit des yeux ; et, lorsqu'il n'entendit
plus le bruit de ses pas, il poussa un soupir en se
disant à lui-même : — Il y a donc quelquefois du bonheur à n'être qu'une bête comme moi ! Tonnerre de
Dieu, si je rencontre le Gars, nous nous battrons corps
à corps, ou je ne me nomme pas Hulot, car si ce
renard-là me l'amenait à juger, maintenant qu'ils ont
créé des conseils de guerre, je croirais ma conscience
aussi sale que la chemise d'un jeune troupier qui entend le feu pour la première fois.

Le massacre de la Vivetière et le désir de venger
ses deux amis avaient autant contribué à faire reprendre à Hulot le commandement de sa demi-brigade,
que la réponse par laquelle un nouveau ministre,
Berthier, lui déclarait que sa démission n'était pas
acceptable dans les circonstances présentes. A la
dépêche ministérielle était jointe une lettre confiden-
tielle où, sans l'instruire de la mission dont était chargée Mlle de Verneuil, il lui écrivait que cet incident,
complètement en dehors de la guerre, n'en devait pas
arrêter les opérations. La participation des chefs militaires devait, disait-il, se borner, dans cette affaire, à
seconder *cette honorable citoyenne, s'il y avait lieu.* En
apprenant par ses rapports que les mouvements des
Chouans annonçaient une concentration de leurs forces
vers Fougères, Hulot avait secrètement ramené, par
une marche forcée, deux bataillons de sa demi-brigade
sur cette place importante. Le danger de la patrie, la

haine de l'aristocratie, dont les partisans menaçaient
une étendue de pays considérable, l'amitié, tout avait
contribué à rendre au vieux militaire le feu de sa
jeunesse.

— Voilà donc cette vie que je désirais, s'écria Mlle
de Verneuil quand elle se trouva seule avec Francine,
quelque rapides que soient les heures, elles sont pour
moi comme des siècles de pensées.

Elle prit tout à coup la main de Francine, et sa voix,
comme celle du premier rouge-gorge qui chante après
l'orage, laissa échapper lentement ces paroles :

— J'ai beau faire, mon enfant, je vois toujours ces
deux lèvres délicieuses, ce menton court et légèrement
relevé, ces yeux de feu, et j'entends encore le — hue ! —
du postillon. Enfin, je rêve... et pourquoi donc tant de
haine au réveil ?

Elle poussa un long soupir, se leva ; puis, pour la
première fois, elle se mit à regarder le pays livré à la
guerre civile par ce cruel gentilhomme qu'elle voulait
attaquer, à elle seule. Séduite par la vue du paysage,
elle sortit pour respirer plus à l'aise sous le ciel, et
si elle suivit son chemin à l'aventure, elle fut certes
conduite vers *la Promenade* de la ville par ce maléfice
de notre âme qui nous fait chercher des espérances
dans l'absurde. Les pensées conçues sous l'empire de
ce charme se réalisent souvent ; mais on en attribue
alors la prévision à cette puissance appelée le pressentiment ; pouvoir inexpliqué, mais réel, que les passions trouvent toujours complaisant comme un flatteur
qui, à travers ses mensonges, dit parfois la vérité.

CHAPITRE III

UN JOUR SANS LENDEMAIN

Les derniers événements de cette histoire ayant dépendu de la disposition des lieux où ils se passèrent, il est indispensable d'en donner ici une minutieuse description, sans laquelle le dénouement serait d'une compréhension difficile.

La ville de Fougères est assise en partie sur un rocher de schiste que l'on dirait tombé en avant des montagnes qui ferment au couchant la grande vallée du Couësnon, et prennent différents noms suivant les localités. A cette exposition, la ville est séparée de ces montagnes par une gorge au fond de laquelle coule une petite rivière appelée le Nançon. La portion du rocher qui regarde l'est a pour point de vue le paysage dont on jouit au sommet de la Pèlerine, et celle qui regarde l'ouest a pour toute vue la tortueuse vallée du Nançon ; mais il existe un endroit d'où l'on peut embrasser à la fois un segment du cercle formé par la grande vallée, et les jolis détours de la petite qui vient s'y fondre. Ce lieu, choisi par les habitants pour leur promenade, et où allait se rendre Mlle de Verneuil, fut précisément le théâtre où devait se dé-

nouer le drame commencé à la Vivetière. Ainsi,
quelque pittoresques que soient les autres parties de
Fougères, l'attention doit être exclusivement portée
sur les accidents du pays que l'on découvre en haut de
la Promenade.

Pour donner une idée de l'aspect que présente le
rocher de Fougères vu de ce côté, on peut le comparer
à l'une de ces immenses tours en dehors desquelles
les architectes sarrasins ont fait tourner d'étage en
étage de larges balcons joints entre eux par des esca-
liers en spirale. En effet, cette roche est terminée par une
église gothique dont les petites flèches, le clocher,
les arcs-boutants en rendent presque parfaite la forme
en pain de sucre. Devant la porte de cette église,
dédiée à saint Léonard, se trouve une petite place
irrégulière dont les terres sont soutenues par un mur
exhaussé en forme de balustrade, et qui communique
par une rampe à la Promenade. Semblable à une
seconde corniche, cette esplanade se développe circu-
lairement autour du rocher, à quelques toises en dessous de la place Saint-Léonard, et offre un large terrain planté d'arbres, qui vient aboutir aux fortifications
de la ville. Puis, à dix toises des murailles et des roches
qui supportent cette terrasse due à une heureuse disposition des schistes et à une patiente industrie, il existe
un chemin tournant nommé *l'Escalier de la Reine*,
pratiqué dans le roc, et qui conduit à un pont bâti sur
le Nançon par Anne de Bretagne. Enfin, sous ce chemin, qui figure une troisième corniche, des jardins
descendent de terrasse en terrasse jusqu'à la rivière,
et ressemblent à des gradins chargés de fleurs.

Parallèlement à la Promenade, de hautes roches qui prennent le nom du faubourg de la ville où elles s'élèvent, et qu'on appelle les montagnes de Saint-Sulpice, s'étendent le long de la rivière et s'abaissent en pentes douces dans la grande vallée, où elles décrivent un brusque contour vers le nord. Ces roches droites, incultes et sombres, semblent toucher aux schistes de la Promenade ; en quelques endroits, elles en sont à une portée de fusil, et garantissent contre les vents du nord une étroite vallée, profonde de cent toises, où le Nançon se partage en trois bras qui arrosent une prairie chargée de fabriques et délicieusement plantée.

Vers le sud, à l'endroit où finit la ville proprement dite, et où commence le faubourg Saint-Léonard, le rocher de Fougères fait un pli, s'adoucit, diminue de hauteur et tourne dans la grande vallée en suivant la rivière, qu'il serre ainsi contre les montagnes de Saint-Sulpice, en formant un col d'où elle s'échappe en deux ruisseaux vers le Couësnon, où elle va se jeter. Ce joli groupe de collines rocailleuses est appelé le *Nid-aux-crocs*, la vallée qu'elles dessinent se nomme le *val de Gibarry*, et ses grasses prairies fournissent une grande partie du beurre connu des gourmets sous le nom de beurre de la Prée-Valaye.

A l'endroit où la Promenade aboutit aux fortifications s'élève une tour nommée *la tour du Papegaut*. A partir de cette construction carrée, sur laquelle était bâtie la maison où logeait Mlle de Verneuil, règne tantôt une muraille, tantôt le roc quand il offre des tables droites ; et la partie de la ville, assise

sur cette haute base inexpugnable, décrit une vaste
demi-lune, au bout de laquelle les roches s'inclinent
et se creusent pour laisser passage au Nançon. Là,
est située la porte qui mène au faubourg de Saint-
Sulpice, dont le nom est commun à la porte et au faubourg. Puis, sur un mamelon de granit qui domine
trois vallons dans lesquels se réunissent plusieurs
routes, surgissent les vieux créneaux et les tours
féodales du château de Fougères, l'une des plus immenses constructions faites par les ducs de Bretagne,
murailles hautes de quinze toises, épaisses de quinze
pieds ; fortifiée à l'est par un étang d'où sort le Nançon
qui coule dans ses fossés et fait tourner des moulins
entre la porte Saint-Sulpice et les ponts-levis de la
forteresse ; défendue à l'ouest par la roideur des blocs
de granit sur lesquels elle repose.

Ainsi, depuis la Promenade jusqu'à ce magnifique
débris du moyen age, enveloppé de ses manteaux de
lierre, paré de ses tours carrées ou rondes, où peut se
loger dans chacune un régiment entier, le château, la
ville et son rocher, protégés par des murailles à pans
droits, ou par des escarpements taillés à pic, forment un
vaste fer à cheval garni de précipices sur lesquels, à
l'aide du temps, les Bretons ont tracé quelques étroits
sentiers. Çà et là, des blocs s'avancent comme des ornements. Ici, les eaux suintent par des cassures d'où
sortent des arbres rachitiques. Plus loin, quelques
tables de granit moins droites que les autres nourris-
sent de la verdure qui attire les chèvres. Puis, partout
des bruyères, venues entre plusieurs fentes humides,
tapissent de leurs guirlandes roses de noires anfrac-

tuosités. Au fond de cet immense entonnoir, la petite
rivière serpente dans une prairie toujours fraîche et
mollement posée comme un tapis.

Au pied du château et entre plusieurs masses de
granit, s'élève l'église dédiée à saint Sulpice, qui
donne son nom à un faubourg situé par-delà le Nançon.
Ce faubourg, comme jeté au fond d'un abîme, et son
église dont le clocher pointu n'arrive pas à la hauteur
des roches qui semblent près de tomber sur elle, et
sur les chaumières qui l'entourent, sont pittoresque-
ment baignés par quelques affluents du Nançon,
ombragés par des arbres et décorés par des jardins ;
ils coupent irrégulièrement la demi-lune que décrivent
la Promenade, la ville et le château, et produisent, par
leurs détails, de naïves oppositions avec les graves
spectacles de l'amphithéâtre, auquel ils font face.
Enfin Fougères tout entier, ses faubourgs et ses églises,
les montagnes même de Saint-Sulpice, sont encadrés
par les hauteurs de Rillé, qui font partie de l'enceinte
générale de la grande vallée du Couësnon.

Tels sont les traits les plus saillants de cette nature
dont le principal caractère est une âpreté sauvage,
adoucie par de riants motifs, par un heureux mélange
des travaux les plus magnifiques de l'homme, avec
les caprices d'un sol tourmenté par des oppositions
inattendues, par je ne sais quoi d'imprévu qui sur-
prend, étonne et confond. Nulle part en France le
voyageur ne rencontre de contrastes aussi grandioses
que ceux offerts par le grand bassin du Couësnon et
par les vallées perdues entre les rochers de Fougères
et les hauteurs de Rillé. C'est de ces beautés inouïes

où le hasard triomphe, et auxquelles ne manquent au-
cunes des harmonies de la nature. Là des eaux claires,
limpides, courantes ; des montagnes vêtues par la puissante végétation de ces contrées ; des rochers sombres
et des fabriques élégantes ; des fortifications élevées
par la nature et des tours de granit bâties par les
hommes ; puis, tous les artifices de la lumière et de
l'ombre, toutes les oppositions entre les différents
feuillages, tant prisées par les dessinateurs ; des
groupes de maisons où foisonne une population active,
et des places désertes, où le granit ne souffre pas
même les mousses blanches qui s'accrochent aux
pierres ; enfin toutes les idées qu'on demande à un
paysage : de la grâce et de l'horreur, un poème plein
de renaissantes magies, de tableaux sublimes, de
délicieuses rusticités! La Bretagne est là dans sa
fleur.

La tour dite du Papegaut, sur laquelle est bâtie la
maison occupée par Mlle de Verneuil, a sa base au fond
même du précipice, et s'élève jusqu'à l'esplanade
pratiquée en corniche devant l'église de Saint-Léonard.
De cette maison isolée sur trois côtés, on embrasse à
la fois le grand fer à cheval qui commence à la tour
même, la vallée tortueuse du Nançon, et la place Saint-
Léonard. Elle fait partie d'une rangée de logis trois
fois séculaires, et construits en bois, situés sur une
ligne parallèle au flanc septentrional de l'église
avec laquelle ils forment une impasse dont la sortie
donne dans une rue en pente qui longe l'église et
mène à la porte Saint-Léonard, vers laquelle descendait Mlle de Verneuil.

Marie négligea naturellement d'entrer sur la place
de l'église au-dessous de laquelle elle était, et se
dirigea vers la Promenade. Lorsqu'elle eut franchi la
petite barrière peinte en vert qui se trouvait devant
le poste alors établi dans la tour de la porte Saint-
Léonard, la magnificence du spectacle rendit un
instant ses passions muettes. Elle admira la vaste
portion de la grande vallée du Couësnon que ses yeux
embrassaient depuis le sommet de la Pèlerine jusqu'au
plateau par où passe le chemin de Vitré ; puis ses yeux
se reposèrent sur le Nid-aux-crocs et sur les sinuosités
du val de Gibarry, dont les crêtes étaient baignées
par les lueurs vaporeuses du soleil couchant. Elle fut
presque effrayée par la profondeur de la vallée du Nançon dont les plus hauts peupliers atteignaient à peine
aux murs des jardins situés au-dessous de l'Escalier
de la Reine. Enfin, elle marcha de surprise en surprise
jusqu'au point d'où elle put apercevoir et la grande
vallée, à travers le val de Gibarry, et le délicieux paysage encadré par le fer à cheval de la ville, par les
rochers de Saint-Sulpice et par les hauteurs de Rillé. A
cette heure du jour, la fumée des maisons du faubourg
et des vallées formait dans les airs un nuage qui ne laissait poindre les objets qu'à travers un dais bleuâtre ; les
teintes trop vives du jour commençaient à s'abolir ;
le firmament prenait un ton gris de perle ; la lune jetait
ses voiles de lumière sur ce bel abîme ; tout enfin
tendait à plonger l'âme dans la rêverie et l'aider à
évoquer les êtres chers. Tout à coup, ni les toits en
bardeau du faubourg Saint-Sulpice, ni son église,
dont la flèche audacieuse se perd dans la profondeur

de la vallée, ni les manteaux séculaires de lierre et de
clématite dont s'enveloppent les murailles de la vieille
forteresse à travers laquelle le Nançon bouillonne sous
la roue des moulins, enfin rien dans ce paysage ne l'intéressa plus. En vain le soleil couchant jeta-t-il sa
poussière d'or et ses nappes rouges sur les gracieuses
habitations semées dans les rochers, au fond des eaux
et sur les prés, elle resta immobile devant les roches
de Saint-Sulpice. L'espérance insensée qui l'avait amenée sur la Promenade s'était miraculeusement réalisée.
A travers les ajoncs et les genêts qui croissent sur les
sommets opposés, elle crut reconnaître, malgré la peau
de bique dont ils étaient vêtus, plusieurs convives
de la Vivetière, parmi lesquels se distinguait le Gars,
dont les moindres mouvements se dessinèrent dans
la lumière adoucie du soleil couchant. A quelques pas
en arrière du groupe principal, elle vit sa redoutable ennemie, Mme du Gua. Pendant un moment
Mlle de Verneuil put penser qu'elle rêvait ; mais la
haine de sa rivale lui prouva bientôt que tout vivait
dans ce rêve. L'attention profonde qu'excitait en
elle le plus petit geste ·du marquis l'empêcha de
remarquer le soin avec lequel Mme du Gua la mirait
avec un long fusil. Bientôt un coup de feu réveilla
les échos des montagnes, et la balle qui siffla près de
Marie lui révéla l'adresse de sa rivale. — Elle m'envoie sa carte ! se dit-elle en souriant. A l'instant de
nombreux *qui vive* retentirent, de sentinelle en sentinelle, depuis le château jusqu'à la porte Saint-
Léonard, et trahirent aux Chouans la prudence des
Fougerais, puisque la partie la moins vulnérable de

leurs remparts était si bien gardée. — C'est elle et
c'est lui, se dit Marie.

Aller à la recherche du marquis, le suivre, le surprendre, fut une idée conçue avec la rapidité de
l'éclair. — Je suis sans arme, s'écria-t-elle. Elle songea
qu'au moment de son départ à Paris, elle avait jeté,
dans un de ses cartons, un élégant poignard, jadis
porté par une sultane et dont elle voulut se munir en
venant sur le théâtre de la guerre, comme ces plaisants qui s'approvisionnent d'albums·pour les idées
qu'ils auront en voyage ; mais elle fut alors moins
séduite par la perspective d'avoir du sang à répandre, que par le plaisir de porter un joli *cangiar* orné
de pierreries, et de jouer avec cette lame pure comme
un regard. Trois jours auparavant elle avait bien
vivement regretté d'avoir laissé cette arme dans ses
cartons, quand, pour se soustraire à l'odieux supplice
que lui réservait sa rivale, elle avait souhaité de se
tuer. En un instant elle retourna chez elle, trouva
le poignard, le mit à sa ceinture, serra autour de ses
épaules et de sa taille un grand châle, enveloppa ses
cheveux d'une dentelle noire, se couvrit la tête d'un
de ces chapeaux à larges bords que portaient les
Chouans et qui appartenait à un domestique de sa
maison, et avec cette présence d'esprit que prêtent
parfois les passions, elle prit le gant du marquis
donné par Marche-à-terre comme un passeport ;
puis, après avoir répondu à Francine effrayée : — Que
veux-tu ? j'irais *le* chercher dans l'enfer! elle revint
sur la Promenade.

Le Gars était encore à la même place, mais seul.

D'après la direction de sa longue-vue, il paraissait examiner, avec l'attention scrupuleuse d'un homme de guerre, les différents passages du Nançon, l'Escalier de la Reine, et le chemin qui, de la porte Saint-Sulpice, tourne entre cette église et va rejoindre les grandes routes sous le feu du château. Mlle de Verneuil s'élança dans les petits sentiers tracés par les chèvres et leurs pâtres sur le versant de la Promenade, gagna l'Escalier de la Reine, arriva au fond du précipice, passa le Nançon, traversa le faubourg, devina, comme l'oiseau dans le désert, sa route au milieu des dangereux escarpements des roches de Saint-Sulpice, atteignit bientôt une route glissante tracée sur des blocs de granit, et, malgré les genêts, les ajoncs piquants, les rocailles qui la hérissaient, elle se mit à la gravir avec ce degré d'énergie inconnu peut-être à l'homme, mais que la femme entraînée par la passion possède momentanément. La nuit surprit Marie à l'instant où, parvenue sur les sommets, elle tâchait de reconnaître, à la faveur des pâles rayons de la lune, le chemin qu'avait dû prendre le marquis ; une recherche obstinée faite sans aucun succès, et le silence qui régnait dans la campagne, lui apprirent la retraite des Chouans et de leur chef. Cet effort de passion tomba tout à coup avec l'espoir qui l'avait inspiré. En se trouvant seule, pendant la nuit, au milieu d'un pays inconnu, en proie à la guerre, elle se mit à réfléchir, et les recommandations de Hulot, le coup de feu de Mme du Gua, la firent frissonner de peur. Le calme de la nuit, si profond sur les montagnes, lui permit d'entendre

la moindre feuille errante, même à de grandes distances, et ces bruits légers vibraient dans les airs
comme pour donner une triste mesure de la solitude
ou du silence. Le vent agissait sur la haute région et
emportait les nuages avec violence, en produisant des
alternatives d'ombre et de lumière dont les effets
augmentèrent sa terreur, en donnant des apparences
fantastiques et terribles aux objets les plus inoffen-
sifs. Elle tourna les yeux vers les maisons de Fougères dont les lueurs domestiques brillaient comme
autant d'étoiles terrestres, et tout à coup elle vit distinctement la tour du Papegaut. Elle n'avait qu'une
faible distance à parcourir pour retourner chez elle,
mais cette distance était un précipice. Elle se souvenait assez des abîmes qui bordaient l'étroit sentier
par où elle était venue, pour savoir qu'elle courait
plus de risques en voulant revenir à Fougères qu'en
poursuivant son entreprise. Elle pensa que le gant
du marquis écarterait tous les périls de sa promenade nocturne, si les Chouans tenaient la campagne.
Mme du Gua seule pouvait être redoutable. A cette
idée, Marie pressa son poignard, et tâcha de se diriger vers une maison de campagne dont elle avait
entrevu les toits en arrivant sur les rochers de Saint-
Sulpice ; mais elle marcha lentement, car elle avait
jusqu'alors ignoré la sombre majesté qui pèse sur un
être solitaire pendant la nuit, au milieu d'un site
sauvage où de toutes parts de hautes montagnes penchent leurs têtes comme des géants assemblés. Le
frôlement de sa robe, arrêtée par des ajoncs, la fit
tressaillir plus d'une fois, et plus d'une fois elle hâta

le pas pour le ralentir encore en croyant sa dernière
heure venue. Mais bientôt les circonstances prirent
un caractère auquel les hommes les plus intrépides
n'eussent peut-être pas résisté, et plongèrent Mlle de
Verneuil dans une de ces terreurs qui pressent tellement les ressorts de la vie, qu'alors tout est extrême
chez les individus, la force comme la faiblesse. Les
êtres les plus faibles font alors des actes d'une force
inouïe, et les plus forts deviennent fous de peur. Marie
entendit à une faible distance des bruits étranges,
distincts et vagues tout à la fois, comme la nuit était
tour à tour sombre et lumineuse, ils annonçaient
de la confusion, du tumulte, et l'oreille se fatiguait
à les percevoir ; ils sortaient du sein de la terre, qui
semblait ébranlée sous les pieds d'une immense multitude d'hommes en marche. Un moment de clarté
permit à Mlle de Verneuil d'apercevoir à quelques pas
d'elle une longue file de hideuses figures qui s'agitaient
comme les épis d'un champ et glissaient à la manière
des fantômes ; mais elle les vit à peine, car aussitôt
l'obscurité retomba comme un rideau noir, et lui
déroba cet épouvantable tableau plein d'yeux jaunes
et brillants. Elle se recula vivement et courut sur le
haut d'un talus, pour échapper à trois de ces horribles
figures qui venaient à elle.

— L'as-tu vu ? demanda l'un.

— J'ai senti un vent froid quand il a passé près de
moi, répondit une voix rauque.

— Et moi j'ai respiré l'air humide et l'odeur des
cimetières, dit le troisième.

— Est-il blanc ? reprit le premier.

— Pourquoi, dit le second, est-il *revenu* seul de tous ceux qui sont morts à la Pèlerine ?

— Ah! pourquoi, répondit le troisième. Pourquoi fait-on des préférences à ceux qui sont du *Sacré-Cœur*. Au surplus, j'aime mieux mourir sans confession, que d'errer comme lui, sans boire ni manger, sans avoir ni sang dans les veines, ni chair sur les os.

— Ah!...

Cette exclamation, ou plutôt ce cri terrible partit du groupe, quand un des trois Chouans montra du doigt les formes sveltes et le visage pâle de Mlle de Verneuil qui se sauvait avec une effrayante rapidité, sans qu'ils entendissent le moindre bruit.

— Le voilà. — Le voici. — Où est-il ? — Là. — Ici. — *Il est parti.* — Non. — Si. — Le vois-tu ?

Ces phrases retentirent comme le murmure monotone des vagues sur la grève.

Mlle de Verneuil marcha courageusement dans la direction de la maison, et vit les figures indistinctes d'une multitude qui fuyait à son approche en donnant les signes d'une frayeur panique. Elle était comme emportée par une puissance inconnue dont l'influence la matait ; la légèreté de son corps, qui lui semblait inexplicable, devenait un nouveau sujet d'effroi pour elle-même. Ces figures, qui se levaient par masses à son approche et comme de dessous terre où elles lui paraissaient couchées, laissaient échapper des gémissements qui n'avaient rien d'humain. Enfin elle arriva, non sans peine, dans un jardin dévasté dont les haies et les barrières étaient brisées. Arrêtée par une sentinelle, elle lui montra son gant. La lune ayant

alors éclairé sa figure, la carabine échappa des mains
du Chouan qui déjà mettait Marie en joue, mais qui,
à son aspect, jeta le cri rauque dont retentissait la
campagne. Elle aperçut de grands bâtiments où quelques lueurs indiquaient des pièces habitées, et parvint
auprès des murs sans rencontrer d'obstacles. Par la
première fenêtre vers laquelle elle se dirigea, elle vit
Mme du Gua avec les chefs convoqués à la Vivetière.
Étourdie et par cet aspect et par le sentiment de son
danger, elle se rejeta violemment sur une petite ouverture défendue par de gros barreaux de fer, et distingua,
dans une longue salle voûtée, le marquis seul et triste,
à deux pas d'elle. Les reflets du feu, devant lequel il
occupait une chaise grossière, illuminaient son visage
de teintes rougeâtres et vacillantes qui imprimaient à
cette scène le caractère d'une vision ; immobile et
tremblante, la pauvre fille se colla aux barreaux, et,
par le silence profond qui régnait, elle espéra l'entendre s'il parlait ; en le voyant abattu, découragé,
pâle, elle se flatta d'être une des causes de sa tristesse ; puis sa colère se changea en commisération,
sa commisération en tendresse, et elle sentit soudain
qu'elle n'avait pas été amenée jusque-là par la vengeance seulement. Le marquis se leva, tourna la tête,
et resta stupéfait en apercevant, comme dans un
nuage, la figure de Mlle de Verneuil ; il laissa échapper
un geste d'impatience et de dédain en s'écriant : —
Je vois donc partout cette diablesse, même quand
je veille ! Ce profond mépris, conçu pour elle, arracha
à la pauvre fille un rire d'égarement qui fit tressaillir
le jeune chef, et il s'élança vers la croisée. Mlle de

Verneuil se sauva. Elle entendit près d'elle les pas
d'un homme qu'elle crut être Montauran ; et, pour
le fuir, elle ne connut plus d'obstacles, elle eût traversé les murs et volé dans les airs, elle aurait trouvé
le chemin de l'enfer pour éviter de relire en traits
de flamme ces mots : *Il te méprise !* écrits sur le front
de cet homme, et qu'une voix intérieure lui criait
alors avec l'éclat d'une trompette. Après avoir marché
sans savoir par où elle passait, elle s'arrêta en se
sentant pénétrée par un air humide. Effrayée par le
bruit des pas de plusieurs personnes, et poussée par
la peur, elle descendit un escalier qui la mena au fond
d'une cave. Arrivée à la dernière marche, elle prêta
l'oreille pour tâcher de reconnaître la direction que
prenaient ceux qui la poursuivaient ; mais, malgré des
rumeurs extérieures assez vives, elle entendit les
lugubres gémissements d'une voix humaine qui
ajoutèrent à son horreur. Un jet de lumière parti du
haut de l'escalier lui fit craindre que sa retraite ne fût
connue de ses persécuteurs ; et, pour leur échapper,
elle trouva de nouvelles forces. Il lui fut très difficile
de s'expliquer, quelques instants après et quand elle
recueillit ses idées, par quels moyens elle avait pu
grimper sur le petit mur où elle s'était cachée. Elle
ne s'aperçut même pas d'abord de la gêne que la
position de son corps lui fit éprouver ; mais cette
gêne finit par devenir intolérable, car elle ressemblait,
sous l'arceau d'une voûte, à la Vénus accroupie qu'un
amateur aurait placée dans une niche trop étroite.
Ce mur assez large et construit en granit formait une
séparation entre le passage d'un escalier et un caveau

d'où partaient les gémissements. Elle vit bientôt un inconnu couvert de peaux de chèvre descendant au-dessous d'elle et tournant sous la voûte sans faire le moindre mouvement qui annonçât une recherche empressée. Impatiente de savoir s'il se présenterait quelque chance de salut pour elle, Mlle de Verneuil attendit avec anxiété que la lumière portée par l'inconnu éclairât le caveau où elle apercevait à terre une masse informe, mais animée, qui essayait d'atteindre à une certaine partie de la muraille par des mouvements violents et répétés, semblables aux brusques contorsions d'une carpe mise hors de l'eau sur la rive.

Une petite torche de résine répandit bientôt sa lueur bleuâtre et incertaine dans le caveau. Malgré la sombre poésie que l'imagination de Mlle de Verneuil répandait sur ces voûtes qui répercutaient les sons d'une prière douloureuse, elle fut obligée de reconnaître qu'elle se trouvait dans une cuisine souterraine, abandonnée depuis longtemps. Éclairée, la masse informe devint un petit homme très gros dont tous les membres avaient été attachés avec précaution, mais qui semblait avoir été laissé sur les dalles humides sans aucun soin par ceux qui s'en étaient emparés. A l'aspect de l'étranger tenant d'une main la torche, et de l'autre un fagot, le captif poussa un gémissement profond qui attaqua si vivement la sensibilité de Mlle de Verneuil, qu'elle oublia sa propre terreur, son désespoir, la gêne horrible de tous ses membres pliés qui s'engourdissaient ; elle tâcha de rester immobile. Le Chouan jeta son fagot dans la cheminée après s'être

assuré de la solidité d'une vieille crémaillère qui
pendait le long d'une haute plaque en fonte, et mit
le feu au bois avec sa torche. Mlle de Verneuil ne
reconnut pas alors sans effroi ce rusé Pille-miche
auquel sa rivale l'avait livrée, et dont la figure,
illuminée par la flamme, ressemblait à celle de ces
petits hommes de buis, grotesquement sculptés en
Allemagne. La plainte échappée à son prisonnier
produisit un rire immense sur ce visage sillonné de
rides et brûlé par le soleil.

— Tu vois, dit-il au patient, que nous autres chrétiens nous ne manquons pas comme toi à notre parole.
Ce feu-là va te dégourdir les jambes, la langue et les
mains. Quien! quien! je ne vois point de lèchefrite
à te mettre sous les pieds, ils sont si dodus, que la
graisse pourrait éteindre le feu. Ta maison est donc
bien mal montée qu'on n'y trouve pas de quoi
donner au maître toutes ses aises quand il se chauffe.

La victime jeta un cri aigu, comme si elle eût espéré
se faire entendre par-delà les voûtes et attirer un
libérateur.

— Oh! vous pouvez chanter à gogo, monsieur d'Orgemont! ils sont tous couchés là-haut, et Marche-à-
terre me suit, il fermera la porte de la cave.

Tout en parlant, Pille-miche sondait, du bout de sa
carabine, le manteau de la cheminée, les dalles qui
pavaient la cuisine, les murs et les fourneaux, pour
essayer de découvrir la cachette où l'avare avait mis
son or. Cette recherche se faisait avec une telle habileté que d'Orgemont demeura silencieux, comme s'il
eût craint d'avoir été trahi par quelque serviteur

8

effrayé ; car, quoiqu'il ne se fût confié à personne, ses
habitudes auraient pu donner lieu à des inductions
vraies. Pille-miche se retournait parfois brusquement
en regardant sa victime comme dans ce jeu où les
enfants essaient de deviner, par l'expression naïve
de celui qui a caché un objet convenu, s'ils s'en
approchent ou s'ils s'en éloignent. D'Orgemont feignit
quelque terreur en voyant le Chouan frappant les
fourneaux qui rendirent un son creux, et parut vouloir amuser ainsi pendant quelque temps l'avide cré-
dulité de Pille-miche. En ce moment, trois autres
Chouans, qui se précipitèrent dans l'escalier, entrèrent
tout à coup dans la cuisine. A l'aspect de Marche-à-
terre, Pille-miche discontinua sa recherche, après
avoir jeté sur d'Orgemont un regard empreint de
toute la férocité que réveillait son avarice trompée.

— Marie Lambrequin est ressuscité, dit Marche-à-
terre en gardant une attitude qui annonçait que tout
autre intérêt pâlissait devant une si grande nouvelle.

— Ça ne m'étonne pas, répondit Pille-miche, il
communiait si souvent ! le bon Dieu semblait n'être
qu'à lui.

— Ah ! ah ! reprit Mène-à-bien, ça lui a servi
comme des souliers à un mort. Voilà-t-il pas qu'il
n'avait pas reçu l'absolution avant cette affaire de la
Pèlerine ; il a margaudé la fille à Goguelu, et s'est
trouvé sous le coup d'un péché mortel. Donc l'abbé
Gudin dit comme ça qu'il va rester deux mois comme
un esprit avant de revenir tout à fait ! Nous l'avons
vu *tretous* passer devant nous, il est pâle, il est froid,
il est léger, il sent le cimetière.

— Et Sa Révérence a bien dit que si l'esprit pouvait s'emparer de quelqu'un, il s'en ferait un compagnon, reprit le quatrième Chouan.

La figure grotesque de ce dernier interlocuteur tira Marche-à-terre de la rêverie religieuse où l'avait plongé l'accomplissement d'un miracle que la ferveur pouvait, selon l'abbé Gudin, renouveler chez tout pieux défenseur de la Religion et du Roi.

— Tu vois, Galope-chopine, dit-il au néophyte avec une certaine gravité, à quoi nous mènent les plus légères omissions des devoirs commandés par notre sainte religion. C'est un avis que nous donne sainte Anne d'Auray, d'être inexorables entre nous pour les moindres fautes. Ton cousin Pille-miche a demandé pour toi la *surveillance* de Fougères, le Gars consent à te la confier, et tu seras bien payé ; mais tu sais de quelle farine nous pétrissons la galette des traîtres ?

— Oui, monsieur Marche-à-terre.

— Tu sais pourquoi je te dis cela. Quelques-uns prétendent que tu aimes le cidre et les gros sous ; mais il ne s'agit pas ici de tondre sur les œufs, il faut n'être qu'à nous.

— Révérence parler, monsieur Marche-à-terre, le cidre et les sous sont deux bonnes *chouses* qui n'empêchent point le salut.

— Si le cousin fait quelque sottise, dit Pille-miche, ce sera par ignorance.

— De quelque manière qu'un malheur vienne, s'écria Marche-à-terre d'un son de voix qui fit trembler la voûte, je ne le manquerai pas. — Tu m'en réponds, ajouta-t-il en se tournant vers Pille-miche,

car s'il tombe en faute, je m'en prendrai à ce qui double
ta peau de bique.

— Mais, sous votre respect, monsieur Marche-à-terre,
reprit Galope-chopine, est-ce qu'il ne vous est pas
souvent arrivé de croire que les *contre-chuins* étaient
des *chuins*.

— Mon ami, répliqua Marche-à-terre d'un ton sec,
que ça ne t'arrive plus, ou je te couperais en deux
comme un navet. Quant aux envoyés du Gars, ils
auront son gant. Mais, depuis cette affaire de la Vivetière, la Grande Garce y boute un ruban vert.

Pille-miche poussa vivement le coude de son camarade en lui montrant d'Orgemont qui feignait de
dormir ; mais Marche-à-terre et Pille-miche savaient
par expérience que personne n'avait encore som-
meillé au coin de leur feu ; et, quoique les dernières
paroles dites à Galope-chopine eussent été prononcées
à voix basse, comme elles pouvaient avoir été comprises par le patient, les quatre Chouans le regardèrent
tous pendant un moment et pensèrent sans doute que
la peur lui avait ôté l'usage de ses sens. Tout à coup,
sur un léger signe de Marche-à-terre, Pille-miche ôta
les souliers et les bas de d'Orgemont, Mène-à-bien et
Galope-chopine le saisirent à bras-le-corps, le portèrent au feu ; puis Marche-à-terre prit un des liens du
fagot, et attacha les pieds de l'avare à la crémaillère.
L'ensemble de ces mouvements et leur incroyable
célérité firent pousser à la victime des cris qui devinrent déchirants quand Pille-miche eut rassemblé des
charbons sous les jambes.

— Mes amis, mes bons amis, s'écria d'Orgemont,

vous allez me faire mal, je suis chrétien comme vous.

— Tu mens par ta gorge, lui répondit Marche-à-terre. Ton frère a renié Dieu. Quant à toi, tu as acheté l'abbaye de Juvigny. L'abbé Gudin dit que l'on peut, sans scrupule, rôtir les apostats.

— Mais, mes frères en Dieu, je ne refuse pas de vous payer.

— Nous t'avions donné quinze jours, deux mois se sont passés, et voilà Galope-chopine qui n'a rien reçu.

— Tu n'as donc rien reçu, Galope-chopine ? demanda l'avare avec désespoir.

— Rin! monsieur d'Orgemont, répondit Galope-chopine effrayé.

Les cris, qui s'étaient convertis en un grognement, continu comme le râle d'un mourant, recommencèrent avec une violence inouïe. Aussi habitués à ce spectacle qu'à voir marcher leurs chiens sans sabots, les quatre Chouans contemplaient si froidement d'Orgemont qui se tortillait et hurlait, qu'ils ressemblaient à des voyageurs attendant devant la cheminée d'une auberge si le rôt est assez cuit pour être mangé.

— Je meurs! je meurs! cria la victime... et vous n'aurez pas mon argent.

Malgré la violence de ces cris, Pille-miche s'aperçut que ie feu ne mordait pas encore la peau ; l'on attisa donc très artistement les charbons de manière à faire légèrement flamber le feu, d'Orgemont dit alors d'une voix abattue : — Mes amis, déliez-moi. Que voulez-vous ? cent écus, mille écus, dix mille écus, cent mille écus, je vous offre deux cents écus...

Cette voix était si lamentable que Mlle de Verneuil

oublia son propre danger, et laissa échapper une exclamation.

— Qui a parlé ? demanda Marche-à-terre.

Les Chouans jetèrent autour d'eux des regards effarés. Ces hommes, si braves sous la bouche meurtrière des canons, ne tenaient pas devant un *esprit*. Pille-miche seul écoutait sans distraction la confession que des douleurs croissantes arrachaient à sa victime.

— Cinq cents écus, oui, je les donne, disait l'avare.

— Bah! Où sont-ils ? lui répondit tranquillement Pille-miche.

— Hein, ils sont sous le premier pommier. Sainte Vierge! au fond du jardin, à gauche... Vous êtes des brigands... des voleurs... Ah! je meurs... il y a là dix mille francs.

— Je ne veux pas des francs, reprit Marche-à-terre, il nous faut des livres. Les écus de ta République ont des figures païennes qui n'auront jamais cours.

— Ils sont en livres, en bons louis d'or. Mais déliez-moi, déliez-moi... vous savez où est ma vie... mon trésor.

Les quatre Chouans se regardèrent en cherchant celui d'entre eux auquel ils pouvaient se fier pour l'envoyer déterrer la somme. En ce moment, cette cruauté de cannibales fit tellement horreur à M\ll\e de Verneuil, que, sans savoir si le rôle que lui assignait sa figure pâle la préserverait encore de tout danger, elle s'écria courageusement d'un ton de voix grave :
— Ne craignez-vous pas la colère de Dieu ? Détachez-le, barbares!

Les Chouans levèrent la tête, ils aperçurent dans les airs des yeux qui brillaient comme deux étoiles, et s'enfuirent épouvantés. Mlle de Verneuil sauta dans la cuisine, courut à d'Orgemont, le tira si violemment du feu, que les liens du fagot cédèrent ; puis, du tranchant de son poignard, elle coupa les cordes avec lesquelles il avait été garrotté. Quand l'avare fut libre et debout, la première expression de son visage fut un rire douloureux, mais sardonique.

— Allez, allez au pommier, brigands! dit-il. Oh! oh! voilà deux fois que je les leurre ; aussi ne me reprendront-ils pas une troisième!

En ce moment, une voix de femme retentit au dehors.

— *Un esprit! un esprit!* criait Mme du Gua, imbéciles, c'est *elle*. Mille écus à qui m'apportera la tête de cette catin!

Mlle de Verneuil pâlit ; mais l'avare sourit, lui prit la main, l'attira sous le manteau de la cheminée, l'empêcha de laisser les traces de son passage en la conduisant de manière à ne pas déranger le feu qui n'occupait qu'un très petit espace ; il fit partir un ressort, la plaque de fonte s'enleva ; et quand leurs ennemis communs rentrèrent dans le caveau, la lourde porte de la cachette était déjà retombée sans bruit. La Parisienne comprit alors le but des mouvements de carpe qu'elle avait vu faire au malheureux banquier.

— Voyez-vous, madame, s'écria Marche-à-terre, l'esprit a pris le Bleu pour compagnon.

L'effroi dut être grand, car ces paroles furent suivies d'un si profond silence, que d'Orgemont et sa

compagne entendirent les Chouans prononçant à voix
basse : — *Ave Sancta Anna* **Auriaca** *gratiâ plena*,
Dominus tecum, etc.

— Ils prient, les imbéciles, s'écria d'Orgemont.

— N'avez-vous pas peur, dit Mlle de Verneuil
en interrompant son compagnon, de faire découvrir
notre...

Un rire du vieil avare dissipa les craintes de la jeune
Parisienne.

— La plaque est dans une table de granit qui a dix
pouces de profondeur. Nous les entendons, et ils ne
nous entendent pas.

Puis il prit doucement la main de sa libératrice, la
plaça vers une fissure par où sortaient des bouffées
de vent frais, et elle devina que cette ouverture avait
été pratiquée dans le tuyau de la cheminée.

— Ah! ah! reprit d'Orgemont. Diable! les jambes
me cuisent un peu! Cette *Jument de Charrette*, comme
on l'appelle à Nantes, n'est pas assez sotte pour
contredire ses fidèles : elle sait bien que, s'ils n'étaient
pas si brutes, ils ne se battraient pas contre leurs
intérêts. La voilà qui prie aussi. Elle doit être bonne à
voir en disant son *ave* à sainte Anne d'Auray. Elle
ferait mieux de détrousser quelque diligence pour
me rembourser les quatre mille francs qu'elle me doit.
Avec les intérêts, les frais, ça va bien à quatre mille
sept cent quatre-vingt francs et des centimes...

La prière finie, les Chouans se levèrent et partirent. Le vieux d'Orgemont serra la main de
Mlle de Verneuil, comme pour la prévenir que
néanmoins le danger existait toujours.

— Non, madame, s'écria Pille-miche après quelques minutes de silence, vous resteriez là dix ans, ils ne reviendront pas.

— Mais elle n'est pas sortie, elle doit être ici, dit obstinément la *Jument de Charrette*.

— Non, madame, non, ils se sont envolés à travers les murs. Le diable n'a-t-il pas déjà emporté là, devant nous, un assermenté ?

— Comment! toi, Pille-miche, avare comme lui, ne devines-tu pas que le vieux cancre aura bien pu dépenser quelques milliers de livres pour construire dans les fondations de cette voûte un réduit dont l'entrée est cachée par un secret ?

L'avare et la jeune fille entendirent un gros rire échappé à Pille-miche.

— Ben vrai, dit-il.

— Reste ici, reprit Mme du Gua. Attends-les à la sortie. Pour un seul coup de fusil je te donnerai tout ce que tu trouveras dans le trésor de notre usurier. Si tu veux que je te pardonne d'avoir vendu cette fille quand je t'avais dit de la tuer, obéis-moi.

— Usurier! dit le vieux d'Orgemont, je ne lui ai pourtant prêté qu'à neuf pour cent. Il est vrai que j'ai une caution hypothécaire! Mais enfin, voyez comme elle est reconnaissante! Allez, madame, si Dieu nous punit du mal, le diable est là pour nous punir du bien, et l'homme placé entre ces deux termes-là, sans rien savoir de l'avenir, m'a toujours fait l'effet d'une règle de trois dont l'X est introuvable.

Il laissa échapper un soupir creux qui lui était particulier, car, en passant par son larynx, l'air semblait y rencontrer et **attaquer** deux vieilles cordes détendues. Le bruit que firent Pille-miche et Mme du Gua en sondant de nouveau les murs, les voûtes et les dalles, parut rassurer d'Orgemont, qui saisit la main de sa libératrice pour l'aider à monter une étroite vis saint-gilles, pratiquée dans l'épaisseur d'un mur en granit. Après avoir gravi une vingtaine de marches, la lueur d'une lampe éclaira faiblement leurs têtes. L'avare s'arrêta, se tourna vers sa compagne, en examina le visage comme s'il eût regardé, manié et remanié une lettre de change douteuse à escompter, et poussa son terrible soupir.

— En vous mettant ici, dit-il après un moment de silence, je vous ai remboursé intégralement le service que vous m'avez rendu ; donc, je ne vois pas pourquoi je vous donnerais...

— Monsieur, laissez-moi là, je ne vous demande rien, dit-elle.

Ces derniers mots, et peut-être le dédain qu'exprima cette belle figure, rassurèrent le petit vieillard, car il répondit, non sans un soupir : — Ah! en vous conduisant ici, j'en ai trop fait pour ne pas continuer...

Il aida poliment Marie à monter quelques marches assez singulièrement disposées, et l'introduisit moitié de bonne grâce, moitié rechignant, dans un petit cabinet de quatre pieds carrés, éclairé par une lampe suspendue à la voûte. Il était facile de voir que l'avare avait pris toutes ses précautions pour passer plus d'un jour dans cette retraite, si les événements de la guerre civile l'eussent contraint à y rester longtemps.

— N'approchez pas du mur, vous pourriez vous blanchir, dit tout à coup d'Orgemont.

Et il mit avec assez de précipitation sa main entre le châle de la jeune fille et la muraille, qui semblait fraîchement recrépie. Le geste du vieil avare produisit un effet tout contraire à celui qu'il en attendait. Mlle de Verneuil regarda soudain devant elle, et vit dans un angle une sorte de construction dont la forme lui arracha un cri de terreur, car elle devina qu'une créature humaine avait été enduite de mortier et placée là debout ; d'Orgemont lui fit un signe effrayant pour l'engager à se taire, et ses petits yeux d'un bleu de faïence annoncèrent autant d'effroi que ceux de sa compagne.

— Sotte, croyez-vous que je l'aie assassiné ?... C'est mon frère, dit-il en variant son soupir d'une manière lugubre. C'est le premier recteur qui se soit assermenté. Voilà le seul asile où il ait été en sûreté contre la fureur des Chouans et des autres prêtres. Poursuivre un digne homme qui avait tant d'ordre ! C'était mon aîné, lui seul a eu la patience de m'apprendre le calcul décimal. Oh ! c'était un bon prêtre ! Il avait de l'économie et savait amasser. Il y a quatre ans qu'il est mort, je ne sais pas de quelle maladie ; mais voyez-vous, ces prêtres, ça a l'habitude de s'agenouiller de temps en temps pour prier, et il n'a peut-être pas pu s'accoutumer à rester ici debout comme moi... Je l'ai mis là, autre part *ils* l'auraient déterré. Un jour je pourrai l'ensevelir en terre sainte, comme disait ce pauvre homme, qui ne s'est *assermenté* que par peur

Une larme roula dans les yeux secs du petit vieillard, dont alors la perruque rousse parut moins laide
à la jeune fille, qui détourna les yeux par un secret
respect pour cette douleur ; mais, malgré cet attendrissement, d'Orgemont lui dit encore : — N'approchez
pas du mur, vous...

Et ses yeux ne quittèrent pas ceux de Mlle de
Verneuil, en espérant ainsi l'empêcher d'examiner
plus attentivement les parois de ce cabinet, où l'air
trop raréfié ne suffisait pas au jeu des poumons.
Cependant Marie réussit à dérober un coup d'œil à
son argus, et, d'après les bizarres proéminences des
murs, elle supposa que l'avare les avait bâtis lui-
même avec des sacs d'argent ou d'or. Depuis un
moment, d'Orgemont était plongé dans un ravissement grotesque. La douleur que la cuisson lui faisait
souffrir aux jambes, et sa terreur en voyant un être
humain au milieu de ses trésors, se lisaient dans chacune de ses rides ; mais en même temps ses yeux
arides exprimaient, par un feu inaccoutumé, la généreuse émotion qu'excitait en lui le périlleux voisinage
de sa libératrice, dont la joue rose et blanche attirait
le baiser, dont le regard noir et velouté lui amenait
au cœur des vagues de sang si chaudes, qu'il ne savait
plus si c'était signe de vie ou de mort.

— Êtes-vous mariée ? lui demanda-t-il d'une voix
tremblante.

— Non, dit-elle en souriant.

— J'ai quelque chose, reprit-il en poussant son
soupir, quoique je ne sois pas aussi riche qu'ils le
disent tous. Une jeune fille comme vous doit aimer

les diamants, les bijoux, les équipages, l'or, ajouta-t-il en regardant d'un air effaré autour de lui. J'ai tout cela à donner, après ma mort. Hé! si vous vouliez...

L'œil du vieillard décelait tant de calcul, même dans cet amour éphémère, qu'en agitant sa tête par un mouvement négatif, Mlle de Verneuil ne put s'empêcher de penser que l'avare ne songeait à l'épouser que pour enterrer son secret dans le cœur d'un autre lui-même.

— L'argent, dit-elle en jetant à d'Orgemont un regard plein d'ironie qui le rendit à la fois heureux et fâché, l'argent n'est rien pour moi. Vous seriez trois fois plus riche que vous ne l'êtes, si tout l'or que j'ai refusé était là.

— N'approchez pas du m...

— Et l'on ne me demandait cependant qu'un regard, ajouta-t-elle avec une incroyable fierté.

— Vous avez eu tort, c'était une excellente spéculation. Mais songez donc...

— Songez, reprit Mlle de Verneuil, que je viens d'entendre retentir là une voix dont un seul accent a pour moi plus de prix que toutes vos richesses.

— Vous ne les connaissez pas...

Avant que l'avare n'eût pu l'en empêcher, Marie fit mouvoir, en la touchant du doigt, une petite gravure enluminée qui représentait Louis XV à cheval, et vit tout à coup au-dessous d'elle le marquis occupé à charger un tromblon. L'ouverture cachée par le petit panneau sur lequel l'estampe était collée semblait répondre à quelque ornement dans le plafond de la

chambre voisine, où sans doute couchait le général
royaliste. D'Orgemont repoussa avec la plus grande
précaution la vieille estampe, et regarda la jeune fille
d'un air sévère.

— Ne dites pas un mot, si vous aimez la vie.
Vous n'avez pas jeté, lui dit-il à l'oreille après une
pause, votre grappin sur un petit bâtiment. Savez-
vous que le marquis de Montauran possède pour cent
mille livres de revenus en terres affermées qui n'ont
pas encore été vendues. Or, un décret des Consuls,
que j'ai lu dans *le Primidi de l'Ille-et-Vilaine*, vient
d'arrêter les séquestres. Ah! ah! vous trouvez ce
gars-là maintenant plus joli homme, n'est-ce pas?
Vos yeux brillent comme deux louis d'or tout neufs.

Les regards de Mlle de Verneuil s'étaient fortement
animés en entendant résonner de nouveau une voix
bien connue. Depuis qu'elle était-là, debout, comme
enfouie dans une mine d'argent, le ressort de son âme
courbée sous ces événements s'était redressé. Elle
semblait avoir pris une résolution sinistre et entrevoir
les moyens de la mettre à exécution.

— On ne revient pas d'un tel mépris, se dit-elle,
et s'il ne doit plus m'aimer, je veux le tuer, aucune
femme ne l'aura.

— Non, l'abbé, non, s'écriait le jeune chef dont
la voix se fit entendre, il faut que cela soit ainsi.

— Monsieur le marquis, reprit l'abbé Gudin avec
hauteur, vous scandaliserez toute la Bretagne en donnant ce bal à Saint-James. C'est des prédicateurs, et
non des danseurs qui remueront nos villages. Ayez
des fusils et non des violons.

— L'abbé, vous avez assez d'esprit pour savoir que ce n'est que dans une assemblée générale de tous nos partisans que je verrai ce que je puis entreprendre avec eux. Un dîner me semble plus favorable pour examiner leurs physionomies et connaître leurs intentions que tous les espionnages possibles, dont, au surplus, j'ai horreur ; nous les ferons causer le verre en main.

Marie tressaillit en entendant ces paroles, car elle conçut le projet d'aller à ce bal, et de s'y venger.

— Me prenez-vous pour un idiot avec votre sermon sur la danse, reprit Montauran. Ne figureriez-vous pas de bon cœur dans une chaconne pour vous retrouvez rétablis sous votre nouveau nom de Pères de la Foi!... Ignorez-vous que les Bretons sortent de la messe pour aller danser! Ignorez-vous aussi que messieurs Hyde de Neuville et d'Andigné ont eu il y a cinq jours une conférence avec le premier Consul sur la question de rétablir Sa Majesté Louis XVIII. Si je m'apprête en ce moment pour aller risquer un coup de main si téméraire, c'est uniquement pour ajouter à ces négociations le poids de nos souliers ferrés. Ignorez-vous que tous les chefs de la Vendée et même Fontaine parlent de se soumettre. Ah! monsieur, l'on a évidemment trompé les princes sur l'état de la France. Les dévouements dont on les entretient sont des dévouements de position. L'abbé, si j'ai mis le pied dans le sang, je ne veux m'y mettre jusqu'à la ceinture qu'à bon escient. Je me suis dévoué au Roi et non pas à quatre cerveaux brûlés, à des hommes perdus de dettes comme Rifoël, à des chauffeurs, à...

— Dites tout de suite, monsieur, à des abbés qui perçoivent des contributions sur le grand chemin pour soutenir la guerre, reprit l'abbé Gudin.

— Pourquoi ne le dirais-je pas ? répondit aigrement le marquis. Je dirai plus, les temps héroïques de la Vendée sont passés...

— Monsieur le marquis, nous saurons faire des miracles sans vous.

— Oui, comme celui de Marie Lambrequin, répondit en riant le marquis. Allons, sans rancune, l'abbé ! Je sais que vous payez de votre personne, et tirez un Bleu aussi bien que vous dites un *oremus*. Dieu aidant, j'espère vous faire assister, une mitre en tête, au sacre du Roi.

Cette dernière phrase eut sans doute un pouvoir magique sur l'abbé, car on entendit sonner une carabine, et il s'écria : — J'ai cinquante cartouches dans mes poches, monsieur le marquis, et ma vie est au Roi.

— Voilà encore un de mes débiteurs, dit l'avare à Mlle de Verneuil. Je ne parle pas de cinq ou six cents malheureux écus qu'il m'a empruntés, mais d'une dette de sang qui, j'espère, s'acquittera. Il ne lui arrivera jamais autant de mal que je lui en souhaite, à ce sacré jésuite ; il avait juré la mort de mon frère, et soulevait le pays contre lui. Pourquoi ? parce que le pauvre homme avait eu peur des nouvelles lois. Après avoir appliqué son oreille à un certain endroit de sa cachette : — Les voilà qui décampent, tous ces brigands-là, dit-il. Ils vont faire encore quelque miracle ! Pourvu qu'ils n'essaient pas de me dire adieu comme la dernière fois, en mettant le feu à la maison.

Après environ une demi-heure, pendant laquelle Mlle de Verneuil et d'Orgemont se regardèrent comme si chacun d'eux eût regardé un tableau, la voix rude et grossière de Galope-chopine cria doucement :

— Il n'y a plus de danger, monsieur d'Orgemont. Mais cette fois-ci, j'ai ben gagné mes trente écus.

— Mon enfant, dit l'avare, jurez-moi de fermer les yeux.

Mlle de Verneuil plaça une de ses mains sur ses paupières ; mais, pour plus de secret, le vieillard souffla la lampe, prit sa libératrice par la main, l'aida à faire sept ou huit pas dans un passage difficile ; au bout de quelques minutes, il lui dérangea doucement la main, elle se vit dans la chambre que le marquis de Montauran venait de quitter et qui était celle de l'avare.

— Ma chère enfant, lui dit le vieillard, vous pouvez partir. Ne regardez pas ainsi autour de vous. Vous n'avez sans doute pas d'argent ? Tenez, voici dix écus ; il y en a de rognés, mais ils passeront. En sortant du jardin, vous trouverez un sentier qui conduit à la ville ou, comme on dit maintenant, au District. Mais les Chouans sont à Fougères, il n'est pas présumable que vous puissiez y rentrer de sitôt ; ainsi, vous pourrez avoir besoin d'un sûr asile. Retenez bien ce que je vais vous dire, et n'en profitez que dans un extrême danger. Vous verrez sur le chemin qui mène au Nid-aux-crocs par le val de Gibarry une ferme où demeure le Grand-Cibot, dit Galope-chopine, entrez-y en disant à sa femme : *bonjour, Bécanière !* et Barbette vous cachera. Si Galope-chopine vous découvrait, ou il vous prendra pour l'esprit, s'il fait nuit ; ou dix

écus l'attendriront, s'il fait jour. Adieu! nos comptes
sont soldés. Si vous vouliez, dit-il en montrant par un
geste les champs qui entouraient sa maison, tout cela
serait à vous.

Mlle de Verneuil jeta un regard de remerciement à
cet être singulier, et réussit à lui arracher un soupir
dont les tons furent très variés.

— Vous me rendrez sans doute mes dix écus,
remarquez bien que je ne parle pas d'intérêts, vous les
remettrez à mon crédit chez maître Patrat, le notaire
de Fougères qui, si vous le vouliez, ferait notre contrat,
beau trésor. Adieu.

— Adieu, dit-elle en souriant et le saluant de la
main.

— S'il vous faut de l'argent, lui cria-t-il, je vous en
prêterai à cinq! Oui, à cinq seulement. Ai-je dit cinq ?
Elle était partie. — Ça m'a l'air d'être une bonne
fille ; cependant, je changerai le secret de ma cheminée. Puis il prit un pain de douze livres, un jambon
et rentra dans sa cachette.

Lorsque Mlle de Verneuil marcha dans la campagne,
elle crut renaître, la fraîcheur du matin ranima son
visage qui depuis quelques heures lui semblait frappé
par une atmosphère brûlante. Elle essaya de trouver
le sentier indiqué par l'avare ; mais, depuis le coucher
de la lune, l'obscurité était devenue si forte, qu'elle fut
forcée d'aller au hasard. Bientôt la crainte de tomber
dans les précipices la prit au cœur, et lui sauva la
vie ; car elle s'arrêta tout à coup en pressentant que la
terre lui manquerait si elle faisait un pas de plus. Un
vent plus frais qui caressait ses cheveux, le murmure

des eaux, l'instinct, tout servit à lui indiquer qu'elle
se trouvait au bout des rochers de Saint-Sulpice. Elle
passa les bras autour d'un arbre et attendit l'aurore en
de vives anxiétés, car elle entendait un bruit d'armes,
de chevaux et de voix humaines. Elle rendit grâces à
la nuit qui la préservait du danger de tomber entre
les mains des Chouans, si, comme le lui avait dit l'avare
ils entouraient Fougères.

Semblables à des feux nuitamment allumés pour un
signal de liberté, quelques lueurs légèrement pourprées
passèrent par-dessus les montagnes dont les bases
conservèrent des teintes bleuâtres qui contrastèrent
avec les nuages de rosée flottant sur les vallons.
Bientôt un disque de rubis s'éleva lentement à
l'horizon, les cieux le reconnurent ; les accidents du
paysage, le clocher de Saint-Léonard, les rochers, les
prés ensevelis dans l'ombre reparurent insensiblement,
et les arbres situés sur les cimes se dessinèrent dans ses
feux naissants. Le soleil se dégagea par un gracieux
élan du milieu de ses rubans de feu, d'ocre et de saphir.
Sa vive lumière s'harmonia par lignes égales, de
colline en colline, déborda de vallons en vallons. Les
ténèbres se dissipèrent, le jour accabla la nature. Une
brise piquante frissonna dans l'air, les oiseaux chantèrent, la vie se réveilla partout. Mais à peine la jeune
fille avait-elle eu le temps d'abaisser ses regards sur
les masses de ce paysage si curieux, que, par un
phénomène assez fréquent dans ces fraîches contrées,
des vapeurs s'étendirent en nappes, comblèrent
les vallées, montèrent jusqu'aux plus hautes collines,
ensevelirent ce riche bassin sous un manteau de neige.

Bientôt Mlle de Verneuil crut revoir une de ces mers
de glace qui meublent les Alpes. Puis cette nuageuse
atmosphère roula des vagues comme l'Océan, souleva
des lames impénétrables qui se balancèrent avec
mollesse, ondoyèrent, tourbillonnèrent violemment,
contractèrent aux rayons du soleil des teintes d'un
rose vif, en offrant çà et là les transparences d'un lac
d'argent fluide. Tout à coup le vent du nord souffla sur
cette fantasmagorie et dissipa les brouillards qui dépo-
sèrent une rosée pleine d'oxyde sur les gazons.
Mlle de Verneuil put alors apercevoir une immense
masse brune placée sur les rochers de Fougères. Sept à
huit cents Chouans armés s'agitaient dans le faubourg
Saint-Sulpice comme des fourmis dans une fourmilière.
Les environs du château occupés par trois mille hommes
arrivés comme par magie furent attaqués avec
fureur. Cette ville endormie, malgré ses remparts
verdoyants et ses vieilles tours grises, aurait succombé,
si Hulot n'eût pas veillé. Une batterie cachée sur une
éminence qui se trouve au fond de la cuvette que forment les remparts, répondit au premier feu des
Chouans en les prenant en écharpe sur le chemin du
château. La mitraille nettoya la route, et la balaya.
Puis, une compagnie sortit de la porte Saint-Sulpice,
profita de l'étonnement des Chouans, se mit en bataille
sur le chemin et commença sur eux un feu meurtrier.
Les Chouans n'essayèrent pas de résister, en voyant
les remparts du château se couvrir de soldats comme si
l'art du machiniste y eût appliqué des lignes bleues,
et le feu de la forteresse protéger celui des tirailleurs
républicains. Cependant d'autres Chouans, maîtres de

la petite vallée du Nançon, avaient gravi les galeries
du rocher et parvenaient à la Promenade, où ils montèrent ; elle fut couverte de peaux de bique qui lui
donnèrent l'apparence d'un toit de chaume bruni
par le temps. Au même moment, de violentes détonations se firent entendre dans la partie de la ville qui
regardait la vallée du Couësnon. Évidemment Fougères, attaqué sur tous les points, était entièrement
cerné. Le feu qui se manifesta sur le revers oriental du
rocher prouvait même que les Chouans incendiaient
les faubourgs. Cependant les flammèches qui s'élevaient des toits de genêt ou de bardeau cessèrent
bientôt, et quelques colonnes de fumée noire indiquèrent que l'incendie s'éteignait. Des nuages blancs
et bruns dérobèrent encore une fois cette scène à
Mlle de Verneuil, mais le vent dissipa bientôt ce
brouillard de poudre. Déjà, le commandant républicain avait fait changer la direction de sa batterie de
manière à pouvoir prendre successivement en file la
vallée du Nançon, le sentier de la Reine et le rocher,
quand du haut de la Promenade, il vit ses premiers
ordres admirablement bien exécutés. Deux pièces
placées au poste de la porte Saint-Léonard abattirent la
fourmilière de Chouans qui s'étaient emparés de cette
position ; tandis que les gardes nationaux de Fougères,
accourus en hâte sur la place de l'Église, achevèrent de
chasser l'ennemi. Ce combat ne dura pas une demi-
heure et ne coûta pas cent hommes aux Bleus. Déjà,
dans toutes les directions, les Chouans battus et écrasés
se retiraient d'après les ordres réitérés du Gars, dont le
hardi coup de main échouait, sans qu'il le sût, par suite

de l'affaire de la Vivetière qui avait si secrètement
ramené Hulot à Fougères. L'artillerie n'y était arrivée
que pendant cette nuit, car la seule nouvelle d'un
transport de munitions aurait suffi pour faire abandonner par Montauran cette entreprise qui, éventée, ne
pouvait avoir qu'une mauvaise issue. En effet, Hulot
désirait autant donner une leçon sévère au Gars, que
le Gars pouvait souhaiter de réussir dans sa pointe
pour influer sur les déterminations du premier
Consul. Au premier coup de canon, le marquis comprit
donc qu'il y aurait de la folie à poursuivre par amour-
propre une surprise manquée. Aussi, pour ne pas faire
tuer inutilement ses Chouans, se hâta-t-il d'envoyer
sept ou huit émissaires porter des instructions pour
opérer promptement la retraite sur tous les points.
Le commandant, ayant aperçu son adversaire entouré
d'un nombreux conseil au milieu duquel était Mme du
Gua, essaya de tirer sur eux une volée sur le rocher de
Saint-Sulpice ; mais la place avait été trop habilement
choisie pour que le jeune chef n'y fût pas en sûreté.
Hulot changea de rôle tout à coup, et d'attaqué devint
agresseur. Aux premiers mouvements qui indiquèrent
les intentions du marquis, la compagnie placée sous
les murs du château se mit en devoir de couper la
retraite aux Chouans en s'emparant des issues supé-
rieures de la vallée du Nançon.

Malgré sa haine, Mlle de Verneuil épousa la cause
des hommes que commandait son amant, et se
tourna vivement vers l'autre issue pour voir si elle
était libre ; mais elle aperçut les Bleus, sans doute
vainqueurs de l'autre côté de Fougères, qui revenaient

de la vallée du Couësnon par le Val-de-Gibarry pour
s'emparer du Nid-aux-Crocs et de la partie des rochers
Saint-Sulpice où se trouvaient les issues inférieures de
la vallée du Nançon. Ainsi les Chouans, renfermés dans
l'étroite prairie de cette gorge, semblaient devoir
périr jusqu'au dernier, tant les prévisions du vieux
commandant républicain avaient été justes et ses
mesures habilement prises. Mais sur ces deux points,
les canons qui avaient si bien servi Hulot furent impuis-
sants, il s'y établit des luttes acharnées, et la ville de
Fougères une fois préservée, l'affaire prit le caractère
d'un engagement auquel les Chouans étaient habitués.
Mlle de Verneuil comprit alors la présence des masses
d'hommes qu'elle avait aperçues dans la campagne,
la réunion des chefs chez d'Orgemont et tous les
événements de cette nuit, sans savoir comment elle
avait pu échapper à tant de dangers. Cette entreprise,
dictée par le désespoir, l'intéressa si vivement qu'elle
resta immobile à contempler les tableaux animés
qui s'offrirent à ses regards. Bientôt, le combat
qui avait lieu au bas des montagnes de Saint-Sulpice
eut, pour elle, un intérêt de plus. En voyant les Bleus
presque maîtres des Chouans, le marquis et ses
amis s'élancèrent dans la vallée du Nançon afin de
leur porter du secours. Le pied des roches fut couvert
d'une multitude de groupes furieux où se décidèrent
des questions de vie et de mort sur un terrain et
avec des armes plus favorables aux Peaux-de-bique.
Insensiblement, cette arène mouvante s'étendit dans
l'espace. Les Chouans, en s'égaillant, envahirent les
rochers à l'aide des arbustes qui y croissent çà et là.

Mlle de Verneuil eut un moment d'effroi en voyant
un peu tard ses ennemis remontés sur les sommets,
où ils défendirent avec fureur les sentiers dangereux
par lesquels on y arrivait. Toutes les issues de cette
montagne étant occupées par les deux partis, elle
eut peur de se trouver au milieu d'eux, elle quitta le
gros arbre derrière lequel elle s'était tenue, et se mit
à fuir en pensant à mettre à profit les recommandations du vieil avare. Après avoir couru pendant
longtemps sur le versant des montagnes de Saint-
Sulpice qui regarde la grande vallée du Couësnon, elle
aperçut de loin une étable et jugea qu'elle dépendait de la maison de Galope-chopine, qui devait avoir
laissé sa femme toute seule pendant le combat. Encou-
ragée par ces suppositions, Mlle de Verneuil espéra
être bien reçue dans cette habitation, et pouvoir y
passer quelques heures, jusqu'à ce qu'il fût possible
de retourner sans danger à Fougères. Selon toute
apparence, Hulot allait triompher. Les Chouans
fuyaient si rapidement qu'elle entendit des coups de
feu tout autour d'elle, et la peur d'être atteinte par
quelques balles lui fit promptement gagner la chaumière dont la cheminée lui servait de jalon. Le sentier
qu'elle avait suivi aboutissait à une espèce de hangar
dont le toit, couvert en genêt, était soutenu par quatre
gros arbres encore garnis de leurs écorces. Un mur en
torchis formait le fond de ce hangar, sous lequel se trouvaient un pressoir à cidre, une aire à battre le sarrasin,
et quelques instruments aratoires. Elle s'arrêta contre
l'un de ces poteaux sans se décider à franchir le marais
fangeux qui servait de cour à cette maison que, de loin,

en véritable Parisienne, elle avait prise pour une étable.

Cette cabane, garantie des vents du nord par une éminence qui s'élevait au-dessus du toit et à laquelle elle s'appuyait, ne manquait pas de poésie, car des pousses d'ormes, des bruyères et les fleurs du rocher la couronnaient de leurs guirlandes. Un escalier champêtre pratiqué entre le hangar et la maison permettait aux habitants d'aller respirer un air pur sur le haut de cette roche. A gauche de la cabane, l'éminence s'abaissait brusquement, et laissait voir une suite de champs dont le premier dépendait sans doute de cette ferme. Ces champs dessinaient de gracieux bocages séparés par des haies en terre, plantées d'arbres, et dont la première achevait l'enceinte de la cour. Le chemin qui conduisait à ces champs était fermé par un gros tronc d'arbre à moitié pourri, clôture bretonne dont le nom fournira plus tard une digression qui achèvera de caractériser ce pays. Entre l'escalier creusé dans les schistes et le sentier fermé par ce gros arbre, devant le marais et sous cette roche pendante, quelques pierres de granit grossièrement taillées, superposées les unes aux autres, formaient les quatre angles de cette chaumière, et maintenaient le mauvais pisé, les planches et les cailloux dont étaient bâties les murailles. Une moitié du toit couverte de genêt en guise de paille, et l'autre en bardeau, espèce de merrain taillé en forme d'ardoise annonçaient deux divisions ; et, en effet, l'une close par une méchante claie servait d'étable, et les maîtres habitaient l'autre. Quoique cette cabane dût au voisinage de la ville quelques améliorations complètements perdues à deux lieues plus loin, elle

expliquait bien l'instabilité de la vie à laquelle les
guerres et les usages de la Féodalité avaient si fortement subordonné les mœurs du serf, qu'aujourd'hui
beaucoup de paysans appellent encore en ces contrées
une *demeure*, le château habité par leurs seigneurs.
Enfin, en examinant ces lieux avec un étonnement
assez facile à concevoir, Mlle de Verneuil remarqua çà
et là, dans la fange de la cour, des fragments de
granit disposés de manière à tracer vers l'habitation
un chemin qui présentait plus d'un danger ; mais en
entendant le bruit de la mousqueterie qui se rapprochait sensiblement, elle sauta de pierre en pierre,
comme si elle traversait un ruisseau, pour demander
un asile. Cette maison était fermée par une de ces
portes qui se composent de deux parties séparées,
dont l'inférieure est en bois plein et massif, et dont la
supérieure est défendue par un volet qui sert de
fenêtre. Dans plusieurs boutiques de certaines petites
villes en France, on voit le type de cette porte, mais
beaucoup plus orné et armé à la partie inférieure
d'une sonnette d'alarme ; celle-ci s'ouvrait au moyen
d'un loquet de bois digne de l'âge d'or, et la partie
supérieure ne se fermait que pendant la nuit, car le
jour ne pouvait pénétrer dans la chambre que par
cette ouverture. Il existait bien une grossière croisée,
mais ses vitres ressemblaient à des fonds de bouteille,
et les massives branches de plomb qui les retenaient
prenaient tant de place qu'elle semblait plutôt destinée
à intercepter qu'à laisser passer la lumière. Quand
Mlle de Verneuil fit tourner la porte sur ses gonds
criards, elle sentit d'effroyables vapeurs alcalines

sorties par bouffées de cette chaumière, et vit que les
quadrupèdes avaient ruiné à coups de pieds le mur
intérieur qui les séparait de la chambre. Ainsi l'intérieur de la ferme, car c'était une ferme, n'en démen-
tait pas l'extérieur. Mlle de Verneuil se demandait
s'il était possible que des êtres humains vécussent
dans cette fange organisée, quand un petit gars en
haillons et qui paraissait avoir huit ou neuf ans, lui
présenta tout à coup sa figure fraîche, blanche et rose,
des joues bouffies, des yeux vifs, des dents d'ivoire et
une chevelure blonde qui tombait par écheveaux sur
ses épaules demi-nues ; ses membres étaient vigoureux, et son attitude avait cette grâce d'étonnement,
cette naïveté sauvage qui agrandit les yeux des enfants.
Ce petit gars était sublime de beauté.

— Où est ta mère ? dit Marie d'une voix douce et
en se baissant pour lui baiser les yeux.

Après avoir reçu le baiser, l'enfant glissa comme une
anguille, et disparut derrière un tas de fumier qui se
trouvait entre le sentier et la maison, sur la croupe
de l'éminence. En effet, comme beaucoup de culti-
vateurs bretons, Galope-chopine mettait, par un
système d'agriculture qui leur est particulier, ses
engrais dans des lieux élevés, en sorte que quand ils
s'en servent, les eaux pluviales les ont dépouillés de
toutes leurs qualités. Maîtresse du logis pour quelques
instants, Marie en eut promptement fait l'inventaire.
La chambre où elle attendait Barbette composait
toute la maison. L'objet le plus apparent et le plus
pompeux était une immense cheminée dont le *manteau*
était formé par une pierre de granit bleu. L'étymologie

de ce mot avait sa preuve dans un lambeau de serge
verte bordée d'un ruban vert pâle, découpée en rond,
qui pendait le long de cette tablette au milieu de laquelle s'élevait une bonne vierge en plâtre colorié.
Sur le socle de la statue, Mlle de Verneuil lut deux
vers d'une poésie religieuse fort répandue dans le
pays :

> *Je suis la Mère de Dieu,*
> *Protectrice de ce lieu.*

Derrière la vierge une effroyable image tachée de
rouge et de bleu, sous prétexte de peinture, représentait saint Labre. Un lit de serge verte, dit en
tombeau, une informe couchette d'enfant, un rouet,
des chaises grossières, un bahut sculpté garni de
quelques ustensiles, complétaient, à peu de chose près,
le mobilier de Galope-chopine. Devant la croisée, se
trouvait une longue table de châtaignier accompagnée
de deux bancs en même bois, auxquels le jour des
vitres donnait les sombres teintes de l'acajou vieux.
Une immense pièce de cidre, sous le bondon de laquelle Mlle de Verneuil remarqua une boue jaunâtre
dont l'humidité décomposait le plancher quoiqu'il
fût formé de morceaux de granit assemblés par un
argile roux, prouvait que le maître du logis n'avait
pas volé son surnom de Chouan. Mlle de Verneuil
leva les yeux comme pour fuir ce spectacle, et alors,
il lui sembla avoir vu toutes les chauves-souris de
la terre, tant étaient nombreuses les toiles d'arai-
gnées qui pendaient au plancher. Deux énormes

pichés, pleins de cidre, se trouvaient sur la longue table. Ces ustensiles sont des espèces de cruches en terre brune, dont le modèle existe dans plusieurs pays de la France, et qu'un Parisien peut se figurer en supposant aux pots dans lesquels les gourmets servent le beurre de Bretagne, un ventre plus arrondi, verni par places inégales et nuancé de taches fauves comme celles de quelques coquillages. Cette cruche est terminée par une espèce de gueule, assez semblable à la tête d'une grenouille prenant l'air hors de l'eau. L'attention de Marie avait fini par se porter sur ces deux pichés ; mais le bruit du combat, qui devint tout à coup plus distinct, la força de chercher un endroit propre à se cacher sans attendre Barbette, quand cette femme se montra tout à coup.

— Bonjour, Bécanière, lui dit-elle en retenant un sourire involontaire à l'aspect d'une figure qui ressemblait assez aux têtes que les architectes placent comme ornement aux clefs des croisées.

— Ah ! ah ! vous venez d'Orgemont, répondit Barbette d'un air peu empressé.

— Où allez-vous me mettre ? car voici les Chouans...

— Là, reprit Barbette, aussi stupéfaite de la beauté que de l'étrange accoutrement d'une créature qu'elle n'osait comprendre parmi celles de son sexe. Là ! dans la cachette du prêtre.

Elle la conduisit à la tête de son lit, la fit entrer dans la ruelle ; mais elles furent tout interdites, en croyant entendre un inconnu qui sauta dans le marais. Barbette eut à peine le temps de détacher un rideau

du lit et d'y envelopper Marie, qu'elle se trouva face à
face avec un Chouan fugitif.

— La vieille, où peut-on se cacher ici ? Je suis le
comte de Bauvan.

M¹ᵉ de Verneuil tressaillit en reconnaissant la
voix du convive dont quelques paroles, restées un
secret pour elle, avaient causé la catastrophe de la
Vivetière.

— Hélas! vous voyez, monseigneur. Il n'y a *rin*
ici! Ce que je peux faire de mieux est de sortir, je
veillerai. Si les Bleus viennent, j'avertirai. Si je
restais et qu'ils me trouvassent avec vous, ils
brûleraient ma maison.

Et Barbette sortit, car elle n'avait pas assez d'intelligence pour concilier les intérêts de deux ennemis
ayant un droit égal à la cachette, en vertu du double
rôle que jouait son mari.

— J'ai deux coups à tirer, dit le comte avec désespoir ; mais ils m'ont déjà dépassé. Bah! j'aurais bien
du malheur si, en revenant par ici, il leur prenait
fantaisie de regarder sous le lit.

Il déposa légèrement son fusil auprès de la colonne
où Marie se tenait debout enveloppée dans la serge
verte, et il se baissa pour s'assurer s'il pouvait passer
sous le lit. Il allait infailliblement voir les pieds de la
réfugiée, qui, dans ce moment désespéré, saisit le fusil,
sauta vivement dans la chaumière, et menaça le comte ;
mais il partit d'un éclat de rire en la reconnaissant ; car,
pour se cacher, Marie avait quitté son vaste chapeau
de Chouan, et ses cheveux s'échappaient en grosses
touffes de dessous une espèce de résille en dentelle.

— Ne riez pas, comte, vous êtes mon prisonnier. Si vous faites un geste, vous saurez ce dont est capable une femme offensée.

Au moment où le comte et Marie se regardaient avec de bien diverses émotions, des voix confuses criaient dans les rochers : — Sauvez le Gars! Égaillez-vous! sauvez le Gars! Égaillez-vous!...

La voix de Barbette domina le tumulte extérieur et fut entendue dans la chaumière avec des sensations bien différentes par les deux ennemis, car elle parlait moins à son fils qu'à eux.

— Ne vois-tu pas les Bleus? s'écriait aigrement Barbette. Viens-tu ici, petit méchant gars, ou je vais à toi! Veux-tu donc attraper des coups de fusil. Allons, sauve-toi vitement.

Pendant tous ces petits événements qui se passèrent rapidement, un Bleu sauta dans le marais.

— Beaupied, lui cria Mlle de Verneuil.

Beaupied accourut à cette voix et ajusta le comte un peu mieux que ne le faisait sa libératrice.

— Aristocrate, dit le malin soldat, ne bouge pas ou je te démolis comme la Bastille, en deux temps.

— Monsieur Beaupied, reprit Mlle de Verneuil d'une voix caressante, vous me répondez de ce prisonnier. Faites comme vous voudrez, mais il faudra me le rendre sain et sauf à Fougères.

— Suffit, madame.

— La route jusqu'à Fougères est-elle libre maintenant?

— Elle est sûre, à moins que les Chouans ne ressuscitent.

Mlle de Verneuil s'arma gaiement du léger fusil
de chasse, sourit avec ironie en disant à son prisonnier :

— Adieu, monsieur le comte, au revoir! et s'élança
dans le sentier après avoir repris son large chapeau.

— J'apprends un peu trop tard, dit amèrement le
comte de Bauvan, qu'il ne faut jamais plaisanter
avec l'honneur de celles qui n'en ont plus.

— Aristocrate, s'écria durement Beaupied, si tu
ne veux pas que je t'envoie dans ton ci-devant paradis,
ne dis rien contre cette belle dame.

Mlle de Verneuil revint à Fougères par les sentiers
qui joignent les roches de Saint-Sulpice au Nid-
aux-crocs. Quand elle atteignit cette dernière éminence et qu'elle courut à travers le chemin tortueux pratiqué sur les aspérités du granit, elle admira
cette jolie petite vallée du Nançon naguère si turbu-
lente, alors parfaitement tranquille. Vu de là, le vallon
ressemblait à une rue de verdure. Mlle de Verneuil
rentra par la porte Saint-Léonard, à laquelle aboutissait ce petit sentier. Les habitants, encore inquiets du
combat qui, d'après les coups de fusil entendus dans le
lointain, semblait devoir durer pendant la journée, y
attendaient le retour de la garde nationale pour
reconnaître l'étendue de leurs pertes. En voyant cette
fille dans son bizarre costume, les cheveux en désordre,
un fusil à la main, son châle et sa robe frottés contre
les murs, souillés par la boue et mouillés de rosée, la
curiosité des Fougerais fut d'autant plus vivement
excitée, que le pouvoir, la beauté, la singularité de
cette Parisienne, défrayaient déjà toutes leurs conversations.

Francine, en proie à d'horribles inquiétudes, avait
attendu sa maîtresse pendant toute la nuit ; et quand
elle la revit, elle voulut parler, mais un geste amical
lui imposa silence.

— Je ne suis pas morte, mon enfant, dit Marie.
Ah! je voulais des émotions en partant de Paris?...
j'en ai eu, ajouta-t-elle après une pause.

Francine voulut sortir pour commander un repas,
en faisant observer à sa maîtresse qu'elle devait en
avoir grand besoin.

— Oh! dit Mlle de Verneuil, un bain, un bain! La
toilette avant tout.

Francine ne fut pas médiocrement surprise d'entendre sa maîtresse lui demandant les modes les plus
élégantes de celles qu'elle avait emballées. Après avoir
déjeuné, Marie fit sa toilette avec la recherche et les
soins minutieux qu'une femme met à cette œuvre
capitale, quand elle doit se montrer aux yeux d'une
personne chère, au milieu d'un bal. Francine ne
s'expliquait point la gaieté moqueuse de sa maîtresse.
Ce n'était pas la joie de l'amour, une femme ne se
trompe pas à cette expression, c'était une malice
concentrée d'assez mauvais augure. Marie drapa elle-
même les rideaux de la fenêtre par où les yeux plon-
geaient sur un riche panorama, puis elle approcha le
canapé de la cheminée, le mit dans un jour favorable
à sa figure, et dit à Francine de se procurer des fleurs,
afin de donner à sa chambre un air de fête. Lorsque
Francine eut apporté des fleurs, Marie en dirigea
l'emploi de la manière la plus pittoresque. Quand
elle eut jeté un dernier regard de satisfaction sur son

appartement, elle dit à Francine d'envoyer réclamer
son prisonnier chez le commandant. Elle se coucha
voluptueusement sur le canapé, autant pour se reposer
que pour prendre une attitude de grâce et de faiblesse
dont le pouvoir est irrésistible chez certaines femmes.
Une molle langueur, la pose provocante de ses pieds,
dont la pointe perçait à peine sous les plis de la robe,
l'abandon du corps, la courbure du col, tout, jusqu'à
l'inclinaison des doigts effilés de sa main, qui pendait
d'un oreiller comme les clochettes d'une touffe de
jasmin, tout s'accordait avec son regard pour exciter
des séductions. Elle brûla des parfums afin de répandre
dans l'air ces douces émanations qui attaquent si
puissamment les fibres de l'homme, et préparent
souvent les triomphes que les femmes veulent obtenir
sans les solliciter. Quelques instants après, les pas pesants du vieux militaire retentirent dans le salon qui
précédait la chambre.

— Eh bien! commandant, où est mon captif?

— Je viens de commander un piquet de douze
hommes pour le fusiller comme pris les armes à la
main.

— Vous avez disposé de mon prisonnier! dit-elle.
Écoutez, commandant. La mort d'un homme ne doit
pas être, après le combat, quelque chose de bien satisfaisant pour vous, si j'en crois votre physionomie. Eh
bien! rendez-moi mon Chouan, et mettez à sa mort un
sursis que je prends sur mon compte. Je vous déclare
que cet aristocrate m'est devenu très essentiel, et va
coopérer à l'accomplissement de nos projets. Au
surplus, fusiller cet amateur de chouannerie serait

commettre un acte aussi absurde que de tirer sur un
ballon quand il ne faut qu'un coup d'épingle pour le
désenfler. Pour Dieu, laissez les cruautés à l'aristocratie. Les républiques doivent être généreuses. N'auriez-vous pas pardonné, vous, aux victimes de Quiberon et à tant d'autres. Allons, envoyez vos douze
hommes faire une ronde, et venez dîner chez moi avec
mon prisonnier. Il n'y a plus qu'une heure de jour, et
voyez-vous, ajouta-t-elle en souriant, si vous tardiez,
ma toilette manquerait tout son effet.

— Mais, mademoiselle, dit le commandant surpris...

— Eh bien! quoi? Je vous entends. Allez, le
comte ne vous échappera point. Tôt ou tard, ce
gros papillon-là viendra se brûler à vos feux de
peloton.

Le commandant haussa légèrement les épaules
comme un homme forcé d'obéir, malgré tout, aux
désirs d'une jolie femme, et il revint une demi-heure
après, suivi du comte de Bauvan.

Mlle de Verneuil feignit d'être surprise par ses deux
convives, et parut confuse d'avoir été vue par le comte
si négligemment couchée ; mais après avoir lu dans
les yeux du gentilhomme que le premier effet était
produit, elle se leva et s'occupa d'eux avec une grâce,
avec une politesse parfaites. Rien d'étudié ni de forcé
dans les poses, le sourire, la démarche ou la voix, ne
trahissait sa préméditation ou ses desseins. Tout était
en harmonie, et aucun trait trop saillant ne donnait à
penser qu'elle affectât les manières d'un monde où elle
n'eût pas vécu. Quand le Royaliste et le Républicain

furent assis, elle regarda le comte d'un air sévère.
Le gentilhomme connaissait assez les femmes pour
savoir que l'offense commise envers celle-ci lui vaudrait
un arrêt de mort. Malgré ce soupçon, sans être ni gai,
ni triste, il eut l'air d'un homme qui ne comptait pas
sur de si brusques dénouements. Bientôt, il lui sembla
ridicule d'avoir peur de la mort devant une jolie
femme. Enfin l'air sévère de Marie lui donna *des
idées*.

— Et qui sait, pensait-il, si une couronne de comte
à prendre ne lui plaira pas mieux qu'une couronne de
marquis perdue ? Montauran est sec comme un clou,
et moi... Il se regarda d'un air satisfait. Or, le moins
qui puisse m'arriver est de sauver ma tête.

Ces réflexions diplomatiques furent bien inutiles.
Le désir que le comte se promettait de feindre pour
Mlle de Verneuil devint un violent caprice que cette
dangereuse créature se plut à entretenir.

— Monsieur le comte, dit-elle, vous êtes mon prisonnier, et j'ai le droit de disposer de vous. Votre exécution n'aura lieu que de mon consentement, et j'ai
trop de curiosité pour vous laisser fusiller maintenant.

— Et si j'allais m'entêter à garder le silence, répondit-il gaiement.

— Avec une femme honnête, peut-être, mais avec
une fille ! allons donc, monsieur le comte, impossible.
Ces mots, remplis d'une ironie amère, furent sifflés,
comme dit Sully en parlant de la duchesse de Beaufort,
d'un bec si affilé, que le gentilhomme, étonné, se
contenta de regarder sa cruelle antagoniste. — Tenez,

reprit-elle d'un air moqueur, pour ne pas vous démentir, je vais être comme ces créatures-là, *bonne fille*. Voici d'abord votre carabine. Et elle lui présenta son arme par un geste doucement moqueur.

— Foi de gentilhomme, vous agissez, mademoiselle...

— Ah! dit-elle en l'interrompant, j'ai assez de la foi des gentilshommes. C'est sur cette parole que je suis entrée à la Vivetière. Votre chef m'avait juré que moi et mes gens nous y serions en sûreté.

— Quelle infamie! s'écria Hulot en fronçant les sourcils.

— La faute en est à monsieur le comte, reprit-elle en montrant le gentilhomme à Hulot. Certes, le Gars avait bonne envie de tenir sa parole ; mais monsieur a répandu sur moi je ne sais quelle calomnie qui a confirmé toutes celles qu'il avait plu à la *Jument de Charrette* de supposer...

— Mademoiselle, dit le comte tout troublé, la tête sous la hache, j'affirmerais n'avoir dit que la vérité...

— En disant quoi ?

— Que vous aviez été la...

— Dites le mot, la maîtresse...

— Du marquis de Lenoncourt, aujourd'hui le duc, l'un de mes amis, répondit le comte.

— Maintenant je pourrais vous laisser aller au supplice, reprit-elle sans paraître émue de l'accusation consciencieuse du comte, qui resta stupéfait de l'insouciance apparente ou feinte qu'elle montrait pour ce reproche. Mais, reprit-elle en riant, écartez pour toujours la sinistre image de ces morceaux de plomb, car vous ne m'avez pas plus offensée que cet ami de qui vous voulez que j'aie été... fi donc! Écoutez, monsieur le comte, n'êtes-vous pas venu chez mon père, le duc de Verneuil? Eh bien?...

Jugeant sans doute que Hulot était de trop pour une confidence aussi importante que celle qu'elle avait à faire, Mlle de Verneuil attira le comte à elle par un geste, et lui dit quelques mots à l'oreille. M. de Bauvan laissa échapper une sourde exclamation de surprise, et regarda d'un air hébété Marie, qui tout à coup compléta le souvenir qu'elle venait d'évoquer en s'appuyant à la cheminée dans l'attitude d'innocence et de naïveté d'un enfant. Le comte fléchit un genou.

— Mademoiselle, s'écria-t-il, je vous supplie de m'accorder mon pardon, quelque indigne que j'en suis.

— Je n'ai rien à pardonner, dit-elle. Vous n'avez pas plus raison maintenant dans votre repentir que dans votre insolente supposition à la Vivetière. Mais ces mystères sont au-dessus de votre intelligence. Sachez seulement, monsieur le comte, reprit-elle gravement, que la fille du duc de Verneuil a trop d'élévation dans l'âme pour ne pas vivement s'intéresser à vous.

— Même après une insulte, dit le comte avec une sorte de regret.

— Certaines personnes ne sont-elles pas trop haut situées pour que l'insulte les atteigne? monsieur le comte, je suis du nombre.

En prononçant ces paroles, la jeune fille prit une attitude de noblesse et de fierté qui imposa au prisonnier et rendit toute cette intrigue beaucoup moins claire pour Hulot. Le commandant mit la main à sa moustache pour la retrousser, et regarda d'un air inquiet Mlle de Verneuil, qui lui fit un signe d'intelligence comme pour avertir qu'elle ne s'écartait pas de son plan.

— Maintenant, reprit-elle après une pause, causons. Francine, donne-nous des lumières, ma fille.

Elle amena fort adroitement la conversation sur le temps qui était, en si peu d'années, devenu *l'ancien régime.* Elle reporta si bien le comte à cette époque par la vivacité de ses observations et de ses tableaux ; elle donna tant d'occasions au gentilhomme d'avoir de l'esprit, par la complaisante finesse avec laquelle elle lui ménagea des reparties, que le comte finit par trouver qu'il n'avait jamais été si aimable, et cette idée l'ayant rajeuni, il essaya de faire partager à cette séduisante personne la bonne opinion qu'il avait de lui-même. Cette malicieuse fille se plut à essayer sur le comte tous les ressorts de sa coquetterie, elle put y mettre d'autant plus d'adresse que c'était un jeu pour elle. Ainsi, tantôt elle laissait croire à de rapides progrès, et tantôt, comme étonnée de la vivacité du sentiment qu'elle éprouvait, elle manifestait une froideur qui charmait le comte, et qui servait à augmenter insensiblement cette passion impromptue. Elle ressemblait parfaitement à un pêcheur qui de temps en temps lève sa ligne pour reconnaître si le poisson mord à l'appât. Le pauvre comte se laissa

prendre à la manière innocente dont sa libératrice
avait accepté deux ou trois compliments assez bien
tournés. L'émigration, la République, la Bretagne et
les Chouans se trouvèrent alors à mille lieues de sa
pensée. Hulot se tenait droit, immobile et silencieux
comme le dieu Terme. Son défaut d'instruction le
rendait tout à fait inhabile à ce genre de conversation,
il se doutait bien que les deux interlocuteurs devaient
être très spirituels ; mais tous les efforts de son intelligence ne tendaient qu'à les comprendre, afin de
savoir s'ils ne complotaient pas à mots couverts contre
la République.

— Montauran, mademoiselle, disait le comte, a de
la naissance, il est bien élevé, joli garçon ; mais il ne
connaît pas du tout la galanterie. Il est trop jeune
pour avoir vu Versailles. Son éducation a été manquée,
et, au lieu de faire des noirceurs, il donnera des coups
de couteau. Il peut aimer violemment, mais il n'aura
jamais cette fine fleur de manières qui distinguait
Lauzun, Adhémar, Coigny, comme tant d'autres!...
Il n'a point l'art aimable de dire aux femmes de ces
jolis riens qui, après tout, leur conviennent mieux que
ces élans de passion par lesquels on les a bientôt fatiguées. Oui, quoique ce soit un homme à bonnes
fortunes, il n'en a ni le laisser-aller, ni la grâce.

— Je m'en suis bien aperçue, répondit Marie.

— Ah! se dit le comte, elle a eu une inflexion de
voix et un regard qui prouvent que je ne tarderai pas
à être *du dernier bien* avec elle ; et ma foi, pour lui
appartenir, je croirai tout ce qu'elle voudra que je
croie.

Il lui offrit la main, le dîner était servi. Mlle de Verneuil fit les honneurs du repas avec une politesse et
un tact qui ne pouvaient avoir été acquis que par
l'éducation et dans la vie recherchée de la cour.

— Allez-vous-en, dit-elle à Hulot en sortant de
table, vous lui feriez peur, tandis que si je suis seule
avec lui, je saurai bientôt tout ce que j'ai besoin
d'apprendre ; il en est au point où un homme me dit
tout ce qu'il pense et ne voit plus que par mes yeux.

— Et après ? demanda le commandant en ayant
l'air de réclamer le prisonnier.

— Oh ! libre, répondit-elle, il sera libre comme
l'air.

— Il a cependant été pris les armes à la main.

— Non, dit-elle par une de ces plaisanteries sophis-
tiques que les femmes se plaisent à opposer à une
raison péremptoire, je l'avais désarmé. — Comte,
dit-elle au gentilhomme en rentrant, je viens d'obtenir
votre liberté ; mais rien pour rien, ajouta-t-elle en
souriant et mettant sa tête de côté comme pour
l'interroger.

— Demandez-moi tout, même mon nom et mon
honneur ! s'écria-t-il dans son ivresse, je mets tout à
vos pieds.

Et il s'avança pour lui saisir la main, en essayant de
lui faire prendre ses désirs pour de la reconnaissance ;
mais Mlle de Verneuil n'était pas fille à s'y méprendre.
Aussi, tout en souriant de manière à donner quelque
espérance à ce nouvel amant : — Me feriez-vous
repentir de ma confiance ? dit-elle en se reculant de
quelques pas.

— L'imagination d'une jeune fille va plus vite que celle d'une femme, répondit-il en riant.

— Une jeune fille a plus à perdre que la femme.

— C'est vrai, l'on doit être défiant quand on porte un trésor.

— Quittons ce langage-là, reprit-elle, et parlons sérieusement. Vous donnez un bal à Saint-James. J'ai entendu dire que vous aviez établi là vos magasins, vos arsenaux et le siège de votre gouvernement. A quand le bal ?

— A demain soir.

— Vous ne vous étonnerez pas, monsieur, qu'une femme calomniée veuille, avec l'obstination d'une femme, obtenir une éclatante réparation des injures qu'elle a subies en présence de ceux qui en furent les témoins. J'irai donc à votre bal. Je vous demande de m'accorder votre protection du moment où j'y paraîtrai jusqu'au moment où j'en sortirai. — Je ne veux pas de votre parole, dit-elle en lui voyant se mettre la main sur le cœur. J'abhorre les serments, ils ont trop l'air d'une précaution. Dites-moi simplement que vous vous engagez à garantir ma personne de toute entreprise criminelle ou honteuse. Promettez-moi de réparer votre tort en proclamant que je suis bien la fille du duc de Verneuil, mais en taisant tous les malheurs que j'ai dus à un défaut de protection paternelle : nous serons quittes. Hé! deux heures de protection accordées à une femme au milieu d'un bal, est-ce une rançon chère ?... Allez, vous ne valez pas une obole de plus... Et, par un sourire, elle ôta toute amertume à ces paroles.

— Que demanderez-vous pour la carabine ? dit le comte en riant.

— Oh ! plus que pour vous.

— Quoi ?

— Le secret. Croyez-moi, Bauvan, la femme ne peut être devinée que par une femme. Je suis certaine que si vous dites un mot, je puis périr en chemin. Hier quelques balles m'ont avertie des dangers que j'ai à courir sur la route. Oh ! cette dame est aussi habile à la chasse que leste à la toilette. Jamais femme de chambre ne m'a si promptement déshabillée. Ah ! de grâce, dit-elle, faites en sorte que je n'aie rien de semblable à craindre au bal...

— Vous y serez sous ma protection, répondit le comte avec orgueil. Mais viendrez-vous donc à Saint-James pour Montauran ? demanda-t-il d'un air triste.

— Vous voulez être plus instruit que je ne le suis, dit-elle en riant. Maintenant, sortez, ajouta-t-elle après une pause. Je vais vous conduire moi-même hors de la ville, car vous vous faites ici une guerre de cannibales.

— Vous vous intéressez donc un peu à moi ? s'écria le comte. Ah ! mademoiselle, permettez-moi d'espérer que vous ne serez pas insensible à mon amitié ; car il faut se contenter de ce sentiment, n'est-ce pas ? ajouta-t-il d'un air de fatuité.

— Allez, devin ! dit-elle avec cette joyeuse expression que prend une femme pour faire un aveu qui ne compromet ni sa dignité ni son secret.

Puis, elle mit une pelisse et accompagna le comte jusqu'au Nid-aux-crocs. Arrivée au bout du sentier,

elle lui dit : — Monsieur, soyez absolument discret,
même avec le marquis. Et elle mit un doigt sur ses
deux lèvres.

Le comte, enhardi par l'air de bonté de Mlle de
Verneuil, lui prit la main, elle la lui laissa prendre
comme une grande faveur, et il la lui baisa tendrement.

— Oh! mademoiselle, comptez sur moi à la vie, à
la mort, s'écria-t-il en se voyant hors de tout danger.
Quoique je vous doive une reconnaissance presque
égale à celle que je dois à ma mère, il me sera bien
difficile de n'avoir pour vous que du respect...

Il s'élança dans le sentier ; après l'avoir vu gagnant
les rochers de Saint-Sulpice, Marie remua la tête en
signe de satisfaction et se dit à elle-même à voix basse :
— Ce gros garçon-là m'a livré plus que sa vie pour
sa vie! j'en ferais ma créature à bien peu de frais!
Une créature ou un créateur, voilà donc toute la
différence qui existe entre un homme et un autre!

Elle n'acheva pas, jeta un regard de désespoir vers
le ciel, et regagna lentement la porte Saint-Léonard,
où l'attendaient Hulot et Corentin.

— Encore deux jours, s'écria-t-elle, et... Elle s'arrêta
en voyant qu'ils n'étaient pas seuls, et il tombera
sous vos fusils, dit-elle à l'oreille de Hulot.

Le commandant recula d'un pas et regarda d'un air
de goguenarderie difficile à rendre cette fille dont la
contenance et le visage n'accusaient aucun remords.
Il y a cela d'admirable chez les femmes qu'elles ne
raisonnent jamais leurs actions les plus blâmables,
le sentiment les entraîne ; il y a du naturel même
dans leur dissimulation, et c'est chez elles seules que

le crime se rencontre sans bassesse, la plupart du temps *elles ne savent pas comment cela s'est fait.*

— Je vais à Saint-James, au bal donné par les Chouans, et...

— Mais, dit Corentin en interrompant, il y a cinq lieues, voulez-vous que je vous y accompagne ?

— Vous vous occupez beaucoup, lui dit-elle, d'une chose à laquelle je ne pense jamais... de vous.

Le mépris que Marie témoignait à Corentin plut singulièrement à Hulot, qui fit sa grimace en la voyant disparaître vers Saint-Léonard ; Corentin la suivit des yeux en laissant éclater sur sa figure une sourde conscience de la fatale supériorité qu'il croyait pouvoir exercer sur cette charmante créature, en en gouvernant les passions sur lesquelles il comptait pour la trouver un jour à lui. Mlle de Verneuil, de retour chez elle, s'empressa de délibérer sur ses parures de bal. Francine, habituée à obéir sans jamais comprendre les fins de sa maîtresse, fouilla les cartons et proposa une parure grecque. Tout subissait alors le système grec. La toilette agréée par Marie put tenir dans un carton facile à porter.

— Francine, mon enfant, je vais courir les champs ; vois si tu veux rester ici ou me suivre.

— Rester, s'écria Francine. Et qui vous habillerait ?

— Où as-tu mis le gant que je t'ai rendu ce matin ?

— Le voici.

— Couds à ce gant-là un ruban vert, et surtout prends de l'argent. En s'apercevant que Francine tenait des pièces nouvellement frappées, elle s'écria : — Il ne faut que cela pour nous faire assassiner.

Envoie Jérémie éveiller Corentin. Non, le misérable
nous suivrait! Envoie plutôt chez le commandant
demander de ma part des écus de six francs.

Avec cette sagacité féminine qui embrasse les plus
petits détails, elle pensait à tout. Pendant que Francine achevait les préparatifs de son inconcevable
départ, elle se mit à essayer de contrefaire le cri de la
chouette, et parvint à imiter le signal de Marche-à-
terre de manière à pouvoir faire illusion. A l'heure de
minuit, elle sortit par la porte Saint-Léonard, gagna
le petit sentier du Nid-aux-crocs, et s'aventura suivie
de Francine à travers le val de Gibarry, en allant d'un
pas ferme, car elle était animée par cette volonté forte
qui donne à la démarche et au corps je ne sais quel
caractère de puissance. Sortir d'un bal de manière
à éviter un rhume, est pour les femmes une affaire
importante ; mais qu'elles aient une passion dans le
cœur, leur corps devient de bronze. Cette entreprise
aurait longtemps flotté dans l'âme d'un homme
audacieux ; et à peine avait-elle souri à Mlle de Verneuil que les dangers devenaient pour elle autant d'attraits.

— Vous partez sans vous recommander à Dieu,
dit Francine qui s'était retournée pour contempler le
clocher de Saint-Léonard.

La pieuse Bretonne s'arrêta, joignit les mains, et
dit un *Ave* à sainte Anne d'Auray, en la suppliant de
rendre ce voyage heureux, tandis que sa maîtresse
resta pensive en regardant tour à tour et la pose naïve
de sa femme de chambre qui priait avec ferveur, et
les effets de la nuageuse lumière de la lune qui, en

se glissant à travers les découpures de l'église, donnait
au granit la légèreté d'un ouvrage en filigrane. Les
deux voyageuses arrivèrent promptement à la chaumière de Galope-chopine. Quelque léger que fût le
bruit de leurs pas, il éveilla l'un de ces gros chiens à
la fidélité desquels les Bretons confient la garde du
simple loquet de bois qui ferme leurs portes. Le chien
accourut vers les deux étrangères, et ses aboiements
devinrent si menaçants qu'elles furent forcées d'appeler au secours en rétrogradant de quelques pas ;
mais rien ne bougea. Mlle de Verneuil siffla le cri de
la chouette, aussitôt les gonds rouillés de la porte du
logis rendirent un son aigu, et Galope-chopine, levé
en toute hâte, montra sa mine ténébreuse.

— Il faut, dit Marie en présentant au Surveillant
de Fougères le gant du marquis de Montauran, que
je me rende promptement à Saint-James. M. le comte
de Bauvan m'a dit que ce serait toi qui m'y conduirais
et qui me servirais de défenseur. Ainsi, mon cher
Galope-chopine, procure-nous deux ânes pour mon-
ture, et prépare-toi à nous accompagner. Le temps
est précieux, car si nous n'arrivons pas avant demain
soir à Saint-James, nous ne verrons ni le Gars, ni
le bal.

Galope-chopine, tout ébaubi, prit le gant, le tourna,
le retourna, et alluma une chandelle en résine, grosse
comme le petit doigt et de la couleur du pain d'épice.
Cette marchandise importée en Bretagne du nord de
l'Europe accuse, comme tout ce qui se présente aux
regards dans ce singulier pays, une ignorance de
tous les principes commerciaux, même les plus vul-

gaires. Après avoir vu le ruban vert, et regardé
Mᴵˡᵉ de Verneuil, s'être gratté l'oreille, avoir bu un
piché de cidre en en offrant un verre à la belle dame,
Galope-chopine la laissa devant la table sur le banc
de châtaignier poli, et alla chercher deux ânes. La
lueur violette que jetait la chandelle exotique, n'était
pas assez forte pour dominer les jets capricieux de
la lune qui nuançaient par des points lumineux les
tons noirs du plancher et des meubles de la chaumière
enfumée. Le petit gars avait levé sa jolie tête étonnée,
et au-dessus de ses beaux cheveux, deux vaches
montraient, à travers les trous du mur de l'étable,
leurs mufles roses et leurs gros yeux brillants. Le grand
chien, dont la physionomie n'était pas la moins
intelligente de la famille, semblait examiner les deux
étrangères avec autant de curiosité qu'en annonçait
l'enfant. Un peintre aurait admiré longtemps les
effets de nuit de ce tableau ; mais, peu curieuse
d'entrer en conversation avec Barbette qui se dressait
sur son séant comme un spectre et commençait à
ouvrir de grands yeux en la reconnaissant, Marie
sortit pour échapper à l'air empesté de ce taudis et
aux questions que la Bécanière allait lui faire. Elle
monta lestement l'escalier du rocher qui abritait la
hutte de Galope-chopine, et y admira les immenses
détails de ce paysage, dont les points de vue subis-
saient autant de changements que l'on faisait de pas
en avant ou en arrière, vers le haut des sommets ou
le bas des vallées. La lumière de la lune enveloppait
alors, comme d'une brume lumineuse, la vallée du
Couësnon. Certes, une femme qui portait en son cœur

un amour méconnu devait savourer la mélancolie que
cette lueur douce fait naître dans l'âme, par les apparences fantastiques imprimées aux masses, et par les
couleurs dont elle nuance les eaux. En ce moment le
silence fut troublé par le cri des ânes ; Marie redes-
cendit promptement à la cabane du Chouan, et ils
partirent aussitôt. Galope-chopine, armé d'un fusil
de chasse à deux coups, portait une longue peau de
bique qui lui donnait l'air de Robinson Crusoé. Son
visage bourgeonné et plein de rides se voyait à peine
sous le large chapeau que les paysans conservent
encore comme une tradition des anciens temps,
orgueilleux d'avoir conquis à travers leur servitude
l'antique ornement des têtes seigneuriales. Cette
nocturne caravane, protégée par ce guide dont le
costume, l'attitude et la figure avaient quelque chose
de patriarcal, ressemblait à cette scène de la fuite en
Égypte due aux sombres pinceaux de Rembrandt.
Galope-chopine évita soigneusement la grande route,
et guida les deux étrangères à travers l'immense
dédale de chemins de traverse de la Bretagne.

Mlle de Verneuil comprit alors la guerre des Chouans.
En parcourant ces routes elle put mieux apprécier
l'état de ces campagnes qui, vues d'un point élevé, lui
avaient paru si ravissantes ; mais dans lesquelles
il faut s'enfoncer pour en concevoir et les dangers et les
inextricables difficultés. Autour de chaque champ, et
depuis un temps immémorial, les paysans ont élevé
un mur en terre, haut de six pieds, de forme prisma-
tique, sur le faîte duquel croissent des châtaigniers,
des chênes, ou des hêtres. Ce mur, ainsi planté, s'ap-

pelle une *haie* (la haie normande), et les longues
branches des arbres qui la couronnent, presque toujours rejetées sur le chemin, décrivent au-dessus un
immense berceau. Les chemins, tristement encaissés
par ces murs tirés d'un sol argileux, ressemblent aux
fossés des places fortes, et lorsque le granit qui, dans
ces contrées, arrive presque toujours à fleur de terre,
n'y fait pas une espèce de pavé raboteux, ils deviennent alors tellement impraticables que la moindre
charrette ne peut y rouler qu'à l'aide de deux paires
de bœufs et de deux chevaux petits, mais généralement
vigoureux. Ces chemins sont si habituellement maré-
cageux, que l'usage a forcément établi pour les piétons
dans le champ et le long de la haie un sentier nommé
une *rote*, qui commence et finit avec chaque pièce de
terre. Pour passer d'un champ dans un autre, il faut
donc remonter la haie au moyen de plusieurs marches
que la pluie rend souvent glissantes.

Les voyageurs avaient encore bien d'autres obstacles
à vaincre dans ces routes tortueuses. Ainsi fortifié,
chaque morceau de terre a son entrée qui, large de
dix pieds environ, est fermée par ce qu'on nomme
dans l'Ouest un *échalier*. L'échalier est un tronc ou
une forte branche d'arbre dont un des bouts, percé
de part en part, s'emmanche dans une autre pièce de
bois informe qui lui sert de pivot. L'extrémité de
l'échalier se prolonge un peu au-delà de ce pivot, de
manière à recevoir une charge assez pesante pour former
un contrepoids et permettre à un enfant de manœuvrer cette singulière fermeture champêtre dont
l'autre extrémité repose dans un trou fait à la partie

intérieure de la haie. Quelquefois les paysans écono-
misent la pierre du contrepoids en laissant dépasser
le gros bout du tronc de l'arbre ou de la branche.
Cette clôture varie suivant le génie de chaque proprié-
taire. Souvent l'échalier consiste en une seule branche
d'arbre dont les deux bouts sont scellés par de la
terre dans la haie. Souvent il a l'apparence d'une
porte carrée, composée de plusieurs menues branches
d'arbres, placées de distance en distance, comme les
bâtons d'une échelle mise en travers. Cette porte
tourne alors comme un échalier et roule à l'autre
bout sur une petite roue pleine. Ces haies et ces échaliers donnent au sol la physionomie d'un immense
échiquier dont chaque champ forme une case parfaitement isolée des autres, close comme une forteresse,
protégée comme elle par des remparts. La porte,
facile à défendre, offre à des assaillants la plus périlleuse de toutes les conquêtes. En effet, le paysan
breton croit engraisser la terre qui se repose, en y
encourageant la venue des genêts immenses, arbuste
si bien traité dans ces contrées qu'il y arrive en peu
de temps à hauteur d'homme. Ce préjugé, digne de
gens qui placent leurs fumiers dans la partie la plus
élevée de leurs cours, entretient sur le sol et dans la
proportion d'un champ sur quatre, des forêts de
genêts, au milieu desquelles on peut dresser mille
embûches. Enfin il n'existe peut-être pas de champ
où il ne se trouve quelques vieux pommiers à cidre
qui y abaissent leurs branches basses et par conséquent
mortelles aux productions du sol qu'elles couvrent ;
or, si vous venez à songer au peu d'étendue des

champs dont toutes les haies supportent d'immenses
arbres à racines gourmandes qui prennent le quart
du terrain, vous aurez une idée de la culture et de
la physionomie du pays que parcourait alors Mlle de
Verneuil.

On ne sait si le besoin d'éviter les contestations a,
plus que l'usage si favorable à la paresse d'enfermer
les bestiaux sans les garder, conseillé de construire
ces clôtures formidables dont les permanents obstacles
rendent le pays imprenable, et la guerre des masses
impossible. Quand on a, pas à pas, analysé cette
disposition du terrain, alors se révèle l'insuccès
nécessaire d'une lutte entre des troupes régulières et
des partisans ; car cinq cents hommes peuvent défier
les troupes d'un royaume. Là était tout le secret de
la guerre des Chouans. Mlle de Verneuil comprit alors
la nécessité où se trouvait la République d'étouffer
la discorde plutôt par des moyens de police et de
diplomatie, que par l'inutile emploi de la force militaire. Que faire en effet contre des gens assez habiles
pour mépriser la possession des villes et s'assurer celle
de ces campagnes à fortifications indestructibles.
Comment ne pas négocier lorsque toute la force de
ces paysans aveuglés résidait dans un chef habile
et entreprenant ? Elle admira le génie du ministre
qui devinait du fond d'un cabinet le secret de la
paix. Elle crut entrevoir les considérations qui agissent
sur les hommes assez puissants pour voir tout un
empire d'un regard, et dont les actions, criminelles
aux yeux de la foule, ne sont que les jeux d'une pensée
immense. Il y a chez ces âmes terribles, on ne sait quel

partage entre le pouvoir de la fatalité et celui du destin, on ne sait quelle prescience dont les signes les
élèvent tout à coup ; la foule les cherche un moment
parmi elle, elle lève les yeux et les voit planant. Ces
pensées semblaient justifier et même ennoblir les
désirs de vengeance formés par Mlle de Verneuil ;
puis, ce travail de son âme et ses espérances lui
communiquaient assez d'énergie pour lui faire supporter les étranges fatigues de son voyage. Au bout de
chaque héritage, Galope-chopine était forcé de faire
descendre les deux voyageuses pour les aider à gravir
les passages difficiles, et lorsque les rotes cessaient,
elles étaient obligées de reprendre leurs montures et
de se hasarder dans ces chemins fangeux qui se ressentaient de l'approche de l'hiver. La combinaison de ces
grands arbres, des chemins creux et des clôtures,
entretenait dans les bas-fonds une humidité qui souvent enveloppait les trois voyageurs d'un manteau de
glace. Après de pénibles fatigues, ils atteignirent, au
lever du soleil, les bois de Marignay. Le voyage devint
alors moins difficile dans le large sentier de la forêt.
La voûte formée par les branches, l'épaisseur des arbres,
mirent les voyageurs à l'abri de l'inclémence du ciel,
et les difficultés multipliées qu'ils avaient eu à surmonter d'abord ne se représentèrent plus.

A peine avaient-ils fait une lieue environ à travers
ces bois, qu'ils entendirent dans le lointain un murmure confus de voix et le bruit d'une sonnette dont
les sons argentins n'avaient pas cette monotonie
que leur imprime la marche des bestiaux. Tout en che-
minant, Galope-chopine écouta cette mélodie avec

beaucoup d'attention, bientôt une bouffée de vent lui
apporta quelques mots psalmodiés dont l'harmonie
parut agir fortement sur lui, car il dirigea les montures
fatiguées dans un sentier qui devait écarter les voyageurs du chemin de Saint-James, et il fit la sourde
oreille aux représentations de M\ue de Verneuil, dont
les appréhensions s'accrurent en raison de la sombre
disposition des lieux. A droite et à gauche, d'énormes
rochers de granit, posés les uns sur les autres, offraient
de bizarres configurations. A travers ces blocs, d'immenses racines semblables à de gros serpents se glissaient pour aller chercher au loin les sucs nourriciers
de quelques hêtres séculaires. Les deux côtés de la
route ressemblaient à ces grottes souterraines, célèbres
par leurs stalactites. D'énormes festons de pierre où la
sombre verdure du houx et des fougères s'alliait aux
taches verdâtres ou blanchâtres des mousses, cachaient
des précipices et l'entrée de quelques profondes caver-
nes. Quand les trois voyageurs eurent fait quelques
pas dans un étroit sentier, le plus étonnant des spectacles vint tout à coup s'offrir aux regards de M\ue de
Verneuil, et lui fit concevoir l'obstination de Galope-
chopine.

Un bassin demi-circulaire, entièrement composé
de quartiers de granit, formait un amphithéâtre dans
les informes gradins duquel de hauts sapins noirs et
des châtaigniers jaunis s'élevaient les uns sur les
autres en présentant l'aspect d'un grand cirque, où
le soleil de l'hiver semblait plutôt verser de pâles
couleurs qu'épancher sa lumière et où l'automne
avait partout jeté le tapis fauve de ses feuilles séchées.

Au centre de cette salle qui semblait avoir eu le déluge pour architecte, s'élevaient trois énormes pierres druidiques, vaste autel sur lequel était fixée une ancienne bannière d'église. Une centaine d'hommes agenouillés, et la tête nue, priaient avec ferveur dans cette enceinte où un prêtre, assisté de deux autres ecclésiastiques, disait la messe. La pauvreté des vêtements sacerdotaux, la faible voix du prêtre qui retentissait comme un murmure dans l'espace, ces hommes pleins de conviction, unis par un même sentiment et prosternés devant un autel sans pompe, la nudité de la croix, l'agreste énergie du temple, l'heure, le lieu, tout donnait à cette scène le caractère de naïveté qui distingua les premières époques du christianisme. Mlle de Verneuil resta frappée d'admiration. Cette messe dite au fond des bois, ce culte renvoyé par la persécution vers sa source, la poésie des anciens temps hardiment jetée au milieu d'une nature capricieuse et bizarre, ces Chouans armés et désarmés, cruels et priant, à la fois hommes et enfants, tout cela ne ressemblait à rien de ce qu'elle avait encore vu ou imaginé. Elle se souvenait bien d'avoir admiré dans son enfance les pompes de cette église romaine si flatteuses pour les sens ; mais elle ne connaissait pas encore Dieu tout seul, sa croix sur l'autel, son autel sur la terre ; au lieu des feuillages découpés qui dans les cathédrales couronnent les arceaux gothiques, les arbres de l'automne soutenant le dôme du ciel ; au lieu des mille couleurs projetées par les vitraux, le soleil glissant à peine ses rayons rougeâtres et ses reflets assombris sur l'autel, sur le

prêtre et sur les assistants. Les hommes n'étaient plus
là qu'un fait et non un système, c'était une prière et
non une religion. Mais les passions humaines, dont la
compression momentanée laissait à ce tableau toutes
ses harmonies, apparurent bientôt dans cette scène
mystérieuse et l'animèrent puissamment.

A l'arrivée de Mlle de Verneuil, l'évangile s'achevait. Elle reconnut en l'officiant, non sans quelque
effroi, l'abbé Gudin, et se déroba précipitamment à ses
regards en profitant d'un immense fragment de granit
qui lui fit une cachette où elle attira vivement Francine ; mais elle essaya vainement d'arracher Galope-
chopine de la place qu'il avait choisie pour participer
aux bienfaits de cette cérémonie. Elle espéra pouvoir
échapper au danger qui la menaçait en remarquant
que la nature du terrain lui permettrait de se retirer
avant tous les assistants. A la faveur d'une large
fissure du rocher, elle vit l'abbé Gudin montant sur un
quartier de granit qui lui servit de chaire, et il y commença son prône en ces termes : *In nomine Patris et
Filii, et Spiritûs Sancti.*

A ces mots, les assistants firent tous et pieusement
le signe de la croix.

— Mes chers frères, reprit l'abbé d'une voix forte,
nous prierons d'abord pour les trépassés : Jean
Cochegrue, Nicolas Laferté, Joseph Brouet, François
Parquoi, Sulpice Coupiau, tous de cette paroisse et
morts des blessures qu'ils ont reçues au combat de
la Pèlerine et au siège de Fougères. *De profundis*, etc.

Ce psaume fut récité, suivant l'usage, par les assistants et par les prêtres, qui disaient alternativement

un verset avec une ferveur de bon augure pour le
succès de la prédication. Lorsque le psaume des morts
fut achevé, l'abbé Gudin continua d'une voix dont la
violence alla toujours en croissant, car l'ancien
jésuite n'ignorait pas que la véhémence du débit
était le plus puissant des arguments pour persuader
ses sauvages auditeurs.

— Ces défenseurs de Dieu, chrétiens, vous ont
donné l'exemple du devoir, dit-il. N'êtes-vous pas
honteux de ce qu'on peut dire de vous dans le paradis ?
Sans ces bienheureux qui ont dû y être reçus à bras
ouverts par tous les saints, Notre-Seigneur pourrait
croire que votre paroisse est habitée par des *Mahumétisches* !... Savez-vous, mes gars, ce qu'on dit de
vous dans la Bretagne, et chez le roi ?... Vous ne le
savez point, n'est-ce pas ? Je vais vous le dire : —
« Comment, les Bleus ont renversé les autels, ils ont
tué les recteurs, ils ont assassiné le roi et la reine, ils
veulent prendre tous les paroissiens de Bretagne pour
en faire des Bleus comme eux et les envoyer se battre
hors de leurs paroisses, dans des pays bien éloignés
où l'on court risque de mourir sans confession et
d'aller ainsi pour l'éternité dans l'enfer, et les gars de
Marignay, à qui l'on a brûlé leur église, sont restés
les bras ballants ? Oh ! oh ! Cette République de
damnés a vendu à l'encan les biens de Dieu et ceux des
seigneurs, elle en a partagé le prix entre ses Bleus ;
puis, pour se nourrir d'argent comme elle se nourrit de
sang, elle vient de décréter de prendre trois livres
sur les écus de six francs, comme elle veut emmener
trois hommes sur six, et les gars de Marignay n'ont.

pas pris leurs fusils pour chasser les Bleus de Bretagne ?
Ah ! ah !... Le paradis leur sera refusé, et ils ne pourront
jamais faire leur salut ! » Voilà ce qu'on dit de vous.
C'est donc de votre salut, chrétiens, qu'il s'agit.
C'est votre âme que vous sauverez en combattant pour
la religion et pour le roi. Sainte Anne d'Auray elle-
même m'est apparue avant-hier à deux heures et demie.
Elle m'a dit comme je vous le dis : — « Tu es un prêtre
de Marignay ? — Oui, madame, prêt à vous servir. —
Eh bien ! je suis sainte Anne d'Auray, tante de Dieu,
à la mode de Bretagne. Je suis toujours à Auray et
encore ici, parce que je suis venue pour que tu dises aux
gars de Marignay qu'il n'y a pas de salut à espérer
pour eux s'ils ne s'arment pas. Aussi, leur refuseras-tu
l'absolution de leurs péchés, à moins qu'ils ne servent
Dieu. Tu béniras leurs fusils, et les gars qui seront sans
péché ne manqueront pas les Bleus, parce que leurs
fusils seront consacrés !... » Elle a disparu en laissant
sous le chêne de la Patte-d'oie, une odeur d'encens.
J'ai marqué l'endroit. Une belle vierge de bois y a été
placée par M. le recteur de Saint-James. Or, la mère
de Pierre Leroi dit Marche-à-terre, y étant venue
prier le soir, a été guérie de ses douleurs, à cause
des bonnes œuvres de son fils. La voilà au milieu de
vous et vous la verrez de vos yeux marchant toute
seule. C'est un miracle fait, comme la résurrection du
bienheureux Marie Lambrequin, pour vous prouver
que Dieu n'abandonnera jamais la cause des Bretons
quand ils combattront pour ses serviteurs et pour le
roi. Ainsi, mes chers frères, si vous voulez faire votre
salut et vous montrer les défenseurs du Roi notre

seigneur, vous devez obéir à tout ce que vous commandera celui que le roi a envoyé et que nous nommons le Gars. Alors vous ne serez plus comme les Mahumétisches, et vous vous trouverez avec tous les gars de toute la Bretagne, sous la bannière de Dieu. Vous pourrez reprendre dans les poches des Bleus tout l'argent qu'ils auront volé ; car, si pendant que vous faites la guerre vos champs ne sont pas semés, le Seigneur et le Roi vous abandonnent les dépouilles de ses ennemis. Voulez-vous, chrétiens, qu'il soit dit que les gars de Marignay sont en arrière des gars du Morbihan, des gars de Saint-Georges, de ceux de Vitré, d'Antrain, qui tous sont au service de Dieu et du Roi ? Leur laisserez-vous tout prendre ? Resterez-vous comme des hérétiques, les bras croisés, quand tant de Bretons font leur salut et sauvent leur Roi ? — Vous abandonnerez tout pour moi! a dit l'Évangile. N'avons-nous pas déjà abandonné les dîmes, nous autres! Abandonnez donc tout pour faire cette guerre sainte! Vous serez comme les Macchabées. Enfin tout vous sera pardonné. Vous trouverez au milieu de vous les recteurs et leurs curés, et vous triompherez! Faites attention à ceci, chrétiens, dit-il en terminant, pour aujourd'hui seulement nous avons le pouvoir de bénir vos fusils. Ceux qui ne profiteront pas de cette faveur, ne retrouveront plus la sainte d'Auray aussi misericordieuse, et elle ne les écouterait plus comme elle l'a fait dans la guerre précédente.

Cette prédication soutenue par l'éclat d'un organe emphatique et par des gestes multipliés qui mirent l'orateur tout en eau, produisit en apparence peu

d'effet. Les paysans immobiles et debout, les yeux
attachés sur l'orateur, ressemblaient à des statues ;
mais Mlle de Verneuil remarqua bientôt que cette
attitude générale était le résultat d'un charme jeté
par l'abbé sur cette foule. Il avait, à la manière des
grands acteurs, manié tout son public comme un seul
homme, en parlant aux intérêts et aux passions.
N'avait-il pas absous d'avance les excès, et délié les
seuls liens qui retinssent ces hommes grossiers dans
l'observation des préceptes religieux et sociaux. Il
avait prostitué le sacerdoce aux intérêts politiques ;
mais, dans ces temps de révolution, chacun faisait,
au profit de son parti, une arme de ce qu'il possédait,
et la croix pacifique de Jésus devenait un instrument
de guerre aussi bien que le soc nourricier des charrues.
Ne rencontrant aucun être avec lequel elle pût s'entendre, Mlle de Verneuil se retourna pour regarder
Francine, et ne fut pas médiocrement surprise de
lui voir partager cet enthousiasme, car elle disait
dévotieusement son chapelet sur celui de Galope-
chopine qui le lui avait sans doute abandonné pendant
la prédication.

— Francine ! lui dit-elle à voix basse, tu as donc
peur d'être une Mahumétische ?

— Oh ! mademoiselle, répliqua la Bretonne, voyez
donc là-bas la mère de Pierre qui marche...

L'attitude de Francine annonçait une conviction si
profonde, que Marie comprit alors tout le secret de ce
prône, l'influence du clergé sur les campagnes, et les
prodigieux effets de la scène qui commença. Les
paysans les plus voisins de l'autel s'avancèrent un à

un, et s'agenouillèrent en offrant leurs fusils au prédicateur qui les remettait sur l'autel. Galope-chopine se
hâta d'aller présenter sa vieille canardière. Les trois
prêtres chantèrent l'hymne du *Veni Creator* tandis que
le célébrant enveloppait ces instruments de mort dans
un nuage de fumée bleuâtre, en décrivant des dessins
qui semblaient s'entrelacer. Lorsque la brise eut dissipé
la vapeur de l'encens, les fusils furent distribués par
ordre. Chaque homme reçut le sien à genoux, de la
main des prêtres qui récitaient une prière latine en les
leur rendant. Lorsque les hommes armés revinrent à
leurs places, le profond enthousiasme de l'assistance,
jusque-là muette, éclata d'une manière formidable,
mais attendrissante.

— *Domine, salvum fac regem!...*

Telle était la prière que le prédicateur entonna d'une
voix retentissante et qui fut par deux fois violemment
chantée. Ces cris eurent quelque chose de sauvage et
de guerrier. Les deux notes du mot *regem*, facilement
traduit par ces paysans, furent attaquées avec tant
d'énergie, que Mlle de Verneuil ne put s'empêcher
de reporter ses pensées avec attendrissement sur la
famille des Bourbons exilés. Ces souvenirs éveillèrent
ceux de sa vie passée. Sa mémoire lui retraça les fêtes
de cette cour maintenant dispersée, et au sein desquelles elle avait brillé. La figure du marquis s'introduisit dans cette rêverie. Avec cette mobilité naturelle
à l'esprit d'une femme, elle oublia le tableau qui
s'offrait à ses regards, et revint alors à ses projets de
vengeance où il s'en allait de sa vie, mais qui pouvaient
échouer devant un regard. En pensant à paraître belle,

dans ce moment le plus décisif de son existence, elle
songea qu'elle n'avait pas d'ornements pour parer sa
tête au bal, et fut séduite pas l'idée de se coiffer avec
une branche de houx, dont les feuilles crispées et les
baies rouges attiraient en ce moment son attention.

— Oh! oh! mon fusil pourra rater si je tire sur des
oiseaux, mais sur des Bleus... jamais! dit Galope-
chopine en hochant la tête en signe de satisfaction.

Marie examina plus attentivement le visage de son
guide, et y trouva le type de tous ceux qu'elle venait
de voir. Ce vieux Chouan ne trahissait certes pas
autant d'idées qu'il y en aurait eu chez un enfant.
Une joie naïve ridait ses joues et son front quand il
regardait son fusil ; mais une religieuse conviction
jetait alors dans l'expression de sa joie une teinte de
fanatisme qui, pour un moment, laissait éclater sur
cette sauvage figure les vices de la civilisation. Ils
atteignirent bientôt un village, c'est-à-dire la réunion
de quatre ou cinq habitations semblables à celle de
Galope-chopine, où les Chouans nouvellement recrutés
arrivèrent, pendant que Mlle de Verneuil achevait
un repas dont le beurre, le pain et le laitage firent
tous les frais. Cette troupe irrégulière était conduite
par le recteur, qui tenait à la main une croix grossière
transformée en drapeau, et que suivait un gars tout
fier de porter la bannière de la paroisse. Mlle de Verneuil se trouva forcément réunie à ce détachement
qui se rendait comme elle à Saint-James, et qui la
protégea naturellement contre toute espèce de danger,
du moment où Galope-chopine eut fait l'heureuse
indiscrétion de dire au chef de cette troupe, que la

belle garce à laquelle il servait de guide était la
bonne amie du Gars.

Vers le coucher du soleil, les trois voyageurs arrivèrent à Saint-James, petite ville qui doit son nom
aux Anglais, par lesquels elle fut bâtie au XIVe siècle,
pendant leur domination en Bretagne. Avant d'y
entrer, Mlle de Verneuil fut témoin d'une étrange
scène de guerre à laquelle elle ne donna pas beaucoup d'attention, elle craignit d'être reconnue par
quelques-uns de ses ennemis, et cette peur lui fit
hâter sa marche. Cinq à six mille paysans étaient
campés dans un champ. Leurs costumes, assez semblables à ceux des réquisitionnaires de la Pèlerine,
excluaient toute idée de guerre. Cette tumultueuse
réunion d'hommes ressemblait à celle d'une grande
foire. Il fallait même quelque attention pour découvrir
que ces Bretons étaient armés, car leurs peaux de bique
si diversement façonnées cachaient presque leurs
fusils, et l'arme la plus visible était la faux par laquelle
quelques-uns remplaçaient les fusils qu'on devait leur
distribuer. Les uns buvaient et mangeaient, les autres
se battaient ou se disputaient à haute voix ; mais la
plupart dormaient couchés par terre. Il n'y avait
aucune apparence d'ordre et de discipline. Un officier,
portant un uniforme rouge, attira l'attention de
Mlle de Verneuil, elle le supposa devoir être au service
d'Angleterre. Plus loin, deux autres officiers paraissaient vouloir apprendre à quelques Chouans, plus intel-
ligents que les autres, à manœuvrer deux pièces de
canon qui semblaient former toute l'artillerie de la
future armée royaliste. Des hurlements accueillirent

l'arrivée des gars de Marignay qui furent reconnus à
leur bannière. A la faveur du mouvement que cette
troupe et les recteurs excitèrent dans le camp,
Mlle de Verneuil put le traverser sans danger et s'introduisit dans la ville. Elle atteignit une auberge de
peu d'apparence et qui n'était pas très éloignée de la
maison où se donnait le bal. La ville était envahie par
tant de monde, qu'après toutes les peines imaginables,
elle n'obtint qu'une mauvaise petite chambre. Lorsqu'elle y fut installée, et que Galope-chopine eut remis
à Francine les cartons qui contenaient la toilette de sa
maîtresse, il resta debout dans une attitude d'attente
et d'irrésolution indescriptible. En tout autre moment, Mlle de Verneuil se serait amusée à voir ce
qu'est un paysan breton sorti de sa paroisse ; mais elle
rompit le charme en tirant de sa bourse quatre écus
de six francs qu'elle lui présenta.

— Prends donc! dit-elle à Galope-chopine ; et, si
tu veux m'obliger, tu retourneras sur-le-champ à
Fougères, sans passer par le camp et sans goûter au
cidre.

Le Chouan, étonné d'une telle libéralité, regardait
tour à tour les quatre écus qu'il avait pris et Mlle de
Verneuil ; mais elle fit un geste de la main, et il
disparut.

— Comment pouvez-vous le renvoyer, mademoiselle! demanda Francine. N'avez-vous pas vu comme
la ville est entourée, comment la quitterons-nous, et
qui vous protégera ici ?...

— N'as-tu pas ton protecteur ? dit Mlle de Verneuil en sifflant sourdement d'une manière moqueuse

à la manière de Marche-à-terre, de qui elle essaya de contrefaire l'attitude.

Francine rougit et sourit tristement de la gaieté de sa maîtresse.

— Mais où est le vôtre ? demanda-t-elle.

Mlle de Verneuil tira brusquement son poignard, et le montra à la Bretonne effrayée qui se laissa aller sur une chaise, en joignant les mains.

— Qu'êtes-vous donc venue chercher ici, Marie! s'écria-t-elle d'une voix suppliante qui ne demandait pas de réponse.

Mlle de Verneuil était occupée à contourner les branches de houx qu'elle avait cueillies, et disait :
— Je ne sais pas si ce houx sera bien joli dans les cheveux. Un visage aussi éclatant que le mien peut seul supporter une si sombre coiffure, qu'en dis-tu, Francine ?

Plusieurs propos semblables annoncèrent la plus grande liberté d'esprit chez cette singulière fille pendant qu'elle fit sa toilette. Qui l'eût écoutée, aurait difficilement cru à la gravité de ce moment où elle jouait sa vie. Une robe de mousseline des Indes, assez courte et semblable à un linge mouillé, révéla les contours délicats de ses formes ; puis elle mit un pardessus rouge dont les plis nombreux et graduellement plus allongés à mesure qu'ils tombaient sur le côté, dessinèrent le cintre gracieux des tuniques grecques. Ce voluptueux vêtement des prêtresses païennes rendit moins indécent ce costume que la mode de cette époque permettait aux femmes de porter. Pour atténuer l'impudeur de la mode, Marie

22

couvrit d'une gaze ses blanches épaules que la tunique
laissait à nu beaucoup trop bas. Elle tourna les
longues nattes de ses cheveux de manière à leur faire
former derrière la tête ce cône imparfait et aplati qui
donne tant de grâce à la figure de quelques statues
antiques par une prolongation factice de la tête, et
quelques boucles réservées au-dessus du front retombèrent de chaque côté de son visage en longs rouleaux brillants. Ainsi vêtue, ainsi coiffée, elle offrit une
ressemblance parfaite avec les plus illustres chefs-
d'œuvre du ciseau grec. Quand elle eut, par un sourire,
donné son approbation à cette coiffure dont les
moindres dispositions faisaient ressortir les beautés de
son visage, elle y posa la couronne de houx qu'elle
avait préparée et dont les nombreuses baies rouges
répétèrent heureusement dans ses cheveux la couleur
de la tunique. Tout en tortillant quelques feuilles pour
produire des oppositions capricieuses entre leur sens
et le revers, Mlle de Verneuil regarda dans une glace
l'ensemble de sa toilette pour juger de son effet.

— Je suis horrible ce soir! dit-elle comme si elle
eût été entourée de flatteurs. J'ai l'air d'une statue de
la Liberté.

Elle plaça soigneusement son poignard au milieu
de son corset en laissant passer les rubis qui en ornaient
le bout et dont les reflets rougeâtres devaient attirer
les yeux sur les trésors que sa rivale avait si indignement prostitués. Francine ne put se résoudre à
quitter sa maîtresse. Quand elle la vit près de partir,
elle sut trouver, pour l'accompagner, des prétextes
dans tous les obstacles que les femmes ont à surmonter

en allant à une fête dans une petite ville de la Basse-Bretagne. Ne fallait-il pas qu'elle débarrassât Mlle de Verneuil de son manteau, de la double chaussure que la boue et le fumier de la rue l'avaient obligée à mettre, quoiqu'on l'eût fait sabler, et du voile de gaze sous lequel elle cachait sa tête aux regards des Chouans que la curiosité attirait autour de la maison où la fête avait lieu. La foule était si nombreuse, qu'elles marchèrent entre deux haies de Chouans. Francine n'essaya plus de retenir sa maîtresse, mais après lui avoir rendu les derniers services exigés par une toilette dont le mérite consistait dans une extrême fraîcheur, elle resta dans la cour pour ne pas l'abandonner aux hasards de sa destinée sans être à même de voler à son secours, car la pauvre Bretonne ne prévoyait que des malheurs.

Une scène assez étrange avait lieu dans l'appartement de Montauran, au moment où Marie de Verneuil se rendait à la fête. Le jeune marquis achevait sa toilette et passait le large ruban rouge qui devait servir à le faire reconnaître comme le premier personnage de cette assemblée, lorsque l'abbé Gudin entra d'un air inquiet.

— Monsieur le marquis, venez vite, lui dit-il. Vous seul pourrez calmer l'orage qui s'est élevé, je ne sais à quel propos, entre les chefs. Ils parlent de quitter le service du Roi. Je crois que ce diable de Rifoël est cause de tout le tumulte. Ces querelles-là sont toujours causées par une niaiserie. Mme du Gua lui a reproché, m'a-t-on dit, d'arriver très mal mis au bal.

— Il faut que cette femme soit folle, s'écria le marquis, pour vouloir...

— Le chevalier du Vissard, reprit l'abbé en interrompant le chef, a répliqué que si vous lui aviez donné l'argent promis au nom du Roi...

— Assez, assez, monsieur l'abbé. Je comprends tout, maintenant. Cette scène a été convenue, n'est-ce pas, et vous êtes l'ambassadeur...

— Moi, monsieur le marquis! reprit l'abbé en interrompant encore, je vais vous appuyer vigoureusement, et vous me rendrez, j'espère, la justice de croire que le rétablissement de nos autels en France, celui du Roi sur le trône de ses pères, sont pour mes humbles travaux de bien plus puissants attraits que cet évêché de Rennes que vous...

L'abbé n'osa poursuivre, car à ces mots le marquis s'était mis à sourire avec amertume. Mais le jeune chef réprima aussitôt la tristesse des réflexions qu'il faisait, son front prit une expression sévère, et il suivit l'abbé Gudin dans une salle où retentissaient de violentes clameurs.

— Je ne reconnais ici l'autorité de personne, s'écriait Rifoël en jetant des regards enflammés à tous ceux qui l'entouraient et en portant la main à la poignée de son sabre.

— Reconnaissez-vous celle du bon sens? lui demanda froidement le marquis.

Le jeune chevalier du Vissard, plus connu sous son nom patronymique de Rifoël, garda le silence devant le général des armées catholiques.

— Qu'y a-t-il donc, messieurs? dit le jeune chef en examinant tous les visages.

— Il y a, monsieur le marquis, reprit un célèbre

contrebandier embarrassé comme un homme du
peuple qui reste d'abord sous le joug du préjugé
devant un grand seigneur, mais qui ne connaît plus
de bornes aussitôt qu'il a franchi la barrière qui l'en
sépare, parce qu'il ne voit alors en lui qu'un égal ; il
y a, dit-il, que vous venez fort à propos. Je ne sais
pas dire des paroles dorées, aussi m'expliquerai-je
rondement. J'ai commandé cinq cents hommes pendant tout le temps de la dernière guerre. Depuis que
nous avons repris les armes, j'ai su trouver pour le
service du Roi mille têtes aussi dures que la mienne.
Voici sept ans que je risque ma vie pour la bonne cause,
je ne vous le reproche pas, mais toute peine mérite
salaire. Or, pour commencer, je veux qu'on m'appelle
monsieur de Cottereau. Je veux que le grade de
colonel me soit reconnu, sinon je traite de ma soumission avec le premier Consul. Voyez-vous, monsieur le
marquis, mes hommes et moi nous avons un créancier
diablement importun et qu'il faut toujours satisfaire !
— Le voilà ! ajouta-t-il en se frappant le ventre.

— Les violons sont-ils venus ? demanda le marquis
à Mme du Gua avec un accent moqueur.

Mais le contrebandier avait traité brutalement un
sujet trop important, et ces esprits aussi calculateurs
qu'ambitieux étaient depuis trop longtemps en suspens
sur ce qu'ils avaient à espérer du Roi, pour que le
dédain du jeune chef pût mettre un terme à cette
scène. Le jeune et ardent chevalier du Vissard se
plaça vivement devant Montauran, et lui prit la main
pour l'obliger à rester.

— Prenez garde, monsieur le marquis, lui dit-il,

vous traitez trop légèrement des hommes qui ont
quelque droit à la reconnaissance de celui que vous
représentez ici. Nous savons que Sa Majesté vous a
donné tout pouvoir pour attester nos services, qui
doivent trouver leur récompense dans ce monde ou
dans l'autre, car chaque jour l'échafaud est dressé
pour nous. Je sais, quant à moi, que le grade de
maréchal de camp...

— Vous voulez dire colonel...

— Non, monsieur le marquis, Charette m'a nommé
colonel. Le grade dont je parle ne pouvant pas m'être
contesté, je ne plaide point en ce moment pour moi,
mais pour tous mes intrépides frères d'armes dont
les services ont besoin d'être constatés. Votre signature et vos promesses leur suffiront aujourd'hui, et,
dit-il tout bas, j'avoue qu'ils se contentent de peu de
chose. Mais, reprit-il en haussant la voix, quand le
soleil se lèvera dans le château de Versailles pour
éclairer les jours heureux de la monarchie, alors les
fidèles qui auront aidé le Roi à conquérir la France,
en France, pourront-ils facilement obtenir des grâces
pour leurs familles, des pensions pour les veuves, et
la restitution des biens qu'on leur a si mal à propos
confisqués. J'en doute. Aussi, monsieur le marquis,
les preuves des services rendus ne seront-elles pas
alors inutiles. Je ne me défierai jamais du Roi, mais
bien de ces cormorans de ministres et de courtisans
qui lui corneront aux oreilles des considérations sur
le bien public, l'honneur de la France, les intérêts de
la couronne, et mille autres billevesées. Puis l'on se
moquera d'un loyal Vendéen ou d'un brave Chouan,

parce qu'il sera vieux, et que la brette qu'il aura tirée
pour la bonne cause lui battra dans des jambes amai-
gries par les souffrances... Trouvez-vous que nous
ayons tort ?

— Vous parlez admirablement bien, monsieur du
Vissard, mais un peu trop tôt, répondit le marquis.

— Écoutez donc, marquis, lui dit le comte de
Bauvan à voix basse, Rifoël a, par ma foi, débité de
fort bonnes choses. Vous êtes sûr, vous, de toujours
avoir l'oreille du Roi ; mais nous autres, nous n'irons
voir le maître que de loin en loin ; et je vous avoue que
si vous ne me donniez pas votre parole de gentilhomme de me faire obtenir en temps et lieu la charge
de Grand-maître des Eaux-et-forêts de France, du
diable si je risquerais mon cou. Conquérir la Normandie au Roi, ce n'est pas une petite tâche, aussi espéré-je
bien avoir l'Ordre. — Mais, ajouta-t-il en rougissant,
nous avons le temps de penser à cela. Dieu me préserve
d'imiter ces pauvres hères et de vous harceler. Vous
parlerez de moi au Roi, et tout sera dit.

Chacun des chefs trouva le moyen de faire savoir
au marquis, d'une manière plus ou moins ingénieuse,
le prix exagéré qu'il attendait de ses services. L'un
demandait modestement le gouvernement de Bretagne, l'autre une baronnie, celui-ci un grade, celui-
là un commandement ; tous voulaient des pensions.

— Eh bien! baron, dit le marquis à M. du Guénic,
vous ne voulez donc rien ?

— Ma foi, marquis, ces messieurs ne me laissent
que la couronne de France, mais je pourrais bien
m'en accommoder...

— Eh! messieurs, dit l'abbé Gudin d'une voix tonnante, songez donc que si vous êtes si empressés, vous gâterez tout au jour de la victoire. Le Roi ne sera-t-il pas obligé de faire des concessions aux révolutionnaires ?

— Aux jacobins, s'écria le contrebandier. Ah! que le Roi me laisse faire, je réponds d'employer mes mille hommes à les pendre, et nous en serons bientôt débarrassés.

— Monsieur *de* Cottereau, reprit le marquis, je vois entrer quelques personnes invitées à se rendre ici. Nous devons rivaliser de zèle et de soins pour les décider à coopérer à notre sainte entreprise, et vous comprenez que ce n'est pas le moment de nous occuper de vos demandes, fussent-elles justes.

En parlant ainsi, le marquis s'avançait vers la porte, comme pour aller au-devant de quelques nobles des pays voisins qu'il avait entrevus ; mais le hardi contrebandier lui barra le passage d'un air soumis et respectueux.

— Non, non, monsieur le marquis, excusez-moi ; mais les jacobins nous ont trop bien appris, en 1793, que ce n'est pas celui qui fait la moisson qui mange la galette. Signez-moi ce chiffon de papier, et demain je vous amène quinze cents gars ; sinon, je traite avec le premier Consul.

Après avoir regardé fièrement autour de lui, le marquis vit que la hardiesse du vieux partisan et son air résolu ne déplaisaient à aucun des spectateurs de ce débat. Un seul homme assis dans un coin semblait ne prendre aucune part à la scène, et s'occupait à

charger de tabac une pipe en terre blanche. L'air de
mépris qu'il témoignait pour les orateurs, son attitude modeste, et le regard compatissant que le
marquis rencontra dans ses yeux, lui firent examiner
ce serviteur généreux, dans lequel il reconnut le major
Brigaut ; le chef alla brusquement à lui.

— Et toi, lui dit-il, que demandes-tu ?

— Oh! monsieur le marquis, si le Roi revient,
je suis content.

— Mais toi ?

— Oh! moi... Monseigneur veut rire.

Le marquis serra la main calleuse du Breton, et dit
à Mme du Gua, dont il s'était rapproché : — Madame,
je puis périr dans mon entreprise avant d'avoir eu
le temps de faire parvenir au Roi un rapport fidèle
sur les armées catholiques de la Bretagne. Si vous
voyez la Restauration, n'oubliez ni ce brave homme
ni le baron du Guénic. Il y a plus de dévouement en
eux que dans tous ces gens-là.

Et il montra les chefs qui attendaient avec une
certaine impatience que le jeune marquis fît droit à
leurs demandes. Tous tenaient à la main des papiers
déployés, où leurs services avaient sans doute été
constatés par les généraux royalistes des guerres précé-
dentes, et tous commençaient à murmurer. Au milieu
d'eux, l'abbé Gudin, le comte de Bauvan, le baron
du Guénic se consultaient pour aider le marquis
à repousser des prétentions si exagérées, car ils trouvaient la position du jeune chef très délicate.

Tout à coup le marquis promena ses yeux bleus,
brillants d'ironie, sur cette assemblée, et dit d'une

voix claire : — Messieurs, je ne sais pas si les pouvoirs que le Roi a daigné me confier sont assez étendus pour que je puisse satisfaire à vos demandes. Il n'a peut-être pas prévu tant de zèle, ni tant de dévouement. Vous allez juger vous-mêmes de mes devoirs, et peut-être saurai-je les accomplir.

Il disparut et revint promptement en tenant à la main une lettre déployée, revêtue du sceau et de la signature royale.

— Voici les lettres patentes en vertu desquelles vous devez m'obéir, dit-il. Elles m'autorisent à gouverner les provinces de Bretagne, de Normandie, du Maine et de l'Anjou, au nom du Roi, et à reconnaî-tre les services des officiers qui se seront distingués dans ses armées.

Un mouvement de satisfaction éclata dans l'assem-blée. Les Chouans s'avancèrent vers le marquis, en décrivant autour de lui un cercle respectueux. Tous les yeux étaient attachés sur la signature du Roi. Le jeune chef, qui se tenait debout devant la cheminée, jeta les lettres dans le feu, où elles furent consumées en un clin d'œil.

— Je ne veux plus commander, s'écria le jeune homme, qu'à ceux qui verront un Roi dans le Roi, et non une proie à dévorer. Vous êtes libres, messieurs, de m'abandonner...

Mme du Gua, l'abbé Gudin, le major Brigaut, le chevalier du Vissard, le baron du Guénic, le comte de Bauvan enthousiasmés, firent entendre le cri de *vive le Roi!* Si d'abord les autres chefs hésitèrent un moment à répéter ce cri, bientôt entraînés par la noble action du marquis, ils le prièrent d'oublier ce qui venait de se passer, en l'assurant que, sans lettres patentes, il serait toujours leur chef.

— Allons danser, s'écria le comte de Bauvan, et advienne que pourra! Après tout, ajouta-t-il gaiement, il vaut mieux, mes amis, s'adresser à Dieu qu'à ses saints. Battons-nous d'abord, et nous verrons après.

— Ah! c'est vrai, ça. Sauf votre respect, monsieur le baron, dit Brigaut à voix basse en s'adressant au loyal du Guénic, je n'ai jamais vu réclamer dès le matin le prix de la journée.

L'assemblée se dispersa dans les salons où quelques personnes étaient déjà réunies. Le marquis essaya vainement de quitter l'air sombre qui altéra son visage, les chefs aperçurent aisément les impressions défavorables que cette scène avait produites sur un homme dont le dévouement était encore accompagné des belles illusions de la jeunesse, et ils en furent honteux.

Une joie enivrante éclatait dans cette réunion composée des personnes les plus exaltées du parti royaliste, qui, n'ayant jamais pu juger, du fond d'une province insoumise, les événements de la Révolution, devaient prendre les espérances les plus hypothétiques pour des réalités. Les opérations hardies commencées par Montauran, son nom, sa fortune, sa capacité, relevaient tous les courages, et causaient cette ivresse politique, la plus dangereuse de toutes, en ce qu'elle ne se refroidit que dans des torrents de sang presque toujours inutilement versés. Pour toutes les personnes présentes, la Révolution n'était qu'un trouble pas-

sager dans le royaume de France, où, pour elles, rien
ne paraissait changé. Ces campagnes appartenaient
toujours à la maison de Bourbon. Les royalistes y
régnaient si complètement que quatre années auparavant, Hoche y obtint moins la paix qu'un armistice.
Les nobles traitaient donc fort légèrement les Révolutionnaires : pour eux, Bonaparte était un Marceau
plus heureux que son devancier. Aussi les femmes se
disposaient-elles fort gaiement à danser. Quelques-
uns des chefs qui s'étaient battus avec les Bleus
connaissaient seuls la gravité de la crise actuelle, et
sachant que s'ils parlaient du premier Consul et de
sa puissance à leurs compatriotes arriérés, ils n'en
seraient pas compris, tous causaient entre eux en
regardant les femmes avec une insouciance dont elles
se vengeaient en se critiquant entre elles. Mme du Gua,
qui semblait faire les honneurs du bal, essayait de
tromper l'impatience des danseuses en adressant successivement à chacune d'elles les flatteries d'usage. Déjà
l'on entendait les sons criards des instruments que
l'on mettait d'accord, lorsque Mme du Gua aperçut
le marquis dont la figure conservait encore une
expression de tristesse ; elle alla brusquement à lui.

— Ce n'est pas, j'ose l'espérer, la scène très ordinaire que vous avez eue avec ces manants qui peut
vous accabler, lui dit-elle.

Elle n'obtint pas de réponse, le marquis absorbé
dans sa rêverie croyait entendre quelques-unes des
raisons que, d'une voix prophétique, Marie lui avait
données au milieu de ces mêmes chefs à la Vivetière,
pour l'engager à abandonner la lutte des rois contre

les peuples. Mais ce jeune homme avait trop d'élévation dans l'âme, trop d'orgueil, trop de conviction
peut-être pour délaisser l'œuvre commencée, et il
se décidait en ce moment à la poursuivre courageusement malgré les obstacles. Il releva la tête avec
fierté, et alors il comprit ce que lui disait Mme du
Gua.

— Vous êtes sans doute à Fougères, disait-elle avec
une amertume qui révélait l'inutilité des efforts qu'elle
avait tentés pour distraire le marquis. Ah! monsieur,
je donnerais mon sang pour vous *la* mettre entre les
mains et vous voir heureux avec elle.

— Pourquoi donc avoir tiré sur elle avec tant
d'adresse ?

— Parce que je la voudrais morte ou dans vos
bras. Oui, monsieur, j'ai pu aimer le marquis de
Montauran le jour où j'ai cru voir en lui un héros.
Maintenant je n'ai plus pour lui qu'une douloureuse
amitié, je le vois séparé de la gloire par le cœur nomade
d'une fille d'Opéra.

— Pour de l'amour, reprit le marquis avec l'accent
de l'ironie, vous me jugez bien mal! Si j'aimais
cette fille-là, madame, je la désirerais moins... et, sans
vous, peut-être, n'y penserais-je déjà plus.

— La voici! dit brusquement Mme du Gua.

La précipitation que mit le marquis à tourner la
tête fit un mal affreux à cette pauvre femme ; mais
la vive lumière des bougies lui permettant de bien
apercevoir les plus légers changements qui se firent
dans les traits de cet homme si violemment aimé,
elle crut y découvrir quelques espérances de retour,

lorsqu'il ramena sa tête vers elle, en souriant de
cette ruse de femme.

— De quoi riez-vous donc ? demanda le comte de
Bauvan.

— D'une bulle de savon qui s'évapore ! répondit
Mme du Gua joyeuse. Le marquis, s'il faut l'en croire,
s'étonne aujourd'hui d'avoir senti son cœur battre
un instant pour cette fille qui se disait Mlle de Verneuil. Vous savez ?

— Cette fille ?... reprit le comte avec un accent de
reproche. Madame, c'est à l'auteur du mal à le réparer, et je vous donne ma parole d'honneur qu'elle est
bien réellement la fille du duc de Verneuil.

— Monsieur le comte, dit le marquis d'une voix
profondément altérée, laquelle de vos deux paroles
croire, celle de la Vivetière ou celle de Saint-James ?

Une voix éclatante annonça Mlle de Verneuil. Le
comte s'élança vers la porte, offrit la main à la belle
inconnue avec les marques du plus profond respect ;
et, la présentant à travers la foule curieuse au marquis
et à Mme du Gua : — Ne croire que celle d'aujourd'hui,
répondit-il au jeune chef stupéfait.

Mme du Gua pâlit à l'aspect de cette malencontreuse
fille, qui resta debout un moment en jetant des regards
orgueilleux sur cette assemblée où elle chercha les
convives de la Vivetière. Elle attendit la salutation
forcée de sa rivale, et, sans regarder le marquis, se
laissa conduire à une place d'honneur par le comte
qui la fit asseoir près de Mme du Gua, à laquelle elle
rendit un léger salut de protection, mais qui, par un
instinct de femme, ne s'en fâcha point et prit aussitôt

un air riant et amical. La mise extraordinaire et la beauté de Mlle de Verneuil excitèrent un moment les murmures de l'assemblée. Lorsque le marquis et Mme du Gua tournèrent leurs regards sur les convives de la Vivetière, ils les trouvèrent dans une attitude de respect qui ne paraissait pas être jouée, chacun d'eux semblait chercher les moyens de rentrer en grâce auprès de la jeune Parisienne méconnue. Les ennemis étaient donc en présence.

— Mais c'est une magie, mademoiselle! Il n'y a que vous au monde pour surprendre ainsi les gens. Comment, venir toute seule? disait Mme du Gua.

— Toute seule, répéta Mlle de Verneuil; ainsi, madame, vous n'aurez que moi, ce soir, à tuer.

— Soyez indulgente, reprit Mme du Gua. Je ne puis vous exprimer combien j'éprouve de plaisir à vous revoir. Vraiment j'étais accablée par le souvenir de mes torts envers vous, et je cherchais une occasion qui me permît de les réparer.

— Quant à vos torts, madame, je vous pardonne facilement ceux que vous avez eus envers moi; mais j'ai sur le cœur la mort des Bleus que vous avez assassinés. Je pourrais peut-être encore me plaindre de la roideur de votre correspondance... Hé! bien, j'excuse tout, grâce au service que vous m'avez rendu.

Mme du Gua perdit contenance en se sentant presser la main par sa belle rivale qui lui souriait avec une grâce insultante. Le marquis était resté immobile, mais en ce moment il saisit fortement le bras du comte.

— Vous m'avez indignement trompé, lui dit-il, et

vous avez compromis jusqu'à mon honneur ; je ne suis pas un Géronte de comédie, et il me faut votre vie ou vous aurez la mienne.

— Marquis, reprit le comte avec hauteur, je suis prêt à vous donner toutes les explications que vous désirerez.

Et ils se dirigèrent vers la pièce voisine. Les personnes les moins initiées au secret de cette scène commençaient à en comprendre l'intérêt, en sorte que quand les violons donnèrent le signal de la danse, personne ne bougea.

— Mademoiselle, quel service assez important ai-je donc eu l'honneur de vous rendre, pour mériter... reprit Mme du Gua en se pinçant les lèvres avec une sorte de rage.

— Madame, ne m'avez-vous pas éclairée sur le vrai caractère du marquis de Montauran. Avec quelle impassibilité cet homme affreux me laissait périr, je vous l'abandonne bien volontiers.

— Que venez-vous donc chercher ici ? dit vivement Mme du Gua.

— L'estime et la considération que vous m'aviez enlevées à la Vivetière, madame. Quant au reste, soyez bien tranquille. Si le marquis revenait à moi, vous devez savoir qu'un retour n'est jamais de l'amour.

Mme du Gua prit alors la main de Mlle de Verneuil avec cette affectueuse gentillesse de mouvement que les femmes déployent volontiers entre elles, surtout en présence des hommes.

— Eh bien ! ma pauvre petite, je suis enchantée de vous voir si raisonnable. Si le service que je vous ai rendu a été d'abord bien rude, dit-elle en pressant la main qu'elle tenait quoiqu'elle éprouvât l'envie de la déchirer lorsque ses doigts lui en révélèrent la moelleuse finesse, il sera du moins complet. Écoutez, je connais le caractère du Gars, dit-elle avec un sourire perfide, eh bien! il vous aurait trompée, il ne veut et ne peut épouser personne.

— Ah!...

— Oui, mademoiselle, il n'a accepté sa dangereuse mission que pour mériter la main de Mlle d'Uxelles, alliance pour laquelle Sa Majesté lui a promis tout son appui.

— Ah! ah!...

Mlle de Verneuil n'ajouta pas un mot à cette railleuse exclamation. Le jeune et beau chevalier du Vissard, impatient de se faire pardonner la plaisanterie qui avait donné le signal des injures à la Vivetière, s'avança vers elle en l'invitant respectueusement à danser, elle lui tendit la main et s'élança pour prendre place au quadrille où figurait Mme du Gua. La mise de ces femmes dont les toilettes rappelaient les modes de la cour exilée, qui toutes avaient de la poudre ou les cheveux crêpés, sembla ridicule aussitôt qu'on put la comparer au costume à la fois élégant, riche et sévère que la mode autorisait Mlle de Verneuil à porter, qui fut proscrit à haute voix, mais envié *in petto* par les femmes. Les hommes ne se lassaient pas d'admirer la beauté d'une chevelure naturelle, et les détails d'un ajustement dont la grâce était toute dans celle des proportions qu'il révélait.

En ce moment le marquis et le comte rentrèrent

dans la salle de bal et arrivèrent derrière Mlle de Verneuil qui ne se retourna pas. Si une glace, placée vis-à-vis d'elle, ne lui eût pas appris la présence du marquis, elle l'eût devinée par la contenance de Mme du Gua qui cachait mal, sous un air indifférent en apparence, l'impatience avec laquelle elle attendait la lutte qui, tôt ou tard, devait se déclarer entre les deux amants. Quoique le marquis s'entretînt avec le comte et deux autres personnes, il put néanmoins entendre les propos des cavaliers et des danseuses qui, selon les caprices de la contredanse, venaient occuper momentanément la place de Mlle de Verneuil et de ses voisins.

— Oh! mon Dieu, oui, madame, elle est venue seule, disait l'un.

— Il faut être bien hardie, répondit la danseuse.

— Mais si j'étais habillée ainsi, je me croirais nue, dit une autre dame.

— Oh! ce n'est pas un costume décent, répliquait le cavalier, mais elle est si belle, et il lui va si bien!

— Voyez, je suis honteuse pour elle de la perfection de sa danse. Ne trouvez-vous pas qu'elle a tout à fait l'air d'une fille d'Opéra? répliqua la dame jalouse.

— Croyez-vous qu'elle vienne ici pour traiter au nom du premier Consul? demandait une troisième dame.

— Quelle plaisanterie, répondit le cavalier.

— Elle n'apportera guère d'innocence en dot, dit en riant la danseuse.

Le Gars se retourna brusquement pour voir la femme qui se permettait cette épigramme, et alors

Mme du Gua le regarda d'un air qui disait évidemment :
— Vous voyez ce qu'on en pense !

— Madame, dit en riant le comte à l'ennemie de Marie, il n'y a encore que les dames qui la lui ont ôtée...

Le marquis pardonna intérieurement au comte tous ses torts. Lorsqu'il se hasarda à jeter un regard sur sa maîtresse dont les grâces étaient, comme celles de presque toutes les femmes, mises en relief par la lumière des bougies, elle lui tourna le dos en revenant à sa place, et s'entretint avec son cavalier en laissant parvenir à l'oreille du marquis les sons les plus caressants de sa voix.

— Le premier Consul nous envoie des ambassadeurs bien dangereux, lui disait son danseur.

— Monsieur, reprit-elle, on a déjà dit cela à la Vivetière.

— Mais vous avez autant de mémoire que le Roi, repartit le gentilhomme mécontent de sa maladresse.

— Pour pardonner les injures, il faut bien s'en souvenir, reprit-elle vivement en le tirant d'embarras par un sourire.

— Sommes-nous tous compris dans cette amnistie ? lui demanda le marquis.

Mais elle s'élança pour danser avec une ivresse enfantine en le laissant interdit et sans réponse ; il la contempla avec une froide mélancolie, elle s'en aperçut, et alors elle pencha la tête par une de ces coquettes attitudes que lui permettait la gracieuse proportion de son col, et n'oublia certes aucun des mouvements qui pouvaient attester la rare perfection

de son corps. Marie attirait comme l'espoir, elle
échappait comme un souvenir. La voir ainsi, c'était
vouloir la posséder à tout prix. Elle le savait, et la
conscience qu'elle eut alors de sa beauté répandit sur
sa figure un charme inexprimable. Le marquis sentit
s'élever dans son cœur un tourbillon d'amour, de rage
et de folie, il serra violemment la main du comte et
s'éloigna.

— Eh bien ! il est donc parti ? demanda Mlle de
Verneuil en revenant à sa place.

Le comte s'élança dans la salle voisine, et fit à sa
protégée un signe d'intelligence en lui ramenant le
Gars.

— Il est à moi, se dit-elle en examinant dans la
glace le marquis dont la figure doucement agitée
rayonnait d'espérance.

Elle reçut le jeune chef en boudant et sans mot
dire, mais elle le quitta en souriant ; elle le voyait si
supérieur, qu'elle se sentit fière de pouvoir le tyranni-
ser, et voulut lui faire acheter chèrement quelques
douces paroles pour lui en apprendre tout le prix,
suivant un instinct de femme auquel toutes obéissent
plus ou moins. La contredanse finie, tous les gentilshommes de la Vivetière vinrent entourer Marie, et
chacun d'eux sollicita le pardon de son erreur par des
flatteries plus ou moins bien débitées ; mais celui
qu'elle aurait voulu voir à ses pieds n'approcha pas du
groupe où elle régnait.

— Il se croit encore aimé, se dit-elle, il ne veut pas
être confondu avec les indifférents.

Elle refusa de danser. Puis, comme si cette fête

eût été donnée pour elle, elle alla de quadrille en
quadrille, appuyée sur le bras du comte de Bauvan,
auquel elle se plut à témoigner quelque familiarité.
L'aventure de la Vivetière était alors connue de toute
l'assemblée dans ses moindres détails, grâce aux
soins de Mme du Gua qui espérait, en affichant ainsi
Mlle de Verneuil et le marquis, mettre un obstacle
de plus à leur réunion ; aussi les deux amants brouillés
étaient-ils devenus l'objet de l'attention générale.
Montauran n'osait aborder sa maîtresse, car le sentiment de ses torts et la violence de ses désirs rallumés
la lui rendaient presque terrible ; et, de son côté, la
jeune fille en épiait la figure faussement calme, tout
en paraissant contempler le bal.

— Il fait horriblement chaud ici, dit-elle à son
cavalier. Je vois le front de M. de Montauran tout
humide. Menez-moi de l'autre côté, que je puisse
respirer, j'étouffe.

Et, d'un geste de tête, elle désigna au comte le salon
voisin où se trouvaient quelques joueurs. Le marquis
y suivit sa maîtresse, dont les paroles avaient été
devinées au seul mouvement des lèvres. Il osa espérer
qu'elle ne s'éloignait de la foule que pour le revoir,
et cette faveur supposée rendit à sa passion une violence inconnue ; car son amour avait grandi de toutes
les résistances qu'il croyait devoir lui opposer depuis
quelques jours. Mlle de Verneuil se plut à tourmen-
ter le jeune chef, son regard, si doux, si velouté
pour le comte, devenait sec et sombre quand par
hasard il rencontrait les yeux du marquis. Montauran parut faire un effort pénible, et dit d'une voix

sourde : — Ne me pardonnerez-vous donc pas ?

— L'amour, lui répondit-elle avec froideur, ne pardonne rien, ou pardonne tout. Mais, reprit-elle, en lui voyant faire un mouvement de joie, il faut aimer.

Elle avait repris le bras du comte et s'était élancée dans une espèce de boudoir attenant à la salle de jeu. Le marquis y suivit Marie.

— Vous m'écouterez, s'écria-t-il.

— Vous feriez croire, monsieur, répondit-elle, que je suis venue ici pour vous et non par respect pour moi-même. Si vous ne cessez cette odieuse poursuite, je me retire.

— Eh bien ! dit-il en se souvenant d'une des plus folles actions du dernier duc de Lorraine, laissez-moi vous parler seulement pendant le temps que je pourrai garder dans la main ce charbon.

Il se baissa vers le foyer, saisit un bout de tison et le serra violemment. Mlle de Verneuil rougit, dégagea vivement son bras de celui du comte et regarda le marquis avec étonnement. Le comte s'éloigna doucement et laissa les deux amants seuls. Une si folle action avait ébranlé le cœur de Marie, car, en amour, il n'y a rien de plus persuasif qu'une courageuse bêtise.

— Vous me prouvez là, dit-elle en essayant de lui faire jeter le charbon, que vous me livreriez au plus cruel de tous les supplices. Vous êtes extrême en tout. Sur la foi d'un sot et les calomnies d'une femme, vous avez soupçonné celle qui venait de vous sauver la vie d'être capable de vous vendre.

— Oui, dit-il en souriant, j'ai été cruel envers vous ; mais oubliez-le toujours, je ne l'oublierai jamais.

Écoutez-moi. J'ai été indignement trompé, mais tant de circonstances dans cette fatale journée se sont trouvées contre vous.

— Et ces circonstances suffisaient pour éteindre votre amour ?

Il hésitait à répondre, elle fit un geste de dédain, et se leva.

— Oh! Marie, maintenant je ne veux plus croire que vous...

— Mais jetez donc ce feu! Vous êtes fou. Ouvrez votre main, je le veux.

Il se plut à opposer une molle résistance aux doux efforts de sa maîtresse, pour prolonger le plaisir aigu qu'il éprouvait à être fortement pressé par ses doigts mignons et caressants ; mais elle réussit enfin à ouvrir cette main qu'elle aurait voulu pouvoir baiser. Le sang avait éteint le charbon.

— Eh bien ! à quoi cela vous a-t-il servi ?... dit-elle.

Elle fit de la charpie avec son mouchoir et en garnit une plaie peu profonde que le marquis couvrit bientôt de son gant. Mme du Gua arriva sur la pointe du pied dans le salon de jeu, et jeta de furtifs regards sur les deux amants, aux yeux desquels elle échappa avec adresse en se penchant en arrière à leurs moindres mouvements ; mais il lui était certes difficile de s'expliquer les propos des deux amants par ce qu'elle leur voyait faire.

— Si tout ce qu'on vous a dit de moi était vrai, avouez qu'en ce moment je serais bien vengée, dit Marie avec une expression de malignité qui fit pâlir le marquis.

— Et par quel sentiment avez-vous donc été amenée ici ?

— Mais, mon cher enfant, vous êtes un bien grand fat. Vous croyez donc pouvoir impunément mépriser une femme comme moi ? — Je venais et pour vous et pour moi, reprit-elle après une pause en mettant la main sur la touffe de rubis qui se trouvait au milieu de sa poitrine, et lui montrant la lame de son poignard.

— Qu'est-ce que tout cela signifie ? pensait Mme du Gua.

— Mais, dit-elle en continuant, vous m'aimez encore! Vous me désirez toujours du moins, et la sottise que vous venez de faire, ajouta-t-elle en lui prenant la main, m'en a donné la preuve. Je suis redevenue ce que je voulais être, et je pars heureuse. Qui nous aime est toujours absous. Quant à moi, je suis aimée, j'ai reconquis l'estime de l'homme qui représente à mes yeux le monde entier, je puis mourir.

— Vous m'aimez donc encore ? dit le marquis.

— Ai-je dit cela ? répondit-elle d'un air moqueur en suivant avec joie les progrès de l'affreuse torture que dès son arrivée elle avait commencé à faire subir au marquis. N'ai-je pas dû faire des sacrifices pour venir ici! J'ai sauvé M. de Bauvan de la mort, et, plus reconnaissant, il m'a offert, en échange de ma protection, sa fortune et son nom. Vous n'avez jamais eu cette pensée.

Le marquis, étourdi par ces derniers mots, réprima la plus violente colère à laquelle il eût encore été en proie, en se croyant joué par le comte, et il ne répondit pas.

— Ha!... vous réfléchissez ? reprit-elle avec un sourire amer.

— Mademoiselle, reprit le jeune homme, votre doute justifie le mien.

— Monsieur, sortons d'ici, s'écria Mlle de Verneuil en apercevant un coin de la robe de Mme du Gua, et elle se leva ; mais le désir de désespérer sa rivale la fit hésiter à s'en aller.

— Voulez-vous donc me plonger dans l'enfer ? reprit le marquis en lui prenant la main et la pressant avec force.

— Ne m'y avez-vous pas jetée depuis cinq jours ? En ce moment même, ne me laissez-vous pas dans la plus cruelle incertitude sur la sincérité de votre amour ?

— Mais sais-je si vous ne poussez pas votre vengeance jusqu'à vous emparer de toute ma vie, pour la ternir, au lieu de vouloir ma mort...

— Ah ! vous ne m'aimez pas, vous pensez à vous et non à moi, dit-elle avec rage en versant quelques larmes.

La coquette connaissait bien la puissance de ses yeux quand ils étaient noyés de pleurs.

— Eh bien ! dit-il hors de lui, prends ma vie, mais sèche tes larmes !

— Oh ! mon amour, s'écria-t-elle d'une voix étouffée, voici les paroles, l'accent et le regard que j'attendais, pour préférer ton bonheur au mien ! Mais, monsieur, reprit-elle, je vous demande une dernière preuve de votre affection, que vous dites si grande. Je ne veux rester ici que le temps nécessaire pour y bien faire

savoir que vous êtes à moi. Je ne prendrais même
pas un verre d'eau dans la maison où demeure une
femme qui deux fois a tenté de me tuer, qui complote
peut-être encore quelque trahison contre nous, et qui
dans ce moment nous écoute, ajouta-t-elle en montrant
du doigt au marquis les plis flottants de la robe de
Mme du Gua. Puis, elle essuya ses larmes, se pencha
jusqu'à l'oreille du jeune chef qui tressaillit en se
sentant caresser par la douce moiteur de son haleine.

— Préparez tout pour notre départ, dit-elle, vous me
reconduirez à Fougères, et là seulement vous saurez
bien si je vous aime! Pour la seconde fois, je me fie à
vous. Vous fierez-vous une seconde fois à moi?

— Ah! Marie, vous m'avez amené au point de ne
plus savoir ce que je fais! je suis enivré par vos paroles, par vos regards, par vous enfin, et suis prêt à
vous satisfaire.

— Hé bien! rendez-moi, pendant un moment,
bien heureuse! Faites-moi jouir du seul triomphe que
j'aie désiré. Je veux respirer en plein air, dans la vie
que j'ai rêvée, et me repaître de mes illusions avant
qu'elles ne se dissipent. Allons, venez, et dansez avec
moi.

Ils revinrent ensemble dans la salle de bal, et quoique Mlle de Verneuil fût aussi complètement flattée
dans son cœur et dans sa vanité que puisse l'être une
femme, l'impénétrable douceur de ses yeux, le fin
sourire de ses lèvres, la rapidité des mouvements d'une
danse animée, gardèrent le secret de ses pensées,
comme la mer garde celui du criminel qui lui confie
un pesant cadavre. Néanmoins l'assemblée laissa

échapper un murmure d'admiration quand elle se roula dans les bras de son amant pour valser, et que, l'œil sous le sien, tous deux voluptueusement entrelacés, les yeux mourants, la tête lourde, ils tournoyèrent en se serrant l'un l'autre avec une sorte de frénésie, et révélant ainsi tous les plaisirs qu'ils espéraient d'une plus intime union.

— Comte, dit Mme du Gua à M. de Bauvan, allez savoir si Pille-miche est au camp, amenez-le-moi ; et soyez certain d'obtenir de moi, pour ce léger service, tout ce que vous voudrez, même ma main. — Ma vengeance me coûtera cher, dit-elle en le voyant s'éloigner ; mais, pour cette fois, je ne la manquerai pas.

Quelques moments après cette scène, Mlle de Verneuil et le marquis étaient au fond d'une berline attelée de quatre chevaux vigoureux. Surprise de voir ces deux prétendus ennemis les mains entrelacées et de les trouver en si bon accord, Francine restait muette, sans oser se demander si, chez sa maîtresse, c'était de la perfidie ou de l'amour. Grâce au silence et à l'obscurité de la nuit, le marquis ne put remarquer l'agitation de Mlle de Verneuil à mesure qu'elle approchait de Fougères. Les faibles teintes du crépuscule permirent d'apercevoir dans le lointain le clocher de Saint-Léonard. En ce moment Marie se dit : — Je vais mourir ! A la première montagne, les deux amants eurent à la fois la même pensée, ils descendirent de voiture et gravirent à pied la colline, comme en souvenir de leur première rencontre. Lorsque Marie eut pris le bras du marquis et fait quelques pas, elle remercia le jeune homme par un sourire, de ce qu'il avait respecté son silence ; puis, en arrivant sur le sommet du plateau, d'où l'on découvrait Fougères, elle sortit tout à fait de sa rêverie.

— N'allez pas plus avant, dit-elle, mon pouvoir ne vous sauverait plus des Bleus aujourd'hui.

Montauran lui marqua quelque surprise, elle sourit tristement, lui montra du doigt un quartier de roche, comme pour lui ordonner de s'asseoir, et resta debout dans une attitude de mélancolie. Les déchirantes émotions de son âme ne lui permettaient plus de déployer ces artifices qu'elle avait prodigués. En ce moment, elle se serait agenouillée sur des charbons ardents, sans les plus sentir que le marquis n'avait senti le tison dont il s'était saisi pour attester la violence de sa passion. Ce fut après avoir contemplé son amant par un regard empreint de la plus profonde douleur, qu'elle lui dit ces affreuses paroles. — Tout ce que vous avez soupçonné de moi est vrai! Le marquis laissa échapper un geste. — Ah! par grâce, dit-elle en joignant les mains, écoutez-moi sans m'interrompre. — Je suis réellement, reprit-elle d'une voix émue, la fille du duc de Verneuil, mais sa fille naturelle. Ma mère, une demoiselle de Casteran, qui s'est faite religieuse pour échapper aux tortures qu'on lui préparait dans sa famille, expia sa faute par quinze années de larmes et mourut à Séez. A son lit de mort seulement, cette chère abbesse implora pour moi l'homme qui l'avait abandonnée, car elle me savait sans amis, sans fortune, sans avenir... Cet homme, toujours présent sous le toit de la mère de Francine, aux soins de qui je fus remise, avait oublié son enfant. Néanmoins le duc

m'accueillit avec plaisir, et me reconnut parce que
j'étais belle, et que peut-être il se revoyait jeune en
moi. C'était un de ces seigneurs qui, sous le règne précédent, mirent leur gloire à montrer comment on
pouvait se faire pardonner un crime en le commettant
avec grâce. Je n'ajouterai rien, il fut mon père!
Cependant laissez-moi vous expliquer comment mon
séjour à Paris a dû me gâter l'âme. La société du duc
de Verneuil et celle où il m'introduisit étaient engouées
de cette philosophie moqueuse dont s'enthousiasmait
la France, parce qu'on l'y professait partout avec
esprit. Les brillantes conversations qui flattèrent mon
oreille se recommandaient par la finesse des aperçus, ou
par un mépris spirituellement formulé pour ce qui
était religieux et vrai. Les hommes, en se moquant des
sentiments, les peignaient d'autant mieux qu'ils ne
les éprouvaient pas ; et ils séduisaient autant par leurs
expressions épigrammatiques que par la bonhomie
avec laquelle ils savaient mettre toute une aventure
dans un mot ; mais souvent ils péchaient par trop
d'esprit, et fatiguaient les femmes en faisant de l'amour
un art plutôt qu'une affaire de cœur. J'ai faiblement
résisté à ce torrent. Cependant mon âme, pardonnez-
moi cet orgueil, était assez passionnée pour sentir que
l'esprit avait desséché tous les cœurs ; mais la vie
que j'ai menée alors a eu pour résultat d'établir une
lutte perpétuelle entre mes sentiments naturels et les
habitudes vicieuses que j'y ai contractées. Quelques
gens supérieurs s'étaient plu à développer en moi
cette liberté de pensée, ce mépris de l'opinion publique
qui ravissent à la femme une certaine modestie

d'âme sans laquelle elle perd de son charme. Hélas! le malheur n'a pas eu le pouvoir de détruire les défauts que me donna l'opulence. — Mon père, poursuivit-elle après avoir laissé échapper un soupir, le duc de Ver- neuil, mourut après m'avoir reconnue et avantagée par un testament qui diminuait considérablement la fortune de mon frère, son fils légitime. Je me trouvai un matin sans asile ni protecteur. Mon frère attaquait le testament qui me faisait riche. Trois années passées auprès d'une famille opulente avaient développé ma vanité. En satisfaisant à toutes mes fantaisies, mon père m'avait créé des besoins de luxe, des habitudes desquelles mon âme encore jeune et naïve ne s'expli- quait ni les dangers, ni la tyrannie. Un ami de mon père, le maréchal duc de Lenoncourt, âgé de soixante-dix ans, s'offrit à me servir de tuteur. J'acceptai ; je me retrouvai, quelques jours après le commencement de cet odieux procès, dans une maison brillante où je jouissais de tous les avantages que la cruauté d'un frère me refusait sur le cercueil de notre père. Tous les soirs, le vieux maréchal venait passer auprès de moi quelques heures, pendant lesquelles ce vieillard ne me faisait entendre que des paroles douces et consolantes. Ses cheveux blancs, et toutes les preuves touchantes qu'il me donnait d'une tendresse paternelle, m'enga- geaient à reporter sur son cœur les sentiments du mien, et je me plus à me croire sa fille. J'acceptais les parures qu'il m'offrait, et je ne lui cachais aucun de mes caprices, en le voyant si heureux de les satisfaire. Un soir, j'appris que tout Paris me croyait la maîtresse de ce pauvre vieillard. On me prouva qu'il était hors

de mon pouvoir de reconquérir une innocence de laquelle chacun me dépouillait gratuitement. L'homme
qui avait abusé de mon inexpérience ne pouvait pas être
un amant, et ne voulait pas être mon mari. Dans la
semaine où je fis cette horrible découverte, la veille
du jour fixé pour mon union avec celui de qui je sus
exiger le nom, seule réparation qu'il me pût offrir,
il partit pour Coblentz. Je fus honteusement chassée
de la petite maison où le maréchal m'avait mise, et
qui ne lui appartenait pas. Jusqu'à présent, je vous
ai dit la vérité comme si j'étais devant Dieu ; mais
maintenant, ne demandez pas à une infortunée le
compte des souffrances ensevelies dans sa mémoire.
Un jour, monsieur, je me trouvai mariée à Danton.
Quelques jours plus tard, l'ouragan renversait le
chêne immense autour duquel j'avais tourné mes
bras. En me revoyant plongée dans la plus profonde
misère, je résolus cette fois de mourir. Je ne sais si
l'amour de la vie, si l'espoir de fatiguer le malheur
et de trouver au fond de cet abîme sans fin un bonheur
qui me fuyait, furent à mon insu mes conseillers, ou
si je fus séduite par les raisonnements d'un jeune
homme de Vendôme qui, depuis deux ans, s'est
attaché à moi comme un serpent à un arbre, en croyant
sans doute qu'un extrême malheur peut me donner
à lui ; enfin j'ignore comment j'ai accepté l'odieuse
mission d'aller, pour trois cent mille francs, me faire
aimer d'un inconnu que je devais livrer. Je vous ai
vu, monsieur, et vous ai reconnu tout d'abord par un
de ces pressentiments qui ne nous trompent jamais ;
cependant je me plaisais à douter, car plus je vous

aimais, plus la certitude m'était affreuse. En vous
sauvant des mains du commandant Hulot, j'abjurai
donc mon rôle, et résolus de tromper les bourreaux
au lieu de tromper leur victime. J'ai eu tort de me jouer
ainsi des hommes, de leur vie, de leur politique et de
moi-même avec l'insouciance d'une fille qui ne voit que
des sentiments dans le monde. Je me suis crue aimée,
et me suis laissée aller à l'espoir de recommencer ma
vie ; mais tout, et jusqu'à moi-même peut-être, a
trahi mes désordres passés, car vous avez dû vous
défier d'une femme aussi passionnée que je le suis.
Hélas ! qui n'excuserait pas et mon amour et ma dissimulation ? Oui, monsieur, il me sembla que j'avais
fait un pénible sommeil, et qu'en me réveillant je me
retrouvais à seize ans. N'étais-je pas dans Alençon,
où mon enfance me livrait ses chastes et purs souvenirs ? J'ai eu la folle simplicité de croire que l'amour
me donnerait un baptême d'innocence. Pendant un
moment j'ai pensé que j'étais vierge encore puisque je
n'avais pas encore aimé. Mais hier au soir, votre passion m'a paru vraie, et une voix m'a crié : Pourquoi le
tromper ? — Sachez-le donc, monsieur le marquis,
reprit-elle d'une voix gutturale qui sollicitait une répro-
bation avec fierté, sachez-le bien, je ne suis qu'une
créature déshonorée, indigne de vous. Dès ce moment,
je reprends mon rôle de fille perdue, fatiguée que je
suis de jouer celui d'une femme que vous aviez rendue
à toutes les saintetés du cœur. La vertu me pèse.
Je vous mépriserais si vous aviez la faiblesse de
m'épouser. C'est une sottise que peut fait un comte
de Bauvan ; mais vous, monsieur, soyez digne de

votre avenir et quittez-moi sans regret. La courtisane,
voyez-vous, serait trop exigeante, elle vous aimerait
tout autrement que la jeune enfant simple et naïve
qui s'est senti au cœur pendant un moment la délicieuse
espérance de pouvoir être votre compagne, de vous
rendre toujours heureux, de vous faire honneur, de
devenir une noble, une grande épouse, et qui a puisé
dans ce sentiment le courage de ranimer sa mauvaise
nature de vice et d'infamie, afin de mettre entre elle
et vous une éternelle barrière. Je vous sacrifie honneur
et fortune. L'orgueil que me donne ce sacrifice me
soutiendra dans ma misère, et le destin peut disposer
de mon sort à son gré. Je ne vous livrerai jamais.
Je retourne à Paris. Là, votre nom sera pour moi tout
un autre moi-même, et la magnifique valeur que vous
saurez lui imprimer me consolera de tous mes chagrins.
Quant à vous, vous êtes homme, vous m'oublierez.
Adieu.

Elle s'élança dans la direction des vallées de Saint-
Sulpice, et disparut avant que le marquis se fût levé
pour la retenir ; mais elle revint sur ses pas, profita
des cavités d'une roche pour se cacher, leva la tête,
examina le marquis avec une curiosité mêlée de doute,
et le vit marchant sans savoir où il allait, comme un
homme accablé. — Serait-ce donc une tête faible ?...
se dit-elle lorsqu'il eut disparu et qu'elle se sentit séparée
de lui. Me comprendra-t-il ? Elle tressaillit. Puis tout à
coup elle se dirigea seule vers Fougères à grands pas,
comme si elle eût craint d'être suivie par le marquis
dans cette ville où il aurait trouvé la mort.

— Eh bien ! Francine, que t'a-t-il dit ?... demanda-t-elle à sa fidèle Bretonne lorsqu'elles furent réunies.

— Hélas! Marie, il m'a fait pitié. Vous autres grandes dames, vous poignardez un homme à coups de langue.

— Comment donc était-il en t'abordant ?

— Est-ce qu'il m'a vue ? Oh! Marie, il t'aime!

— Oh! il m'aime ou il ne m'aime pas! répondit-elle, deux mots qui pour moi sont le paradis ou l'enfer. Entre ces deux extrêmes, je ne trouve pas une place où je puisse poser mon pied.

Après avoir ainsi accompli son terrible destin, Marie put s'abandonner à toute sa douleur, et sa figure, jusque-là soutenue par tant de sentiments divers, s'altéra si rapidement, qu'après une journée pendant laquelle elle flotta sans cesse entre un pressentiment de bonheur et le désespoir, elle perdit l'éclat de sa beauté et cette fraîcheur dont le principe est dans l'absence de toute passion ou dans l'ivresse de la félicité. Curieux de connaître le résultat de sa folle entreprise, Hulot et Corentin étaient venus voir Marie peu de temps après son arrivée ; elle les reçut d'un air riant.

— Eh bien ! dit-elle au commandant, dont la figure soucieuse avait une expression très interrogative, le renard revient à portée de vos fusils, et vous allez bientôt remporter une bien glorieuse victoire.

— Qu'est-il donc arrivé ? demanda négligemment Corentin, en jetant à Mlle de Verneuil un de ces regards obliques par lesquels ces espèces de diplomates espionnent la pensée.

— Ah! répondit-elle, le Gars est plus que jamais épris de ma personne, et je l'ai contraint à nous accompagner jusqu'aux portes de Fougères.

— Il paraît que votre pouvoir a cessé là, reprit
Corentin, et que la peur du ci-devant surpasse encore
l'amour que vous lui inspirez.

Mlle de Verneuil jeta un regard de mépris à Corentin.

— Vous le jugez d'après vous-même, lui répondit-
elle.

— Eh bien ! dit-il sans s'émouvoir, pourquoi ne
l'avez-vous pas amené jusque chez vous ?

— S'il m'aimait véritablement, commandant, dit-
elle à Hulot en lui jetant un regard plein de malice,
m'en voudriez-vous beaucoup de le sauver, en l'emmenant hors de France ?

Le vieux soldat s'avança vivement vers elle et lui
prit la main pour la baiser, avec une sorte d'enthousiasme ; puis il la regarda fixement et lui dit d'un air
sombre : — Vous oubliez mes deux amis et mes
soixante-trois hommes.

— Ah ! commandant, dit-elle avec toute la naïveté
de la passion, il n'en est pas comptable, il a été joué
par une mauvaise femme, la maîtresse de Charette,
qui boirait, je crois, le sang des Bleus...

— Allons, Marie, reprit Corentin, ne vous moquez
pas du commandant, il n'est pas encore au fait de vos
plaisanteries.

— Taisez-vous, lui répondit-elle, et sachez que le
jour où vous m'aurez un peu trop déplu, n'aura pas
de lendemain pour vous.

— Je vois, mademoiselle, dit Hulot sans amertume, que je dois m'apprêter à combattre.

— Vous n'êtes pas en mesure, cher colonel. Je leur ai vu plus de six mille hommes à Saint-James, des troupes régulières, de l'artillerie et des officiers anglais. Mais que deviendraient ces gens-là sans lui ? Je pense comme Fouché, sa tête est tout.

— Eh bien ! l'aurons-nous ? demanda Corentin impatienté.

— Je ne sais pas, répondit-elle avec insouciance.

— Des Anglais !... cria Hulot en colère, il ne lui manquait plus que ça pour être un brigand fini ! Ah ! je vais t'en donner, moi, des Anglais !...

— Il paraît, citoyen diplomate, que tu te laisses périodiquement mettre en déroute par cette fille-là, dit Hulot à Corentin quand ils se trouvèrent à quelques pas de la maison.

— Il est tout naturel, citoyen commandant, répliqua Corentin d'un air pensif, que dans tout ce qu'elle nous a dit, tu n'aies vu que du feu. Vous autres troupiers, vous ne savez pas qu'il existe plusieurs manières de guerroyer. Employer habilement les passions des hommes ou des femmes comme des ressorts que l'on fait mouvoir au profit de l'État, mettre les rouages à leur place dans cette grande machine que nous appelons un gouvernement, et se plaire à y renfermer les plus indomptables sentiments comme des détentes que l'on s'amuse à surveiller, n'est-ce pas créer, et, comme Dieu, se placer au centre de l'univers ?...

— Tu me permettras de préférer mon métier au tien, répliqua sèchement le militaire. Ainsi, vous ferez tout ce que vous voudrez avec vos rouages ; mais je ne connais d'autre supérieur que le ministre de la guerre, j'ai mes ordres, je vais me mettre en campagne avec des lapins qui ne boudent pas, et prendre en face l'ennemi que tu veux saisir par-derrière.

— Oh! tu peux te préparer à marcher, reprit Corentin. D'après ce que cette fille m'a laissé deviner, quelque impénétrable qu'elle te semble, tu vas avoir à t'escarmoucher, et je te procurerai avant peu le plaisir d'un tête-à-tête avec le chef de ces brigands.

— Comment ça? demanda Hulot en reculant pour mieux regarder cet étrange personnage.

— Mlle de Verneuil aime le Gars, reprit Corentin d'une voix sourde, et peut-être en est-elle aimée! Un marquis, cordon rouge, jeune et spirituel, qui sait même s'il n'est pas riche encore, combien de tentations! Elle serait bien sotte de ne pas agir pour son compte, en tâchant de l'épouser plutôt que de nous le livrer! Elle cherche à nous amuser. Mais j'ai lu dans les yeux de cette fille quelque incertitude. Les deux amants auront vraisemblablement un rendez-vous, et peut-être est-il déjà donné. Eh bien! demain je tiendrai mon homme par les deux oreilles. Jusqu'à présent, il n'était que l'ennemi de la République, mais il est devenu le mien depuis quelques instants ; or, ceux qui se sont avisés de se mettre entre cette fille et moi sont tous morts sur l'échafaud.

En achevant ces paroles, Corentin retomba dans des réflexions qui ne lui permirent pas de voir le profond dégoût qui se peignit sur le visage du loyal militaire au moment où il découvrit la profondeur de cette intrigue et le mécanisme des ressorts em-

ployés par Fouché. Aussi, Hulot résolut-il de contra-
rier Corentin en tout ce qui ne nuirait pas essentielle-
ment aux succès et aux vœux du gouvernement, et
de laisser à l'ennemi de la République les moyens de
périr avec honneur les armes à la main, avant d'être
la proie du bourreau de qui ce sbire de la haute police
s'avouait être le pourvoyeur.

— Si le premier Consul m'écoutait, dit-il en tournant le dos à Corentin, il laisserait ces renards-là
combattre les aristocrates, ils sont dignes les uns des
autres, et il emploierait les soldats à toute autre
chose.

Corentin regarda froidement le militaire, dont la
pensée avait éclairé le visage, et alors ses yeux reprirent une expression sardonique qui révéla la supériorité de ce Machiavel subalterne.

— Donnez trois aunes de drap bleu à ces animaux-
là, et mettez-leur un morceau de fer au côté, se dit-il,
ils s'imaginent qu'en politique on ne doit tuer les
hommes que d'une façon. Puis, il se promena lentement pendant quelques minutes, et se dit tout à coup :
— Oui, le moment est venu, cette femme sera donc
à moi! depuis cinq ans le cercle que je trace autour
d'elle s'est insensiblement rétréci, je la tiens, et avec
elle j'arriverai dans le gouvernement aussi haut que
Fouché. — Oui, si elle perd le seul homme qu'elle ait
aimé, la douleur me la livrera corps et âme. Il ne s'agit
plus que de veiller nuit et jour pour surprendre son secret.

Un moment après, un observateur aurait distingué
la figure pâle de cet homme, à travers la fenêtre d'une

maison d'où il pouvait apercevoir tout ce qui entrait
dans l'impasse formée par la rangée de maisons parallèle à Saint-Léonard. Avec la patience du chat qui
guette la souris, Corentin était encore, le lendemain
matin, attentif au moindre bruit et occupé à soumettre
chaque passant au plus sévère examen. La journée qui
commençait était un jour de marché. Quoique, dans
ce temps calamiteux, les paysans se hasardassent
difficilement à venir en ville, Corentin vit un petit
homme à figure ténébreuse, couvert d'une peau de
bique, et qui portait à son bras un petit panier rond
de forme écrasée, se dirigeant vers la maison de Mlle de
Verneuil, après avoir jeté autour de lui des regards
assez insouciants. Corentin descendit dans l'intention
d'attendre le paysan à sa sortie ; mais, tout à coup,
il sentit que s'il pouvait arriver à l'improviste chez
Mlle de Verneuil, il surprendrait peut-être d'un seul
regard les secrets cachés dans le panier de cet émissaire. D'ailleurs la renommée lui avait appris qu'il
était presque impossible de lutter avec succès contre les
impénétrables réponses des Bretons et des Normands.

— Galope-chopine! s'écria Mlle de Verneuil lorsque
Francine introduisit le Chouan. — Serais-je donc
aimée ? se dit-elle à voix basse.

Un espoir instinctif répandit les plus brillantes couleurs sur son teint et la joie dans son cœur. Galope-
chopine regarda alternativement la maîtresse du logis
et Francine, en jetant sur cette dernière des yeux de
méfiance ; mais un signe de Mlle de Verneuil le rassura.

— Madame, dit-il, approchant deux heures, *il*
sera chez moi, et vous y attendra.

L'émotion ne permit pas à Mlle de Verneuil de faire d'autre réponse qu'un signe de tête ; mais un Samoïède en eût compris toute la portée. En ce moment, les pas de Corentin retentirent dans le salon. Galope-chopine ne se troubla pas le moins du monde lorsque le regard autant que le tressaillement de Mlle de Verneuil lui indiquèrent un danger, et dès que l'espion montra sa face rusée, le Chouan éleva la voix de manière à fendre la tête.

— Ah ! ah ! disait-il à Francine, il y a beurre de Bretagne et beurre de Bretagne. Vous voulez du Gibarry et vous ne donnez que onze sous de la livre ? il ne fallait pas m'envoyer quérir ! C'est de bon beurre ça, dit-il en découvrant son panier pour montrer deux petites mottes de beurre façonnées par Barbette. — Faut être juste, ma bonne dame, allons, mettez un sou de plus.

Sa voix caverneuse ne trahit aucune émotion, et ses yeux verts, ombragés de gros sourcils grisonnants, soutinrent sans faiblir le regard perçant de Corentin.

— Allons, tais-toi, bon homme, tu n'es pas venu ici vendre du beurre, car tu as affaire à une femme qui n'a jamais rien marchandé de sa vie. Le métier que tu fais, mon vieux, te rendra quelque jour plus court de la tête. Et Corentin le frappant amicalement sur l'épaule, ajouta : — On ne peut pas être longtemps à la fois l'homme des Chouans et l'homme des Bleus.

Galope-chopine eut besoin de toute sa présence d'esprit pour dévorer sa rage et ne pas repousser cette accusation que son avarice rendait juste. Il se contenta de répondre : — Monsieur veut se gausser de moi.

Corentin avait tourné le dos au Chouan ; mais, tout en saluant Mlle de Verneuil dont le cœur se serra, il pouvait facilement l'examiner dans la glace. Galope-chopine, qui ne se crut plus vu par l'espion, consulta par un regard Francine, et Francine lui indiqua la porte en disant : — Venez avec moi, mon bon homme, nous nous arrangerons toujours bien.

Rien n'avait échappé à Corentin, ni la contraction que le sourire de Mlle de Verneuil déguisait mal, ni sa rougeur et le changement de ses traits, ni l'inquiétude du Chouan, ni le geste de Francine, il avait tout aperçu. Convaincu que Galope-chopine était un émissaire du marquis, il l'arrêta par les longs poils de sa peau de chèvre au moment où il sortait, le ramena devant lui, et le regarda fixement en lui disant : — Où demeures-tu, mon cher ami ? j'ai besoin de beurre...

— Mon bon monsieur, répondit le Chouan, tout Fougères sait où je demeure, je suis quasiment de...

— Corentin ! s'écria Mlle de Verneuil en interrompant la réponse de Galope-chopine, vous êtes bien hardi de venir chez moi à cette heure, et de me surprendre ainsi ? A peine suis-je habillée... Laissez ce paysan tranquille, il ne comprend pas plus vos ruses que je n'en conçois les motifs. Allez, brave homme !

Galope-chopine hésita un instant à partir. L'indécision naturelle ou jouée d'un pauvre diable qui ne savait à qui obéir, trompait déjà Corentin, lorsque le Chouan, sur un geste impératif de la jeune fille, s'éloigna à pas pesants. En ce moment, Mlle de Verneuil et Corentin se contemplèrent en silence.

Cette fois, les yeux limpides de Marie ne purent soutenir l'éclat du feu sec que distillait le regard de cet homme. L'air résolu avec lequel l'espion pénétra dans la chambre, une expression de visage que Marie ne lui connaissait pas, le son mat de sa voix grêle, sa démarche, tout l'effraya ; elle comprit qu'une lutte secrète commençait entre eux, et qu'il déployait contre elle tous les pouvoirs de sa sinistre influence ; mais si elle eut en ce moment une vue distincte et complète de l'abîme au fond duquel elle se précipitait, elle puisa des forces dans son amour pour secouer le froid glacial de ses pressentiments.

— Corentin, reprit-elle avec une sorte de gaieté, j'espère que vous allez me laisser faire ma toilette.

— Marie, dit-il, oui, permettez-moi de vous nommer ainsi. Vous ne me connaissez pas encore ! Écoutez, un homme moins perspicace que je ne le suis aurait déjà découvert votre amour pour le marquis de Montauran. Je vous ai à plusieurs reprises offert et mon cœur et ma main. Vous ne m'avez pas trouvé digne de vous ; et peut-être avez-vous raison ; mais si vous vous trouvez trop haut placée, trop belle, ou trop grande pour moi, je saurai bien vous faire descendre jusqu'à moi. Mon ambition et mes maximes vous ont donné peu d'estime pour moi ; et, franchement, vous avez tort. Les hommes ne valent que ce que je les estime, presque rien. J'arriverai certes à une haute position dont les honneurs vous flatteront. Qui pourra mieux vous aimer, qui vous laissera plus souverainement maîtresse de lui, si ce n'est l'homme par qui vous êtes aimée depuis cinq ans ? Quoique je risque de vous voir

prendre de moi une idée qui me sera défavorable, car
vous ne concevez pas qu'on puisse renoncer par excès
d'amour à la personne qu'on idolâtre, je vais vous donner la mesure du désintéressement avec lequel je vous
adore. N'agitez pas ainsi votre jolie tête. Si le marquis
vous aime, épousez-le ; mais auparavant, assurez-vous
bien de sa sincérité. Je serais au désespoir de vous
savoir trompée, car je préfère votre bonheur au mien.
Ma résolution peut vous étonner, mais ne l'attribuez
qu'à la prudence d'un homme qui n'est pas assez
niais pour vouloir posséder une femme malgré elle.
Aussi est-ce moi et non vous que j'accuse de l'inutilité
de mes efforts. J'ai espéré vous conquérir à force de
soumission et de dévouement, car depuis longtemps,
vous le savez, je cherche à vous rendre heureuse
suivant mes principes ; mais vous n'avez voulu me
récompenser de rien.

— Je vous ai souffert près de moi, dit-elle avec
hauteur.

— Ajoutez que vous vous en repentez...

— Après l'infâme entreprise dans laquelle vous
m'avez engagée, dois-je encore vous remercier...

— En vous proposant une entreprise qui n'était
pas exempte de blâme pour des esprits timorés, reprit-
il audacieusement, je n'avais que votre fortune en vue.
Pour moi, que je réussisse ou que j'échoue, je saurai
faire servir maintenant toute espèce de résultat au
succès de mes desseins. Si vous épousiez Montauran,
je serais charmé de servir utilement la cause des Bourbons, à Paris, où je suis membre du club de Clichy.
Or, une circonstance qui me mettrait en correspon-

dance avec les princes, me déciderait à abandonner
les intérêts d'une République qui marche à sa déca-
dence. Le général Bonaparte est trop habile pour ne
pas sentir qu'il lui est impossible d'être à la fois en
Allemagne, en Italie, et ici où la Révolution succombe.
Il n'a fait sans doute le Dix-huit Brumaire que pour
obtenir des Bourbons de plus forts avantages en
traitant de la France avec eux, car c'est un garçon
très spirituel et qui ne manque pas de portée ; mais les
hommes politiques doivent le devancer dans la voie
où il s'engage. Trahir la France est encore un de ces
scrupules que, nous autres gens supérieurs, laissons
aux sots. Je ne vous cache pas que j'ai les pouvoirs
nécessaires pour entamer des négociations avec les
chefs des Chouans, aussi bien que pour les faire
périr ; car Fouché mon protecteur est un homme
assez profond, il a toujours joué un double jeu ;
pendant la Terreur il était à la fois pour Robespierre
et pour Danton.

— Que vous avez lâchement abandonné, dit-elle.

— Niaiserie, répondit Corentin ; il est mort, oubliez-le. Allons, parlez-moi à cœur ouvert, je vous en
donne l'exemple. Ce chef de demi-brigade est plus rusé
qu'il ne le paraît, et, si vous vouliez tromper sa surveillance, je ne vous serais pas inutile. Songez qu'il a
infesté les vallées de Contre-Chouans et surprendrait
bien promptement vos rendez-vous ! En restant ici,
sous ses yeux, vous êtes à la merci de sa police. Voyez
avec quelle rapidité il a su que ce Chouan était chez
vous ! Sa sagacité militaire ne doit-elle pas lui faire
comprendre que vos moindres mouvements lui indi-

queront ceux du marquis, si vous en êtes aimée ?

Mlle de Verneuil n'avait jamais entendu de voix si doucement affectueuse, Corentin était tout bonne foi, et paraissait plein de confiance. Le cœur de la pauvre fille recevait si facilement des impressions généreuses qu'elle allait livrer son secret au serpent qui l'enveloppait dans ses replis ; cependant, elle pensa que rien ne prouvait la sincérité de cet artificieux langage, elle ne se fit donc aucun scrupule de tromper son surveillant.

— Eh bien ! répondit-elle, vous avez deviné, Corentin. Oui, j'aime le marquis ; mais je n'en suis pas aimée ! du moins je le crains ; aussi, le rendez-vous qu'il me donne me semble-t-il cacher quelque piège.

— Mais, répliqua Corentin, vous nous avez dit hier qu'il vous avait accompagnée jusqu'à Fougères... S'il eût voulu exercer des violences contre vous, vous ne seriez pas ici.

— Vous avez le cœur sec, Corentin. Vous pouvez établir de savantes combinaisons sur les événements de la vie humaine, et non sur ceux d'une passion. Voilà peut-être d'où vient la constante répugnance que vous m'inspirez. Puisque vous êtes si clairvoyant, cherchez à comprendre comment un homme de qui je me suis séparée violemment avant-hier, m'attend avec impatience aujourd'hui, sur la route de Mayenne, dans une maison de Florigny, vers le soir...

A cet aveu qui semblait échappé dans un emportement assez naturel à cette créature franche et passionnée, Corentin rougit, car il était encore jeune ; mais il jeta sur elle et à la dérobée un de ces regards

perçants qui vont chercher l'âme. La naïveté de
Mlle de Verneuil était si bien jouée qu'elle trompa
l'espion, et il répondit avec une bonhomie factice :
— Voulez-vous que je vous accompagne de loin ?
j'aurais avec moi des soldats déguisés, et nous serions
prêts à vous obéir.

— J'y consens, dit-elle ; mais promettez-moi, sur
votre honneur... Oh! non, je n'y crois pas! par votre
salut, mais vous ne croyez pas en Dieu! par votre
âme, vous n'en avez peut-être pas. Quelle assurance
pouvez-vous donc me donner de votre fidélité ? Et je
me fie à vous, cependant, et je remets en vos mains
plus que ma vie, ou mon amour ou ma vengeance!

Le léger sourire qui apparut sur la figure blafarde
de Corentin fit connaître à Mlle de Verneuil le danger
qu'elle venait d'éviter. Le sbire, dont les narines se
contractaient au lieu de se dilater, prit la main de
sa victime, la baisa avec les marques du respect le
plus profond, et la quitta en lui faisant un salut qui
n'était pas dénué de grâce.

Trois heures après cette scène, Mlle de Verneuil, qui
craignait le retour de Corentin, sortit furtivement
par la porte Saint-Léonard, et gagna le petit sentier
du Nid-aux-Crocs qui conduisait dans la vallée du
Nançon. Elle se crut sauvée en marchant sans témoins
à travers le dédale des sentiers qui menaient à la
cabane de Galope-chopine où elle allait gaiement,
conduite par l'espoir de trouver enfin le bonheur, et
par le désir de soustraire son amant au sort qui le
menaçait. Pendant ce temps, Corentin était à la recherche du commandant. Il eut de la peine à reconnaître

Hulot, en le trouvant sur une petite place où il s'occupait de quelques préparatifs militaires. En effet, le
brave vétéran avait fait un sacrifice dont le mérite
sera difficilement apprécié. Sa queue et ses moustaches
étaient coupées, et ses cheveux, soumis au régime
ecclésiastique, avaient un œil de poudre. Chaussé de
gros souliers ferrés, ayant troqué son vieil uniforme
bleu et son épée contre une peau de bique, armé d'une
ceinture de pistolets et d'une lourde carabine, il passait en revue deux cents habitants de Fougères, dont
les costumes auraient pu tromper l'œil du Chouan le
plus exercé. L'esprit belliqueux de cette petite ville
et le caractère breton se déployaient dans cette scène,
qui n'était pas nouvelle. Çà et là, quelques mères,
quelques sœurs, apportaient à leurs fils, à leurs frères,
une gourde d'eau-de-vie ou des pistolets oubliés. Plusieurs vieillards s'enquéraient du nombre et de la
bonté des cartouches de ces gardes nationaux déguisés
en Contre-Chouans, et dont la gaieté annonçait plutôt
une partie de chasse qu'une expédition dangereuse.
Pour eux, les rencontres de la chouannerie, où les
Bretons des villes se battaient avec les Bretons des
campagnes, semblaient avoir remplacé les tournois
de la chevalerie. Cet enthousiasme patriotique avait
peut-être pour principe quelques acquisitions de biens
nationaux. Néanmoins les bienfaits de la Révolution
mieux appréciés dans les villes, l'esprit de parti, un
certain amour national pour la guerre entraient aussi
pour beaucoup dans cette ardeur. Hulot émerveillé
parcourait les rangs en demandant des renseignements
à Gudin, sur lequel il avait reporté tous les sentiments

d'amitié jadis voués à Merle et à Gérard. Un grand
nombre d'habitants examinaient les préparatifs de
l'expédition, en comparant la tenue de leurs tumul-
tueux compatriotes à celle d'un bataillon de la demi-
brigade de Hulot. Tous immobiles et silencieusement
alignés, les Bleus attendaient, sous la conduite de leurs
officiers, les ordres du commandant, que les yeux de
chaque soldat suivaient de groupe en groupe. En
parvenant auprès du vieux chef de demi-brigade,
Corentin ne put s'empêcher de sourire du changement opéré sur la figure de Hulot. Il avait l'air d'un
portrait qui ne ressemble plus à l'original.

— Qu'y a-t-il donc de nouveau ? lui demanda
Corentin.

— Viens faire avec nous le coup de fusil et tu le
sauras, lui répondit le commandant.

— Oh! je ne suis pas de Fougères, répliqua Corentin.

— Cela se voit bien, citoyen, lui dit Gudin.

Quelques rires moqueurs partirent de tous les
groupes voisins.

— Crois-tu, reprit Corentin, qu'on ne puisse servir
la France qu'avec des baïonnettes ?...

Puis il tourna le dos aux rieurs, et s'adressa à une
femme pour apprendre le but et la destination de cette
expédition.

— Hélas! mon bon homme, les Chouans sont déjà
à Florigny! On dit qu'ils sont plus de trois mille et
s'avancent pour prendre Fougères.

— Florigny, s'écria Corentin pâlissant. Le rendez-
vous n'est pas là! Est-ce bien, reprit-il, Florigny sur
la route de Mayenne ?

— Il n'y a pas deux Florigny, lui répondit la femme en lui montrant le chemin terminé par le sommet de la Pèlerine.

— Est-ce le marquis de Montauran que vous cherchez ? demanda Corentin au commandant.

— Un peu, répondit brusquement Hulot.

— Il n'est pas à Florigny, répliqua Corentin. Dirigez sur ce point votre bataillon et la garde nationale, mais gardez avec vous quelques-uns de vos Contre-Chouans et attendez-moi.

— Il est trop malin pour être fou, s'écria le commandant en voyant Corentin s'éloigner à grands pas. C'est bien le roi des espions !

En ce moment, Hulot donna l'ordre du départ à son bataillon. Les soldats républicains marchèrent sans tambour et silencieusement le long du faubourg étroit qui mène à la route de Mayenne, en dessinant une longue ligne bleue et rouge à travers les arbres et les maisons ; les gardes nationaux déguisés les suivaient ; mais Hulot resta sur la petite place avec Gudin et une vingtaine des plus adroits jeunes gens de la ville, en attendant Corentin dont l'air mystérieux avait piqué sa curiosité. Francine apprit elle-même le départ de Mlle de Verneuil à cet espion sagace, dont tous les soupçons se changèrent en certitude, et qui sortit aussitôt pour recueillir des lumières sur une fuite à bon droit suspecte. Instruit par les soldats de garde au poste Saint-Léonard, du passage de la belle inconnue par le Nid-aux-Crocs, Corentin courut sur la promenade, et y arriva malheureusement assez à propos pour apercevoir de là les moindres mouvements de Marie.

Quoiqu'elle eût mis une robe et une capote vertes pour être vue moins facilement, les soubresauts de sa marche presque folle faisaient reconnaître, à travers les haies dépouillées de feuilles et blanches de givre, le point vers lequel ses pas se dirigeaient.

— Ah! s'écria-t-il, tu dois aller à Florigny et tu descends dans le val de Gibarry! Je ne suis qu'un sot, elle m'a joué. Mais patience, j'allume ma lampe le jour aussi bien que la nuit.

Corentin, devinant alors à peu près le lieu du rendez-vous des deux amants, accourut sur la place au moment où Hulot allait la quitter et rejoindre ses troupes.

— Halte, mon général! cria-t-il au commandant qui se retourna.

En un instant, Corentin instruisit le soldat des événements dont la trame, quoique cachée, laissait voir quelques-uns de ses fils, et Hulot, frappé par la perspicacité du diplomate, lui saisit vivement le bras :

— Mille tonnerres! citoyen curieux, tu as raison. Les brigands font là-bas une fausse attaque! Les deux colonnes mobiles que j'ai envoyées inspecter les environs, entre la route d'Antrain et de Vitré, ne sont pas encore revenues ; ainsi, nous trouverons dans la campagne des renforts qui ne nous seront sans doute pas inutiles, car le Gars n'est pas assez niais pour se risquer sans avoir avec lui ses sacrées chouettes.

— Gudin, dit-il au jeune Fougerais, cours avertir le capitaine Lebrun qu'il peut se passer de moi à Florigny pour y frotter les brigands, et reviens plus vite que ça. Tu connais les sentiers, je t'attends pour

aller à la chasse du ci-devant et venger les assassinats
de la Vivetière. — Tonnerre de Dieu, comme il court!
reprit-il en voyant partir Gudin qui disparut comme
par enchantement. Gérard aurait-il aimé ce garçon-
là!

A son retour, Gudin trouva la petite troupe de
Hulot augmentée de quelques soldats pris aux différents postes de la ville. Le commandant dit au jeune
Fougerais de choisir une douzaine de ses compatriotes
les mieux dressés au difficile métier de Contre-Chouan,
et lui ordonna de se diriger par la porte Saint-Léonard,
afin de longer le revers des montagnes de Saint-
Sulpice qui regardait la grande vallée du Couësnon,
et sur lequel était située la cabane de Galope-chopine ;
puis il se mit lui-même à la tête du reste de la troupe,
et sortit par la porte Saint-Sulpice pour aborder les
montagnes à leur sommet, où, suivant ses calculs,
il devait rencontrer les gens de Beau-pied qu'il
se proposait d'employer à renforcer un cordon
de sentinelles chargées de garder les rochers, depuis
le faubourg Saint-Sulpice jusqu'au Nid-aux-Crocs.
Corentin, certain d'avoir remis la destinée du chef des
Chouans entre les mains de ses plus implacables
ennemis, se rendit promptement sur la Promenade
pour mieux saisir l'ensemble des dispositions militaires de Hulot. Il ne tarda pas à voir la petite escouade
de Gudin débouchant par la vallée du Nançon et suivant les rochers du côté de la grande vallée du Couësnon, tandis que Hulot, débusquant le long du château
de Fougères, gravissait le sentier périlleux qui conduisait sur le sommet des montagnes de Saint-Sulpice.

Ainsi, les deux troupes se déployaient sur deux lignes parallèles. Tous les arbres et les buissons, décorés par le givre de riches arabesques, jetaient sur la campagne un reflet blanchâtre qui permettait de bien voir, comme des lignes grises, ces deux petits corps d'armée en mouvement. Arrivé sur le plateau des rochers, Hulot détacha de sa troupe tous les soldats qui étaient en uniforme, et Corentin les vit établissant, par les ordres de l'habile commandant, une ligne de sentinelles ambulantes séparées chacune par un espace convenable, dont la première devait correspondre avec Gudin et la dernière avec Hulot, de manière qu'aucun buisson ne devait échapper aux baïonnettes de ces trois lignes mouvantes qui allaient traquer le Gars à travers les montagnes et les champs.

— Il est rusé, ce vieux loup de guérite, s'écria Corentin en perdant de vue les dernières pointes de fusils qui brillèrent dans les ajoncs, le Gars est cuit. Si Marie avait livré ce damné marquis, nous eussions, elle et moi, été unis par le plus fort des liens, une infamie... Mais elle sera bien à moi!...

Les douze jeunes Fougerais conduits par le sous-lieutenant Gudin atteignirent bientôt le versant que forment les rochers de Saint-Sulpice, en s'abaissant par petites collines dans la vallée de Gibarry. Gudin, lui, quitta les chemins, sauta lestement l'échalier du premier champ de genêts qu'il rencontra, et où il fut suivi par six de ses compatriotes ; les six autres se dirigèrent, d'après ses ordres, dans les champs de droite, afin d'opérer les recherches de chaque côté des chemins. Gudin s'élança vivement vers un pom-

mier qui se trouvait au milieu du genêt. Au bruissement produit par la marche des six Contre-Chouans
qu'il conduisait à travers cette forêt de genêts en
tâchant de ne pas en agiter les touffes givrées, sept
ou huit hommes à la tête desquels était Beau-pied,
se cachèrent derrière quelques châtaigniers par lesquels la haie de ce champ était couronnée. Malgré le
reflet blanc qui éclairait la campagne et malgré leur vue
exercée, les Fougerais n'aperçurent pas d'abord leurs
adversaires, qui s'étaient fait un rempart des arbres.

— Chut! les voici, dit Beau-pied qui le premier leva
la tête. Les brigands nous ont excédés, mais, puisque
nous les avons au bout de nos fusils, ne les manquons
pas, ou, nom d'une pipe! nous ne serions pas sus-
ceptibles d'être soldats du pape!

Cependant les yeux perçants de Gudin avaient fini
par découvrir quelques canons de fusils dirigés vers
sa petite escouade. En ce moment, par une amère
dérision, huit grosses voix crièrent *qui vive*! et huit
coups de fusil partirent aussitôt. Les balles sifflèrent
autour des Contre-Chouans. L'un deux en reçut une
dans le bras et un autre tomba. Les cinq Fougerais
qui restaient sains et saufs ripostèrent par une décharge
en répondant : — Amis! Puis, ils marchèrent rapidement sur les ennemis, afin de les atteindre avant
qu'ils n'eussent rechargé leurs armes.

— Nous ne savions pas si bien dire, s'écria le jeune
sous-lieutenant en reconnaissant les uniformes et les
vieux chapeaux de sa demi-brigade. Nous avons agi
en vrais Bretons, nous nous sommes battus avant de
nous expliquer.

Les huit soldats restèrent stupéfaits en reconnaissant Gudin.

— Dame! mon officier, qui diable ne vous prendrait pas pour des brigands sous vos peaux de bique, s'écria douloureusement Beau-pied.

— C'est un malheur, et nous en sommes tous innocents, puisque vous n'étiez pas prévenus de la sortie de nos Contre-Chouans. Mais où en êtes-vous ? lui demanda Gudin.

— Mon officier, nous sommes à la recherche d'une douzaine de Chouans qui s'amusent à nous échiner. Nous courons comme des rats empoisonnés ; mais, à force de sauter ces échaliers et ces haies que le tonnerre confonde, nos compas s'étaient rouillés et nous nous reposions. Je crois que les brigands doivent être maintenant dans les environs de cette grande baraque d'où vous voyez sortir de la fumée.

— Bon! s'écria Gudin. Vous autres, dit-il aux huit soldats et à Beau-pied, vous allez vous replier sur les rochers de Saint-Sulpice, à travers les champs, et vous y appuierez la ligne de sentinelles que le commandant y a établie. Il ne faut pas que vous restiez avec nous autres, puisque vous êtes en uniforme. Nous voulons, mille cartouches! venir à bout de ces chiens-là, le Gars est avec eux! Les camarades vous en diront plus long que je ne vous en dis. Filez sur la droite, et n'administrez pas de coups de fusil à six de nos peaux de bique que vous pourrez rencontrer. Vous reconnaîtrez nos Contre-Chouans à leurs cravates qui sont roulées en corde sans nœud.

Gudin laissa ses deux blessés sous le pommier,

en se dirigeant vers la maison de Galope-chopine, que
Beau-pied venait de lui indiquer et dont la fumée lui
servit de boussole. Pendant que le jeune officier était
mis sur la piste des Chouans par une rencontre assez
commune dans cette guerre, mais qui aurait pu devenir plus meurtrière, le petit détachement que commandait Hulot avait atteint sur sa ligne d'opérations un
point parallèle à celui où Gudin était parvenu sur la
sienne. Le vieux militaire, à la tête de ses Contre-
Chouans, se glissait silencieusement le long des haies
avec toute l'ardeur d'un jeune homme, il sautait les
échaliers encore assez légèrement en jetant ses yeux
fauves sur toutes les hauteurs, et prêtant, comme un
chasseur, l'oreille au moindre bruit. Au troisième
champ dans lequel il entra, il aperçut une femme
d'une trentaine d'années, occupée à labourer la terre
à la houe, et qui, toute courbée, travaillait avec courage ; tandis qu'un petit garçon âgé d'environ sept à
huit ans, armé d'une serpe, secouait le givre de quelques ajoncs qui avaient poussé çà et là, les coupait et
les mettait en tas. Au bruit que fit Hulot en retom-
bant lourdement de l'autre côté de l'échalier, le
petit gars et sa mère levèrent la tête. Hulot prit facilement cette jeune femme pour une vieille. Des rides
venues avant le temps sillonnaient le front et la peau
du cou de la Bretonne, elle était si grotesquement vêtue
d'une peau de bique usée, que sans une robe de toile
jaune et sale, marque distinctive de son sexe, Hulot
n'aurait su à quel sexe la paysanne appartenait, car
les longues mèches de ses cheveux noirs étaient
cachées sous un bonnet de laine rouge. Les haillons

dont le petit gars était à peine couvert en laissaient voir la peau.

— Ho! la vieille, fit Hulot d'un ton bas à cette femme en s'approchant d'elle, où est le Gars?

En ce moment les vingt Contre-Chouans qui suivaient Hulot franchirent les enceintes du champ.

— Ah! pour aller au Gars, faut que vous retourniez d'où vous venez, répondit la femme après avoir jeté un regard de défiance sur la troupe.

— Est-ce que je te demande le chemin du faubourg du Gars à Fougères, vieille carcasse? répliqua brutalement Hulot. Par sainte Anne d'Auray, as-tu vu passer le Gars?

— Je ne sais pas ce que vous voulez dire, répondit la femme en se courbant pour reprendre son travail.

— Garce damnée, veux-tu donc nous faire avaler par les Bleus qui nous poursuivent? s'écria Hulot.

A ces paroles la femme releva la tête et jeta un nouveau regard de méfiance sur les Contre-Chouans en leur répondant : — Comment les Bleus peuvent-ils être à vos trousses? j'en viens de voir passer sept à huit qui regagnent Fougères par le chemin d'en bas.

— Ne dirait-on pas qu'elle va nous mordre avec son nez? reprit Hulot. Tiens, regarde, vieille bique.

Et le commandant lui montra du doigt, à une cinquantaine de pas en arrière, trois ou quatre de ses sentinelles dont les chapeaux, les uniformes et les fusils étaient faciles à reconnaître.

— Veux-tu laisser égorger ceux que Marche-à-terre envoie au secours du Gars que les Fougerais veulent prendre? reprit-il avec colère.

— Ah! excusez, reprit la femme ; mais il est si facile d'être trompé! De quelle paroisse êtes-vous donc ? demanda-t-elle.

— De Saint-Georges, s'écrièrent deux ou trois Fougerais en bas-breton, et nous mourons de faim.

— Eh bien! tenez, répondit la femme, voyez-vous cette fumée, là-bas ? c'est ma maison. En suivant les routins de droite, vous y arriverez par en haut. Vous trouverez peut-être mon homme en route. Galope-chopine doit faire le guet pour avertir le Gars, puisque vous savez qu'il vient aujourd'hui chez nous, ajouta-t-elle avec orgueil.

— Merci, bonne femme, répondit Hulot. — En avant, vous autres, tonnerre de Dieu! ajouta-t-il en parlant à ses hommes, nous le tenons!

A ces mots, le détachement suivit au pas de course le commandant, qui s'engagea dans les sentiers indiqués. En entendant le juron si peu catholique du soi-disant Chouan, la femme de Galope-chopine pâlit. Elle regarda les guêtres et les peaux de bique des jeunes Fougerais, s'assit par terre, serra son enfant dans ses bras et dit : — Que la sainte vierge d'Auray et le bienheureux saint Labre aient pitié de nous! Je ne crois pas que ce soient nos gens, leurs souliers sont sans clous. Cours par le chemin d'en bas prévenir ton père, il s'agit de sa tête, dit-elle au petit garçon, qui disparut comme un daim à travers les genêts et les ajoncs.

Cependant Mlle de Verneuil n'avait rencontré sur sa route aucun des partis Bleus ou Chouans qui se pourchassaient les uns les autres dans le labyrinthe

de champs situés autour de la cabane de Galope-
chopine. En apercevant une colonne bleuâtre s'élevant du tuyau à demi détruit de la cheminée de cette
triste habitation, son cœur éprouva une de ces violentes palpitations dont les coups précipités et sono-
res semblent monter dans le cou comme par flots. Elle
s'arrêta, s'appuya de la main sur une branche d'arbre,
et contempla cette fumée qui devait également servir
de fanal aux amis et aux ennemis du jeune chef. Jamais
elle n'avait ressenti d'émotion si écrasante. — Ah!
je l'aime trop, se dit-elle avec une sorte de désespoir ;
aujourd'hui je ne serai peut-être plus maîtresse de
moi... Tout à coup elle franchit l'espace qui la séparait
de la chaumière, et se trouva dans la cour, dont la
fange avait été durcie par la gelée. Le gros chien
s'élança encore contre elle en aboyant ; mais, sur un
seul mot prononcé par Galope-chopine, il remua la
queue et se tut. En entrant dans la chaumine, Mlle de
Verneuil y jeta un de ces regards qui embrassent tout.
Le marquis n'y était pas. Marie respira plus librement.
Elle reconnut avec plaisir que le Chouan s'était efforcé
de restituer quelque propreté à la sale et unique
chambre de sa tanière. Galope-chopine saisit sa canardière, salua silencieusement son hôtesse et sortit
avec son chien ; elle le suivit jusque sur le seuil, et
le vit s'en allant par le sentier qui commençait à droite
de sa cabane, et dont l'entrée était défendue par un
gros arbre pourri en y formant un échalier presque
ruiné. De là, elle put apercevoir une suite de champs
dont les échaliers présentaient à l'œil comme une
enfilade de portes, car la nudité des arbres et des haies

permettait de bien voir les moindres accidents du
paysage. Quand le large chapeau de Galope-chopine
eut tout à fait disparu, Mlle de Verneuil se retourna
vers la gauche pour voir l'église de Fougères ; mais le
hangar la lui cachait entièrement. Elle jeta les yeux sur
la vallée du Couësnon qui s'offrait à ses regards,
comme une vaste nappe de mousseline dont la blancheur rendait plus terne encore un ciel gris et chargé
de neige. C'était une de ces journées où la nature semble muette, et où les bruits sont absorbés par l'atmosphère. Aussi, quoique les Bleus et leurs Contre-Chouans
marchassent dans la campagne sur trois lignes, en formant un triangle qu'ils resserraient en s'approchant de
la cabane, le silence était si profond que Mlle de
Verneuil se sentit émue par des circonstances qui
ajoutaient à ses angoisses une sorte de tristesse physique. Il y avait du malheur dans l'air. Enfin, à l'endroit où un petit rideau de bois terminait l'enfilade
d'échaliers, elle vit un jeune homme sautant les barrières comme un écureuil, et courant avec une étonnante rapidité. — C'est lui, se dit-elle. Simplement
vêtu comme un Chouan, le Gars portait son tromblon en bandoulière derrière sa peau de bique, et,
sans la grâce de ses mouvements, il aurait été mécon-
naissable. Marie se retira précipitamment dans la
cabane, en obéissant à l'une de ces déterminations
instinctives aussi peu explicables que l'est la peur ;
mais bientôt le jeune chef fut à deux pas d'elle devant
la cheminée, où brillait un feu clair et animé. Tous
deux se trouvèrent sans voix, craignirent de se
regarder, ou de faire un mouvement. Une même

espérance unissait leur pensée, un même doute les
séparait, c'était une angoisse, c'était une volupté.

— Monsieur, dit enfin Mlle de Verneuil d'une voix
émue, le soin de votre sûreté m'a seul amenée ici.

— Ma sûreté! reprit-il avec amertume.

— Oui, répondit-elle, tant que je resterai à Fougères, votre vie est compromise, et je vous aime trop
pour n'en pas partir ce soir ; ne m'y cherchez donc
plus.

— Partir, chère ange! je vous suivrai.

— Me suivre! y pensez-vous ? et les Bleus ?

— Eh! ma chère Marie, qu'y a-t-il de commun
entre les Bleus et notre amour ?

— Mais il me semble qu'il est difficile que vous
restiez en France, près de moi, et plus difficile encore
que vous la quittiez avec moi.

— Y a-t-il donc quelque chose d'impossible à qui
aime bien ?

— Ah! oui, je crois que tout est possible. N'ai-je
pas eu le courage de renoncer à vous, pour vous!

— Quoi! vous vous êtes donnée à un être affreux
que vous n'aimiez pas, et vous ne voulez pas faire le
bonheur d'un homme qui vous adore, de qui vous
remplirez la vie, et qui jure de n'être jamais qu'à
vous ? Écoute-moi, Marie, m'aimes-tu ?

— Oui, dit-elle.

— Eh bien! sois à moi.

— Avez-vous oublié que j'ai repris le rôle infâme d'une courtisane, et que c'est vous qui devez
être à moi ? Si je veux vous fuir, c'est pour ne pas
laisser retomber sur votre tête le mépris que je

pourrais encourir ; sans cette crainte, peut-être...

— Mais si je ne redoute rien...

— Et qui m'en assurera ? Je suis défiante. Dans ma situation, qui ne le serait pas ?... Si l'amour que nous inspirons ne dure pas, au moins doit-il être complet, et nous faire supporter avec joie l'injustice du monde. Qu'avez-vous fait pour moi ?... Vous me désirez. Croyez-vous vous être élevé par là bien au-dessus de ceux qui m'ont vue jusqu'à présent ? Avez-vous risqué, pour une heure de plaisir, vos Chouans, sans plus vous en soucier que je ne m'inquiétais des Bleus massacrés quand tout fut perdu pour moi ? Et si je vous ordonnais de renoncer à toutes vos idées, à vos espérances, à votre Roi qui m'offusque et qui peut-être se moquera de vous quand vous périrez pour lui ; tandis que je saurais mourir pour vous avec un saint respect ! Enfin, si je voulais que vous envoyassiez votre soumission au premier Consul pour que vous pussiez me suivre à Paris ?... si j'exigeais que nous allassions en Amérique y vivre loin d'un monde où tout est vanité, afin de savoir si vous m'aimez bien pour moi-même, comme en ce moment je vous aime ! Pour tout dire en un mot, si je voulais, au lieu de m'élever à vous, que vous tombassiez jusqu'à moi, que feriez-vous ?

— Tais-toi, Marie, ne te calomnie pas. Pauvre enfant, je t'ai devinée ! Va, si mon premier désir est devenu de la passion, ma passion est maintenant de l'amour. Chère âme de mon âme, je le sais, tu es aussi noble que ton nom, aussi grande que belle ; je suis assez noble et me sens assez grand moi-même pour t'imposer au monde. Est-ce parce que je pressens

en toi des voluptés inouïes et incessantes ?... est-ce
parce que je crois rencontrer en ton âme ces précieuses
qualités qui nous font toujours aimer la même
femme ? j'en ignore la cause, mais mon amour est
sans bornes, et il me semble que je ne puis plus me
passer de toi. Oui, ma vie serait pleine de dégoût si
tu n'étais toujours près de moi...

— Comment près de vous ?

— Oh! Marie, tu ne veux donc pas deviner ton
Alphonse ?

— Ah! croiriez-vous me flatter beaucoup en m'offrant votre nom, votre main ? dit-elle avec un apparent dédain mais en regardant fixement le marquis pour
en surprendre les moindres pensées. Et savez-vous si
vous m'aimerez dans six mois, et alors quel serait
mon avenir ?... Non, non, une maîtresse est la seule
femme qui soit sûre des sentiments qu'un homme
lui témoigne ; car le devoir, les lois, le monde, l'intérêt des enfants, n'en sont pas les tristes auxiliaires,
et si son pouvoir est durable, elle y trouve des flatteries et un bonheur qui font accepter les plus grands
chagrins du monde. Être votre femme et avoir la
chance de vous peser un jour!... A cette crainte je
préfère un amour passager, mais vrai, quand même
la mort et la misère en seraient la fin. Oui, je pourrais être, mieux que toute autre, une mère vertueuse,
une épouse dévouée ; mais pour entretenir de tels
sentiments dans l'âme d'une femme, il ne faut pas
qu'un homme l'épouse dans un accès de passion.
D'ailleurs, sais-je moi-même si vous me plairez
demain ? Non, je ne veux pas faire votre malheur, je

quitte la Bretagne, dit-elle en apercevant de l'hésita-
tion dans son regard, je retourne à Fougères, et vous
ne viendrez pas me chercher là...

— Eh bien! après-demain, si dès le matin tu vois
de la fumée sur les roches de Saint-Sulpice, le soir
je serai chez toi, amant, époux, ce que tu voudras
que je sois. J'aurai tout bravé!

— Mais, Alphonse, tu m'aimes donc bien, dit-elle
avec ivresse, pour risquer ainsi ta vie avant de me la
donner?...

Il ne répondit pas, il la regarda, elle baissa les
yeux ; mais il lut sur l'ardent visage de sa maîtresse
un délire égal au sien, et alors il lui tendit les bras.
Une sorte de folie entraîna Marie, qui alla tomber
mollement sur le sein du marquis, décidée à s'abandonner à lui pour faire de cette faute le plus grand des
bonheurs, en y risquant tout son avenir, qu'elle
rendait plus certain si elle sortait victorieuse de cette
dernière épreuve. Mais à peine sa tête s'était-elle
posée sur l'épaule de son amant, qu'un léger bruit
retentit au dehors. Elle s'arracha de ses bras comme si
elle se fût réveillée, et s'élança hors de la chaumière.
Elle put alors recouvrer un peu de sang-froid et penser
à sa situation.

— Il m'aurait acceptée et se serait moqué de moi,
peut-être, se dit-elle. Ah! si je pouvais le croire, je le
tuerais. — Ah! pas encore cependant, reprit-elle
en apercevant Beau-pied, à qui elle fit un signe que
le soldat comprit à merveille.

Le pauvre garçon tourna brusquement sur ses talons,
en feignant de n'avoir rien vu. Tout à coup, Mlle de

Verneuil rentra dans le salon en invitant le jeune
chef à garder le plus profond silence, par la manière dont elle se pressa les lèvres sous l'index de
sa main droite.

— Ils sont là, dit-elle avec terreur et d'une voix
sourde.

— Qui ?

— Les Bleus.

— Ah! je ne mourrai pas sans avoir...

— Oui, prends...

Il la saisit froide et sans défense, et cueillit sur ses
lèvres un baiser plein d'horreur et de plaisir, car il
pouvait être à la fois le premier et le dernier. Puis ils
allèrent ensemble sur le seuil de la porte, en y plaçant
leurs têtes de manière à tout examiner sans être vus.
Le marquis aperçut Gudin à la tête d'une douzaine
d'hommes qui tenaient le bas de la vallée du Couësnon.
Il se tourna vers l'enfilade des échaliers, le gros tronc
d'arbre pourri était gardé par sept soldats. Il monta
sur la pièce de cidre, enfonça le toit de bardeau pour
sauter sur l'éminence ; mais il retira précipitamment
sa tête du trou qu'il venait de faire : Hulot couronnait
la hauteur et lui coupait le chemin de Fougères. En ce
moment, il regarda sa maîtresse qui jeta un cri de désespoir : elle entendait les trépignements des trois
détachements réunis autour de la maison.

— Sors la première, lui dit-il, tu me préserveras.

En entendant ce mot, pour elle sublime, elle se
plaça tout heureuse en face de la porte, pendant que
le marquis armait son tromblon. Après avoir mesuré
l'espace qui existait entre le seuil de la cabane et le

gros tronc d'arbre, le Gars se jeta devant les sept Bleus,
les cribla de sa mitraille et se fit un passage au milieu d'eux. Les trois troupes se précipitèrent autour
de l'échalier que le chef avait sauté, et le virent alors
courant dans le champ avec une incroyable célérité.

— Feu, feu, mille noms d'un diable! Vous n'êtes
pas Français, feu donc, mâtins! cria Hulot d'une voix
tonnante.

Au moment où il prononçait ces paroles du haut de
l'éminence, ses hommes et ceux de Gudin firent une
décharge générale qui heureusement fut mal dirigée.
Déjà le marquis arrivait à l'échalier qui terminait le
premier champ ; mais au moment où il passait dans le
second, il faillit être atteint par Gudin qui s'était
élancé sur ses pas avec violence. En entendant ce
redoutable adversaire à quelques toises, le Gars redoubla de vitesse. Néanmoins, Gudin et le marquis arrivèrent presque en même temps à l'échalier ; mais Montauran lança si adroitement son tromblon à la tête de
Gudin, qu'il le frappa et en retarda la marche. Il est
impossible de dépeindre l'anxiété de Marie et l'intérêt
que manifestaient à ce spectacle Hulot et sa troupe.
Tous, ils répétaient silencieusement, à leur insu, les
gestes des deux coureurs. Le Gars et Gudin parvinrent
ensemble au rideau blanc de givre formé par le petit
bois ; mais l'officier rétrograda tout à coup et s'effaça
derrière un pommier. Une vingtaine de Chouans, qui
n'avaient pas tiré de peur de tuer leur chef, se montrèrent et criblèrent l'arbre de balles. Tout la petite troupe
de Hulot s'élança au pas de course pour sauver Gudin,
qui, se trouvant sans armes, revenait de pommier en

26

pommier, en saisissant, pour courir, le moment où les
Chasseurs du Roi chargeaient leurs armes. Son danger
dura peu. Les Contre-Chouans mêlés aux Bleus, et Hulot à leur tête vinrent soutenir le jeune officier à la
place où le marquis avait jeté son tromblon. En ce
moment, Gudin aperçut son adversaire tout épuisé,
assis sous un des arbres du petit bouquet de bois ;
il laissa ses camarades se canardant avec les Chouans
retranchés derrière une haie latérale du champ, il
les tourna et se dirigea vers le marquis avec la vivacité d'une bête fauve. En voyant cette manœuvre, les
Chasseurs du Roi poussèrent d'effroyables cris pour
avertir leur chef ; puis, après avoir tiré sur les Contre-
Chouans avec le bonheur qu'ont les braconniers, ils
essayèrent de leur tenir tête ; mais ceux-ci gravirent
courageusement la haie qui servait de rempart à leurs
ennemis, et y prirent une sanglante revanche. Les Chouans gagnèrent alors le chemin qui longeait le champ
dans l'enceinte duquel cette scène avait lieu, et s'em-
parèrent des hauteurs que Hulot avait commis la
faute d'abandonner. Avant que les Bleus eussent eu
le temps de se reconnaître, les Chouans avaient pris
pour retranchements les brisures que formaient les
arêtes de ces rochers à l'abri desquels ils pouvaient
tirer sans danger sur les soldats de Hulot, si ceux-ci
faisaient quelque démonstration de vouloir venir
les y combattre. Pendant que Hulot, suivi de quelques
soldats, allait lentement vers le petit bois pour y
chercher Gudin, les Fougerais demeurèrent pour dépouiller les Chouans morts et achever les vivants.
Dans cette épouvantable guerre, les deux partis ne

faisaient pas de prisonniers. Le marquis sauvé, les Chouans et les Bleus reconnurent mutuellement la force de leurs positions respectives et l'inutilité de la lutte, en sorte que chacun ne songea plus qu'à se retirer.

— Si je perds ce jeune homme-là, s'écria Hulot en regardant le bois avec attention, je ne veux plus faire d'amis!

— Ah! ah! dit un des jeunes gens de Fougères occupé à dépouiller les morts, voilà un oiseau qui a des plumes jaunes.

Et il montrait à ses compatriotes une bourse pleine de pièces d'or qu'il venait de trouver dans la poche d'un gros homme vêtu de noir.

— Mais qu'a-t-il donc là? reprit un autre qui tira un bréviaire de la redingote du défunt.

— C'est pain bénit, c'est un prêtre! s'écria-t-il en jetant le bréviaire à terre.

— Le voleur, il nous fait banqueroute, dit un troisième en ne trouvant que deux écus de six francs dans les poches du Chouan qu'il déshabillait.

— Oui, mais il a une fameuse paire de souliers, répondit un soldat qui se mit en devoir de les prendre.

— Tu les auras s'ils tombent dans ton lot, lui répliqua l'un des Fougerais, en les arrachant des pieds du mort et les lançant au tas des effets déjà rassemblés.

Un quatrième Contre-Chouan recevait l'argent, afin de faire les parts lorsque tous les soldats de l'expédition seraient réunis. Quand Hulot revint avec le jeune officier, dont la dernière entreprise pour joindre le Gars avait été aussi périlleuse qu'inutile, il trouva une vingtaine de ses soldats et une trentaine de Contre-Chouans devant onze ennemis morts dont les corps avaient été jetés dans un sillon tracé au bas de la haie.

— Soldats, s'écria Hulot d'une voix sévère, je vous défends de partager ces haillons. Formez vos rangs, et plus vite que ça!

— Mon commandant, dit un soldat en montrant à Hulot ses souliers, au bout desquels les cinq doigts de ses pieds se voyaient à nu, bon pour l'argent; mais cette chaussure-là, ajouta-t-il en montrant avec la crosse de son fusil la paire de souliers ferrés, cette chaussure-là, mon commandant, m'irait comme un gant.

— Tu veux à tes pieds des souliers anglais! lui répliqua Hulot.

— Commandant, dit respectueusement un des Fougerais, nous avons, depuis la guerre, toujours partagé le butin.

— Je ne vous empêche pas, vous autres, de suivre vos usages, répliqua durement Hulot en l'interrompant.

— Tiens, Gudin, voilà une bourse là qui contient trois louis, tu as eu de la peine, ton chef ne s'opposera pas à ce que tu la prennes, dit à l'officier l'un de ses anciens camarades.

Hulot regarda Gudin de travers, et le vit pâlissant.

— C'est la bourse de mon oncle, s'écria le jeune homme.

Tout épuisé qu'il était par la fatigue, il fit quelques pas vers le monceau de cadavres, et le premier corps qui s'offrit à ses regards fut précisément celui de son oncle ; mais à peine en vit-il le visage rubicond sillonné de bandes bleuâtres, les bras roidis et la plaie faite par le coup de feu, qu'il jeta un cri étouffé et s'écria : — Marchons, mon commandant.

La troupe de Bleus se mit en route. Hulot soutenait son jeune ami en lui donnant le bras.

— Tonnerre de Dieu, cela ne sera rien, lui disait le vieux soldat.

— Mais il est mort, répondit Gudin, mort! C'était mon seul parent, et, malgré ses malédictions, il m'aimait. Le Roi revenu, tout le pays aurait voulu ma tête, le bonhomme m'aurait caché sous sa soutane.

— Est-il bête! disaient les gardes nationaux restés à se partager les dépouilles ; le bonhomme est riche, et comme ça, il n'a pas eu le temps de faire un testament par lequel il l'aurait déshérité.

Le partage fait, les Contre-Chouans rejoignirent le petit bataillon de Bleus et le suivirent de loin.

Une horrible inquiétude se glissa, vers la nuit, dans la chaumière de Galope-chopine, où jusqu'alors la vie avait été si naïvement insoucieuse. Barbette et son petit gars portant tous deux sur leur dos, l'une sa pesante charge d'ajoncs, l'autre une provision d'herbes pour les bestiaux, revinrent à l'heure où la famille prenait le repas du soir. En entrant au logis, la mère et le fils cherchèrent en vain Galope-chopine ; et jamais cette misérable chambre ne leur parut si grande, tant elle était vide. Le foyer sans feu, l'obscurité, le silence, tout leur prédisait quelque malheur. Quand la nuit fut venue, Barbette s'empressa d'allu-

mer un feu clair et deux *oribus*, nom donné aux
chandelles de résine dans le pays compris entre les
rivages de l'Armorique jusqu'en haut de la Loire, et
encore usité en deçà d'Amboise dans les campagnes
du Vendômois. Barbette mettait à ces apprêts la
lenteur dont sont frappées les actions quand un sentiment profond les domine ; elle écoutait le moindre
bruit ; mais souvent trompée par le sifflement des rafa-
les, elle allait sur la porte de sa misérable hutte et en
revenait toute triste. Elle nettoya deux pichés, les
remplit de cidre et les posa sur la longue table de noyer.
A plusieurs reprises, elle regarda son garçon qui sur-
veillait la cuisson des galettes de sarrasin, mais sans
pouvoir lui parler. Un instant les yeux du petit gars
s'arrêtèrent sur les deux clous qui servaient à supporter la canardière de son père, et Barbette frissonna
en voyant comme lui cette place vide. Le silence n'était
interrompu que par les mugissements des vaches, ou
par les gouttes de cidre qui tombaient périodiquement
de la bonde du tonneau. La pauvre femme soupira en
apprêtant dans trois écuelles de terre brune une espèce
de soupe composée de lait, de galette coupée par petits
morceaux et de châtaignes cuites.

— Ils se sont battus dans la pièce qui dépend de la
Béraudière, dit le petit gars.

— Vas-y donc voir, répondit la mère.

Le gars y courut, reconnut au clair de la lune le monceau de cadavres, n'y trouva point son père, et revint
tout joyeux en sifflant ; il avait ramassé quelques
pièces de cent sous foulées aux pieds par les vainqueurs
et oubliées dans la boue. Il trouva sa mère assise sur

une escabelle et occupée à filer du chanvre au coin
du feu. Il fit un signe négatif à Barbette, qui n'osa
croire à quelque chose d'heureux ; puis, dix heures
ayant sonné à Saint-Léonard, le petit gars se coucha
après avoir marmotté une prière à la sainte vierge
d'Auray. Au jour, Barbette, qui n'avait pas dormi,
poussa un cri de joie, en entendant retentir dans le
lointain un bruit de gros souliers ferrés qu'elle reconnut,
et Galope-chopine montra bientôt sa mine renfrognée.

— Grâces à saint Labre à qui j'ai promis un beau
cierge, le Gars a été sauvé! N'oublie pas que nous
devons maintenant trois cierges au saint.

Puis, Galope-chopine saisit un piché et l'avala tout
entier sans reprendre haleine. Lorsque sa femme lui
eut servi sa soupe, l'eut débarrassé de sa canardière
et qu'il se fut assis sur le banc de noyer, il dit en s'approchant du feu : — Comment les Bleus et les Contre-
Chouans sont-ils donc venus ici ? On se battait à Florigny. Quel diable a pu leur dire que le Gars était chez
nous ? car il n'y avait que lui, sa belle garce et nous
qui le savions.

La femme pâlit.

— Les Contre-Chouans m'ont persuadé qu'ils étaient
des gars de Saint-Georges, répondit-elle en tremblant,
et c'est moi qui leur ai dit où était le Gars.

Galope-chopine pâlit à son tour, et laissa son écuelle
sur le bord de la table.

— Je t'ai envoyé not' gars pour te prévenir, reprit
Barbette effrayée, il ne t'a pas rencontré.

Le Chouan se leva, et frappa si violemment sa femme,
qu'elle alla tomber pâle comme un mort sur le lit.

— Garce maudite, tu m'as tué, dit-il. Mais saisi d'épouvante, il prit sa femme dans ses bras : — Barbette ? s'écria-t-il, Barbette ? Sainte Vierge! j'ai eu la main trop lourde.

— Crois-tu, lui dit-elle en ouvrant les yeux, que Marche-à-terre vienne à le savoir ?

— Le Gars, répondit le Chouan, a dit de s'enquérir d'où venait cette trahison.

— L'a-t-il dit à Marche-à-terre ?

— Pille-miche et Marche-à-terre étaient à Florigny.

Barbette respira plus librement.

— S'ils touchent à un seul cheveu de ta tête, dit-elle, je rincerai leurs verres avec du vinaigre.

— Ah! je n'ai plus faim, s'écria tristement Galope-chopine.

Sa femme poussa devant lui l'autre piché plein, il n'y fit pas même attention. Deux grosses larmes sillonnèrent alors les joues de Barbette et humectèrent les rides de son visage fané.

— Écoute, ma femme, il faudra demain matin amasser des fagots au *dret* de Saint-Léonard sur les rochers de Saint-Sulpice et y mettre le feu. C'est le signal convenu entre le Gars et le vieux recteur de Saint-Georges qui viendra lui dire une messe.

— Il ira donc à Fougères ?

— Oui, chez sa belle garce. J'ai à courir aujourd'hui à cause de ça! Je crois bien qu'il va l'épouser et l'enlever, car il m'a dit d'aller louer des chevaux et de les égailler sur la route de Saint-Malo.

Là-dessus, Galope-chopine fatigué se coucha pour quelques heures et se remit en course. Le lendemain

matin il rentra après s'être soigneusement acquitté
des commissions que le marquis lui avait confiées. En
apprenant que Marche-à-terre et Pille-miche ne
s'étaient pas présentés, il dissipa les inquiétudes de sa
femme, qui partit presque rassurée pour les roches de
Saint-Sulpice, où la veille elle avait préparé sur le
mamelon qui faisait face à Saint-Léonard quelques
fagots couverts de givre. Elle emmena par la main son
petit gars qui portait du feu dans un sabot cassé. A
peine son fils et sa femme avaient-ils disparu derrière
le toit du hangar, que Galope-chopine entendit deux
hommes sautant le dernier des échaliers en enfilade, et
insensiblement il vit à travers un brouillard assez épais
des formes anguleuses se dessinant comme des ombres
indistinctes. — C'est Pille-miche et Marche-à-terre,
se dit-il mentalement. Et il tressaillit. Les deux Chouans
montrèrent dans la petite cour leurs visages ténébreux
qui ressemblaient assez, sous leurs grands chapeaux
usés, à ces figures que des graveurs ont faites avec
des paysages.

— Bonjour, Galope-chopine, dit gravement Marche-
à-terre.

— Bonjour, monsieur Marche-à-terre, répondit
humblement le mari de Barbette. Voulez-vous entrer
ici et vider quelques pichés ? J'ai de la galette froide
et du beurre fraîchement battu.

— Ce n'est pas de refus, mon cousin, dit Pille-miche.

Les deux Chouans entrèrent. Ce début n'avait rien
d'effrayant pour le maître du logis, qui s'empressa
d'aller à sa grosse tonne emplir trois pichés, pendant
que Marche-à-terre et Pille-miche, assis de chaque

côté de la longue table sur un des bancs luisants, se coupèrent des galettes et les garnirent d'un beurre gras et jaunâtre qui, sous le couteau, laissait jaillir de petites bulles de lait. Galope-chopine posa les pichés pleins de cidre et couronnés de mousse devant ses hôtes, et les trois Chouans se mirent à manger ; mais de temps en temps le maître du logis jetait un regard de côté sur Marche-à-terre en s'empressant de satisfaire sa soif.

— Donne-moi ta chinchoire, dit Marche-à-terre à Pille-miche.

Et après en avoir secoué fortement plusieurs chinchées dans le creux de sa main, le Breton aspira son tabac en homme qui voulait se préparer à quelque action grave.

— Il fait froid, dit Pille-miche en se levant pour aller fermer la partie supérieure de la porte.

Le jour terni par le brouillard ne pénétra plus dans la chambre que par la petite fenêtre, et n'éclaira que faiblement la table et les deux bancs ; mais le feu y répandit des lueurs rougeâtres. En ce moment, Galope-chopine, qui avait achevé de remplir une seconde fois les pichés de ses hôtes, les mettait devant eux ; mais ils refusèrent de boire, jetèrent leurs larges chapeaux et prirent tout à coup un air solennel. Leurs gestes et le regard par lequel ils se consultèrent firent frissonner Galope-chopine, qui crut apercevoir du sang sous les bonnets de laine rouge dont ils étaient coiffés.

— Apporte-nous ton couperet, dit Marche-à-terre.

— Mais, monsieur Marche-à-terre, qu'en voulez-vous donc faire ?

— Allons, cousin, tu le sais bien, dit Pille-miche en serrant sa chinchoire que lui rendit Marche-à-terre, tu es jugé.

Les deux Chouans se levèrent ensemble en saisissant leurs carabines.

— Monsieur Marche-à-terre, je n'ai *rin* dit sur le Gars...

— Je te dis d'aller chercher ton couperet, répondit le Chouan.

Le malheureux Galope-chopine heurta le bois grossier de la couche de son garçon, et trois pièces de cent sous roulèrent sur le plancher ; Pille-miche les ramassa.

— Oh! oh! les Bleus t'ont donné des pièces neuves, s'écria Marche-à-terre.

— Aussi vrai que voilà l'image de saint Labre, reprit Galope-chopine, je n'ai *rin* dit. Barbette a prit les Contre-Chouans pour les gars de Saint-Georges, voilà tout.

— Pourquoi parles-tu d'affaires à ta femme, répondit brutalement Marche-à-terre.

— D'ailleurs, cousin, nous ne te demandons pas de raisons, mais ton couperet. Tu es jugé.

A un signe de son compagnon, Pille-miche l'aida à saisir la victime. En se trouvant entre les mains des deux Chouans, Galope-chopine perdit toute force, tomba sur ses genoux, et leva vers ses bourreaux des mains désespérées : — Mes bons amis, mon cousin, que voulez-vous que devienne mon petit gars ?

— J'en prendrai soin, dit Marche-à-terre.

— Mes chers camarades, reprit Galope-chopine devenu blême, je ne suis pas en état de mourir. Me laisserez-vous partir sans confession ? Vous avez le droit de prendre ma vie, mais non celui de me faire perdre la bienheureuse éternité.

— C'est juste, dit Marche-à-terre en regardant Pille-miche.

Les deux Chouans restèrent un moment dans le plus grand embarras et sans pouvoir résoudre ce cas de conscience. Galope-chopine écouta le moindre bruit causé par le vent, comme s'il eût conservé quelque espérance. Le son de la goutte de cidre qui tombait périodiquement du tonneau lui fit jeter un regard machinal sur la pièce et soupirer tristement. Tout à coup, Pille-miche prit le patient par un bras, l'entraîna dans un coin et lui dit : — Confesse-moi tous tes péchés, je les redirai à un prêtre de la véritable Église, il me donnera l'absolution ; et s'il y a des pénitences à faire, je les ferai pour toi.

Galope-chopine obtint quelque répit, par sa manière d'accuser ses péchés ; mais, malgré le nombre et les circonstances des crimes, il finit par atteindre au bout de son chapelet.

— Hélas ! dit-il en terminant, après tout, mon cousin, puisque je te parle comme à un confesseur, je t'assure par le saint nom de Dieu, que je n'ai guère à me reprocher que d'avoir, par-ci par-là, un peu trop beurré mon pain, et j'atteste saint Labre que voici au-dessus de la cheminée, que je n'ai *rin* dit sur le Gars. Non, mes bons amis, je n'ai pas trahi.

— Allons, c'est bon, cousin, relève-toi, tu t'entendras sur tout cela avec le bon Dieu, dans le temps comme dans le temps.

— Mais laissez-moi dire un petit brin d'adieu à Barbe...

— Allons, répondit Marche-à-terre, si tu veux qu'on ne t'en veuille pas plus qu'il ne faut, comporte-toi en Breton, et finis proprement.

Les deux Chouans saisirent de nouveau Galope-chopine, le couchèrent sur le banc, où il ne donna plus d'autres signes de résistance que ces mouvements convulsifs produits par l'instinct de l'animal ; enfin il poussa quelques hurlements sourds qui cessèrent aussitôt que le son lourd du couperet eut retenti. La tête fut tranchée d'un seul coup. Marche-à-terre prit cette tête par une touffe de cheveux, sortit de la chaumière, chercha et trouva dans le grossier chambranle de la porte un grand clou autour duquel il tortilla les cheveux qu'il tenait, et y laissa pendre cette tête sanglante à laquelle il ne ferma seulement pas les yeux. Les deux Chouans se lavèrent les mains sans aucune précipitation, dans une grande terrine pleine d'eau, reprirent leurs chapeaux, leurs cara-bines, et franchirent l'échalier en sifflant l'air de la ballade du Capitaine. Pille-miche entonna d'une voix enrouée, au bout du champ, ces strophes prises au hasard dans cette naïve chanson dont les rustiques cadences furent emportées par le vent :

> *A la première ville,*
> *Son amant l'habille*
> *Tout en satin blanc ;*

A la seconde ville,
Son amant l'habille
En or, en argent.

Elle était si belle
Qu'on lui tendait les voiles
Dans tout le régiment.

Cette mélodie devint insensiblement confuse à mesure que les deux Chouans s'éloignaient ; mais le silence de la campagne était si profond, que plusieurs notes parvinrent à l'oreille de Barbette, qui revenait alors au logis en tenant son petit gars par la main. Une paysanne n'entend jamais froidement ce chant, si populaire dans l'ouest de la France ; aussi Barbette commença-t-elle involontairement les premières strophes de la ballade :

Allons, partons, belle,
Partons pour la guerre,
Partons, il est temps.

Brave capitaine,
Que ça ne te fasse pas de peine,
Ma fille n'est pas pour toi.

Tu ne l'auras sur terre,
Tu ne l'auras sur mer,
Si ce n'est par trahison.

Le père prend sa fille,
Qui la déshabille
Et la jette à l'eau.

Capitaine plus sage,
Se jette à la nage,
La ramène à bord.

Allons, partons, belle,
Partons pour la guerre,
Partons, il est temps.

A la première ville, etc.

Au moment où Barbette se retrouvait en chantant
à la reprise de la ballade par où avait commencé
Pille-miche, elle était arrivée dans sa cour, sa langue
se glaça, elle resta immobile, et un grand cri, soudain
réprimé, sortit de sa bouche béante.

— Qu'as-tu donc, ma chère mère? demanda l'enfant.

— Marche tout seul, s'écria sourdement Barbette
en lui retirant la main et le poussant avec une incroyable rudesse, tu n'as plus ni père ni mère.

L'enfant, qui se frottait l'épaule en criant, vit la
tête clouée, et son frais visage garda silencieusement
la convulsion nerveuse que les pleurs donnent aux
traits. Il ouvrit de grands yeux, regarda longtemps la
tête de son père avec un air stupide qui ne trahissait
aucune émotion; puis sa figure, abrutie par l'ignorance,
arriva jusqu'à exprimer une curiosité sauvage. Tout

à coup Barbette reprit la main de son enfant, la serra violemment, et l'entraîna d'un pas rapide dans la maison. Pendant que Pille-miche et Marche-à-terre couchaient Galope-chopine sur le banc, un de ses souliers était tombé sous son cou de manière à se remplir de sang, et ce fut le premier objet que vit sa veuve.

— Ote ton sabot, dit la mère à son fils. Mets ton pied là-dedans. Bien. Souviens-toi toujours, s'écriat-elle d'un son de voix lugubre, du soulier de ton père, et ne t'en mets jamais un aux pieds sans te rappeler celui qui était plein du sang versé par les *Chuins*, et tue les *Chuins*.

En ce moment, elle agita sa tête par un mouvement si convulsif, que les mèches de ses cheveux noirs retombèrent sur son cou et donnèrent à sa figure une expression sinistre.

— J'atteste saint Labre, reprit-elle, que je te voue aux Bleus. Tu seras soldat pour venger ton père. Tue, tue les *Chuins*, et fais comme moi. Ah! ils ont pris la tête de mon homme, je vais donner celle du Gars aux Bleus.

Elle sauta d'un seul bond sur le lit, s'empara d'un petit sac d'argent dans une cachette, reprit la main de son fils étonné, l'entraîna violemment sans lui laisser le temps de reprendre son sabot, et ils marchèrent tous deux d'un pas rapide vers Fougères, sans que l'un ou l'autre retournât la tête vers la chaumière qu'ils abandonnaient. Quand ils arrivèrent sur le sommet des rochers de Saint-Sulpice, Barbette attisa le feu des fagots, et son gars l'aida à les couvrir de

genêts verts chargés de givre, afin d'en rendre la fumée
plus forte.

— Ça durera plus que ton père, plus que moi et
plus que le Gars, dit Barbette d'un air farouche en
montrant le feu à son fils.

Au moment où la veuve de Galope-chopine et son
fils au pied sanglant regardaient, avec une sombre
expression de vengeance et de curiosité, tourbillon-
ner la fumée, Mlle de Verneuil avait les yeux
attachés sur cette roche, et tâchait, mais en vain, d'y
découvrir le signal annoncé par le marquis. Le brouillard, qui s'était insensiblement accru, ensevelissait
toute la région sous un voile dont les teintes grises
cachaient les masses du paysage les plus près de la
ville. Elle contemplait tour à tour, avec une douce
anxiété, les rochers, le château, les édifices qui ressemblaient dans ce brouillard à des brouillards plus
noirs encore. Auprès de sa fenêtre, quelques arbres
se détachaient de ce fond bleuâtre comme ces madré-
pores que la mer laisse entrevoir quand elle est calme.
Le soleil donnait au ciel la couleur blafarde de l'argent
terni, ses rayons coloraient d'une rougeur douteuse
les branches nues des arbres, où se balançaient encore
quelques dernières feuilles. Mais des sentiments trop
délicieux agitaient l'âme de Marie, pour qu'elle vît
de mauvais présages dans ce spectacle, en désaccord
avec le bonheur dont elle se repaissait par avance.
Depuis deux jours, ses idées s'étaient étrangement
modifiées. L'âpreté, les éclats désordonnés de ses
passions avaient lentement subi l'influence de l'égale
température que donne à la vie un véritable amour.

La certitude d'être aimée, qu'elle était allée chercher
à travers tant de périls, avait fait naître en elle le
désir de rentrer dans les conditions sociales qui sanc-
tionnent le bonheur, et d'où elle n'était sortie que par
désespoir. N'aimer que pendant un moment lui sembla
de l'impuissance. Puis elle se vit soudain reportée, du
fond de la société où le malheur l'avait plongée, dans
le haut rang où son père l'avait un moment placée.
Sa vanité, comprimée par les cruelles alternatives
d'une passion tour à tour heureuse ou méconnue,
s'éveilla, lui fit voir tous les bénéfices d'une grande
position. En quelque sorte née marquise, épouser Montauran, n'était-ce pas pour elle agir et vivre dans la
sphère qui lui était propre. Après avoir connu les
hasards d'une vie tout aventureuse, elle pouvait
mieux qu'une autre femme apprécier la grandeur des
sentiments qui font la famille. Puis le mariage, la maternité et ses soins, étaient pour elle moins une tâche
qu'un repos. Elle aimait cette vie vertueuse et calme
entrevue à travers ce dernier orage, comme une femme
lasse de la vertu peut jeter un regard de convoitise
sur une passion illicite. La vertu était pour elle une
nouvelle séduction.

— Peut-être, dit-elle en revenant de la croisée sans
avoir vu de feu sur la roche de Saint-Sulpice, ai-je
été bien coquette avec lui ? Mais aussi n'ai-je pas su
combien je suis aimée ?... Francine, ce n'est plus un
songe! je serai ce soir la marquise de Montauran.
Qu'ai-je donc fait pour mériter un si complet bonheur.
Oh! je l'aime, et l'amour seul peut payer l'amour.
Néanmoins, Dieu veut sans doute me récompenser

d'avoir conservé tant de cœur malgré tant de misères et me faire oublier mes souffrances ; car, tu le sais, mon enfant, j'ai bien souffert.

— Ce soir, marquise de Montauran, vous, Marie ! Ah ! tant que ce ne sera pas fait, moi je croirai rêver. Qui donc lui a dit tout ce que vous valez ?

— Mais, ma chère enfant, il n'a pas seulement de beaux yeux, il a aussi une âme. Si tu l'avais vu comme moi dans le danger ! Oh ! il doit bien savoir aimer, il est si courageux !

— Si vous l'aimez tant, pourquoi souffrez-vous donc qu'il vienne à Fougères ?

— Est-ce que nous avons eu le temps de nous dire un mot quand nous avons été surpris. D'ailleurs, n'est-ce pas une preuve d'amour ? Et en a-t-on jamais assez ! En attendant, coiffe-moi.

Mais elle dérangea cent fois, par des mouvements comme électriques, les heureuses combinaisons de sa coiffure, en mêlant des pensées encore orageuses à tous les soins de la coquetterie. En crêpant les cheveux d'une boucle, ou en rendant ses nattes plus brillantes, elle se demandait, par un reste de défiance, si le marquis ne la trompait pas, et alors elle pensait qu'une semblable rouerie devait être impénétrable, puisqu'il s'exposait audacieusement à une vengeance immédiate en venant la trouver à Fougères. En étudiant malicieusement à son miroir les effets d'un regard oblique, d'un sourire, d'un léger pli du front, d'une attitude de colère, d'amour ou de dédain, elle cherchait une ruse de femme pour sonder jusqu'au dernier moment le cœur du jeune chef.

— Tu as raison! Francine, dit-elle, je voudrais comme toi que ce mariage fût fait. Ce jour est le dernier de mes jours nébuleux, il est gros de ma mort ou de notre bonheur. Le brouillard est odieux, ajouta-t-elle en regardant de nouveau vers les sommets de Saint-Sulpice toujours voilés.

Elle se mit à draper elle-même les rideaux de soie et de mousseline qui décoraient la fenêtre, en se plaisant à intercepter le jour de manière à produire dans la chambre un voluptueux clair-obscur.

— Francine, dit-elle, ôte ces babioles qui encombrent la cheminée, et n'y laisse que la pendule et les deux vases de Saxe dans lesquels j'arrangerai moi-même les fleurs d'hiver que Corentin m'a trouvées... Sors toutes les chaises, je ne veux voir ici que le canapé et un fauteuil. Quand tu auras fini, mon enfant, tu brosseras le tapis de manière à en ranimer les couleurs, puis tu garniras de bougies les bras de cheminée et les flambeaux...

Marie regarda longtemps et avec attention la vieille tapisserie tendue sur les murs de cette chambre. Guidée par un goût inné, elle sut trouver, parmi les brillantes nuances de la haute-lisse, les teintes qui pouvaient servir à lier cette antique décoration aux meubles et aux accessoires de ce boudoir par l'harmonie des couleurs ou par le charme des oppositions. La même pensée dirigea l'arrangement des fleurs dont elle chargea les vases contournés qui ornaient la chambre. Le canapé fut placé près du feu. De chaque côté du lit, qui occupait la paroi parallèle à celle où était la cheminée, elle mit, sur deux petites tables

dorées, de grands vases de Saxe remplis de feuillages
et de fleurs qui exhalèrent les plus doux parfums.
Elle tressaillit plus d'une fois en disposant les plis
onduleux du lampas vert au-dessus du lit, et en étudiant les sinuosités de la draperie à fleurs sous laquelle
elle le cacha. De semblables préparatifs ont toujours
un indéfinissable secret de bonheur, et amènent une
irritation si délicieuse, que souvent, au milieu de ces
voluptueux apprêts, une femme oublie tous ses doutes,
comme Mlle de Verneuil oubliait alors les siens.
N'existe-t-il pas un sentiment religieux dans cette
multitude de soins pris pour un être aimé qui n'est
pas là pour les voir et les récompenser, mais qui
doit les payer plus tard par ce sourire approbateur
qu'obtiennent ces gracieux préparatifs, toujours si
bien compris. Les femmes se livrent alors pour ainsi
dire par avance à l'amour, et il n'en est pas une seule
qui ne se dise, comme Mlle de Verneuil le pensait :
— Ce soir, je serai bien heureuse! La plus innocente
d'entre elles inscrit alors cette suave espérance dans
les plis les moins saillants de la soie ou de la mousseline ; puis, insensiblement, l'harmonie qu'elle établit autour d'elle imprime à tout une physionomie
où respire l'amour. Au sein de cette sphère voluptueuse,
pour elle, les choses deviennent des êtres, des témoins ;
et déjà elle en fait les complices de toutes ses joies
futures. A chaque mouvement, à chaque pensée, elle
s'enhardit à voler l'avenir. Bientôt elle n'attend plus,
elle n'espère pas, mais elle accuse le silence, et le moindre bruit lui doit un présage ; enfin le doute vient poser
sur son cœur une main crochue, elle brûle, elle s'agite,

elle se sent tordue par une pensée qui se déploie comme
une force purement physique ; c'est tour à tour un
triomphe et un supplice, que sans l'espoir du plaisir
elle ne supporterait point. Vingt fois, Mlle de Verneuil avait soulevé les rideaux, dans l'espérance de
voir une colonne de fumée s'élevant au-dessus des
rochers ; mais le brouillard semblait de moment en
moment prendre de nouvelles teintes grises dans lesquelles son imagination finit par lui montrer de sinistres
présages. Enfin, dans un moment d'impatience, elle
laissa tomber le rideau, en se promettant bien de ne
plus venir le relever. Elle regarda d'un air boudeur
cette chambre à laquelle elle avait donné une âme
et une voix, se demanda si ce serait en vain, et cette
pensée la fit songer à tout.

— Ma petite, dit-elle, à Francine en l'attirant dans
un cabinet de toilette contigu à sa chambre et qui était
éclairé par un œil-de-bœuf donnant sur l'angle obscur
où les fortifications de la ville se joignaient aux rochers
de la promenade, range-moi cela, que tout soit propre !
Quant au salon, tu le laisseras, si tu veux, en désordre,
ajouta-t-elle, en accompagnant ces mots d'un de ces
sourires que les femmes réservent pour leur intimité,
et dont jamais les hommes ne peuvent connaître la
piquante finesse.

— Ah! combien vous êtes jolie! s'écria la petite
Bretonne.

— Eh! folles que nous sommes toutes, notre amant
ne sera-t-il pas toujours notre plus belle parure.

Francine la laissa mollement couchée sur l'ottomane, et se retira pas à pas, en devinant que, aimée

ou non, sa maîtresse ne livrerait jamais Montauran.

— Es-tu sûre de ce que tu me débites là. ma vieille, disait Hulot à Barbette qui l'avait reconnu en entrant à Fougères.

— Avez-vous des yeux ? Tenez, regardez les rochers de Saint-Sulpice, là, mon bonhomme, au dret de Saint-Léonard.

Corentin tourna les yeux vers le sommet, dans la direction indiquée par le doigt de Barbette ; et, comme le brouillard commençait à se dissiper, il put voir assez distinctement la colonne de fumée blanchâtre dont avait parlé la femme de Galope-chopine.

— Mais quand viendra-t-il, hé! la vieille ? Sera-ce ce soir ou cette nuit ?

— Mon bon homme, reprit Barbette, je n'en sais *rin*.

— Pourquoi trahis-tu ton parti ? dit vivement Hulot après avoir attiré la paysanne à quelques pas de Corentin.

— Ah! monseigneur le général, voyez le pied de mon gars! hé bien! il est trempé dans le sang de mon homme tué par les Chuins, sous votre respect, comme un veau, pour le punir des trois mots que vous m'avez arrachés, avant-hier, quand je labourais. Prenez mon gars, puisque vous lui avez ôté son père et sa mère, mais faites-en un vrai Bleu, mon bon homme, et qu'il puisse tuer beaucoup de Chuins. Tenez, voilà deux cents écus, gardez-les lui ; en les ménageant il ira loin avec ça, puisque son père a été douze ans à les amasser.

Hulot regarda avec étonnement cette paysanne pâle et ridée dont les yeux étaient secs.

— Mais toi, dit-il, toi, la mère, que vas-tu devenir ?
Il vaut mieux que tu conserves cet argent.

— Moi, répondit-elle en branlant la tête avec
tristesse, je n'ai plus besoin de rin ! Vous me *clanche-
riez* au fin fond de la tour de Mélusine (et elle montra
une des tours du château), que les Chuins sauraient
ben m'y venir tuer !

Elle embrassa son gars avec une sombre expression
de douleur, le regarda, versa deux larmes, le regarda
encore, et disparut.

— Commandant, dit Corentin, voici une de ces
occasions qui, pour être mises à profit, demandent
plutôt deux bonnes têtes qu'une. Nous savons tout et
nous ne savons rien. Faire cerner, dès à présent, la
maison de Mlle de Verneuil, ce serait la mettre contre
nous. Nous ne sommes pas, toi, moi, tes Contre-
Chouans et tes deux bataillons, de force à lutter contre
cette fille-là, si elle se met en tête de sauver son ci-
devant. Ce garçon est homme de cour, et par conséquent rusé ; c'est un jeune homme, et il a du cœur.
Nous ne pourrons jamais nous en emparer à son
entrée à Fougères. Il s'y trouve d'ailleurs peut-être
déjà. Faire des visites domiciliaires ? Absurdité !
Ça n'apprend rien, ça donne l'éveil, et ça tourmente
les habitants.

— Je m'en vais, dit Hulot impatienté, donner au
factionnaire du poste Saint-Léonard la consigne
d'avancer sa promenade de trois pas de plus, et il
arrivera ainsi en face de la maison de Mlle de Verneuil. Je conviendrai d'un signe avec chaque sentinelle, je me tiendrai au corps de garde, et quand

on m'aura signalé l'entrée d'un jeune homme quel-
conque, je prends un caporal et quatre hommes, et...

— Et, reprit Corentin en interrompant l'impétueux soldat, si le jeune homme n'est pas le marquis, si le marquis n'entre pas par la porte, s'il est
déjà chez Mlle de Verneuil, si, si...

Là, Corentin regarda le commandant avec un air de
supériorité qui avait quelque chose de si insultant,
que le vieux militaire s'écria : — Mille tonnerres de
Dieu ! va te promener, citoyen de l'enfer. Est-ce
que tout cela me regarde ! Si ce hanneton-là vient
tomber dans un de mes corps de garde, il faudra bien
que je le fusille ; si j'apprends qu'il est dans une maison, il faudra bien aussi que j'aille le cerner, le prendre
et le fusiller ! Mais, du diable si je me creuse la cer-
velle pour mettre de la boue sur mon uniforme.

— Commandant, la lettre des trois ministres
t'ordonne d'obéir à Mlle de Verneuil.

— Citoyen, qu'elle vienne elle-même, je verrai ce
que j'aurai à faire.

— Eh bien ! citoyen, répliqua Corentin avec
hauteur, elle ne tardera pas. Elle te dira, elle-même,
l'heure et le moment où le ci-devant sera entré. Peut-
être, même, ne sera-t-elle tranquille que quand elle
t'aura vu posant les sentinelles et cernant sa maison.

— Le diable s'est fait homme, se dit doulou-
reusement le vieux chef de demi-brigade en voyant
Corentin qui remontait à grands pas l'escalier de la
Reine, où cette scène avait eu lieu et qui regagnait la
porte Saint-Léonard. — Il me livrera le citoyen
Montauran, pieds et poings liés, reprit Hulot en se

parlant à lui-même, et je me trouverai embêté d'un
conseil de guerre à présider. — Après tout, dit-il
en haussant les épaules, le Gars est un ennemi de la
République, il m'a tué mon pauvre Gérard, et ce
sera toujours un noble de moins. Au diable!

Il tourna lestement sur les talons de ses bottes, et
alla visiter tous les postes de la ville en sifflant *la
Marseillaise.*

Mlle de Verneuil était plongée dans une de ces
méditations dont les mystères restent comme ensevelis dans les abîmes de l'âme, et dont les mille
sentiments contradictoires ont souvent prouvé à
ceux qui en ont été la proie qu'on peut avoir une vie
orageuse et passionnée entre quatre murs, sans même
quitter l'ottomane sur laquelle se consume alors
l'existence. Arrivée au dénouement du drame qu'elle
était venue chercher, cette fille en faisait tour à tour
passer devant elle les scènes d'amour et de colère qui
avaient si puissamment animé sa vie pendant les dix
jours écoulés depuis sa première rencontre avec le
marquis. En ce moment, le bruit d'un pas d'homme
retentit dans le salon qui précédait sa chambre, elle
tressaillit ; la porte s'ouvrit, elle tourna vivement la
tête, et vit Corentin.

— Petite tricheuse! dit en riant l'agent supérieur
de la police, l'envie de me tromper vous prendra-t-elle
encore ? Ah! Marie! Marie! vous jouez un jeu bien
dangereux en ne m'intéressant pas à votre partie, et
en décidant les coups sans me consulter. Si le marquis
a échappé à son sort...

— Cela n'a pas été votre faute, n'est-ce pas ?

répondit Mlle de Verneuil avec une ironie profonde.
Monsieur, reprit-elle d'une voix grave, de quel droit
venez-vous encore chez moi ?

— Chez vous ? demanda-t-il d'un ton amer.

— Vous m'y faites songer, répliqua-t-elle avec
noblesse. je ne suis pas chez moi. Vous avez peut-être
sciemment choisi cette maison pour y commettre
plus sûrement vos assassinats, je vais en sortir. J'irais
dans un désert pour ne plus voir des...

— Des espions, dites, reprit Corentin. Mais cette
maison n'est ni à vous ni à moi, elle est au gouvernement ; et, quant à en sortir, vous n'en feriez rien,
ajouta-t-il en lui lançant un regard diabolique.

Mlle de Verneuil se leva par un mouvement d'indignation, s'avança de quelques pas ; mais tout à
coup elle s'arrêta en voyant Corentin qui releva le
rideau de la fenêtre et se prit à sourire en l'invitant
à venir près de lui.

— Voyez-vous cette colonne de fumée ? dit-il
avec le calme profond qu'il savait conserver sur sa
figure blême quelque profondes que fussent ses
émotions.

— Quel rapport peut-il exister entre mon départ
et de mauvaises herbes auxquelles on a mis le feu ?
demanda-t-elle.

— Pourquoi votre voix est-elle si altérée ? reprit
Corentin. Pauvre petite ! ajouta-t-il d'une voix douce,
je sais tout. Le marquis vient aujourd'hui à Fougères,
et ce n'est pas dans l'intention de nous le livrer que
vous avez arrangé si voluptueusement ce boudoir,
ces fleurs et ces bougies

Mlle de Verneuil pâlit en voyant la mort du marquis écrite dans les yeux de ce tigre à face humaine,
et ressentit pour son amant un amour qui tenait du
délire. Chacun de ses cheveux lui versa dans la tête
une atroce douleur qu'elle ne put soutenir, et elle
tomba sur l'ottomane. Corentin resta un moment
les bras croisés sur la poitrine, moitié content d'une
torture qui le vengeait de tous les sarcasmes et du
dédain par lesquels cette femme l'avait accablé,
moitié chagrin de voir souffrir une créature dont le
joug lui plaisait toujours, quelque lourd qu'il fût.

— Elle l'aime, se dit-il d'une voix sourde.

— L'aimer, s'écria-t-elle, eh! qu'est-ce que signifie
ce mot? Corentin! il est ma vie, mon âme, mon
souffle. Elle se jeta aux pieds de cet homme dont le
calme l'épouvantait. — Ame de boue, lui dit-elle,
j'aime mieux m'avilir pour lui obtenir la vie, que de
m'avilir pour la lui ôter. Je veux le sauver au prix de
tout mon sang. Parle, que te faut-il?

Corentin tressaillit.

— Je venais prendre vos ordres, Marie, dit-il d'un
son de voix plein de douceur et en la relevant avec
une gracieuse politesse. Oui, Marie, vos injures ne
m'empêcheront pas d'être tout à vous, pourvu que
vous ne me trompiez plus. Vous savez, Marie, qu'on
ne me dupe jamais impunément.

— Ah! si vous voulez que je vous aime, Corentin,
aidez-moi à le sauver.

— Eh bien! à quelle heure vient le marquis, dit-il
en s'efforçant de faire cette demande d'un ton calme.

— Hélas! je n'en sais rien.

Ils se regardèrent tous deux en silence.

— Je suis perdue, se disait Mlle de Verneuil.

— Elle me trompe, pensait Corentin. — Marie, reprit-il, j'ai deux maximes. L'une, de ne jamais croire un mot de ce que disent les femmes, c'est le moyen de ne pas être leur dupe ; l'autre, de toujours chercher si elles n'ont pas quelque intérêt à faire le contraire de ce qu'elles ont dit et à se conduire en sens inverse des actions dont elles veulent bien nous confier le secret. Je crois que nous nous entendons maintenant.

— A merveille, répliqua Mlle de Verneuil. Vous voulez des preuves de ma bonne foi ; mais je les réserve pour le moment où vous m'en aurez donné de la vôtre.

— Adieu, mademoiselle, dit sèchement Corentin.

— Allons, reprit la jeune fille en souriant, asseyez-vous, mettez-vous là et ne boudez pas, sinon je saurais bien me passer de vous pour sauver le marquis. Quant aux trois cent mille francs que vous voyez toujours étalés devant vous, je puis vous les mettre en or, là, sur cette cheminée, à l'instant où le marquis sera en sûreté.

Corentin se leva, recula de quelques pas et regarda Mlle de Verneuil.

— Vous êtes devenue riche en peu de temps, dit-il d'un ton dont l'amertume était mal déguisée.

— Montauran, reprit-elle en souriant de pitié, pourra vous offrir lui-même bien davantage pour sa rançon. Ainsi, prouvez-moi que vous avez les moyens de le garantir de tout danger, et...

— Ne pouvez-vous pas, s'écria tout à coup Corentin, le faire évader au moment même de son arrivée puisque Hulot en ignore l'heure et... Il s'arrêta comme s'il se reprochait à lui-même d'en trop dire. — Mais est-ce bien vous qui me demandez une ruse, reprit-il en souriant de la manière la plus naturelle ? Écoutez, Marie, je suis certain de votre loyauté. Promettez-moi de me dédommager de tout ce que je perds en vous servant, et j'endormirai si bien cette buse de commandant, que le marquis sera libre à Fougères comme à Saint-James.

— Je vous le promets, répondit la jeune fille avec une sorte de solennité.

— Non pas ainsi, reprit-il, jurez-le moi par votre mère.

Mlle de Verneuil tressaillit ; et, levant une main tremblante, elle fit le serment demandé par cet homme, dont les manières venaient de changer subitement.

— Vous pouvez disposer de moi, dit Corentin. Ne me trompez pas, et vous me bénirez ce soir.

— Je vous crois, Corentin, s'écria Mlle de Verneuil tout attendrie. Elle le salua par une douce inclination de tête, et lui sourit avec une bonté mêlée de surprise en lui voyant sur la figure une expression de tendresse mélancolique.

— Quelle ravissante créature ! s'écria Corentin en s'éloignant. Ne l'aurai-je donc jamais, pour en faire à la fois, l'instrument de ma fortune et la source de mes plaisirs ? Se mettre à mes pieds, elle !... Oh ! oui, le marquis périra. Et si je ne puis obtenir cette

femme qu'en la plongeant dans un bourbier, je l'y
plongerai. — Enfin, se dit-il à lui-même en arrivant
sur la place où ses pas le conduisirent à son insu,
elle ne se défie peut-être plus de moi. Cent mille écus
à l'instant! Elle me croit avare. C'est une ruse, ou
elle l'a épousé. Corentin, perdu dans ses pensées,
n'osait prendre une résolution. Le brouillard que le
soleil avait dissipé vers le milieu du jour, reprenait
insensiblement toute sa force et devint si épais que
Corentin n'apercevait plus les arbres même à une
faible distance. — Voilà un nouveau malheur, se dit-
il en rentrant à pas lents chez lui. Il est impossible
d'y voir à six pas. Le temps protège nos amants.
Surveillez donc une maison gardée par un tel brouillard. — Qui vive, s'écria-t-il en saisissant le bras
d'un inconnu qui semblait avoir grimpé sur la promenade à travers les roches les plus périlleuses.

— C'est moi, répondit naïvement une voix enfantine.

— Ah! c'est le petit gars au pied rouge. Ne veux-
tu pas venger ton père, lui demanda Corentin.

— Oui! dit l'enfant.

— C'est bien. Connais-tu le Gars ?

— Oui.

— C'est encore mieux. Eh bien! ne me quitte pas,
sois exact à faire tout ce que je te dirai, tu achèveras
l'ouvrage de ta mère, et tu gagneras des gros sous.
Aimes-tu les gros sous ?

— Oui.

— Tu aimes les gros sous et tu veux tuer le Gars,
je prendrai soin de toi. — Allons, se dit en lui-même

Corentin après une pause, Marie, tu nous le livreras
toi-même! Elle est trop violente pour juger le coup
que je m'en vais lui porter ; d'ailleurs, la passion ne
réfléchit jamais. Elle ne connaît pas l'écriture du
marquis, voici donc le moment de tendre le piège
dans lequel son caractère la fera donner tête baissée.
Mais pour assurer le succès de ma ruse, Hulot m'est
nécessaire, et je cours le voir.

En ce moment, Mlle de Verneuil et Francine délibéraient sur les moyens de soustraire le marquis à la
douteuse générosité de Corentin et aux baïonnettes
de Hulot.

— Je vais aller le prévenir, s'écriait la petite
Bretonne.

— Folle, sais-tu donc où il est ? Moi-même, aidée
par tout l'instinct du cœur, je pourrais bien le chercher longtemps sans le rencontrer.

Après avoir inventé bon nombre de ces projets
insensés, si faciles à exécuter au coin du feu, Mlle de
Verneuil s'écria : — Quand je le verrai, son danger
m'inspirera.

Puis elle se plut, comme tous les esprits ardents, à
ne vouloir prendre son parti qu'au dernier moment,
se fiant à son étoile ou à cet instinct d'adresse qui
abandonne rarement les femmes. Jamais peut-être
son cœur n'avait subi de si fortes contractions. Tantôt
elle restait comme stupide, les yeux fixes, et tantôt,
au moindre bruit, elle tressaillait comme ces arbres
presque déracinés que les bûcherons agitent fortement avec une corde pour en hâter la chute. Tout à
coup une détonation violente, produite par la décharge

d'une douzaine de fusils, retentit dans le lointain. Mlle de Verneuil pâlit, saisit la main de Francine, et lui dit : — Je meurs, ils me l'ont tué.

Le pas pesant d'un soldat se fit entendre dans le salon. Francine épouvantée se leva et introduisit un caporal. Le Républicain, après avoir fait un salut militaire à Mlle de Verneuil, lui présenta des lettres dont le papier n'était pas très propre. Le soldat, ne recevant aucune réponse de la jeune fille, lui dit en se retirant : — Madame, c'est de la part du commandant.

Mlle de Verneuil, en proie à de sinistres pressentiments, lisait une lettre écrite probablement à la hâte par Hulot :

« Mademoiselle, mes Contre-Chouans viennent de s'emparer d'un des messagers du Gars qui vient d'être fusillé. Parmi les lettres interceptées, celle que je vous transmets peut vous être de quelque utilité, etc. »

— Grâce au ciel, ce n'est pas lui qu'ils viennent de tuer, s'écria-t-elle en jetant cette lettre au feu.

Elle respira plus librement et lut avec avidité le billet qu'on venait de lui envoyer ; il était du marquis et semblait adressé à Mme du Gua :

« Non, mon ange, je n'irai pas ce soir à la Vivetière. Ce soir, vous perdez votre gageure avec le comte et je triomphe de la République en la personne de cette fille délicieuse, qui vaut certes bien

une nuit, convenez-en. Ce sera le seul avantage réel
que je remporterai dans cette campagne, car la
Vendée se soumet. Il n'y a plus rien à faire en
France, et nous repartirons sans doute ensemble
pour l'Angleterre. Mais à demain les affaires
sérieuses. »

Le billet lui échappa des mains, elle ferma les
yeux, garda un profond silence, et resta penchée en
arrière, la tête appuyée sur un coussin. Après une
longue pause, elle leva les yeux sur la pendule qui
alors marquait quatre heures.

— Et monsieur se fait attendre, dit-elle avec une
cruelle ironie.

— Oh! s'il pouvait ne pas venir, reprit Francine.

— S'il ne venait pas, dit Marie d'une voix sourde,
j'irais au-devant de lui, moi! Mais non, il ne peut
tarder maintenant. Francine, suis-je bien belle?

— Vous êtes bien pâle!

— Vois, reprit M\ :sup:`lle` de Verneuil, cette chambre
parfumée, ces fleurs, ces lumières, cette vapeur
enivrante, tout ici pourra-t-il bien donner l'idée d'une
vie céleste à celui que je veux plonger cette nuit
dans les délices de l'amour.

— Qu'y a-t-il donc, mademoiselle?

— Je suis trahie, trompée, abusée, jouée, rouée,
perdue, et je veux le tuer, le déchirer. Mais oui, il
y avait toujours dans ses manières un mépris qu'il
cachait mal, et que je ne voulais pas voir! Oh! j'en
mourrai! — Sotte que je suis, dit-elle en riant, il
vient, j'ai la nuit pour lui apprendre que, mariée ou

non, un homme qui m'a possédée ne peut plus m'abandonner. Je lui mesurerai la vengeance à l'offense, et il périra désespéré. Je lui croyais quelque grandeur dans l'âme, mais c'est sans doute le fils d'un laquais! Il m'a certes bien habilement trompée, car j'ai peine à croire encore que l'homme capable de me livrer à Pille-miche sans pitié puisse descendre à des fourberies dignes de Scapin. Il est si facile de se jouer d'une femme aimante, que c'est la dernière des lâchetés. Qu'il me tue, bien ; mais mentir, lui que j'avais tant grandi! A l'échafaud! à l'échafaud! Ah! je voudrais le voir guillotiner. Suis-je donc si cruelle? Il ira mourir couvert de caresses, de baisers qui lui auront valu vingt ans de vie...

— Marie, reprit Francine avec une douceur angélique, comme tant d'autres, soyez victime de votre amant, mais ne vous faites ni sa maîtresse ni son bourreau. Gardez son image au fond de votre cœur, sans vous la rendre à vous-même cruelle. S'il n'y avait aucune joie dans un amour sans espoir, que deviendrions-nous, pauvres femmes que nous sommes! Ce Dieu, Marie, auquel vous ne pensez jamais, nous récompensera d'avoir obéi à notre vocation sur la terre : aimer et souffrir!

— Petite chatte, répondit Mlle de Verneuil en caressant la main de Francine, ta voix est bien douce et bien séduisante! La raison a bien des attraits sous ta forme! Je voudrais bien t'obéir...

— Vous lui pardonnez, vous ne le livrerez pas!

— Tais-toi, ne me parle plus de cet homme-là.

Comparé à lui, Corentin est une noble créature. Me comprends-tu ?

Elle se leva en cachant, sous une figure horriblement calme, et l'égarement qui la saisit et une soif inextinguible de vengeance. Sa démarche lente et mesurée annonçait je ne sais quoi d'irrévocable dans ses résolutions. En proie à ses pensées, dévorant son injure, et trop fière pour avouer le moindre de ses tourments, elle alla au poste de la porte Saint-Léonard pour y demander la demeure du commandant. A peine était-elle sortie de sa maison que Corentin y entra.

— Oh ! monsieur Corentin, s'écria Francine, si vous vous intéressez à ce jeune homme, sauvez-le, Mademoiselle va le livrer. Ce misérable papier a tout détruit.

Corentin prit négligemment la lettre en demandant :
— Et où est-elle allée ?

— Je ne sais.

— Je cours, dit-il, la sauver de son propre désespoir.

Il disparut en emportant la lettre, franchit la maison avec rapidité, et dit au petit gars qui jouait devant la porte : — Par où s'est dirigée la dame qui vient de sortir ?

Le fils de Galope-chopine fit quelques pas avec Corentin pour lui montrer la rue en pente qui menait à la porte Saint-Léonard.

— C'est par là, dit-il, sans hésiter en obéissant à la vengeance que sa mère lui avait soufflée au cœur.

En ce moment, quatre hommes déguisés entrèrent chez Mlle de Verneuil sans avoir été vus ni par le petit gars ni par Corentin.

— Retourne à ton poste, répondit l'espion. Aie l'air de t'amuser à faire tourner le loqueteau des persiennes, mais veille bien, et regarde partout, même sur les toits.

Corentin s'élança rapidement dans la direction indiquée par le petit gars, crut reconnaître Mlle de Verneuil au milieu du brouillard, et la rejoignit effectivement au moment où elle atteignait le poste Saint-Léonard.

— Où allez-vous ? dit-il en lui offrant le bras, vous êtes pâle, qu'est-il donc arrivé ? Est-il convenable de sortir ainsi toute seule, prenez mon bras.

— Où est le commandant, lui demanda-t-elle ?

A peine Mlle de Verneuil avait-elle achevé sa phrase, qu'elle entendit le mouvement d'une reconnaissance militaire en dehors de la porte Saint-Léonard, et distingua bientôt la grosse voix de Hulot au milieu du tumulte.

— Tonnerre de Dieu ! s'écria-t-il, jamais je n'ai vu moins clair qu'en ce moment à faire la ronde. Ce ci-devant a commandé le temps.

— De quoi vous plaignez-vous, répondit Mlle de Verneuil en lui serrant fortement le bras, ce brouillard peut cacher la vengeance aussi bien que la perfidie. Commandant, ajouta-t-elle à voix basse, il s'agit de prendre avec moi des mesures telles que le Gars ne puisse pas échapper aujourd'hui.

— Est-il chez vous ? lui demanda-t-il d'une voix dont l'émotion accusait son étonnement.

— Non, répondit-elle, mais vous me donnerez

un homme sûr, et je l'enverrai vous avertir de l'arrivée de ce marquis.

— Qu'allez-vous faire ? dit Corentin avec empressement à Marie, un soldat chez vous l'effaroucherait, mais un enfant, et j'en trouverai un, n'inspirera pas de défiance...

— Commandant, reprit Mlle de Verneuil, grâce à ce brouillard que vous maudissez, vous pouvez, dès à présent, cerner ma maison. Mettez des soldats partout. Placez un poste dans l'église Saint-Léonard pour vous assurer de l'esplanade sur laquelle donnent les fenêtres de mon salon. Apostez des hommes sur la promenade ; car, quoique la fenêtre de ma chambre soit à vingt pieds du sol, le désespoir prête quelquefois la force de franchir les distances les plus périlleuses. Écoutez ! je ferai probablement sortir ce monsieur par la porte de ma maison ; ainsi, ne donnez qu'à un homme courageux la mission de la surveiller ; car, dit-elle en poussant un soupir, on ne peut pas lui refuser de la bravoure, et il se défendra !

— Gudin ! s'écria le commandant.

Aussitôt le jeune Fougerais s'élança du milieu de la troupe revenue avec Hulot et qui avait gardé ses rangs à une certaine distance.

— Écoute, mon garçon, lui dit le vieux militaire à voix basse, ce tonnerre de fille nous livre le Gars sans que je sache pourquoi, c'est égal, ça n'est pas notre affaire. Tu prendras dix hommes avec toi et tu te placeras de manière à garder le cul-de-sac au fond duquel est la maison de cette fille ; mais arrange-toi pour qu'on ne voie ni toi ni tes hommes.

— Oui, mon commandant, je connais le terrain.

— Eh! bien, mon enfant, reprit Hulot, Beau-pied viendra t'avertir de ma part du moment où il faudra jouer du bancal. Tâche de joindre toi-même le marquis, et si tu peux le tuer, afin que je n'aie pas à le fusiller juridiquement, tu seras lieutenant dans quinze jours, ou je ne me nomme pas Hulot. — Tenez, mademoiselle, voici un lapin qui ne boudera pas, dit-il à la jeune fille en lui montrant Gudin. Il fera bonne garde devant votre maison, et si le ci-devant en sort ou veut y entrer, il ne le manquera pas.

Gudin partit avec une dizaine de soldats.

— Savez-vous bien ce que vous faites ? disait tout bas Corentin à Mlle de Verneuil.

Elle ne lui répondit pas, et vit partir avec une sorte de contentement les hommes qui, sous les ordres du sous-lieutenant, allèrent se placer sur la Promenade, et ceux qui, suivant les instructions de Hulot, se postèrent le long des flancs obscurs de l'église Saint-Léonard.

— Il y a des maisons qui tiennent à la mienne, dit-elle au commandant, cernez-les aussi. Ne nous préparons pas de repentir en négligeant une seule des précautions à prendre.

— Elle est enragée, pensa Hulot.

— Ne suis-je pas prophète, lui dit Corentin à l'oreille. Quant à celui que je vais mettre chez elle, c'est le petit gars au pied sanglant ; ainsi...

Il n'acheva pas. Mlle de Verneuil s'était par un mouvement soudain élancée vers sa maison, où il la suivit en sifflant comme un homme heureux ; quand

il la rejoignit, elle avait déjà atteint le seuil de la porte
où Corentin retrouva le fils de Galope-chopine.

— Mademoiselle, lui dit-il, prenez avec vous ce
petit garçon, vous ne pouvez pas avoir d'émissaire
plus innocent ni plus actif que lui. — Quand tu auras
vu le Gars entré, quelque chose qu'on te dise, sauve-
toi, viens me trouver au corps de garde, je te donnerai
de quoi manger de la galette pendant toute ta vie.

A ces mots, soufflés pour ainsi dire dans l'oreille
du petit gars, Corentin se sentit presser fortement la
main par le jeune Breton, qui suivit Mlle de Verneuil.

— Maintenant, mes bons amis, expliquez-vous
quand vous voudrez! s'écria Corentin lorsque la porte
se ferma, si tu fais l'amour, mon petit marquis, ce
sera sur ton suaire.

Mais Corentin, qui ne put se résoudre à quitter de
vue cette maison fatale, se rendit sur la Promenade,
où il trouva le commandant occupé à donner quelques
ordres. Bientôt la nuit vint. Deux heures s'écoulèrent
sans que les différentes sentinelles placées de distance
en distance, eussent rien aperçu qui pût faire soupçonner que le marquis avait franchi la triple enceinte
d'hommes attentifs et cachés qui cernaient les trois
côtés par lesquels la tour du Papegaut était accessible.
Vingt fois Corentin était allé de la Promenade au corps
de garde, vingt fois son attente avait été trompée,
et son jeune émissaire n'était pas encore venu le trouver. Abîmé dans ses pensées, l'espion marchait lentement sur la Promenade en éprouvant le martyre que
lui faisaient subir trois passions terribles dans leur
choc : l'amour, l'avarice, l'ambition. Huit heures

sonnèrent à toutes les horloges. La lune se levait fort
tard. Le brouillard et la nuit enveloppaient donc dans
d'effroyables ténèbres les lieux où le drame conçu
par cet homme allait se dénouer. L'agent supérieur
de la police sut imposer silence à ses passions, il se
croisa fortement les bras sur la poitrine, et ne quitta
pas des yeux la fenêtre qui s'élevait comme un fantôme
lumineux au-dessus de cette tour. Quand sa marche
le conduisait du côté des vallées au bord des précipices, il épiait machinalement le brouillard sillonné par
les lueurs pâles de quelques lumières qui brillaient
çà et là dans les maisons de la ville ou des faubourgs,
au-dessus et au-dessous du rempart. Le silence profond
qui régnait n'était troublé que par le murmure du
Nançon, par les coups lugubres et périodiques du
beffroi, par les pas lourds des sentinelles, ou par le
bruit des armes, quand on venait d'heure en heure
relever les postes. Tout était devenu solennel, les
hommes et la Nature.

— Il fait noir comme dans la gueule d'un loup,
dit en ce moment Pille-miche.

— Va toujours, répondit Marche-à-terre, et ne parle
pas plus qu'un chien mort.

— J'ose à peine respirer, répliqua le Chouan.

— Si celui qui vient de laisser rouler une pierre
veut que son cœur serve de gaine à mon couteau, il
n'a qu'à recommencer, dit Marche-à-terre d'une voix
si basse qu'elle se confondait avec le frissonnement des
eaux du Nançon.

— Mais c'est moi, dit Pille-miche.

— Eh bien! vieux sac à sous, reprit le chef, glisse

sur ton ventre comme une anguille de haie, sinon nous allons laisser là nos carcasses plus tôt qu'il ne le faudra.

— Hé! Marche-à-terre, dit en continuant l'incorrigible Pille-miche, qui s'aida de ses mains pour se hisser sur le ventre et arriva sur la ligne où se trouvait son camarade à l'oreille duquel il parla d'une voix si étouffée que les Chouans par lesquels ils étaient suivis n'entendirent pas une syllabe. Hé! Marche-à-terre, s'il faut en croire notre Grande Garce, il doit y avoir un fier butin là-haut. Veux-tu faire part à nous deux?

— Écoute, Pille-miche! dit Marche-à-terre en s'arrêtant à plat ventre.

Toute la troupe imita ce mouvement, tant les Chouans étaient excédés par les difficultés que le précipice opposait à leur marche.

— Je te connais, reprit Marche-à-terre, pour être un de ces bons Jean-prend-tout, qui aiment autant donner des coups que d'en recevoir, quand il n'y a que cela à choisir. Nous ne venons pas ici pour chausser les souliers des morts, nous sommes diables contre diables, et malheur à ceux qui auront les griffes courtes. La Grande Garce nous envoie ici pour sauver le Gars. Il est là, tiens, lève ton nez de chien et regarde cette fenêtre, au-dessus de la tour?

En ce moment minuit sonna. La lune se leva et donna au brouillard l'apparence d'une fumée blanche. Pille-miche serra violemment le bras de Marche-à-terre et lui montra silencieusement, à dix pieds au-dessus d'eux, le fer triangulaire de quelques baïonnettes luisantes.

— Les Bleus y sont déjà, dit Pille-miche ; nous n'aurons rien de force.

— Patience, répondit Marche-à-terre, si j'ai bien tout examiné ce matin, nous devons trouver au bas de la tour du Papegaut, entre les remparts et la Promenade, une petite place où l'on met toujours du fumier, et l'on peut se laisser tomber là-dessus comme sur un lit.

— Si saint Labre, dit Pille-miche, voulait changer en bon cidre le sang qui va couler, les Fougerais en trouveraient demain une bien bonne provision.

Marche-à-terre couvrit de sa large main la bouche de son ami ; puis, un avis sourdement donné par lui courut de rang en rang jusqu'au dernier des Chouans suspendus dans les airs sur les bruyères des schistes. En effet, Corentin avait une oreille trop exercée pour n'avoir pas entendu le froissement de quelques arbustes tourmentés par les Chouans, ou le bruit léger des cailloux qui roulèrent au bas du précipice, et il était au bord de l'esplanade. Marche-à-terre, qui semblait posséder le don de voir dans l'obscurité, ou dont les sens continuellement en mouvement devaient avoir acquis la finesse de ceux des Sauvages, avait entrevu Corentin ; comme un chien bien dressé, peut-être l'avait-il senti. Le diplomate de la police eut beau écouter le silence et regarder le mur naturel formé par les schistes, il n'y put rien découvrir. Si la lueur douteuse du brouillard lui permit d'apercevoir quelques Chouans, il les prit pour des fragments du rocher, tant ces corps humains gardèrent bien l'apparence d'une nature inerte. Le danger de la troupe dura peu. Corentin fut attiré par un bruit très distinct qui se

fit entendre à l'autre extrémité de la Promenade,
au point où cessait le mur de soutènement et où commençait la pente rapide du rocher. Un sentier tracé
sur le bord des schistes et qui communiquait à l'escalier de la Reine aboutissait précisément à ce point
d'intersection. Au moment où Corentin y arriva, il vit
une figure s'élevant comme par enchantement, et
quand il avança la main pour s'emparer de cet être
fantastique ou réel auquel il ne supposait pas de bonnes
intentions, il rencontra les formes rondes et moel-
leuses d'une femme.

— Que le diable vous emporte, ma bonne! dit-il
en murmurant. Si vous n'aviez pas eu affaire à moi,
vous auriez pu attraper une balle dans la tête... Mais
d'où venez-vous et où allez-vous à cette heure-ci?
Êtes-vous muette? — C'est cependant bien une
femme, se dit-il à lui-même.

Le silence devenant suspect, l'inconnue répondit
d'une voix qui annonçait un grand effroi : — Ah!
mon bon homme, je revenons de la veillée.

— C'est la prétendue mère du marquis, se dit
Corentin. Voyons ce qu'elle va faire.

— Eh bien! allez par là, la vieille, reprit-il à haute
voix en feignant de ne pas la reconnaître. A gauche
donc, si vous ne voulez pas être fusillée!

Il resta immobile ; mais en voyant Mme du Gua
qui se dirigea vers la tour du Papegaut, il la suivit
de loin avec une adresse diabolique. Pendant cette
fatale rencontre, les Chouans s'étaient très habilement
postés sur les tas de fumier vers lesquels Marche-à-
terre les avait guidés.

— Voilà la Grande Garce! se dit tout bas Marche-
à-terre en se dressant sur ses pieds le long de la tour
comme aurait pu faire un ours.

— Nous sommes là, dit-il à la dame.

— Bien! répondit Mme du Gua. Si tu peux trouver
une échelle dans la maison dont le jardin aboutit
à six pieds au-dessous du fumier, le Gars serait sauvé.
Vois-tu cet œil-de-bœuf là-haut? il donne dans un
cabinet de toilette attenant à la chambre à coucher,
c'est là qu'il faut arriver. Ce pan de la tour au bas
duquel vous êtes, est le seul qui ne soit pas cerné.
Les chevaux sont prêts, et si tu as gardé le passage
du Nançon, en un quart d'heure nous devons le mettre
hors de danger, malgré sa folie. Mais si cette catin
veut le suivre, poignardez-la.

Corentin, apercevant dans l'ombre quelques-unes
des formes indistinctes qu'il avait d'abord prises pour
des pierres, se mouvoir avec adresse, alla sur-le-champ
au poste de la porte Saint-Léonard, où il trouva le
commandant dormant tout habillé sur le lit de camp.

— Laissez-le donc, dit brutalement Beau-pied à
Corentin, il ne fait que de se poser là.

— Les Chouans sont ici, cria Corentin dans l'oreille
de Hulot.

— Impossible, mais tant mieux! s'écria le commandant tout endormi qu'il était, au moins l'on se battra.

Lorsque Hulot arriva sur la Promenade, Corentin
lui montra dans l'ombre la singulière position occupée
par les Chouans.

— Ils auront trompé ou étouffé les sentinelles que
j'ai placées entre l'escalier de la Reine et le château,

s'écria le commandant. Ah! quel tonnerre de brouillard. Mais patience! je vais envoyer, au pied du rocher,
une cinquantaine d'hommes, sous la conduite d'un
lieutenant. Il ne faut pas les attaquer là, car ces
animaux-là sont si durs qu'ils se laisseraient rouler
jusqu'en bas du précipice comme des pierres, sans se
casser un membre.

La cloche fêlée du beffroi sonna deux heures lorsque
le commandant revint sur la Promenade, après avoir
pris les précautions militaires les plus sévères, afin
de se saisir des Chouans commandés par Marche-à-
terre. En ce moment, tous les postes ayant été dou-
blés, la maison de Mlle de Verneuil était devenue le
centre d'une petite armée. Le commandant trouva
Corentin absorbé dans la contemplation de la fenêtre
qui dominait la tour du Papegaut.

— Citoyen, lui dit Hulot, je crois que le ci-devant
nous embête, car rien n'a encore bougé.

— Il est là, s'écria Corentin en montrant la fenêtre.
J'ai vu l'ombre d'un homme sur les rideaux... Je ne
comprends pas ce qu'est devenu mon petit gars. Ils
l'auront tué ou séduit. Tiens, commandant, vois-tu?
voici un homme! marchons!

— Je n'irai pas le saisir au lit, tonnerre de Dieu!
Il sortira, s'il est entré ; Gudin ne le manquera pas,
s'écria Hulot, qui avait ses raisons pour attendre.

— Allons, commandant, je t'enjoins, au nom de la
loi, de marcher à l'instant sur cette maison.

— Tu es encore un joli coco pour vouloir me **faire**
aller.

Sans s'émouvoir de la colère du commandant,

Corentin lui dit froidement : — Tu m'obéiras! Voici un ordre en bonne forme, signé du ministre de la guerre, qui t'y forcera, reprit-il, en tirant de sa poche un papier. Est-ce que tu t'imagines que nous sommes assez simples pour laisser cette fille agir comme elle l'entend. C'est la guerre civile que nous étouffons, et la grandeur du résultat absout la petitesse des moyens.

— Je prends la liberté, citoyen, de t'envoyer faire... tu me comprends ? Suffit. Pars du pied gauche, laisse-moi tranquille et plus vite que ça.

— Mais lis, dit Corentin.

— Ne m'embête pas de tes fonctions, s'écria Hulot indigné de recevoir des ordres d'un être qu'il trouvait si méprisable.

En ce moment, le fils de Galope-chopine se trouva au milieu d'eux comme un rat qui serait sorti de terre.

— Le Gars est en route, s'écria-t-il.

— Par où...

— Par la rue Saint-Léonard.

— Beau-pied, dit Hulot à l'oreille du caporal qui se trouvait auprès de lui, cours prévenir ton lieutenant de s'avancer sur la maison et de faire un joli petit feu de file, tu m'entends! — Par file à gauche, en avant sur la tour, vous autres, s'écria le commandant.

Pour la parfaite intelligence du dénouement, il est nécessaire de rentrer dans la maison de Mlle de Verneuil avec elle.

Quand les passions arrivent à une catastrophe, elles nous soumettent à une puissance d'enivrement bien supérieure aux mesquines irritations du vin ou de l'opium. La lucidité que contractent alors les idées,

la délicatesse des sens trop exaltés, produisent les
effets les plus étranges et les plus inattendus. En se
trouvant sous la tyrannie d'une même pensée, certaines personnes aperçoivent clairement les objets les
moins perceptibles, tandis que les choses les plus
palpables sont pour elles comme si elles n'existaient
pas. Mlle de Verneuil était en proie à cette espèce
d'ivresse qui fait de la vie réelle une vie semblable
à celle des somnambules, lorsqu'après avoir lu la
lettre du marquis elle s'empressa de tout ordonner
pour qu'il ne pût échapper à sa vengeance, comme
naguère elle avait tout préparé pour la première fête
de son amour. Mais quand elle vit sa maison soigneusement entourée par ses ordres d'un triple rang de
baïonnettes, une lueur soudaine brilla dans son âme.
Elle jugea sa propre conduite et pensa avec une sorte
d'horreur qu'elle venait de commettre un crime. Dans
un premier mouvement d'anxiété, elle s'élança vivement vers le seuil de sa porte, et y resta pendant un
moment immobile, en s'efforçant de réfléchir sans
pouvoir achever un raisonnement. Elle doutait si
complètement de ce qu'elle venait de faire, qu'elle
chercha pourquoi elle se trouvait dans l'antichambre
de sa maison, en tenant un enfant inconnu par la
main. Devant elle, des milliers d'étincelles nageaient
en l'air comme des langues de feu. Elle se mit à marcher pour secouer l'horrible torpeur dont elle était
enveloppée ; mais, semblable à une personne qui som-
meille, aucun objet ne lui apparaissait avec sa forme
ou sous ses couleurs vraies. Elle serrait la main du
petit garçon avec une violence qui ne lui était pas

ordinaire, et l'entraînait par une marche si précipitée,
qu'elle semblait avoir l'activité d'une folle. Elle ne
vit rien de tout ce qui était dans le salon quand elle
le traversa, et cependant elle y fut saluée par trois
hommes qui se séparèrent pour lui donner passage.

— La voici, dit l'un d'eux.

— Elle est bien belle, s'écria le prêtre.

— Oui, répondit le premier ; mais comme elle est
pâle et agitée...

— Et distraite, ajouta le troisième, elle ne nous
voit pas.

A la porte de sa chambre, Mlle de Verneuil aperçut
la figure douce et joyeuse de Francine qui lui dit à
l'oreille : — Il est là, Marie.

Mlle de Verneuil se réveilla, put réfléchir, regarda
l'enfant qu'elle tenait, le reconnut et répondit à Francine : — Enferme ce petit garçon, et, si tu veux que
je vive, garde-toi bien de le laisser s'évader.

En prononçant ces paroles avec lenteur, elle avait
fixé les yeux sur la porte de sa chambre, où ils restèrent attachés avec une si effrayante immobilité,
qu'on eût dit qu'elle voyait sa victime à travers l'épaisseur des panneaux. Elle poussa doucement la porte,
et la ferma sans se retourner, car elle aperçut le marquis debout devant la cheminée. Sans être trop recherchée, la toilette du gentilhomme avait un certain air
de fête et de parure qui ajoutait encore à l'éclat que
toutes les femmes trouvent à leurs amants. A cet
aspect, Mlle de Verneuil retrouva toute sa présence
d'esprit. Ses lèvres, fortement contractées quoique
entrouvertes, laissèrent voir l'émail de ses dents

blanches et dessinèrent un sourire arrêté dont l'expression était plus terrible que voluptueuse. Elle marcha d'un pas lent vers le jeune homme, et lui montrant du doigt la pendule :

— Un homme digne d'amour vaut bien la peine qu'on l'attende, dit-elle avec une fausse gaieté.

Mais, abattue par la violence de ses sentiments, elle tomba sur le sopha qui se trouvait auprès de la cheminée.

— Ma chère Marie, vous êtes bien séduisante quand vous êtes en colère! dit le marquis en s'asseyant auprès d'elle, lui prenant une main qu'elle laissa prendre et implorant un regard qu'elle refusait. J'espère, continua-t-il d'une voix tendre et caressante, que Marie sera dans un instant bien chagrine d'avoir dérobé sa tête à son heureux mari.

En entendant ces mots, elle se tourna brusquement et le regarda dans les yeux.

— Que signifie ce regard terrible ? reprit-il en riant. Mais ta main est brûlante! mon amour, qu'as-tu ?

— Mon amour! répondit-elle d'une voix sourde et altérée.

— Oui, dit-il en se mettant à genoux devant elle et lui prenant les deux mains qu'il couvrit de baisers, oui, mon amour, je suis à toi pour la vie.

Elle le poussa violemment et se leva. Ses traits se contractèrent, elle rit comme rient les fous et lui dit :

— Tu n'en crois pas un mot, homme plus fourbe que le plus ignoble scélérat. Elle sauta vivement sur le poignard qui se trouvait auprès d'un vase de fleurs, et le fit briller à deux doigts de la poitrine du jeune homme surpris. — Bah! dit-elle en jetant cette arme, je ne t'estime pas assez pour te tuer! Ton sang est même trop vil pour être versé par des soldats, et je ne vois pour toi que le bourreau.

Ces paroles furent péniblement prononcées d'un ton bas, et elle trépignait comme un enfant gâté qui s'impatiente. Le marquis s'approcha d'elle en cherchant à la saisir.

— Ne me touchez pas! s'écria-t-elle en se reculant par un mouvement d'horreur.

— Elle est folle, se dit le marquis au désespoir.

— Oui, folle, répéta-t-elle, mais pas encore assez pour être ton jouet. Que ne pardonnerais-je pas à la passion ; mais vouloir me posséder sans amour, et l'écrire à cette...

— A qui donc ai-je écrit ? demanda-t-il avec un étonnement qui certes n'était pas joué.

— A cette femme chaste qui voulait me tuer.

Là, le marquis pâlit, serra le dos du fauteuil qu'il tenait, de manière à le briser, et s'écria : — Si Mme du Gua a été capable de quelque noirceur...

Mlle de Verneuil chercha la lettre, ne la retrouva plus, appela Francine, et la Bretonne vint.

— Où est cette lettre ?

— Monsieur Corentin l'a prise.

— Corentin! Ah! je comprends tout, il a fait la lettre, et m'a trompée comme il trompe, avec un art diabolique.

Après avoir jeté un cri perçant, elle alla tomber sur le sopha, et un déluge de larmes sortit de ses yeux. Le doute comme la certitude était horrible. Le mar-

quis se précipita aux pieds de sa maîtresse, la serra
contre son cœur en lui répétant dix fois ces mots, les
seuls qu'il pût prononcer : — Pourquoi pleurer, mon
ange ? où est le mal ? Tes injures sont pleines d'amour.
Ne pleure donc pas, je t'aime! je t'aime toujours.

Tout à coup, il se sentit presser par elle avec une
force surnaturelle, et, au milieu de ses sanglots : — Tu
m'aimes encore ?... dit-elle.

— Tu en doutes, répondit-il d'un ton presque mélancolique.

Elle se dégagea brusquement de ses bras et se sauva,
comme effrayée et confuse, à deux pas de lui.

— Si j'en doute ?... s'écria-t-elle.

Elle vit le marquis souriant avec une si douce ironie,
que les paroles expirèrent sur ses lèvres. Elle se laissa
prendre par la main et conduire jusque sur le seuil
de la porte. Marie aperçut au fond du salon un autel
dressé à la hâte pendant son absence. Le prêtre était
en ce moment revêtu de son costume sacerdotal. Des
cierges allumés jetaient sur le plafond un éclat aussi
doux que l'espérance. Elle reconnut, dans les deux
hommes qui l'avaient saluée, le comte de Bauvan et
le baron du Guénic, deux témoins choisis par Montauran.

— Me refuseras-tu toujours ? lui dit tout bas le
marquis.

A cet aspect elle fit tout à coup un pas en arrière
pour regagner sa chambre, tomba sur les genoux,
leva les mains vers le marquis et lui cria : — Ah! pardon! pardon! pardon!

Sa voix s'éteignit, sa tête se pencha en arrière, ses

yeux se fermèrent, et elle resta entre les bras du marquis et de Francine comme si elle eût expiré. Quand
elle ouvrit les yeux, elle rencontra le regard du jeune
chef, un regard plein d'une amoureuse bonté.

— Marie, patience! cet orage est le dernier, dit-il.

— Le dernier! répéta-t-elle.

Francine et le marquis se regardèrent avec surprise, mais elle leur imposa silence par un geste.

— Appelez le prêtre, dit-elle, et laissez-moi seule
avec lui.

Ils se retirèrent.

— Mon père, dit-elle au prêtre qui apparut soudain devant elle, mon père, dans mon enfance, un
vieillard à cheveux blancs, semblable à vous, me répétait souvent qu'avec une foi bien vive on obtenait
tout de Dieu, est-ce vrai?

— C'est vrai, répondit le prêtre. Tout est possible
à celui qui a tout créé.

Mlle de Verneuil se précipita à genoux avec un
incroyable enthousiasme : — O mon Dieu! dit-elle
dans son extase, ma foi en toi est égale à mon amour
pour lui! inspire-moi! Fais ici un miracle, ou prends
ma vie.

— Vous serez exaucée, dit le prêtre.

Mlle de Verneuil vint s'offrir à tous les regards
en s'appuyant sur le bras de ce vieux prêtre à cheveux
blancs. Une émotion profonde et secrète la livrait à
l'amour d'un amant, plus brillante qu'en aucun jour
passé, car une sérénité pareille à celle que les peintres
se plaisent à donner aux martyrs imprimait à sa figure
un caractère imposant. Elle tendit la main au marquis,

et ils s'avancèrent ensemble vers l'autel, où ils s'agenouillèrent. Ce mariage qui allait être béni à deux
pas du lit nuptial, cet autel élevé à la hâte, cette croix,
ces vases, ce calice apportés secrètement par un prêtre,
cette fumée d'encens répandue sous des corniches
qui n'avaient encore vu que la fumée des repas ; ce
prêtre qui ne portait qu'une étole par-dessus sa soutane ; ces cierges dans un salon, tout formait une scène
touchante et bizarre qui achève de peindre ces temps
de triste mémoire où la discorde civile avait renversé
les institutions les plus saintes. Les cérémonies reli-
gieuses avaient alors toute la grâce des mystères. Les
enfants étaient ondoyés dans les chambres où gémis-
saient encore les mères. Comme autrefois, le Seigneur
allait, simple et pauvre, consoler les mourants. Enfin
les jeunes filles recevaient pour la première fois le
pain sacré dans le lieu même où elles jouaient la veille.
L'union du marquis et de Mlle de Verneuil allait être
consacrée, comme tant d'autres unions, par un acte
contraire à la législation nouvelle ; mais plus tard,
ces mariages, bénis pour la plupart au pied des chênes,
furent tous scrupuleusement reconnus. Le prêtre qui
conservait ainsi les anciens usages jusqu'au dernier
moment, était un de ces hommes fidèles à leurs principes au fort des orages. Sa voix, pure du serment
exigé par la République, ne répandait à travers la
tempête que des paroles de paix. Il n'attisait pas,
comme l'avait fait l'abbé Gudin, le feu de l'incendie ;
mais il s'était, avec beaucoup d'autres, voué à la dangereuse mission d'accomplir les devoirs du sacerdoce
pour les âmes restées catholiques. Afin de réussir dans

ce périlleux ministère, il usait de tous les pieux artifices nécessités par la persécution, et le marquis n'avait pu le trouver que dans une de ces excavations qui, de nos jours encore, portent le nom de *la cachette du prêtre*. La vue de cette figure pâle et souffrante inspirait si bien la prière et le respect, qu'elle suffisait pour donner à cette salle mondaine l'aspect d'un saint lieu. L'acte de malheur et de joie était tout prêt. Avant de commencer la cérémonie, le prêtre demanda, au milieu d'un profond silence, les noms de la fiancée.

— Marie-Nathalie, fille de Mlle Blanche de Castéran, décédée abbesse de Notre-Dame de Séez et de Victor-Amédée, duc de Verneuil.

— Née ?

— A La Chasterie, près d'Alençon.

— Je ne croyais pas, dit tout bas le baron au comte, que Montauran ferait la sottise de l'épouser ! La fille naturelle d'un duc, fi donc !

— Si c'était du roi, encore passe, répondit le comte de Bauvan en souriant, mais ce n'est pas moi qui le blâmerai ; l'autre me plaît, et ce sera sur cette *Jument de Charrette* que je vais maintenant faire la guerre. Elle ne roucoule pas, celle-là !...

Les noms du marquis avaient été remplis à l'avance, les deux amants signèrent et les témoins après. La cérémonie commença. En ce moment, Marie entendit seule le bruit des fusils et celui de la marche lourde et régulière des soldats qui venaient sans doute relever le poste de Bleus qu'elle avait fait placer dans l'église. Elle tressaillit et leva les yeux sur la croix de l'autel.

— La voilà une sainte, dit tout bas Francine.

— Qu'on me donne de ces saintes-là, et je serai diablement dévot, ajouta le comte à voix basse.

Lorsque le prêtre fit à Mlle de Verneuil la question d'usage, elle répondit par un oui accompagné d'un soupir profond. Elle se pencha à l'oreille de son mari et lui dit : — Dans peu vous saurez pourquoi je manque au serment que j'avais fait de ne jamais vous épouser.

Lorsqu'après la cérémonie, l'assemblée passa dans une salle où le dîner avait été servi, et au moment où les convives s'assirent, Jérémie arriva tout épouvanté. La pauvre mariée se leva brusquement, alla au-devant de lui, suivie de Francine, et, sur un de ces prétextes que les femmes savent si bien trouver, elle pria le marquis de faire tout seul pendant un moment les honneurs du repas, et emmena le domestique avant qu'il eût commis une indiscrétion qui serait devenue fatale.

— Ah! Francine, se sentir mourir, et ne pas pouvoir dire : Je meurs!... s'écria Mlle de Verneuil qui ne reparut plus.

Cette absence pouvait trouver sa justification dans la cérémonie qui venait d'avoir lieu. A la fin du repas, et au moment où l'inquiétude du marquis était au comble, Marie revint dans tout l'éclat du vêtement des mariées. Sa figure était joyeuse et calme, tandis que Francine qui l'accompagnait avait une terreur si profonde empreinte sur tous les traits, qu'il semblait aux convives voir dans ces deux figures un tableau bizarre où l'extravagant pinceau de Salvator Rosa aurait représenté la vie et la mort se tenant par la main.

— Messieurs, dit-elle au prêtre, au baron, au comte, vous serez mes hôtes pour ce soir, car il y aurait trop de danger pour vous à sortir de Fougères. Cette bonne fille a mes instructions et conduira chacun de vous dans son appartement.

— Pas de rébellion, dit-elle au prêtre qui allait parler, j'espère que vous ne désobéirez pas à une femme le jour de ses noces.

Une heure après, elle se trouva seule avec son amant dans la chambre voluptueuse qu'elle avait si gracieusement disposée. Ils arrivèrent enfin à ce lit fatal où, comme dans un tombeau, se brisent tant d'espérances, où le réveil à une belle vie est si incertain, où meurt, où naît l'amour, suivant la portée des caractères qui ne s'éprouvent que là. Marie regarda la pendule, et se dit : Six heures à vivre.

— J'ai donc pu dormir, s'écria-t-elle vers le matin réveillée en sursaut par un de ces mouvements soudains qui nous font tressaillir lorsqu'on a fait la veille un pacte en soi-même afin de s'éveiller le lendemain à une certaine heure. — Oui, j'ai dormi, répéta-t-elle en voyant à la lueur des bougies que l'aiguille de la pendule allait bientôt marquer deux heures du matin. Elle se retourna et contempla le marquis endormi, la tête appuyée sur une de ses mains, à la manière des enfants, et de l'autre serrant celle de sa femme en souriant à demi, comme s'il se fût endormi au milieu d'un baiser.

— Ah! se dit-elle à voix basse, il a le sommeil d'un enfant! Mais pouvait-il se défier de moi, de moi qui lui dois un bonheur sans nom ?

Elle le poussa légèrement, il se réveilla et acheva de sourire. Il baisa la main qu'il tenait, et regarda cette malheureuse femme avec des yeux si étincelants, que, n'en pouvant soutenir le voluptueux éclat, elle déroula lentement ses larges paupières, comme pour s'interdire à elle-même une dangereuse contemplation ; mais en voilant ainsi le feu de ses regards, elle excitait si bien le désir en paraissant s'y refuser, que si elle n'avait pas eu de profondes terreurs à cacher, son mari aurait pu l'accuser d'une trop grande coquetterie. Ils relevèrent ensemble leurs têtes charmantes, et se firent mutuellement un signe de reconnaissance plein des plaisirs qu'ils avaient goûtés ; mais après un rapide examen du délicieux tableau que lui offrait la figure de sa femme, le marquis, attribuant à un sentiment de mélancolie les nuages répandus sur le front de Marie, lui dit d'une voix douce : — Pourquoi cette ombre de tristesse, mon amour ?

— Pauvre Alphonse, où crois-tu donc que je t'aie mené, demanda-t-elle en tremblant.

— Au bonheur.

— A la mort.

Et tressaillant d'horreur, elle s'élança hors du lit ; le marquis étonné la suivit, sa femme l'amena près de la fenêtre. Après un geste délirant qui lui échappa, Marie releva les rideaux de la croisée, et lui montra du doigt sur la place une vingtaine de soldats. La lune, ayant dissipé le brouillard, éclairait de sa blanche

lumière les habits, les fusils, l'impassible Corentin qui
allait et venait comme un chacal attendant sa proie,
et le commandant, les bras croisés, immobile, le nez en
l'air, les lèvres retroussées, attentif et chagrin.

— Eh! laissons-les, Marie, et reviens.

— Pourquoi ris-tu, Alphonse? c'est moi qui les ai
placés là.

— Tu rêves?

— Non!

Ils se regardèrent un moment, le marquis devina
tout, et la serrant dans ses bras : — Va! je t'aime
toujours, dit-il.

— Tout n'est donc pas perdu, s'écria Marie. —
Alphonse, dit-elle après une pause, il y a de l'espoir.

En ce moment, ils entendirent distinctement le cri
sourd de la chouette, et Francine sortit tout à coup
du cabinet de toilette.

— Pierre est là, dit-elle avec une joie qui tenait du
délire.

La marquise et Francine revêtirent Montauran d'un
costume de Chouan, avec cette étonnante promptitude qui n'appartient qu'aux femmes. Lorsque la
marquise vit son mari occupé à charger les armes que
Francine apporta, elle s'esquiva lestement après avoir
fait un signe d'intelligence à sa fidèle Bretonne. Francine conduisit alors le marquis dans le cabinet de
toilette attenant à la chambre. Le jeune chef, en
voyant une grande quantité de draps fortement attachés, put se convaincre de l'active sollicitude avec
laquelle la Bretonne avait travaillé à tromper la vigilance des soldats.

— Jamais je ne pourrai passer par là, dit le marquis en examinant l'étroite baie de l'œil-de-bœuf.

En ce moment une grosse figure noire en remplit
entièrement l'ovale, et une voix rauque, bien connue
de Francine, cria doucement : — Dépêchez-vous,
mon général, ces crapauds de Bleus se remuent.

— Oh! encore un baiser, dit une voix tremblante
et douce.

Le marquis, dont les pieds atteignaient l'échelle
libératrice, mais qui avait encore une partie du corps
engagée dans l'œil-de-bœuf, se sentit pressé par une
étreinte de désespoir. Il jeta un cri en reconnaissant
ainsi que sa femme avait pris ses habits ; il voulut
la retenir, mais elle s'arracha brusquement de ses
bras, et il se trouva forcé de descendre. Il gardait à
la main un lambeau d'étoffe, et la lueur de la lune
venant à l'éclairer soudain, il s'aperçut que ce lambeau
devait appartenir au gilet qu'il avait porté la veille.

— Halte! feu de peloton.

Ces mots, prononcés par Hulot au milieu d'un
silence qui avait quelque chose d'horrible, rompirent
le charme sous l'empire duquel semblaient être les
hommes et les lieux. Une salve de balles arrivant du
fond de la vallée jusqu'au pied de la tour succéda aux
décharges que firent les Bleus placés sur la Promenade. Le feu des Républicains n'offrit aucune inter-
ruption et fut continuel, impitoyable. Les victimes ne
jetèrent pas un cri. Entre chaque décharge le silence
était effrayant.

Cependant Corentin, ayant entendu tomber du
haut de l'échelle un des personnages aériens qu'il

avait signalés au commandant, soupçonna quelque
piège.

— Pas un de ces animaux-là ne chante, dit-il à
Hulot, nos deux amants sont bien capables de nous
amuser ici par quelque ruse, tandis qu'ils se sauvent
peut-être par un autre côté...

L'espion, impatient d'éclaircir le mystère, envoya
le fils de Galope-chopine chercher des torches. La
supposition de Corentin avait été si bien comprise de
Hulot, que le vieux soldat, préoccupé par le bruit d'un
engagement très sérieux qui avait lieu devant le poste
de Saint-Léonard, s'écria : — C'est vrai, ils ne peuvent
pas être deux.

Et il s'élança vers le corps de garde.

— On lui a lavé la tête avec du plomb, mon commandant, lui dit Beau-pied qui venait à la rencontre
de Hulot ; mais il a tué Gudin et blessé deux hommes.
Ah! l'enragé! il avait enfoncé trois rangées de nos
lapins, et aurait gagné les champs sans le factionnaire
de la porte Saint-Léonard qui l'a embroché avec sa
baïonnette.

En entendant ces paroles, le commandant se précipita dans le corps de garde, et vit sur le lit de camp
un corps ensanglanté que l'on venait d'y placer ; il
s'approcha du prétendu marquis, leva le chapeau qui
en couvrait la figure, et tomba sur une chaise.

— Je m'en doutais, s'écria-t-il en se croisant les
bras avec force ; elle l'avait, sacré tonnerre, gardé
trop longtemps.

Tous les soldats restèrent immobiles. Le commandant avait fait dérouler les longs cheveux noirs d'une

femme. Tout à coup le silence fut interrompu par le bruit d'une multitude armée. Corentin entra dans le corps de garde en précédant quatre soldats qui, sur leurs fusils placés en forme de civière, portaient Montauran, auquel plusieurs coups de feu avaient cassé les deux cuisses et les bras. Le marquis fut déposé sur le lit de camp auprès de sa femme, il l'aperçut et trouva la force de lui prendre la main par un geste convulsif. La mourante tourna péniblement la tête, reconnut son mari, frissonna par une secousse horrible à voir, et murmura ces paroles d'une voix presque éteinte : — Un jour sans lendemain!... Dieu m'a trop bien exaucée.

— Commandant, dit le marquis en rassemblant toutes ses forces et sans quitter la main de Marie, je compte sur votre probité pour annoncer ma mort à mon jeune frère qui se trouve à Londres, écrivez-lui que s'il veut obéir à mes dernières paroles, il ne portera pas les armes contre la France, sans néanmoins jamais abandonner le service du Roi.

— Ce sera fait, dit Hulot en serrant la main du mourant.

— Portez-les à l'hôpital voisin, s'écria Corentin.

Hulot prit l'espion par le bras, de manière à lui laisser l'empreinte de ses ongles dans la chair, et lui dit : — Puisque ta besogne est finie par ici, fiche-moi le camp, et regarde bien la figure du commandant Hulot, pour ne jamais te trouver sur son passage, si tu ne veux pas qu'il fasse de ton ventre le fourreau de son bancal.

Et déjà le vieux soldat tirait son sabre.

— Voilà encore un de mes honnêtes gens qui ne feront jamais fortune, se dit Corentin quand il fut loin du corps de garde.

Le marquis put encore remercier par un signe de tête son adversaire, en lui témoignant cette estime que les soldats ont pour de loyaux ennemis.

En 1827, un vieil homme accompagné de sa femme marchandait des bestiaux sur le marché de Fougères, et personne ne lui disait rien quoiqu'il eût tué plus de cent personnes, on ne lui rappelait même point son surnom de Marche-à-terre ; la personne à qui l'on doit de précieux renseignements sur tous les personnages de cette Scène, le vit emmenant une vache et allant de cet air simple, ingénu qui fait dire : — Voilà un bien brave homme!

Quant à Cibot, dit Pille-miche, on a déjà vu comment il a fini. Peut-être Marche-à-terre essaya-t-il, mais vainement, d'arracher son compagnon à l'échafaud, et se trouvait-il sur la place d'Alençon, lors de l'effroyable tumulte qui fut un des événements du fameux procès Rifoël, Bryond et La Chanterie.

Fougères, août 1827.

Dossier

BIOGRAPHIE

La biographie de Balzac est tellement chargée d'événements si divers, et tout s'y trouve si bien emmêlé, qu'un exposé purement chronologique des faits serait d'une confusion extrême.

Dans l'ordre chronologique, nous nous sommes donc contentés de distinguer, d'une manière aussi peu arbitraire que possible, cinq grandes époques de la vie de Balzac : des origines à 1814, 1815-1828, 1828-1833, 1833-1840, 1841-1850.

A l'intérieur des périodes principales, nous avons préféré, quand il y avait lieu, classer les faits selon leur nature : l'œuvre, les autres activités touchant la littérature, la vie sentimentale, les voyages, etc. (mais en reprenant, à l'intérieur de chaque paragraphe, l'ordre chronologique).

Famille, enfance; des origines à 1814.

En juillet 1746 naît dans le Rouergue, d'une lignée paysanne, Bernard-François Balssa, qui sera le père du romancier et mourra en 1829 ; trente ans plus tard nous retrouvons le nom orthographié « Balzac ». Signalons à titre anecdotique (car l'événement ne semble pas avoir marqué notre Balzac) qu'un frère de Bernard-François fut guillotiné à Albi en 1819 pour l'assassinat, dont il était peut-être innocent, d'une fille de ferme.

Janvier 1797 : Bernard-François, directeur des vivres

de la division militaire de Tours, épouse à cinquante ans Laure
Sallambier, qui en a dix-huit, et qui vivra jusqu'en 1854.

1799, 20 mai : naissance à Tours d'Honoré Balzac (le
nom ne comporte pas encore la particule). Un premier
fils, né jour pour jour un an plus tôt, n'avait pas vécu.

Après Honoré, le ménage aura trois autres enfants :
1º Laure (1800-1871), qui épousera en 1820 Eugène Sur-
ville, ingénieur des Ponts et Chaussées, et restera pour le
romancier une confidente affectueuse et sûre ; 2º Laurence
(1802-1825), devenue en 1821 Mme de Montzaigle : c'est
sur son acte de baptême que la particule « de » apparaît
pour la première fois devant le nom des Balzac ; 3º Henry
(1807-1858), fils adultérin dont le père était Jean de Margonne (1780-1858), châtelain de Saché.

L'enfance et l'adolescence d'Honoré seront affectées par
la préférence de la mère pour Henry, lequel, dépourvu de
dons et de caractère, traînera une existence assez misérable ; les ternes séjours qu'il fera dans les îles de l'océan
Indien avant de mourir à Mayotte contrastent absolument avec les aventures des romanesques coureurs de
mers balzaciens. Balzac gardera des liens étroits avec
Margonne et séjournera souvent à Saché, où l'on montre
encore sa chambre et sa table de travail.

Dès sa naissance, Honoré est mis en nourrice chez la
femme d'un gendarme à Saint-Cyr-sur-Loire, aujourd'hui
faubourg de Tours (rive droite). De 1804 à 1807 il est
externe dans un établissement scolaire de Tours, de 1807
à 1813 il est pensionnaire au collège de Vendôme. Puis,
pendant plus d'un an, en 1813-1814, atteint de troubles
et d'une espèce d'hébétude qu'on attribue à un abus de
lecture, il demeure dans sa famille, au repos. En 1814,
pendant quelques mois, il reprend ses études au collège de
Tours, comme externe.

Son père, alors administrateur de l'Hospice général de

Tours, est nommé directeur des vivres dans une entreprise parisienne de fournitures aux armées. Toute la famille quitte Tours pour Paris en novembre 1814.

Apprentissages, 1815-1828.

1815-1819. Honoré poursuit ses études à Paris. Il entreprend son droit, suit des cours à la Sorbonne et au Muséum. Il travaille comme clerc dans l'étude de Me Guillonnet-Merville, avoué, puis dans celle de Me Passez, notaire ; ces deux stages laisseront sur lui une empreinte profonde.

Son père ayant pris sa retraite, la famille, dont les ressources sont désormais réduites, quitte Paris et s'installe pendant l'été 1819 à Villeparisis. Cependant Honoré, qu'on destinait au notariat, obtient de renoncer à cette carrière, et de demeurer seul à Paris, dans une mansarde, pour éprouver sa vocation en s'exerçant au métier des lettres.

Dès 1817 il a rédigé des *Notes sur la philosophie et la religion*, suivies en 1818 de *Notes sur l'immortalité de l'âme*, premiers indices du goût prononcé qu'il gardera longtemps pour la spéculation philosophique : maintenant il s'attaque à une tragédie, *Cromwell*, cinq actes en vers, qu'il termine au printemps de 1820. Soumise à plusieurs juges successifs, l'œuvre est uniformément estimée détestable; Andrieux, aimable écrivain, ami de la famille, professeur au Collège de France et académicien, conclut que l'auteur peut tenter sa chance dans n'importe quelle voie, hormis la littérature. Balzac continue sa recherche philosophique avec *Falthurne* et *Sténie* (1820), que suivront bientôt (1823) un *Traité de la prière* et un second *Falthurne*.

De 1822 à 1827, soit en collaboration soit seul, mais

toujours sous des pseudonymes, il publie une masse
considérable de produits romanesques « de consommation
courante », qu'il lui arrivera d'appeler « petites opérations
de littérature marchande » ou même « cochonneries littéraires ». A leur sujet les balzaciens se partagent ; les uns y
cherchent des ébauches de thèmes et les signes avant-
coureurs du génie romanesque ; les autres doutent que
Balzac, soucieux seulement de satisfaire sa clientèle, y
ait rien mis qui soit vraiment de lui-même.

En 1822 commence sa longue liaison (mais, de sa part,
non exclusive) avec Laure de Berny, qu'il a rencontrée à
Villeparisis l'année précédente. Née en 1777, elle a alors
deux fois son âge, et elle est d'un an et demi l'aînée de la
mère d'Honoré ; celui-ci aura pour elle un amour en quelque sorte ambivalent, où il trouvera une compensation à
son enfance frustrée.

Fille d'un musicien de la Cour et d'une femme de la
chambre de Marie-Antoinette, elle-même femme d'expérience, Laure initiera son jeune amant non seulement aux
secrets de la vie mondaine sous l'ancien régime, mais aussi
à ceux de la condition féminine et de la joie sensuelle. Elle
restera pour lui un soutien, et le guide le plus sûr. Elle
mourra en 1836.

En 1825 Balzac entre en relations avec la duchesse
d'Abrantès (1784-1838) ; cette nouvelle maîtresse, qui
d'ailleurs s'ajoute à la précédente et ne se substitue pas
à elle, a encore quinze ans de plus que lui. Fort avertie
de la grande et petite histoire de la Révolution et de
l'Empire, elle complète l'éducation que lui a donnée Mme de
Berny, et le présente aux nombreux amis qu'elle garde
dans le monde ; lui-même, plus tard, se fera son conseiller et
peut-être son collaborateur lorsqu'elle écrira ses *Mémoires*.

En septembre 1820, au tirage au sort, il obtient un
« bon numéro » qui le dispense du service militaire.

Durant la fin de cette période, il se lance dans des affaires qui enrichissent d'une manière incomparable l'expérience du futur auteur de *La Comédie humaine*, mais qui en
attendant se soldent par de pénibles et coûteux échecs.

Il se fait éditeur en 1825, l'éditeur se fait imprimeur en
1826, l'imprimeur se fait fondeur de caractères en 1827, —
toujours en association, les fonds de ses propres apports
étant constitués par sa famille et par Mme de Berny. En
1825 et 1826 il publie, entre autres, des éditions compactes
de Molière et de La Fontaine, pour lesquelles il a composé
des notices. En 1828 la société de fonderie est remaniée ;
il en est écarté au profit d'Alexandre de Berny, fils de son
amie : l'entreprise deviendra une des plus belles réalisa-
tions françaises dans ce domaine. L'imprimerie est liqui-
dée quelques mois plus tard, en août ; elle laisse à Balzac
60 000 francs de dettes (dont 50 000 envers sa famille).

Nombreux voyages et séjours en province, notamment
dans la région de l'Isle-Adam, en Normandie, et surtout
en Touraine, terre natale et terre d'élection.

Les débuts, 1828-1833.

A la mi-septembre 1828 Balzac va s'établir pour six
semaines à Fougères, en vue du roman qu'il prépare sur la
chouannerie. *Le Dernier Chouan ou la Bretagne en 1800*,
dont le titre deviendra finalement *Les Chouans*, paraît en
mars 1829 ; c'est le premier roman dont il assume ouverte-
ment la responsabilité en le signant de son véritable nom.

En décembre 1829 il publie sous l'anonymat *Physiologie
du mariage*, un essai ou, comme il dira plus tard, une
« étude analytique » qu'il avait ébauchée puis délaissée plusieurs années auparavant.

1830 : les *Scènes de la vie privée* réunissent en deux volumes six nouvelles ou courts récits. Ce nombre sera porté à quinze dans une réédition du même titre en quatre tomes (1832).

1831 : *La Peau de chagrin;* ce roman est repris pour former la même année, avec douze autres récits divers, trois volumes de *Romans et contes philosophiques;* l'ensemble est précédé d'une introduction de Philarète Chasles, certainement inspirée par l'auteur. 1832 : les *Nouveaux contes philosophiques* augmentent de quatre récits (dont une première version de *Louis Lambert*) cette collection. Il faut noter que le mot « philosophiques » a encore un sens fort vague, et provisoire, dans l'esprit de Balzac.

Les *Contes drolatiques*. A l'imitation des *Cent nouvelles nouvelles* (il avait un goût très vif pour la vieille littérature dite gauloise), il voulait en écrire cent, répartis en dix dizains. Le premier dizain paraît en 1832, le deuxième en 1833 ; le troisième ne sera publié qu'en 1837, et l'entreprise s'arrêtera là.

Septembre 1833 : *Le Médecin de campagne*. Pendant toute cette époque, Balzac donne une foule de textes divers à de nombreux périodiques. Il poursuivra ce genre de collaboration durant toute sa vie, mais à une cadence moindre.

Continuation des amours avec Laure de Berny et avec Laure d'Abrantès.

Liaison avec Olympe Pélissier.

Présenté à la duchesse de Castries en 1831, il séjourne auprès d'elle, à Aix-les-Bains et à Genève, en septembre et octobre 1832 ; elle s'amuse à se laisser chaudement courtiser par lui, mais ne cède pas, ce dont il se montre fort déconfit.

Au début de 1832 il reçoit d'Odessa une lettre signée « L'Étrangère », et répond par une petite annonce insérée dans un journal : c'est le début de ses relations avec Mme Hanska : (1800-1882), sa future femme, qu'il rencontre pour la première fois à Neuchâtel dans les derniers jours de septembre 1833.

Vers cette même époque il a une maîtresse discrète, Marie ou Maria du Fresnay.

Voyages très nombreux. Outre ceux que nous avons signalés ci-dessus (Fougères, Aix, Genève, Neuchâtel), il faut mentionner plusieurs séjours près de Tours ou de Nemours avec Mme de Berny, à Saché, à Angoulême chez ses amis Carraud, etc.

Son travail acharné n'empêche pas qu'il ne soit très répandu dans les milieux littéraires et dans le monde ; il mène une vie ostentatoire et dispendieuse.

En politique, il se convertit au légitimisme. Il envisage de se présenter aux élections législatives de 1831, et en 1832 à une élection partielle.

L'essor, 1833-1840.

Durant cette période, Balzac ne se contente pas d'assurer le développement de son œuvre : il se préoccupe de lui assurer une organisation d'ensemble. Déjà les *Scènes de la vie privée* et les *Romans et contes philosophiques* témoignaient chez lui de cette tendance ; maintenant il s'avance sur la voie qui le conduira à la conception globale de *La Comédie humaine*.

En octobre 1833 il signe un contrat pour la publication d'une collection intitulée *Études de mœurs au XIXe siècle*.

et qui doit rassembler aussi bien les rééditions que des ouvrages nouveaux. Divisée en trois séries, cette collection va comprendre quatre tomes de *Scènes de la vie privée*, quatre de *Scènes de la vie de province* et quatre de *Scènes de la vie parisienne*. Les douze volumes paraissent en ordre dispersé de décembre 1833 à février 1837. Le tome I est précédé d'une importante introduction de Félix Davin, porte-parole ou même prête-nom de Balzac. La classification a une valeur à la fois littérale et symbolique : elle se fonde à la fois sur le cadre de l'action et sur la signification du thème.

Parallèlement paraissent de 1834 à 1840 vingt volumes d'*Études philosophiques*, avec une nouvelle introduction de Félix Davin.

Principales créations en librairie de cette période : *Eugénie Grandet*, fin 1833 ; *La Recherche de l'absolu*, 1834 ; *Le Père Goriot*, *La Fleur des pois* (titre qui deviendra *Le Contrat de mariage*), *Séraphita*, 1835 ; *Histoire des Treize*, 1833-1835 ; *Le Lys dans la vallée*, 1836 ; *La Vieille Fille*, *Illusions perdues* (début), *César Birotteau*, 1837 ; *La Femme supérieure* (titre qui deviendra *Les Employés*), *La Maison Nucingen*, *La Torpille* (début de *Splendeurs et misères des courtisanes*), 1838 ; *Le Cabinet des antiques*, *Une fille d'Ève*, *Béatrix*, 1839 ; *Une princesse parisienne* (titre qui deviendra *Les Secrets de la princesse de Cadignan*), *Pierrette*, *Pierre Grassou*, 1840.

En marge de cette activité essentielle, Balzac prend à la fin de 1835 une participation majoritaire dans la *Chronique de Paris*, journal politique et littéraire ; il y publie un bon nombre de textes, jusqu'à ce que la société, irrémédiablement déficitaire, soit dissoute six mois plus tard. Curieusement il réédite (et complète à l'aide de « nègres ») une partie de ses romans de jeunesse, en gardant un pseudonyme qui n'abuse personne : ce sont les *Œuvres complètes d'Horace de Saint-Aubin*, seize volumes, 1836-1840.

En 1838 il s'inscrit à la toute jeune Société des Gens de Lettres, il la préside en 1839, et mène diverses campagnes pour la protection de la propriété littéraire et des droits des auteurs.

Candidat à l'Académie française en 1839, il s'efface devant Hugo, qui d'ailleurs n'est pas élu.

En 1840 il fonde la *Revue parisienne*, mensuelle et entièrement rédigée par lui ; elle disparaît après le troisième numéro, où il a inséré son long et fameux article sur *La Chartreuse de Parme*.

Théâtre : en 1839, la Renaissance refuse *L'École des ménages*, pièce dont il donne chez Custine une lecture à laquelle assistent Stendhal et Théophile Gautier. En 1840 la censure refuse plusieurs fois et finit par autoriser *Vautrin*, pièce interdite dès le lendemain de la première.

Il séjourne à Genève auprès de Mme Hanska du 24 décembre 1833 au 8 février 1834 ; il la retrouve à Vienne (Autriche) en mai-juin 1835 ; alors commence une séparation qui durera huit ans.

Le 4 juin 1834 naît Marie du Fresnay, présumée être sa fille, et qu'il regarde comme telle ; elle ne mourra qu'en 1930.

Mme de Berny cesse de le voir à la fin de 1835 ; elle va mourir huit mois plus tard.

En 1836, naissance de Lionel-Richard Lowell, fils présumé de Balzac et de la comtesse Guidoboni-Visconti ; en 1837 le comte lui donne lui-même procuration pour régler à Venise en son nom une affaire de succession ; en 1837 encore, c'est chez la comtesse que Balzac, poursuivi pour dettes, se réfugie : elle paie pour lui, et lui évite ainsi la contrainte par corps.

Juillet-août 1836 : Mme Marbouty, déguisée en homme,
l'accompagne à Turin et en Suisse.

Voyages toujours nombreux.

Au cours de l'excursion autrichienne de 1835 il est
reçu par Metternich, et visite le champ de bataille de
Wagram en vue d'un roman qu'il ne parviendra jamais à
écrire. En 1836, séjournant en Touraine, il se voit accueilli
par Talleyrand et la duchesse de Dino. L'année suivante,
c'est George Sand qui l'héberge à Nohant ; elle lui suggère
le sujet de *Béatrix*.

Durant son voyage italien de 1837, à Gênes, il a appris
qu'on pouvait exploiter fructueusement en Sardaigne les
scories d'anciennes mines de plomb argentifère ; en 1838,
en passant par la Corse, il se rend sur place pour y consta-
ter que l'idée était si bonne qu'une société marseillaise l'a
devancé ; retour par Gênes, Turin, et Milan où il s'attarde.

On signale en 1834 un dîner réunissant Balzac, Vidocq
et les bourreaux Sanson père et fils.

Démêlés avec la Garde nationale, où il se refuse obstinément à assurer ses tours de garde : en 1835 il se cache
d'elle à Chaillot sous le nom de « madame veuve Durand »,
en 1836 elle l'incarcère pendant une semaine dans sa prison
surnommée « Hôtel des Haricots » ; nouvel emprisonnement
en 1839, pour la même raison.

En 1837, près de Paris, à Sèvres, au lieudit les Jardies,
il achète les premiers éléments de ce dont il voudra consti-
tuer tout un domaine. Il rêvera même de faire fortune
en y acclimatant la culture de l'ananas. Ses projets assez
grandioses lui coûteront fort cher et ne lui amèneront que des
déboires. Liquidation longue et onéreuse en 1840-1841.

C'est en octobre 1840 que, quittant les Jardies, il s'installe à Passy dans l'actuelle rue Raynouard, où sa maison
est redevenue aujourd'hui « La Maison de Balzac ».

Suite et fin, 1841-1850.

Le fait marquant qui inaugure cette période est l'acte de naissance officiel de *La Comédie humaine* considérée comme un ensemble organique. Cet acte, c'est le contrat passé le 2 octobre 1841 avec un groupe d'éditeurs pour la publication, sous ce « titre général », des « œuvres complètes » de Balzac, celui-ci se réservant « l'ordre et la distribution des matières, la tomaison et l'ordre des volumes ».

Nous avons vu le romancier, dès ses véritables débuts ou presque, montrer le souci d'un ordre et d'un classement. Une lettre à Mme Hanska du 26 octobre 1834 en faisait déjà état. Une lettre de décembre 1839 ou janvier 1840, adressée à un éditeur non identifié, et restée sans suite, mentionnait pour la première fois le « titre général », avec un plan assez détaillé. Cette fois le grand projet va enfin se réaliser (sous réserve de quelques changements de détail ultérieurs dans le plan, et sous réserve aussi de plusieurs ouvrages annoncés qui ne seront jamais composés).

Réunissant rééditions et nouveautés, l'ensemble désormais intitulé *La Comédie humaine* paraît de 1842 à 1848 en dix-sept volumes, complétés en 1855 par un tome XVIII, et suivis, en 1855 encore, d'un tome XIX (*Théâtre*) et d'un tome XX (*Contes drolatiques*). Trois parties : *Études de mœurs, Études philosophiques, Études analytiques*, — la première partie étant elle-même divisée en *Scènes de la vie privée, Scènes de la vie de province, Scènes de la vie parisienne, Scènes de la vie politique, Scènes de la vie militaire* et *Scènes de la vie de campagne*.

L'Avant-propos est un texte doctrinal capital. Avant de se résoudre à l'écrire lui-même, Balzac avait demandé vainement une préface à Nodier, à George Sand, ou envisagé de reproduire les introductions de Davin aux anciennes *Études de mœurs* et *Études philosophiques*.

Premières publications en librairie : *Le Curé de village*, 1841 ; *Mémoires de deux jeunes mariées*, *Ursule Mirouët*, *Albert Savarus*, *La Femme de trente ans* (sous sa forme et son titre définitifs après beaucoup d'avatars), *Les Deux Frères* (titre qui deviendra *La Rabouilleuse*), 1842 ; *Une ténébreuse affaire*, *La Muse du département*, *Illusions perdues* (au complet), 1843 ; *Honorine*, *Modeste Mignon*, 1844 ; *Petites misères de la vie conjugale*, 1846 ; *La Dernière Incarnation de Vautrin* (achevant *Splendeurs et misères des courtisanes*), 1847 ; *Les Parents pauvres* (*Le Cousin Pons* et *La Cousine Bette*), 1847-1848.

Romans posthumes. *Le député d'Arcis* et *Les Petits Bourgeois*, restés inachevés, et terminés, avec une désinvolture confondante, par Charles Rabou agréé par la veuve, paraissent respectivement en 1854 et 1856. La veuve assure elle-même, avec beaucoup plus de tact, la mise au point des *Paysans* qu'elle publie en 1855.

Théâtre. Représentation et échec des *Ressources de Quinola*, 1842 ; de *Paméla Giraud*, 1843. Succès sans lendemain de *La Marâtre*, pièce créée à une date peu favorable (25 mai 1848) ; trois mois plus tard la Comédie-Française reçoit *Mercadet ou le Faiseur*, mais la pièce ne sera pas représentée.

Chevalier de la Légion d'honneur depuis avril 1845, Balzac, encore candidat à l'Académie française, obtient 4 voix le 11 janvier 1849, dont celles de Hugo et de Lamartine (on lui préfère le duc de Noailles), et, aux trois scrutins du 18 janvier, 2 voix (Vigny et Hugo), 1 voix (Hugo) et 0 voix, le comte de Saint-Priest étant élu.

Amours et voyages, durant toute cette période, portent

pratiquement un seul et même nom : Mme Hanska. Le mari
meurt — enfin! — le 10 novembre 1841, en Ukraine ; mais
Balzac n'est informé que le 5 janvier d'un événement qu'il
attend pourtant avec tant d'impatience. Son amie, libre
désormais de l'épouser, va néanmoins le faire attendre près
de dix ans encore, soit qu'elle manque d'empressement,
soit que réellement le régime tsariste se dispose à confisquer
ses biens, qui sont considérables, si elle s'unit à un étranger.

En 1843, après huit ans de séparation, Balzac va la
retrouver pour deux mois à Saint-Pétersbourg ; il rentre par
Berlin, les pays rhénans, la Belgique. En 1845, voyages communs en Allemagne, en France, en Hollande, en Belgique,
en Italie. En 1846, ils se rencontrent à Rome et voyagent en
Italie, en Suisse, en Allemagne.

Mme Hanska est enceinte ; Balzac en est profondément
heureux, et, de surcroît, voit dans cette circonstance une
occasion de hâter son mariage ; il se désespère lorsqu'elle accouche en novembre 1846 d'un enfant mort-né.

En 1847 elle passe quelques mois à Paris ; lui-même,
peu après, rédige un testament en sa faveur. A l'automne,
il va la retrouver en Ukraine, où il séjourne près de cinq
mois. Il rentre à Paris pour assister à la révolution de
février 1848, et envisager une candidature aux élections
législatives ; il repart dès la fin de septembre pour
l'Ukraine, où il séjourne jusqu'à la fin d'avril 1850.

C'est là qu'il épouse Mme Hanska, le 14 mars 1850.

Rentrés ensemble à Paris vers le 20 mai, les deux époux,
le 4 juin, se font donation mutuelle de tous leurs biens en
cas de décès. Depuis plusieurs années la santé de Balzac n'a
pas cessé de se dégrader.

Du 1er juin 1850 date (à notre connaissance) la dernière
lettre que Balzac ait écrite entièrement de sa main. Le 18
août, il a reçu l'extrême-onction, et Hugo, venu en visite,

le trouve inconscient : il meurt à onze heures et demie du soir, dans un état physique affligeant. On l'enterre au Père-Lachaise trois jours plus tard : les cordons du poêle sont tenus par Hugo et Dumas, mais aussi par le sinistre Sainte-Beuve, qui n'a jamais rien compris à son génie, et par le ministre de l'Intérieur ; devant sa tombe, discours (fort beau) de Hugo : ni Hugo ni Baudelaire ne se sont trompés sur lui.

La femme de Balzac, après avoir trouvé quelque consolation à son veuvage, mourra en 1882.

NOTICE

Dans le grand édifice de *La Comédie humaine*, une case qui, dans l'esprit de Balzac, devait tenir une très grande place, *Les Scènes de la vie militaire*, n'est représentée que par un roman et une courte nouvelle. En 1845, projetant une deuxième édition de *La Comédie humaine* en vingt-six volumes, il prévoyait encore pour cette série, quatre tomes et vingt-cinq titres. De tous ces projets, il ne reste même pas une ébauche de quelques pages.

Le seul roman militaire est la première œuvre avouée de Balzac : *Les Chouans*.

Après avoir accumulé de nombreux volumes publiés sous divers pseudonymes, il semblait avoir dit adieu à la littérature en se lançant dans des affaires d'imprimerie et de fonderie, l'homme de lettres avait fait place « à l'homme de lettres de plomb ». Les mauvaises affaires le ramenèrent à la littérature.

Le 1ᵉʳ septembre 1828, il demandait au général de Pom_ mereul son hospitalité à Fougères : « l'on m'a présenté [...] un fait historique de 1798 qui a rapport à la guerre des Chouans et des vendéens, lequel me fournit un ouvrage facile à exécuter. Il n'exige aucune recherche, si ce n'est celle des localités. »

Il venait de rédiger en août l'*Avertissement du Gars* (voir p. 485) et songeait à un vaste programme de romans historiques. Il passa un peu plus d'un mois à Fougères (mi-septembre à fin octobre 1828), étudiant le pays et commençant la rédaction du roman alors intitulé *Le Gars*, titre que Mme de Pommereul trouvait vulgaire et qui fut remplacé par celui du *Dernier Chouan ou la Bretagne en 1800*. D'après une minutieuse étude du manuscrit faite par M. Maurice Regard (*Les Chouans*, éd. Garnier, 1957), la première partie du roman était au point à la fin de novembre 1828. Balzac la soumit à H. de Latouche qui lui servait de conseiller littéraire. Latouche l'encouragea à persévérer. Le roman fut vendu à l'éditeur Canel, le 15 janvier 1829, Balzac corrigea longuement ses épreuves, exaspérant Latouche par trop de minutie. Le 28 mars 1829, la *Bibliographie de la France* annonçait « *Le Dernier Chouan ou la Bretagne en 1800*, par M. Honoré Balzac » (4 vol. in-12). La préface, supprimée depuis (voir p. 501) était datée : Paris, janvier 1829. L'édition malgré quelques articles favorables se vendit lentement et difficilement.

Une deuxième édition considérablement remaniée fut mise en vente par l'éditeur Vimont, le 31 mai 1834, elle était intitulée *Les Chouans ou la Bretagne en 1799* (2 vol. in-8º). En 1845, à nouveau largement corrigé, précédé de la dédicace à Dablin et portant à la fin la date inexacte de Fougères, août 1827, le roman entra dans les *Scènes de la vie militaire* au tome XIII de *La Comédie humaine*.

Dans *Les Chouans*, Balzac n'a pas encore découvert l'unité et le sens de son œuvre. Il imite, mais sans servilité, Walter Scott au faîte de la gloire en Angleterre et en France. On ne sait à peu près rien sur les origines de l'anecdote : une espionne qui tombe amoureuse de celui qu'elle devait livrer... Thème aujourd'hui usé, mais neuf en 1828. Balzac avait beaucoup lu de *Mémoires* sur la Chouannerie, il avait bien étudié la Bretagne, son paysage, et ses habitants ; de cette œuvre se dégage une impression de vérité qui fait

trop souvent défaut au roman historique, Balzac n'a pas
encore trouvé la distance réelle par rapport aux événements
qu'il contera dans *La Comédie humaine* : travaillant sous
la Monarchie de Juillet, il s'attachera bientôt à peindre le
monde de la Restauration. Ici le recul est plus grand, mais
c'est un passé encore récent, lié à des événements qui
ont profondément marqué deux générations. Il a pu voir
les Chouans vieillis et leurs héritiers directs nourris des
récits de leurs anciens. Évitant l'écueil de la fresque historique, les personnages de premier plan sont purement
imaginaires ou des comparses de l'histoire, l'Histoire et
ceux qui la font restent en arrière-plan. Cette scène de la
vie militaire est avant tout le roman d'amour de Marie
de Verneuil et du Gars. D'une édition à l'autre et sur l'exem-
plaire « Furne corrigé », Balzac a retravaillé son texte,
visant surtout à intégrer ce premier roman dans son univers
imaginaire, bien des noms sont changés pour faire reparaître des personnages déjà connus par d'autres scènes.
Certains jugements sont atténués ou modifiés. *Le Dernier
Chouan* a été écrit par un libéral favorable aux bleus, il
est corrigé par un défenseur du trône et de l'autel.

A la fin de 1843, le créateur se penchant sur son œuvre
première déclarait :

C'est décidément un magnifique poème [...] *il y a là tout
Cooper et tout Walter Scott, plus une passion et un esprit
qui n'est chez aucun d'eux. La passion y est sublime et je
comprends maintenant ce qui vous a fait vouer une espèce de
culte à ce livre. Le pays et la guerre y sont dépeints avec une
perfection et un bonheur qui m'ont surpris. En somme, je
suis content.* (A Mme Hanska, 20 décembre 1843.)

« Au premier ami, le premier ouvrage », *Les Chouans*
sont dédiés au « petit père » Théodore Dablin (1783-1861).
Ancien quincaillier, retiré à quarante-deux ans en 1825, il

apparaît dans la vie de Balzac dès 1819 ; étant l'un des rares familiers à connaître le grenier de l'ermite de la rue Lesdiguières. Il figure parmi les juges qui n'apprécient pas la tragédie de *Cromwell*. Fort riche, cultivé, amateur de bric-à-brac (il a légué des objets d'art au Louvre), Balzac a pensé à lui en décrivant le cousin Pons et souvent il a fait appel à sa bourse. Il figurait parmi les créanciers de tout repos qu'on ne se souciait pas de rembourser. Des nuages s'élevèrent dans cette amitié vers 1849, Dablin ayant émis la prétention de rentrer dans son argent.

Balzac, en lui offrant les épreuves des *Chouans* corrigées pour *La Comédie humaine* les accompagnait de cet envoi :

Mon cher Dablin, voici le manuscrit corrigé et les épreuves de l'ouvrage qui, dès que j'ai mis un nom ami en tête de chacune de mes compositions, vous était destiné ; mais les hasards qui dominent les livres ont fait que, depuis 1834, celui-ci n'a pas été réimprimé, quoique bien des personnes l'aient trouvé meilleur que sa réputation. Si j'étais de ceux qui marquent dans leur temps, ceci pourrait avoir une grande valeur un jour ; mais ni vous ni moi ne saurons le mot de cette énigme ; aussi n'y voyez qu'une marque de cette amitié qui m'est chère au cœur et que vous avez peu cultivée depuis bien des années.

 tout à vous,

       Honoré de Bc

 Janvier 1845

       Roger Pierrot.

PRÉFACES DE BALZAC

AVERTISSEMENT DU GARS
1828

> *Il y a une incommensurable distance du*
> *siècle de l'esprit à l'époque où nous vivons ;*
> *et nous avons vu passer tant de grands*
> *hommes oubliés qu'il faut entreprendre*
> *aujourd'hui quelque chose de monumental*
> *pour vivre dans la mémoire des hommes.*
>
> RIVAROL.

Le public a été tant de fois surpris dans les pièges tendus
à sa bonne foi par des auteurs dont l'amour-propre et la vanité croissent, chose difficile, aussitôt qu'il s'agit de livrer un
nom à sa curiosité, que nous croyons bien mériter de lui en
suivant une marche toute contraire.

Nous sommes heureux de pouvoir avouer que notre
sentiment a été partagé par l'auteur de cet ouvrage — il
manifesta toujours une aversion profonde pour ces pré-
faces semblables à des parades, où l'on s'efforce de faire
croire à l'existence d'abbés, de militaires, de sacristains,
de gens morts dans les cachots, et à des trouvailles de
manuscrits, qui font épancher sur des créatures postiches
tous les trésors de la sympathie. Sir Walter Scott a eu cette

manic, mais il a eu le bon esprit de se moquer lui-même
de ces superfétations que ôtent de la vérité à un livre.
Si l'on est condamné à monter sur les tréteaux, il faut se
résoudre, il est vrai, à y faire le charlatan, mais sans
emprunter de mannequin. Nous accueillons avec plus de
gravité et d'estime, un homme qui se présente modestement en disant son nom et aujourd'hui il y a de la modestie à se nommer, il y a une certaine noblesse à offrir à la
Critique et à ses concitoyens une vie réelle, un gage, un
homme et non une ombre, et sous ce rapport jamais
victime plus résignée ne fut amenée aux haches de la
Critique. S'il a pu exister quelque grâce dans le mystère
dont un écrivain s'enveloppe, si le public a respecté son
voile comme le linceul d'un mort, tant de barbouilleurs
ont usé du rideau qu'à cette heure il est sali, chiffonné et
qu'il n'appartient plus qu'à un certain homme d'esprit de
trouver une ruse nouvelle contre cette prostitution de la
pensée qu'on nomme : *la publication.*

L'auteur de l'ouvrage que nous publions a donc consenti
de bonne grâce à entrer dans la compagnie des illustres
danseurs de corde qui, dit-il, s'efforcent *pour de l'argent*
d'amuser le public par leurs tours. Les images qui ne
devaient pas sortir de son âme, les tableaux au trait, aussitôt effacés que dessinés qui passaient rapidement dans sa
pensée secrète empreints de la grâce des aurores, il les a
décrits et en les exposant aux regards de tous il leur verra
perdre [leur fleur virginale]. Cette imagination, nous écrit-il,
la vraie et fidèle compagne des hommes *puissants de volonté,*
cette épouse dont nous ne devrions ne recevoir que mysté-
rieusement les caresses, va rendre ses épanchements
publics : ses images, ses créations, sa vie, gardées pour
l'amitié ou réservées à la constante et égoïste amour d'un
maître vont devenir banales comme les carrefours et cher-
cheront à plaire sans succès peut-être. Un seul connaisseur

ou des milliers, la honte ou le succès vont consommer également un crime et l'on ne sait, tant l'infamie est profonde et inexplicable, quel est le plus déshonorant de un ou de mille, pour ce commerce de l'esprit. N'est-ce pas une antiphrase que de surnommer *vierges* ces muses courant l'Europe et les âges, montrant publiquement leurs nudités et vendant leurs trésors à toutes les imaginations. Combien est plus ravissante et plus belle, la muse chaste dont les pieds délicats ne sont pas sortis de l'enceinte des cœurs! Avec quel bonheur les esprits recherchés ne pensent-ils pas à ces saintes poésies échappées à mille poètes inconnus! Qui n'a vu souvent dans ses rêves soit la Canadienne exhalant sans autres témoins que le ciel un chant de douleur confié à une tombe aérienne! Soit une maîtresse abandonnée, soupirant une sauvage élégie, et des mourants disant adieu à la vie! Que de sons sublimes, que d'accords fiers, que de célestes musiques se perdent entre la terre et le ciel! Quelle supériorité a, sur la création entière, cet oiseau qui chante pour lui seul une ravissante mélodie et meurt entouré de parfums inconnus dérobant sa vie mystérieuse au monde et reportant, sans tache, son âme divine au sein d'un jaloux Créateur. Ceux-là seuls qui vivent de ces idées riches et suaves comprennent les mystères de l'autel sur lequel les Athéniens avaient gravé : *diis ignotis.*

Mais lorsqu'un homme a l'ingratitude de mener à travers les dangers du monde une jeune fille joyeusement résignée à lui verser les trésors d'un bonheur renaissant dans la solitude, s'il ébauche ainsi un adultère, il recueille au moins, avant ce fruit amer de son orgueil, les fleurs qu'il a semées et respire quelques moments de bonheur. Alors si une jolie figure, les formes ravissantes victorieuses des préoccupations de ce monde insouciant font murmurer les vieillards, rendent les femmes jalouses, remuent le cœur des adolescents, il a dit avec une vanité délirante : c'est ma femme!...

il se nomme avidement, oubliant l'avenir. Ainsi, mes chers messieurs, il faut être conséquent avec soi-même, comme ces bourgeois de Paris qui, sortant leur chien favori, lui mettent un petit collier sur lequel un graveur inscrivit le nom du maître. — Je suis pour les tableaux signés, la littérature est une arène où l'on ne veut plus de visières baissées.

L'auteur de ce livre, longtemps partisan des amants qui poignardent ceux qui regardent trop leurs maîtresses, n'a pas consenti sans de longs débats, et ses raisons forcées en font preuve, à se laisser imprimer — l'indigence est le secret du sacrifice. Quand on se livre à un tribunal, il est plus courageux de dire la cause du crime. Aussi l'auteur en exposant plus que sa vie a senti que son entreprise deviendrait respectable par la franchise avec laquelle il présente sur les grandes planches une actrice nouvelle et il a fait comprendre à son impatiente et curieuse épouse qu'un mariage heureux justifiait le sacrifice, que de glorieux plaisirs légitimaient la honte, que la gloire pouvait être le lustre des vertus à défaut de la pudeur, que personne n'avait encore décidé s'il fallait condamner ou admirer la femme qui déchire sa robe en sauvant son époux, et que, s'il était plus beau de mourir avec lui, il était meilleur de le faire vivre en l'aidant des sentiments que Judith manifeste dans l'épigraphe de ce livre quand elle s'écrie : — « Je ne me suis point souillée avec lui ! » mais, hélas ! il vaut mieux n'être pas réduit à des exclamations aussi douloureuses et qui amènent souvent nos fronts à demeurer appuyés dans nos mains.

Ces pensées, extraites d'une lettre écrite par l'auteur à un ami, venu à Paris pour *vendre les enfants*, ami que l'on va reconnaître sans peine, justifient les détails que nous nous permettons de donner sur la vie et les opinions de ce nouveau venu sur la scène littéraire, en livrant son nom à l'insouciance ou au dédain.

M. Victor Morillon, auteur du *Gars*, est né en 1788, à Mondoubleau, petite ville du Vendômois. Ses études faites avec une rare imperfection sous la férule d'un Ex-Oratorien, caché pendant la Révolution, chez ses parents, honnêtes tanneurs de la ville, ne l'auraient pas mené loin, sans son goût immodéré pour la lecture et la méditation. La riche bibliothèque de M. le marquis de Saint-Herem, sauvée par les soins du citoyen Morillon, devenu le président du district de Mondoubleau, nourrit la passion du jeune Victor Morillon pour la lecture et la solitude ; chassé de la maison paternelle par l'odeur du tan, pour laquelle il avait une répugnance invincible, il aliait à travers la campagne, muni de livres, se livrer à de longues rêveries. Ce fait est une preuve de plus en la puissante influence des moindres actions du jeune âge sur les destinées à venir de la vie humaine ; c'est un nouveau conseil, donné aux parents par le hasard, de veiller avec scrupule aux jeux et aux caprices de l'enfant pour y deviner la route tracée par la Nature à l'homme.

Orphelin de bonne heure, M. Victor Morillon végétait, pour ceux qui vivent exclusivement de ce qu'ils digèrent, dans un état voisin de l'indigence. N'importunant personne du spectacle de sa misère, il *poussait* comme une plante, s'abandonnant à une contemplation perpétuelle, possédé d'une haine curieuse pour les réalités et les corps, ignorant sa propre existence physique ; vivant, pour ainsi dire, par les seules forces de ces sens intérieurs qui constituent, selon lui, un double être en l'homme, mais épuisé par cette intuition profonde des choses. Un professeur du Collège de Vendôme le rencontra, par hasard, dans la campagne, en 1814, au temps des vendanges — ils causèrent ensemble et l'humaniste fut étonné de trouver un jeune homme en haillons, plus savant que lui en poésie et en littérature, qui, aux premiers mots, déploya le luxe d'une imagination bizarre et déréglée. L'enfant des campagnes montrait précisément assez de folie pour faire croire à quelque chose d'original ; la boîte était assez curieusement travaillée pour inspirer le désir de tourner la clef — tantôt abondant en images comme un poète, tantôt sec comme un avocat, tour à tour plein de logique, paradoxal, ou concis comme une sentence, il surprenait par la confution des matériaux et se présentait dans le désordre apparent pour l'homme d'une nature où l'on va prendre les éléments d'une maison.

Le jeune paysan s'efforça dans cette conversation de persuader au professeur qu'au milieu des champs et sous le chaume de sa cabane, il avait la conscience, la possession, les jouissances d'une vie opulente. Il lui décrivit les plaisirs d'une immense fortune avec une étonnante vivacité de couleur ; lui parla des ivresses ressenties au sein des bals où il avait admiré la nudité des femmes, leurs toilettes, leurs fleurs, leurs diamants, leurs danses et leurs regards enivrés, lui peignit le luxe des appartements qu'il habita, leurs ameublements, la richesse des porcelaines, la beauté des tableaux, les dessins de la soie et des tapis, entra dans le détail des voitures somptueuses, des chevaux arabes ou autres qu'il avait possédés, des modes suivies par les fashionables et du choix des étoffes, des cannes et des bijoux dont il avait usé, sans avoir rien vu de tout cela par sa prunelle extérieure et visible : il sut empreindre d'une teinte si vigoureuse de réalité la description des paysages et de ses parcs, les récits des fêtes de l'Empire, des batailles de Napoléon, des pompes nationales de la Révolution, et des accidents de la vie sociale que le Professeur, un de ces hommes spirituels et pleins de bon sens que l'on rencontre dans les provinces, ne douta nullement qu'il était le jouet d'un homme habile ayant beaucoup vu et beaucoup voyagé, car pour le soupçonner de folie, sa folie aurait peut-être demandé un autre nom.

La conversation changea et le jeune homme se montra particulièrement versé dans la connaissance des langues mortes et principalement des langues orientales : il parlait parfaitement hébreu ; mais il était surtout riche d'observations fines et morales sur les hommes qu'il assurait ne jamais avoir fréquenté[s], et il dévoila une rare connaissance des mystères de la beauté de femmes qu'il n'avait jamais vues. Le professeur l'étudiait en secret et le trouvait, sans modestie mais sans vanité. parlant de soi comme s'il possédait la faculté de s'observer lui-même à distance, grave et léger, exalté et gai, il était enfin lui-même, semblable aux ronces qui l'entouraient ; portant un fruit bon ou mauvais, présenté par ses branches sauvages avec autant de grâces que trois pas plus loin, le fraisier ses fruits odorants. L'arbuste appelait la culture.

Cette imagination fantasmagorique séduisit le vieux Professeur. Sa curiosité était piquée, il ne voulut pas être pris pour dupe, et resta bientôt stupéfait lorsque de sévères informations lui apprirent la vérité. M. V. Morillon n'était jamais sorti du village de Saumarys que pour aller chez le Maire de Mondoubleau, M. de Veyne. Cet honorable administrateur, héritier de M. le marquis de Saint-Herem, avait pris plaisir, en reconnaissance des services rendus à sa famille par M. Morillon père, à procurer au fils les livres et les journaux dont il paraissait curieux et qui lui étaient fidèlement rendus. Il se gardait avec cette délicatesse rare chez les bienfaiteurs, de pénétrer les mystères de cette vie orageuse quoique simple et cachée, et il attendait les désirs de son protégé, sans les prévenir, lui laissant ainsi toute l'ardeur de la poursuite. Alors le vieux Professeur expliqua le don particulier de cet être merveilleux pour lui, comme les athées et les médecins philosophes expliquèrent la tentation de saint Antoine, l'apocalypse de saint Jean, et les extases de sainte Thérèse, par les ameublissements dont la chasteté enrichissait leurs cerveaux.

M. de Veyne sourit et acheva de donner les détails demandés par le professeur. Une difformité des pieds avait sauvé M. Victor Morillon de la conscription et il vivait de pain et d'eau, satisfaisant à tous ses besoins au moyen de cent livres de rente qui composent encore aujourd'hui toute sa fortune. C'était un solitaire de la Thébaïde, un vrai chartreux mais de religion ?... pas l'ombre, en ce sens qu'il n'allait pas à la messe.

L'homme qui n'a d'imagination que ce qu'il en faut pour faire le soir ou le matin, en se couchant ou s'éveillant, cette rêverie délicieuse nommée *un château en Espagne*, doit concevoir cette suave et mensongère existence plus brillante mille fois qu'une vie réelle et importune. Ces lignes contiennent toute l'histoire de M. Victor Morillon. Les gens excentriques, cherchant toujours à sortir d'un logis vide et querellant l'existence de ce qu'elle ne leur fournit pas assez d'événements ne trouveront dans cette biographie de l'auteur ni faits, ni aventures. Il a eu cinq, sept, quinze, vingt-cinq ans, trente-neuf ans et pas une pierre jetée dans l'eau n'a troublé la surface de cette vie pleine, limpide et profonde, semblable à un lac tranquille et inconnu où viennent se réfléchir des milliers d'images, et où s'élèvent aussi les vagues de la tempête. Cette âme était enfin, selon la magnifique expression de Leibnitz, *un miroir concentrique de l'univers.*

M. Buet, ce digne et honorable professeur qui rencontra M. Morillon, l'engagea par des efforts continus et désapprouvés de M. de Veyne, à venir au Collège de Vendôme. M. de Veyne aura, peut-être aujourd'hui, raison dans le sage égoïsme dont il était animé au profit de son jeune ami. Quoi qu'il en soit, M. Buet finit par triompher de cette âme enfantine. On créa pour M. Morillon une chaire

de langues orientales au Collège de Vendôme, et il put se
livrer, sans de grands dérangements, à son amour immodéré pour l'étude et la contemplation.

Qu'il nous soit permis de rendre hommage à cette bien-
faisance continue et de tous les moments, dont M. et
Mme Buet, peu favorisés de la fortune, pratiquent depuis
douze ans envers l'auteur, les enseignements les plus délicats. Ils en prennent soin comme d'un enfant et Mme Buet
surtout veille à ce que M. Morillon, longtemps privé des
ressources généreuses d'une nourriture domestique, et des
agréments sociaux, participe à ces fruits de la civilisation
contre lesquels sa distraction regimbe, et aux bienfaits
desquels les spéculations de l'intelligence sont intimement
liées.

Cependant M. et Mme Buet regrettaient de voir un amas
de connaissances et des travaux inouïs rester sans emploi,
ne partageant guère les opinions de l'auteur sur l'usage
saturnien de la pensée. Enfin ils eurent la joie de voir cette
étude opiniâtre prendre, un peu plus tard, il est vrai, une
direction longtemps souhaitée. Qu'on leur pardonne d'avoir
jeté un auteur de plus dans la circulation littéraire, mais il
leur était bien naturel de désirer voir l'enfant de leur
adoption un peu plus fortuné. Ils espèrent encore au
moment critique de l'épreuve, avec une simplicité et une
candeur qui appellent le succès, que le public de Paris
partagera leurs sentiments pour un être, objet de leurs affections, auquel ils prêtent du talent, oubliant que le héros
d'un cercle rétréci ne porte pas toujours son piédestal
avec lui, comme une jeune et jolie femme.

Un roman de Sir Walter Scott tomba entre les mains
de M. Victor Morillon, et il demeura ravi de cette composition dans le secret de laquelle il était pleinement entré. Il
assura avoir vu plus d'une fois des hommes aussi et quelquefois plus curieux que Wamba et Gurth, Daddy Rat et

Caleb et connaître si familièrement les temps et les mœurs
du moyen âge qu'il raconta le soir même où il finit de lire
l'ouvrage, une histoire dans laquelle il encadra le duc de
Bourgogne et le roi Charles 6 avec tant de vérité que
M. Buet, resta frappé d'un nouvel étonnement. M. Victor
Morillon imita les gestes, et peignit les costumes des seigneurs, dessina l'université, les bourgeois, les quarteniers,
les soudards, les gens d'église, les usages et les monuments
de Paris, sa populace et ses libertés avec des couleurs si
vives que M. et Mᵐᵉ Buet unirent leurs efforts pour l'engager à lire les œuvres de Sir Walter Scott pour marcher sur
ses traces et « se pénétrer de la *poétique* et des règles de ce
genre de composition, disait M. Buet, dont les idées appartiennent à la faction des classiques ; et, ajoutait-il, en
croyant faire impression sur son pensionnaire, un livre
comme ça, doit bien rapporter deux cents écus !... »

Quoi qu'il en soit, Mᵐᵉ Buet répéta si souvent la même
chose aux oreilles de M. Morillon qu'il se mit à écrire ses
rêves, au grand contentement de ceux qui prenaient
intérêt à lui dans la ville. M. de Veyne seul manifesta des
doutes et il découvrit dans les intentions des personnes
qui aiguillonnaient M. Morillon quelques sentiments de
vanité et d'avarice dont son ami était loin d'être complice
— « ce sont, disait-il, à l'auteur, des gens qui ne cultivent
les fleurs que pour les cueillir !

— Mais madame Buet m'a tant tourmenté ! que c'est uniquement pour lui faire plaisir que j'ai écrit, répondit
naïvement M. Morillon. M. de Veyne haussa les épaules
et lui déclara qu'il ne ferait pas la moindre démarche
dans cette affaire ; — s'il ne s'agissait que de fortune,
ajouta-t-il, ne pouvait-on pas venir me trouver...

— Mais n'ai-je pas cent vingt livres de rente, repartit
M. Morillon avec surprise... »

L'ouvrage que nous publions est un des premiers que

M. Morillon ait composés. Nous croyons qu'il n'est pas
d'un médiocre intérêt de terminer cet avertissement en
donnant quelques réflexions extraites d'une lettre écrite
par l'auteur et dont nous avons déjà cité des passages afin
de concevoir cette espèce de préface qu'il s'était refusé à
faire, dans le genre de son esprit et y répandre une teinte
des couleurs qui lui sont familières. Nous avions été engagés,
circonstance qui n'est plus inconnue à M. Morillon, à lui
écrire pour lui représenter les dangers de son entreprise et
la personne honorable qui se servait de notre nom, avait
réussi à nous désintéresser dans cette affaire.

« Je ne crois pas, nous répondit-il, qu'une nation soit
assez injuste pour repousser comme imitateur l'homme
courageux qui prend pour sujet de ses compositions l'histoire et la Nature de son pays parce qu'il essayera de les
peindre dans une forme nouvellement consacrée. Je ne
sache pas qu'en Allemagne les critiques aient arrêté
M. de Goëthe en lui opposant qu'il ne serait que le singe
de Shakespeare. *La Métromanie, les Plaideurs, le Joueur,*
etc., ne serai[en]t-ils pas, par hasard, des chefs-d'œuvre
pour avoir été composés, dans le système des Comédies
de Molière. Le poète qui compose le second quatrain ou la
seconde églogue a-t-il été accablé sous cette effrayante raison qu'il marchait dans un chemin tracé par un autre. De
ce qu'on ne réunit pas le double instinct de celui qui enferme
ses créations dans un nouveau cercle convenu nommé
système, manière, école, s'ensuit-il que l'on doive s'abste-
nir de créer. Existe-t-il une *école* pour ceux qui veulent
peindre des paysages, des costumes et des hommes réels
et parce que Teniers a montré le peuple hollandais fumant
du tabac et buvant de la bière, est-il interdit à un peintre
de représenter le retour des vendanges du peuple napoli-
tain. Enfin en quoi la France généreuse, chantante, rieuse
et guerrière, ressemble-t-elle à l'astucieuse et anti-poétique

Angleterre, vaudrait autant prétendre qu'un coq est un renard. Quant à moi, messieurs, je ne prétends attaquer en aucune manière sir Walter Scott. C'est pour moi un homme de génie, il connaît le cœur humain, et s'il manque à sa lyre les cordes sur lesquelles on peut chanter l'amour qu'il nous présente tout venu et qu'il ne montre jamais naissant et grandissant, l'histoire devient domestique sous ses pinceaux ; après l'avoir lu, on comprend mieux un siècle, il en évoque l'esprit et dans une seule scène en exprime le génie et la physionomie. Cependant, comme créateur d'un genre, je pense que certaines conversations de Champfort, quelques pages de Pigault-Lebrun, homme auquel on ne rend pas assez de justice, des descriptions d'Anne Radcliffe, Cervantes et Beaumarchais, la vue de ce tableau de Vandyck où Charles Ier est représenté sous les formes choisies dont la succession habilement conçue est devenue sous les doigts et la pensée de l'ébéniste écossais une riche Marqueterie. Sa manière est une heureuse mosaïque, le peintre était en lui supérieur à l'ouvrier et il a laissé d'admirables tableaux — les couleurs sont là pour tout le monde, car, après tout l'homme ne peut mettre que la nature en œuvre et le problème résolu qui constitue l'homme de génie, est de sentir mieux que les autres.

Vos craintes, Messieurs, ont produit sur moi des effets tout contraires à ceux que vous attendiez. J'abhorre les épigraphes. Elles me coupent ma satisfaction, pour me servir d'une expression parisienne, mais j'ai voulu défier l'imitation et tout en ayant soin de ne leur rien faire annoncer au lecteur, j'en ai poussé le luxe jusqu'au ridicule, elles sont les premières et les dernières dont j'embarrasserai mes narrations.

Ces réflexions, Messieurs, pourront prouver à certains esprits dédaigneux avec quelle impertinence j'ai écarté tous ces fantômes de grands hommes, et ces scrupules

odieux dont on se plaît à assaillir des imaginations faibles.
Je jette à la tête des critiques tous ces morts célèbres et
ces réputations acquises sous lesquelles ils veulent étouffer
les vivants — il est cependant quelques esprits rares et
inconnus avec lesquels je n'ai d'autres sympathies que mes
plaisirs d'imagination, esprits trop élevés pour concevoir
les vulgaires besoins de leur siècle et qui proscrivent ces
quatre éternels volumes au sein desquels meurent les
idées les plus généreuses, étouffées comme des nobles dans
une foule populaire ; à eux s'adresse l'épigraphe du livre.
Nous conviendrons par là une bonne fois entre nous que
l'on peut réduire à une page les plus vastes conceptions.
Quant à ceux qui se moquent de ces sortes de compositions,
donnent des recettes pour les faire, quant à tous les critiques enfin, ils pourront, en m'adressant des avis, me trouver dans mes possessions d'Espagne où nulle voix ne par-
vient, et voici sur quoi j'appuie mon humble dédain,
sifflant à leurs oreilles la *lilla burello* de mon oncle le capitaine Tobie Shandy.

Un homme qui travaille consciencieusement à mettre
l'histoire de son pays entre les mains de tout le monde,
à la rendre populaire par l'intérêt de la composition
secondaire, à inspirer le goût des études historiques, par
l'attrait de livres qui satisferont, avant tout, au besoin
renaissant qu'a créé la civilisation actuelle, de nourrir
l'esprit comme on nourrit le corps, un homme qui essaye
de servir à cette faim des mets plus substantiels, qui tente
de présenter à ces imaginations lassées du mauvais, des
tableaux de genre où l'histoire nationale soit peinte dans les
faits ignorés de nos mœurs et de nos usages, de rendre
sensibles et familiers à toutes les intelligences les contre-
coups que ressentaient les populations entières des discordes
royales, des débats de la féodalité, ou des vengeances populaires ; d'offrir les résultats d'institutions de lois érigées

32

au profit d'intérêts particuliers, de besoins éphémères ou
des systèmes royal et féodal aux prises, un homme qui
tâche de configurer les rois par les peuples, les peuples par
certaines figures plus fortement empreintes de leur esprit ;
de dessiner les immenses détails de la vie des siècles, de
donner une idée des oscillations produites par le fanatisme
des religions amplifiées, de ne plus faire enfin, de l'histoire
un charnier, une gazette, un état civil de la nation, un squelette chronologique, cet homme-là doit marcher longtemps
sans s'embarrasser des criailleries, jusqu'à ce qu'il ait été
compris [;] il lâchera prise en reconnaissant, à la voix de
quelques amis fidèles, que la tâche est au-dessus de ses
forces ; et s'il a eu le courage d'entreprendre, il aura celui
de sentir qu'une idée grande, et une volonté puissante,
ne donnent pas toujours le talent de l'exécution.

L'histoire tragi-comique entreprise par lui, est assez
vaste pour imposer le respect, assez noble dans son but
pour n'être pas injuriée. Elle a des enseignements aussi
majestueux, moins ennuyeux, plus pénétrants peut-être
que ceux de la Clio classique et son œuvre a droit à l'estime publique tout autant que celles de ces courageux
jeunes gens qui s'en vont à travers les mille écueils étudier
l'esprit des époques les plus sombres de notre histoire,
essayant de retrouver la vérité cachée par le sacerdoce,
mutilée par l'aristocratie, frayant ainsi la route à ceux qui,
avec une imagination plus hardie viennent sculpter et
décorer le monument dont ils ont posé les premières
pierres.

La solitude, le silence de la province, l'habitude que
j'ai contractée de créer, pour mon plaisir, des personnages
et des événements au sein d'une imagination luxuriante, de
longues études historiques faites avec bonheur, m'ont
fait entreprendre l'œuvre immense dont voici une première assise. Nul mieux que moi n'en connaît les défauts :

je n'ai pas eu peu à combattre dans mon penchant à ne
quitter un tableau qu'après avoir longtemps tourné autour,
l'avoir léché en tous sens, *comme un chien*, dit Rabelais,
suçant un os médullaire. Alors les imaginations ardentes
me reprocheront de ne leur rien laisser à deviner ; mais
cette faute, car nous aimons à nous les justifier à nous-
mêmes, appartient peut-être à notre littérature moderne ;
elle n'a plus que l'immense vérité des détails, l'idéalisation
des formes, la longue concrétion de ces œuvres sublimes
où l'on a mis le germe de tout, de ces situations fécondes
à peine effleurées est hors de notre portée. Dans ce genre,
tout est dit.

Enfin, j'apprendrai bien vite, par la publication du
Gars et du *Capitaine des Boutefeux* si je ne suis qu'un
ménétrier de village ou un artiste digne de vos concerts —
une seule considération m'attirera quelqu'estime, même
dans ma chute ; le Ménétrier doit apprendre les mêmes
éléments de science que les Lafond, les Baillot et les Jar-
novick, et ici la science est l'histoire avec ses milliers
de volumes contradictoires, les éléments sont les hommes
et les choses, ce sont les costumes dans leurs modes les
plus éphémères, la langue avec le néologisme de chaque
événement, les meubles et l'architecture, les lois chan-
geantes, les coutumes, enfin il faut, pour une œuvre même
médiocre, avoir prodigieusement lu, étudié, réfléchi.
Quoique je sois assez éloigné du centre de la machine à gouvernement, que vous nommez Paris, je sais que les entraves
apportées, par les Ministères qui après tout, nous doivent
la liberté en littérature comme en politique, au développement des idées dramatiques forcent une multitude d'esprits à prendre le mode de composition que j'adopte, et
j'espère que, faute d'une illustration capitale, les livres
que vous avez la hardiesse d'imprimer ne me nuir[ont]
pas dans l'esprit des personnes qui ont la bonté de s'inté-

resser à moi, et peut-être ne détruirais-je pas les idées que l'on a conçues de mes efforts. Le succès dans l'enceinte modeste que j'habite sera la seule fiche de consolation que je désirerais en livrant au public les secrètes compositions que je ne destinais qu'aux plaisirs de mon sérail, et que je confie à ces âmes heureuses qui prennent comme moi leurs désirs pour des réalités. Au reste, allez où vous voudrez, filles de mon âme! je vous ai tant possédées que vous pouvez bien passer dans la circulation ; vous êtes pour moi des feux d'artifice éteints, je vous abhorre! et, semblable au Hollandais qui se décide à vendre ses tulipes, les plus belles resteront dans mon trésor.

*

Nous croyons que ces renseignements sur un auteur dont le mérite est un problème, que ces révélations d'une pensée inconnue, que l'expression d'une situation périlleuse mais honorable, ne doivent pas être indifférents à ces esprits attentifs aux développements des littératures, qui cherchent les hommes et pèsent les espérances, qui sont maîtres des succès et ne les dispensent qu'avec mesure. Pour ces esprits généreux, mettre en lumière un mérite réel est un devoir. Eux seuls remplissent avec désintéressement la tâche de lire un livre. — Ils se livrent à l'auteur, entrent dans ses secrets, sachant que rien, même une description, n'est risqué sans but, ils ont cette confiante patience qui anime les Allemands et leur font s'enquérir souvent à plusieurs reprises des idées de l'auteur. Pour eux, notre reconnaissance est sans bornes, et si ces nobles esprits, hauts justiciers de la littérature, n'avaient par hasard sauvé ici qu'un singe, ils le replongeront facilement dans la mer.

Un ouvrage consciencieux (*le Capitaine des Boutefeux*),

dont le sujet était pris dans les temps les plus orageux
du xvᵉ siècle nous était présenté en même temps que celui-
ci ; nous avons opté en faveur du *Gars*. Il contient les événements de l'histoire contemporaine — ils nous ont paru
devoir exciter plus d'intérêt et contrasteront avec ceux du
Capitaine des Boutefeux. La guerre civile à deux époques
aussi différentes, l'une en rase campagne, l'autre au sein
de Paris forment deux tableaux à mettre en regard, le
public jugera sur les deux.

— Jamais ouvrier du xvıᵉ siècle, nous dit l'auteur, n'a
été blâmé d'apporter deux chefs de ses œuvres pour être
admis dans la corporation.

Maintenant les éditeurs désirent bien vivement n'être
pas rangés parmi les maladroits qui disent à un auditoire
blasé : — Je vais vous conter une histoire qui va bien vous
faire rire.

INTRODUCTION DE LA PREMIÈRE ÉDITION

1829

En prenant le sujet de son ouvrage dans la partie la
plus grave et aujourd'hui la plus délicate de l'histoire
contemporaine, l'auteur s'est trouvé dans la nécessité de
déclarer ici, avec une sorte de solennité, qu'il n'a jamais eu
l'intention de livrer au ridicule ou au mépris les opinions
et les personnes. Il respecte les convictions ; et, pour la
plupart, les personnes lui sont inconnues. Ce ne sera pas
sa faute si les choses parlent d'elles-mêmes et parlent si
haut. Il ne les a ni créées ni révélées. Il n'a rien demandé
à son imagination de tout ce qu'il a traduit sur cette espèce
de scène, la seule où un auteur puisse trouver la liberté de
la pensée pour exposer un drame dans toute sa vérité. Ici
le pays est le pays, les hommes sont les hommes, les paroles

sont les paroles mêmes ; et les faits n'ont été reniés ni par
les Mémoires publiés aux diverses époques de la Restauration ni par la République française. L'Empire seul les a
ensevelis dans les ténèbres de la censure ; et dire que cet
ouvrage n'eût pas vu le jour sous le règne de Napoléon,
c'est honorer l'opinion publique qui nous a conquis la liberté.

L'auteur a essayé d'exprimer un de ces événements
tristement instructifs dont la Révolution française a été
si féconde.

La présence de quelques intéressés lui a prescrit d'en
accuser la physionomie avec une rigoureuse exactitude
et de n'avoir que la passion permise au peintre : celle de
bien présenter un portrait, de distribuer naturellement la
lumière et de tâcher de faire croire à la vie des personnages.
Mais ce mot d'exactitude veut une explication. L'auteur
n'a pas entendu ainsi contracter l'obligation de donner
les faits un à un, sèchement et de manière à montrer jusqu'à quel point on peut faire arriver l'histoire à la condition d'un squelette dont les os sont soigneusement numé-
rotés. Aujourd'hui, les grands enseignements que l'histoire
déroule dans ses pages doivent devenir populaires. D'après
ce système suivi depuis quelques années par des hommes de
talent, l'auteur a tenté de mettre dans ce livre l'esprit
d'une époque et d'un fait, préférant la discussion au procès-
verbal, la bataille au bulletin, le drame au récit. Donc,
nul des événements de cette nationale discorde, si petit
qu'il soit, nulle des catastrophes qui ensanglantèrent tant
de champs maintenant paisibles, n'ont été oubliés : les
personnages s'y verront de face ou de profil dans l'ombre
ou au jour, et les moindres malheurs y seront en action
ou en principe.

Cependant, par respect pour beaucoup de gens dont il
est inutile d'indiquer les hautes positions sociales et qui
ont miraculeusement reparu sur la scène politique, l'au-

teur a eu soin d'atténuer l'horreur d'une multitude de
faits. Il a singulièrement négligé de montrer la part que
le clergé a eue dans ces entreprises désastreuses et inutiles.
Cette timidité et ce respect sont nés à la lecture des procé-
dures de quelques tribunaux révolutionnaires de l'Ouest,
dont les débats, tout succincts qu'ils soient, fourmillent de
preuves légales qu'il eût été odieux de faire sortir de l'enceinte des greffes ; quoique pour plusieurs familles, certains
jugements soient devenus des témoignages de dévouement
et des titres de gloire.

Le caractère donné au *Dernier Chouan* est tout à la fois
un hommage et un vœu. Il déposera de ce respect pour
les convictions dont l'auteur est pénétré. Si certaines
personnes minutieuses veulent rechercher quelle est cette
noble victime tombée dans l'Ouest sous les balles républicaines, elles auront à choisir entre plusieurs gentilshommes qui succombèrent en dirigeant les insurrections
de 1799. Mais quoique les qualités privées d'un jeune seigneur et les renseignements donnés à l'auteur sur quelques
chefs par un vieillard bien instruit des événements, aient
servi à perfectionner le caractère du *Dernier Chouan*, il se
croit obligé d'avouer ici que le véritable chef ne ressemble
pas tout à fait au héros de ce livre. En dénonçant ainsi les
parties romanesques de l'ouvrage, il espère aider le lecteur
à reconnaître la vérité des faits.

Les considérations politiques qui viennent d'être exposées
ont engagé l'auteur à mettre son nom à un ouvrage qu'une
défiance bien légitime pour un premier livre lui eût conseillé
de cacher. Sous le rapport littéraire, il a réfléchi qu'il y a
peut-être aujourd'hui de la modestie à signer un livre,
lorsque tant de gens ont fait de l'anonyme une spéculation
d'orgueil.

Quant à la fable du livre, il ne la donne pas comme
neuve, l'épigraphe en fait foi, mais elle est déplorablement

vraie ; à cette différence près, que la réalité est odieuse, et
que l'événement qui emploie ici quatre à cinq jours, s'est
passé en quarante-huit heures. La précipitation de la véritable catastrophe n'aura peut-être pas encore été assez
adoucie ; mais la nature s'est chargée d'excuser l'auteur.

Ignorant, au moment où il écrivait, les destinées de
quelques acteurs de son drame, il en a déguisé certains
noms. Cette précaution, dictée par la délicatesse, a été
étendue aux localités.

Le *district* de Fougères ne lui sera pas assez hostile pour
venir l'accuser de l'avoir rendu le théâtre d'événements
qui se sont passés à quelques lieues de là. N'était-il pas
tout naturel de choisir pour type de *la Bretagne en 1800* un
des berceaux de la chouannerie, et le site le plus pittoresque
peut-être de ces belles contrées ?

Beaucoup de personnes de goût et de petites maîtresses
regretteront sans doute que l'auteur ne leur ait pas fait des
Chouans et des soldats républicains costumés et parlant
comme les sauvages de la tragédie d'*Alzire* ou de l'opéra-
comique d'*Azémia* sont vêtus et s'expriment, relativement
aux vrais sauvages ; mais il avait des problèmes plus sérieux
à résoudre que celui de chercher à passer une robe à la
Vérité.

Puisse cet ouvrage rendre efficaces les vœux formés par
tous les amis du pays pour l'amélioration physique et
morale de la Bretagne ! Depuis trente ans environ la guerre
civile a cessé d'y régner, mais non pas l'ignorance. L'agriculture, l'instruction, le commerce, n'ont pas fait un seul
pas depuis un demi-siècle. La misère des campagnes est
digne des temps de la féodalité, et la superstition y remplace la morale du Christ.

L'entêtement du caractère breton est un des plus puissants obstacles à l'accomplissement des plus généreux
projets. La prospérité de la Bretagne n'est pas une ques-

tion nouvelle. Elle était le fond du procès entre La Chalotais et le duc d'Aiguillon.

Le mouvement rapide des esprits vers la révolution a
empêché jusqu'ici la révision de ce célèbre procès ; mais
lorsqu'un ami de la vérité jettera quelque lumière sur cette
lutte, les physionomies historiques de l'oppresseur et de
l'opprimé prendront des aspects bien différents de ceux
que leur a donnés l'opinion des contemporains. Le patriotisme national d'un homme qui ne cherchait peut-être à
faire le bien qu'au profit du fisc et de la royauté, rencontra
cet étroit patriotisme de localité si funeste au progrès des
lumières. Le ministre avait raison, mais il opprimait ; la
victime avait tort, mais elle était dans les fers ; et en France
le sentiment de la générosité étouffe même la raison. L'op-
pression est aussi odieuse au nom de la vérité qu'au nom
de l'erreur.

M. d'Aiguillon a tenté d'abattre les haies de la Bretagne,
de lui donner du pain en introduisant la culture du blé,
d'y tracer des chemins, des canaux, d'y faire parler le
français, d'y perfectionner le commerce et l'agriculture,
enfin d'y mettre le germe de l'aisance pour le plus grand
nombre et la lumière pour tous : tels étaient les résultats
éloignés des mesures dont la pensée donna lieu à ce grand
débat. L'avenir du pays devenait une riche et féconde
espérance.

Que de gens de bonne foi seraient étonnés d'apprendre
que la victime défendait les abus, l'ignorance, la féodalité,
l'aristocratie, et n'invoquait la tolérance que pour perpé-
tuer le mal dans son pays! Il y avait deux hommes dans
cet homme : le Français qui, dans les hautes questions
d'intérêt national, proclamait, d'une voix généreuse, les
plus salutaires principes ; le Breton, auquel d'antiques
préjugés étaient si chers, que, semblable au héros de Cervantes, il déraisonnait avec éloquence et fermeté aussitôt

qu'il s'agissait de guérir les plaies de la Bretagne. La Chalotais Breton a trouvé des successeurs dans quelques hommes qui se sont récemment déclarés les protecteurs de l'ignorance de ce déplorable pays. Mais aussi M. Kératry a représenté l'autre La Chalotais pour l'honneur de l'homme, de sorte que cet illustre Breton ne pouvait être reconstruit qu'avec les deux opinions extrêmes de la Chambre.

Aujourd'hui, en 1829, un journal annonçait qu'un régiment français, composé de Bretons, était débarqué à Nantes, après avoir traversé la France et occupé l'Espagne sans qu'aucun des hommes sût un mot de français ou d'espagnol. C'était la Bretagne ambulante, traversant l'Europe comme une peuplade gallique.

Voilà un des résultats de la victoire de M. de La Chalotais sur le duc d'Aiguillon.

L'auteur arrêtera là cette observation. Elle n'était pas de nature à entrer dans le livre, et ses développements auraient trop d'étendue pour une introduction.

Si quelques considérations matérielles peuvent trouver place après tous ces *credo* politiques et littéraires, l'auteur prévient ici le lecteur qu'il a essayé d'importer dans notre littérature le petit artifice typographique par lequel les romanciers anglais expriment certains accidents du dialogue.

Dans la nature, un personnage fait souvent un geste, il lui échappe un mouvement de physionomie, ou il place un léger signe de tête entre un mot et un autre de la même phrase, entre deux phrases et même entre des mots qui ne semblent pas devoir être séparés. Jusqu'ici ces petites finesses de conversation avaient été abandonnées à l'intelligence du lecteur. La ponctuation lui était d'un faible secours pour deviner les intentions de l'auteur. Enfin, pour tout dire, les points, qui suppléaient à bien des choses, ont été complètement discrédités par l'abus que certains auteurs en ont fait dans ces derniers temps. Une nouvelle expression des sentiments de la lecture orale était donc généralement souhaitée.

Dans ces extrémités ce signe — qui, chez nous, précède déjà l'interlocution, a été destiné chez nos voisins à peindre ces hésitations, ces gestes, ces repos qui ajoutent quelque fidélité à une conversation que le lecteur accentue alors beaucoup mieux et à sa guise.

Ainsi, pour en donner ici un exemple, l'auteur pourrait faire ce soliloque :

— J'aurais bien fait un errata pour les fautes qu'une impression achevée en hâte a laissées dans mon livre ; mais — qui est-ce qui lit un errata ? — personne.

Paris, 25 janvier 1829.

PRÉFACE DE LA TROISIÈME ÉDITION
1845

Cet ouvrage est mon premier, et lent fut son succès ; je ne pouvais le protéger d'aucune manière, occupé comme je le suis de la vaste entreprise où il tient si peu de place. Aujourd'hui, je ne veux faire que deux remarques.

La Bretagne connaît le fait qui sert de base au drame ; mais ce qui se passe en quelques mois fut consommé en vingt-quatre heures. A part cette poétique infidélité faite à l'histoire, tous les événements de ce livre, même les moindres, sont entièrement historiques ; quant aux descriptions, elles sont d'une vérité minutieuse.

Le style, d'abord entortillé, hérissé de fautes, est maintenant à l'état de perfection relative qui permet à un auteur de présenter son ouvrage sans en être par trop mécontent.

Des *Scènes de la vie militaire* que je prépare, c'est la seule qui soit terminée, elle présente une des faces de la guerre civile au xixᵉ siècle, celle de partisan ; l'autre, la guerre civile régulière, sera le sujet des *Vendéens*.

Paris, janvier 1845.

Impression Maury-Imprimeur
45330 Malesherbes
le 20 novembre 2008.
Dépôt légal : novembre 2008.
1ᵉʳ dépôt légal dans la collection : mai 2004.
Numéro d'imprimeur : 142586.

ISBN 978-2-07-031623-6. / Imprimé en France.

165054